MICHAEL THODE

Schuld! Seid! Ihr!

Weitere Titel des Autors:

Das stumme Kind

Über den Autor:

Michael Thode, 1974 in Heide/Holstein geboren, studierte Jura und Fachjournalismus in Bayreuth, Göttingen, Kiel und Berlin. Heute lebt und schreibt er in der Lüneburger Heide. Michael Thode veröffentlichte zahlreiche Kurzkrimis, für die er mehrfach ausgezeichnet wurde. SCHULD! SEID! IHR! ist nach DAS STUMME KIND sein zweiter Roman.

SCHULD! SEID! IHR!

MICHAEL THODE

THRILLER

lübbe

Dieser Titel ist auch als Hörbuch und E-Book erschienen

MIX
Papier aus verantwortungsvollen Quellen
FSC® C014496
FSC www.fsc.org

Originalausgabe

Dieser Titel wurde vermittelt durch die Literarische Agentur Kossack

Titelillustration: © plainpicture/B.O.A
Umschlaggestaltung: ZERO Werbeagentur, München
Satz: hanseatenSatz-bremen, Bremen
Gesetzt aus der Stempel Garamond
Druck und Verarbeitung: GGP Media GmbH, Pößneck
Printed in Germany
ISBN 978-3-404-18416-3

2 4 5 3 1

Sie finden uns im Internet unter
luebbe.de
Bitte beachten Sie auch: lesejury.de

Für meine Eltern

Prolog

Vierhöfen,
22 Jahre zuvor

Er konnte Liv zwar nicht hören, aber er sah sie: Sie stand in einem weißen T-Shirt und einer engen Jeans in der Stahltür zur großen Werkstatt und winkte ihm zu.

Sein Herz schlug vor Freude heftig. Er schaltete die Holzfräse und die Staubabsaugung aus und nahm die Ohrenschützer ab. Doch statt Liv entgegenzustürmen, klopfte er sich unsicher die Holzspäne von den Ärmeln seiner Jacke ab. Liv schien sich nicht daran zu stören. Sie schloss die Tür hinter sich und kam strahlend auf ihn zu. »Wow, ich hätte gar nicht erwartet, dass euer Betrieb so groß ist! Und der Geruch! Ich liebe Holz!«, rief sie begeistert.

»Mein Vater hat das alles in den letzten zwei Jahrzehnten aufgebaut«, erwiderte er und schluckte schwer.

Liv legte den Kopf schräg und sah ihn an. »Ich bin hier schon oft vorbeigefahren. Hätte ich gewusst, dass du hier wohnst, dann …«

Die offensichtliche Bewunderung half ihm, seiner Anspannung etwas entgegenzusetzen. Er lehnte sich gegen die Holzfräse und kreuzte die Arme vor seiner Brust. »Was dann?«, frage er mit neckischem Grinsen.

»Ähm … dann … na ja.« Zuerst zuckte sie mit den Schultern, dann begann sie zu lachen. »Keine Ahnung. Sag du es mir!«

Er ging zu ihr und nahm sie in den Arm. Er war unsicher, ob er sie küssen sollte, doch darum musste er sich keine weiteren Gedanken machen. Sie presste ihre Lippen so fest auf seine, dass er beinahe vergaß zu atmen.

»Die ganze Woche ohne dich habe ich kaum ausgehalten«, sagte sie, als sie sich voneinander lösten.

»Ging mir genauso, aber du weißt ja. Mein Vater …«

»Das ist jetzt egal, jetzt bin ich ja hier …« Liv schaute ihn mit einem übermütigen Blitzen in den Augen an.

Ihm schoss das Blut ins Gesicht. *Sie hat recht!*, dachte er gleichzeitig. *Sein Vater konnte ihm in diesem Augenblick völlig egal sein!*

Er räusperte sich und deutete mit einer einladenden Armbewegung durch die Werkstatt. »Darf ich dir mein kleines Reich zeigen?«

»Nichts lieber als das!« Auf Livs Gesicht lag das breite Lächeln, in das er sich bei der ersten Begegnung schlagartig verliebt hatte.

Am vergangenen Wochenende hatten sie zum ersten Mal miteinander geschlafen, und am liebsten hätte er es sofort wiederholt.

Hier und jetzt!

Er wollte aber nichts überstürzen und führte sie erst einmal durch die Werkstatt. Er nahm wahr, dass sie sich für ihn und seine Arbeit wie noch kein anderer Mensch bisher interessierte. Er saugte diese bedingungslose Zuneigung auf wie ein Schwamm. Als er seine Erklärungen beendet hatte, ging er zu einer der Werkbänke und holte eine Holzfigur, die etwa zwei Handteller groß war. »Das habe ich für dich gemacht!«, sagte er und gab sie ihr.

Liv strich ungläubig über das Holz. Es war pechschwarz und fein gemasert. Dabei war sie so vorsichtig, als könne es jederzeit zerbrechen. Schließlich murmelte sie: »Ein vierblättriges Kleeblatt.«

»Das soll dir Glück für deine Abiturprüfungen bringen.«

Liv hielt inne und wollte gerade auf ihn zugehen und ihn umarmen, als die Stille jäh unterbrochen wurde.

»Ist die Katze aus dem Haus, tanzen die Mäuse auf dem Tisch!«, schallte eine Männerstimme barsch aus Richtung der Stahltür.

Er fuhr herum. »Vater? Ich dachte, du …«

»Der Transporter hat Kühlflüssigkeit verloren, also musste ich umkehren.«

»Das ist …«

Sein Vater kam näher und gestikulierte dabei wütend mit den Armen. »Warum laufen die Maschinen nicht?«

»Ich … ähm … ich mache gerade eine Pause.«

»Du bist also der Meinung, dass du dir das leisten kannst?«

Ohne eine Antwort abzuwarten, setzte sein Vater nach. »Ich will den Kunden nicht erklären müssen, dass du schon wieder einen Termin vermasselt hast!«

Was sollte er jetzt machen?

Eine aussichtslose Diskussion mit seinem Vater führen, die doch nur in Streit und maßlosen Demütigungen gegen ihn endete?

Liv bitten zu gehen? – Und damit riskieren, dass ihre Beziehung endete, bevor sie überhaupt richtig begonnen hatte?

Gemeinsam mit Liv die Tischlerei verlassen? Vielleicht für immer?

Seine Gedanken überschlugen sich. Er sah, wie Ablehnung und Härte die Augen seines Vaters endgültig verdunkelten. Ihm blieb keine Zeit, weiter nachzudenken. Er musste eine Entscheidung treffen, doch er war unfähig, auch nur ein Wort über die Lippen zu bringen.

In diesem Moment ging Liv auf seinen Vater zu und streckte ihm ihre Hand entgegen: »Hallo! Ich bin Liv!«

Der blickte sie grimmig an und kratzte sich an der Wange.

Sie hielt es durch, ihre Hand nicht zurückzunehmen.

Endlich erwiderte sein Vater den Gruß. Auch er gab ihr die Hand, jedoch ohne sich vorzustellen. Stattdessen hob er das Kinn und wies damit auf Livs andere Hand. Darin hielt sie das hölzerne Kleeblatt. »Hat er das gemacht?«

Liv blickte unsicher auf den Glücksbringer. Sie setzte gerade zu einer Antwort an, als er ihr zuvorkam. »Ja, das habe ich gemacht.«

»Darf ich?« Ohne Livs Antwort abzuwarten, nahm sein Vater ihr das Kleeblatt aus der Hand. Er hielt es in die Luft und inspizierte es gegen das Sonnenlicht, das durch ein Oberfenster fiel. »Du hast das teure Ebenholz dafür genommen?«

»Ja«, erwiderte er knapp und spürte, wie sich seine Kehle wieder zuzog.

»Und warum hast du dir keine Mühe gegeben?«

»Ich … Ich …«, stammelte er schwach. In seinem Inneren aber loderte eine unbändige Wut wie ein heißes Eisen.

»Wenigstens für deine kleine Freundin hättest du dich anstrengen können!«, zischte sein Vater scharf.

Livs Blick ging zwischen den beiden Männern hin und her. Schließlich streckte sie die Hand nach dem Kleeblatt aus. »Ich würde es gerne wiederhaben.«

Sein Vater schüttelte den Kopf. »Tut mir leid. Dieser Betrieb besteht seit über zwanzig Jahren, und unsere Kunden sind höchste Qualität gewohnt. Dieser Schrott wird diese Halle nicht verlassen.« Dann holte er aus und schleuderte das Kleeblatt durch die Halle.

Liv legte eine Hand auf den Oberarm ihres Freundes. »Es tut mir so leid«, sagte sie, »ich gehe jetzt besser.«

Er sah sie an, doch sie drehte sich weg und beeilte sich, die Stahltür zur erreichen.

Nein!, schoss es wie ein Peitschenhieb durch seinen Kopf. Sein Blick traf auf den seines Vaters. Dessen Genugtuung war offensichtlich.

Von einem Augenblick zum anderen war nur noch blanker Hass in ihm. Er griff nach dem kantigen Stuhlbein aus massivem Eichenholz, an dem er zuvor gearbeitet hatte.

»Lass das!«, hörte er Liv schreien, die sich noch mal umgewandt haben musste. Doch ihr Rufen kam zu spät!

Im nächsten Moment krachte das Holz mit voller Wucht gegen den Schädel seines Vaters. Blut schoss durch die Luft. Es war ein erlösendes Gefühl, und all die aufgestaute Wut in ihm brach sich Bahn. Das Blut spritzte bis zu Liv hinüber, die sich schreiend die roten Flecken von den nackten Unteramen und vom T-Shirt wischen wollte.

»Nein!«, hörte er sie noch einmal wie hinter einer Glaswand, doch da prallte das Holz schon wieder mit voller Wucht auf den splitternden Schädel seines Vaters.

Erster Akt

Sonntag, 12. Mai bis Montag, 13. Mai

Historisch sind weder der Zeitpunkt noch der Ort der Entstehung der Tarotkarten geklärt. Je nach Quelle werden die Wurzeln in Asien, Nordafrika oder Italien vermutet.

Die ersten Nachweise für die Existenz der Karten gehen auf das 15. Jahrhundert zurück. Aus der Zeit zwischen 1420 und 1450 sind rund zweihundertfünfzig fantasievoll gearbeitete und teilweise mit Blattgold hinterlegte Exemplare erhalten, die die Kunst der frühen italienischen Renaissance widerspiegeln.

Die Karten stammen aus verschiedenen Spielen. Da diese Spiele sich allesamt im Besitz des Herzogs von Mailand Filippo Maria Visconti und seiner Familie befanden, werden sie auch als »Visconti-Spiele« bezeichnet.

Heute werden die Karten in der Pinacoteca di Brera in Mailand, in der Beinicke Rare Book and Manuscript Library in New Haven, in der The Morgan Library & Museum in New York sowie in der Accademia Carrara in Bergamo aufbewahrt.

Kapitel 1

DER GEHÄNGTE

Winsen (Luhe),
Parkhaus am Bahnhof,
Sonntag, 12. Mai, 20:45 Uhr

Der Gehängte, wie er sich selbst nannte, schloss den BMW auf und stieg ein. Er hatte diesen Wagen erst am Tag zuvor angemietet, da sein eigener Opel Astra aufgrund eines Motorschadens ausgefallen war. Dies war eine erhebliche Abweichung von seinem eigentlichen Plan, und es war ungewiss, ob er den Wagen zurückgeben würde.

Aber das sollte jetzt nicht sein Problem sein!

Glücklicherweise hatte der junge Angestellte der Autovermietung nicht genau hingesehen. Daher waren ihm die gefälschten Dokumente, die *der Gehängte* für die Anmietung des BMW genutzt hatte, nicht aufgefallen.

Nun ging es um die wesentlichen Dinge, denn endlich waren die vielen Jahre des Planens und die kräftezehrenden Monate des Vorbereitens vorbei. Was in den nächsten Tagen folgen sollte, war ein Theaterstück mit sechs Akten. Es war *sein* Theaterstück, und es trug den Titel, den er dafür ausgewählt hatte.

SCHULD! SEID! IHR!

Es sollte ein meisterliches Rachewerk werden! Detaillierte Vorbereitung und exaktes Vorgehen – und gleichzeitig Improvisationskunst und höchste Spannung für alle Beteiligten. Nur der Ausgang der einzelnen Akte war nicht variabel. Jeder Akt hatte seinen eigenen tragischen Helden, und für jeden würde am Ende seines Aktes der Vorhang fallen. Die sechs wussten noch nicht, dass ihr Auftritt unmittelbar bevorstand, doch sie sollten es schon bald erfahren.

Er würde immer wieder eingreifen müssen, damit keiner der Darsteller das gewünschte Ziel verfehlte. Seine Flexibilität und sein Einfallsreichtum würden permanent auf dem Prüfstand stehen, und er war bereit, diese Herausforderung anzunehmen.

Wenn alles so eintraf, wie er es geplant hatte, würde er in einer Dreiviertelstunde auf Martin Stelter treffen – den Darsteller des ersten Aktes.

Und von da an sollte es kein Zurück mehr geben.

Kapitel 2

DIE ANDEREN

Buchholz in der Nordheide,
Fußgängerzone,
Sonntag, 12. Mai, 21:30 Uhr

»Komm schon, Bosko!«, sagte Martin Stelter und schaute auf seinen Golden Retriever hinab. Der Anblick des Hundes schmerzte ihn. Er war zwar erleichtert, dass sein Begleiter den vergangenen Winter überstanden hatte. Doch nun musste er sich langsam mit dem Gedanken abfinden, dass es wohl der letzte gemeinsame Sommer sein würde.

»Los jetzt, Bosko!«, animierte er seinen Hund erneut. »Bis zum Bahnhof ist es nicht mehr weit!« In den vergangenen zwölf Jahren hatte Martin Stelter die Abwärtsspirale, die sein Leben genommen hatte, gemeinsam mit seinem Hund durchlebt. Bosko war ihm als einziger Freund geblieben, als sein Leben endgültig aus den Fugen geraten war.

Er umfasste die Tragegriffe der beiden Plastiktüten noch fester und ging langsam weiter. Nach einigen hundert Metern schloss ein Passant zu ihnen auf, der ein Fahrrad neben sich herschob. Stelter nahm ihn zwar wahr, ignorierte ihn aber.

»Entschuldigen Sie bitte«, hörte er den Mann sagen, doch er schenkte ihm keine Beachtung. »Ich habe Sie auf meinem Weg nach Hause schon öfter hier entlanggehen sehen.«

Stelter bemerkte sehr wohl, dass die Worte des Mannes freundlich klangen, anders als die Beschimpfungen und Anfeindungen, mit denen er üblicherweise konfrontiert war. Dennoch setzte er seinen Weg unbeirrt fort.

»Ich kann mir gut vorstellen, wie hart es ist, wenn man sich auf der Straße jeden Tag aufs Neue behaupten muss.«

Stelter blieb stehen und wandte sich dem Fremden zu. Er musterte ihn von der Schuhsohle bis zum Scheitel, dann rotzte er auf den Asphalt. »Einen Scheißdreck kannst du!«

Der Mann schien kurz nachzudenken, dann nickte er mit einem Ausdruck von Verlegenheit und Mitgefühl. »Wahrscheinlich haben Sie recht.«

Auch jetzt erschien es Stelter, als würde sein Gegenüber es tatsächlich ernst meinen. Trotzdem hatte er keinerlei Interesse an einem Gespräch – zum einen zog die Kälte unwirtlich durch seinen Parka, zum anderen wollte er den Zug erreichen. »Dann verpiss dich!«

»Ich bin Maschinenbau-Ingenieur und übernehme ab übernächsten Monat einen Job auf einer Ölplattform im Golf von Mexiko«, sagte der Mann weiter.

Martin Stelter hielt inne und sah den Mann an.

Kapitel 3

DER GEHÄNGTE

Buchholz in der Nordheide,
Fußgängerzone,
Sonntag, 12. Mai, 21:30 Uhr

In dem Moment, als er die Umrisse von Martin Stelter in der Abenddämmerung entdeckte, drängte sich ihm ein Gedanke auf.

Stelter ist der lebende Beweis dafür, dass es auf dieser Welt doch noch Gerechtigkeit gibt!

Der speckige Parka, die ausgebeulte Cordhose, die gebückte Haltung, der hölzerne Gang, die prall gefüllten Plastiktüten und der halbtote Hund – in den letzten Wochen war Stelters Anblick immer gleich gewesen.

Obwohl Stelter noch weit von ihm entfernt war, musste er die Nase rümpfen. Schweiß, Zigarettenrauch, Alkohol und öffentliche Toiletten waren die Gerüche, die er mit ihm verband.

Der Gehängte presste seinen Oberkörper fester in die winzige Lücke, die zwischen den Gebäuden der Blumenhändlerin und des Immobilienmaklers klaffte, und vergrub seine Hände tief in den Jackentaschen. Noch immer hielt er seinen Blick auf Stelter geheftet. Dieser war gemeinsam mit seinem Hund auf dem Weg zum Bahnhof. Wie immer würde er um zweiundzwanzig Uhr fünf in den Zug Richtung Bremen steigen, um drei Minuten später am Bahnhof in Sprötze wieder auszusteigen. Von dort aus brauchte er eine knappe Dreiviertelstunde, bis er seinen Schlafplatz erreichte. Falls die Luft trocken war und der Hund Schritt halten konnte, würde Stelter um kurz vor dreiundzwanzig Uhr in dem Waldstück ankommen, bei nasskaltem Wetter ein paar Minuten später.

Er wandte seinen Blick in die andere Richtung. Von dort kam ein junges Pärchen auf ihn zu. Beide gingen an ihm vorbei, ohne ihn zu bemerken. Auf Höhe eines Juweliers verlangsamte die Frau das Tempo. Der Mann legte seinen Arm um sie und schien sie zum Weitergehen drängen zu wollen. Sie machte einen Schritt zur Seite und löste sich von ihm. Vor dem Schaufenster blieb sie stehen und deutete auf die Auslage. Er schien genau zu wissen, was sie meinte. Flüchtig blickte er in das Schaufenster, dann seufzte er. Rasch legte der Mann seinen Arm wieder um die Frau und bugsierte sie zurück auf den Weg. Zuerst protestierte sie halbherzig, dann ließ sie sich ohne Widerstand von ihm weiterführen. Im Vorbeigehen warfen beide einen flüchtigen Blick in das *Nachtcafé*, dann verschwanden sie in einer Seitenstraße.

Nun waren sie wieder allein: er, Martin Stelter und dessen Hund. Stelter hatte seinen Blick direkt vor sich auf die Pflastersteine geheftet.

Nachdem Stelter und sein Hund ihn passiert hatten, trat *der Gehängte* in den Schein der Straßenlaternen und ging zu dem Fahrradständer, in dem ein Mountainbike abgestellt war. Der Jugendliche, dem das Fahrrad gehörte, traf sich sonntagabends regelmäßig mit seinen Freunden im *Nachtcafé*, um dort Billard zu spielen. Sie verließen die Kneipe selten vor Mitternacht, und damit passten sie hervorragend zu dem Plan, den er für die nächsten Minuten entworfen hatte.

Weiterhin kam ihm zugute, dass der Besitzer des Fahrrads zwar eine ordentliche Summe für den Kauf des Fahrrads investiert hatte, nicht jedoch für eine angemessene Diebstahlsicherung.

Er hatte das Kettenschloss, das der Jugendliche nutzte, nachgekauft und zu Hause herausgefunden, wie es sich am schnellsten knacken ließ. Dank der erbärmlichen Qualität der Kettenglieder war es nun ein Leichtes gewesen, es mit einem einfachen Bolzenschneider zu öffnen.

In Gedanken schickte er seinen Dank an den jungen Mann in dem *Nachtcafé*, dann nahm er das Fahrrad aus dem Ständer und blickte auf die dunklen Druckbuchstaben, die auf den Aluminiumrahmen aufgebracht waren: »Habichtjagd«.

Ich bin ein Habicht, dachte er, *und ich bin auf der Jagd.*

Der Gehängte lächelte und folgte Stelter. Rasch holte er ihn ein. »Entschuldigen Sie bitte.« Da Stelter ihn nicht beachtete, fuhr er fort: »Ich habe Sie auf meinem Weg nach Hause schon öfter hier entlanggehen sehen. Ich kann mir gut vorstellen, wie hart es ist, wenn man sich auf der Straße jeden Tag aufs Neue behaupten muss.«

Stelter blieb stehen und taxierte sein Gegenüber, dann rotzte er ihm direkt vor die Füße. »Einen Scheißdreck kannst du!«

Sehr schön, dachte er. Er hatte nicht damit gerechnet, dass sie so schnell ins Gespräch kommen würden. Er machte eine längere Pause, schließlich stimmte er zu. »Wahrscheinlich haben Sie recht.«

»Dann verpiss dich!«

Das werde ich ganz bestimmt nicht machen, dachte er und ging weiter neben Stelter her. Im Laufe seiner Recherchen hatte er sehr viele Details über dessen Leben erfahren. Die Zeit, die ihn sicherlich am meisten geprägt hatte, waren die Jahre auf einer Bohrinsel gewesen. Er war sicher, dass dieses Thema ihn auch heute noch interessierte.

»Ich bin Maschinenbau-Ingenieur und übernehme übernächsten Monat einen Job auf einer Ölplattform im Golf von

Mexiko«, log er. »Keine Ahnung, wie lange ich auf der Plattform bleiben werde. Jedenfalls räume ich meine Sachen gerade in einen Container, der dann per Schiff in die Vereinigten Staaten geht. Ende des Monats gebe ich meine Wohnung hier in Buchholz ab.«

Während er dies sagte, blieb Stelter stehen. Der Hund legte sich erschöpft neben ihm ab. Stelter drehte den gesamten Körper, denn sein Hals war steif. Sein Kopf war auf eine ungewöhnliche Weise nach links gedreht und abwärtsgerichtet. Es wirkte, als würde er sein Gegenüber von unten herauf anblicken. »Warum erzählst du mir das?«, wollte Stelter wissen. Seine Stimme klang immer noch distanziert, doch sie hatte die Feindseligkeit verloren.

»Mein Fahrrad passt nicht in den Container, und ich muss es hierlassen. In meinem Freundes- und Bekanntenkreis hat niemand Interesse, es zu übernehmen, und dann habe ich an Sie gedacht. Wie gesagt: Sie sind mir in der Vergangenheit schon häufiger aufgefallen.« Er lächelte und blickte zu dem Hund hinab. »Und dieser hübsche Kerl natürlich auch.«

Martin Stelter setzte eine der Plastiktüten ab und kratzte sich hinter dem Ohr. »Und wo steht die Plattform?«

»In Viosca Knoll, mitten im Petronius-Ölfeld. Rund zweihundert Kilometer südöstlich von New Orleans.«

Stelter schien nachzudenken. »Da hat es beim Bau einen Zwischenfall gegeben.«

Er wusste, was Stelter meinte. Als er sich vorbereitet hatte, hatte er davon gelesen. »Richtig, ein siebzig Millionen Dollar teures Bauteil ist während der Montage von der Bohrinsel gestürzt und im Meer versunken.«

»Schöne Scheiße.«

Der Gehängte lachte laut auf. »Das können Sie laut sagen! Ich hoffe, dass mir so etwas erspart bleibt.«

Wieder schienen Stelters Gedanken zu kreisen. Schließlich sagte er: »Ich lasse mir nichts schenken. Du kannst dein Fahrrad behalten.«

»Das passt. Ich habe nicht vor, das Fahrrad zu verschenken.«

Stelter setzte nun auch die zweite Plastiktüte ab und griff in die Taschen seines Parkas. Als er die Hände wieder herauszog, hielt er in der Linken ein Stück Papier. »Mein Schwerbehindertenausweis. Damit dürfen Bosko und ich kostenlos Zug fahren.« In der rechten Hand hielt er eine kleine, transparente Schnapsflasche, aus der er offensichtlich noch nicht getrunken hatte. »Mehr Wertsachen habe ich nicht.«

»Einverstanden«, sagte *der Gehängte* und deutete mit dem Kinn auf die Flasche. »Ich nehme den Schnaps, Sie bekommen das Fahrrad.«

Stelter steckte den Ausweis zurück in den Parka und rieb sich die Stirn. »Ehrlich?«

Er streckte ihm die Hand entgegen, um die Flasche in Empfang zu nehmen, und lächelte. »Absolut!«

»Danke«, nuschelte Stelter und gab die Flasche aus der Hand. Wenige Augenblicke später streifte er die Plastiktüten über die Griffe des Lenkers und sagte zu seinem Hund: »Komm Bosko. Es wird Zeit.«

* * *

An diesem Abend war im *Nachtcafé* nicht viel los, daher entdeckte er die Jugendlichen sofort. Während sie ihn nur flüchtig von einigen Abenden kannten, die er hier mit einem heißen Tee an einem Nebentisch verbracht hatte, waren sie für ihn wie gute Bekannte: Der Besitzer des Fahrrads war Anfang zwanzig. Er hatte auffallend rote Haare, sein Körper war durchtrainiert, und sein Aussehen verlieh ihm reichlich Selbstbewusstsein. In der Clique, die aus einem knappen Dutzend Jugendlichen bestand, war er zweifellos der Anführer. Sie trafen sich sonntagabends in wechselnder Zusammensetzung im *Nachtcafé*, spielten Billard und tranken Bier.

Vor einiger Zeit war er Zeuge geworden, als der Rothaarige einer Gruppe Gleichaltriger mit einem einzigen Fausthieb klargemacht hatte, wem der Billardtisch sonntags gehörte. Das hatte ihm gefallen, und in diesem Moment war der Rothaarige Teil seines Plans geworden.

Als *der Gehängte* das Lokal jetzt betrat, war die Stimmung ausgelassen. Der Rothaarige hatte sich weit über den Billardtisch gebeugt, der im hinteren Bereich stand. Die tief hängenden Lampen leuchteten jedes Detail seines Gesichts aus. Die anderen Jugendlichen standen um den Tisch herum. Ihre Gesichter waren in der spärlichen Beleuchtung des *Nachtcafés* nur schemenhaft zu erkennen. Der Rothaarige ließ den Billardstock mehrmals sanft vor- und zurückschwingen, hielt dann kurz inne und stieß die weiße Kugel behutsam an. Sie rollte einige Zentimeter über das hellgrüne Tuch, touchierte eine der farbigen Kugeln und versenkte sie in der nächstliegenden Ecktasche. Er richtete sich auf und hob die Arme seitlich in die Höhe. Es sah aus, als würde er Applaus erwarten. Darauf wartete er vergeblich.

»Gehört jemandem von euch ein Mountainbike mit der Aufschrift *Habichtjagd?*«

»Warum?«, wollte der Rothaarige wissen. Seine Miene verfinsterte sich.

»Weil ein Penner das Rad gerade gestohlen hat.«

Der Rothaarige schmiss den Billardstock auf den Tisch und lief zum Ausgang. Er warf einen Blick aus der Tür, dann drehte er sich um und brüllte: »Wo ist das Arschloch?«

»Auf dem Weg zum Bahnhof.«

Der Rothaarige und seine Clique hatten es plötzlich sehr eilig, das *Nachtcafé* zu verlassen. »Wir zahlen später!«, rief er noch in Richtung Tresen.

Kapitel 4

DIE ANDEREN

Lüneburg,
Klosterkamp,
19 Jahre zuvor

Martin Stelters Arbeitsplatz befand sich nicht in Lüneburg, sondern auf einer Sandbank inmitten des norddeutschen Wattenmeers. Ein Mineralölkonzern hatte in den achtziger Jahren eine Bohr- und Förderinsel vor der schleswig-holsteinischen Nordseeküste errichtet, und Stelter hatte dort im Rahmen seines Geologie-Studiums während der Bauphase ein Praktikum absolviert. Als junger Ingenieur war er dorthin zurückgekehrt, und seitdem überzeugte er immer wieder mit seiner Sachkenntnis und seiner Intuition, wenn es um die Erschließung neuer Rohstoffvorkommen ging. So war es vor allem ihm zu verdanken, dass das schwarze Gold aus Lagerstätten gewonnen wurde, die in bis zu acht Kilometern Entfernung von der künstlichen Insel lagen.

Seit nunmehr einem Jahrzehnt bestimmte nicht nur das raue Wetter der Nordsee Stelters Leben, sondern auch der spezielle Rhythmus, der hier herrschte: zwei Wochen Arbeit in Zwölf-Stunden-Schichten, danach drei arbeitsfreie Wochen bei voller Bezahlung. Was anfangs nach Freiheit und Abenteuer geklungen hatte, war in den vergangenen Jahren körperlich und seelisch immer mehr zu einer Belastung geworden. Daher hatte er im Frühjahr gemeinsam mit seiner Familie den Entschluss gefasst, dass es Zeit für eine Veränderung sei. Stelter hatte sich in den letzten Monaten nach Alternativen umgesehen. Er hatte Bewerbungsschreiben an das Geologische Landesamt in Hamburg und an mehrere Ingenieurbüros sowohl in Lüneburg als auch in Hamburg verschickt.

Vergangene Woche war er von der letzten Schicht im Wattenmeer zurückgekehrt. In seinem Kalender waren zahlreiche Termine vermerkt, die ihm kaum Zeit zum Durchatmen ließen. Dazu zählte auch ein Bewerbungsgespräch beim Ingenieurbüro *Schmitz & Märker*, das am übernächsten Tag stattfinden sollte.

»Ich bin zurück!«, rief Stelter, als er den Flur betrat und die Haustür hinter sich schloss.

»Bin auf der Terrasse«, antwortete seine Frau. »Ich habe einen Apfelkuchen gebacken. Der Kaffee ist auch fertig.«

Ohne zu antworten, zog er sein Jackett aus und hängte es an die Garderobe. Dann schaute er in den Spiegel über dem Schuhschrank, schloss die Augen und rieb sich mit beiden Händen über das Gesicht. Währenddessen überlegte er, ob er in dem Innenfach seines Koffers noch eine Schachtel Zigaretten hatte.

Hinter ihm polterte es, und seine Tochter Nina kam die Treppe hinabgelaufen. »Tschüss Papa, tschüss Mama!«

»Wo willst du hin?«

Nina lief eilig an ihm vorbei und nahm ihre Windjacke vom Haken. »Mensch Papa, mit Anzug und Krawatte hätte ich dich beinahe nicht wiedererkannt. Schick, schick, solltest du öfter tragen.«

»Wo du hinwillst, habe ich dich gefragt!«

»Zu Sonja. Wir wollen zuerst in den Stall zu ihrem Pferd. Danach machen wir Hausaufgaben. Ich habe Physik letzte Woche nicht kapiert.«

»Ich fahre dich mit dem Wagen.«

»Hä? Und wie soll ich dann von Sonja aus zum Stall und wieder zurückkommen?«

»Ich möchte nicht, dass du allein mit dem Fahrrad unterwegs bist.«

»Ich fahre immer mit dem Fahrrad! Bis zu Sonja sind es nur zwanzig Minuten!«

»Wir können Sonja gerne abholen, und dann fahre ich euch beide in den Stall. Dann warte ich da und fahre euch anschließend wieder zurück.«

Nina schüttelte den Kopf. »Tut mir leid, Papa, aber für so einen Quatsch habe ich keine Zeit. Echt jetzt!«

Stelter machte eine kurze Pause, dann sprach er leiser als gewöhnlich. Dabei betonte er jedes einzelne Wort: »Nina! Es ist nicht ungefährlich, als Vierzehnjährige allein mit dem Fahrrad unterwegs zu sein. Ich fahre dich und hole dich wieder ab!« Er nahm seinen Anorak von der Garderobe und zog ihn an.

»Mama?«, rief Nina wütend in Richtung Terrasse. »Ist mit Papa irgendetwas nicht in Ordnung?«

Stelters Gesicht lief rot an. Bevor seine Frau antworten konnte, brüllte er: »Ich will nicht, dass du allein durch diese gottverdammte Wallapampa fährst!«

Kapitel 5

DIE ANDEREN

Buchholz in der Nordheide,
Wohnung von Hauptkommissar Rolf Degenhardt,
Montag, 13. Mai, 09:30 Uhr

Hauptkommissar Rolf Degenhardt strich mit dem Rasierpinsel über sein Kinn, bis alle Bartstoppeln mit weißem Schaum überzogen waren. Seine Gedanken kreisten um die Verabschiedungsfeier seines langjährigen Kollegen Oberkommissar Jens Vorberg, die in einer Viertelstunde in der Polizeiinspektion Nordheide stattfinden sollte. Für sämtliche Kollegen war von Anfang an klar gewesen, dass nur Rolf Degenhardt in Frage kam, um die offizielle Rede für den scheidenden Oberkommissar zu halten.

Er hob den Kopf, um seinen Hals zu straffen. Dann drückte er die Klinge unterhalb des Kinns auf die Haut und zog sie mit einer gleichmäßigen Bewegung an der Halsschlagader entlang. Eilig streifte er den scharf geschliffenen Stahl an einem Baumwolltuch ab. Er dachte zurück an die vergangenen Dienstjahre, die er gemeinsam mit Jens Vorberg verbracht hatte, und er wusste nicht, was er sagen sollte. Sollte er seinen Dank allgemein formulieren, oder sollte er konkrete Beispiele nennen? Dann müsste er auf jeden Fall das vergangene Jahr ansprechen, in dem Jens Vorberg viel Energie hatte aufgebringen müssen, um Rolf Degenhardts zunehmende Zerstreutheit auszugleichen.

Der Hauptkommissar war sich bewusst, dass verschiedene

Dinge bis heute an seinen Nerven zehrten: seine Frau und seine Kinder, die aus der gemeinsamen Wohnung ausgezogen waren; das Schicksal des autistischen Mädchens Anna, das im letzten großen Fall die Schlüsselfigur zweier spektakulärer Morde gewesen war; die ständigen Albträume, in denen sein früherer Kollege Bernd Köhnke in seinen Armen verblutete; und nicht zu vergessen die tiefsitzende Angst vor der Hilflosigkeit, durch die er bereits an zwei Tatorten die Kontrolle über sich selbst verloren hatte.

Degenhardt blickte auf seine Armbanduhr: Er musste sich beeilen, um es pünktlich in die Polizeiinspektion zu schaffen. Er beugte seinen Oberkörper über das Waschbecken und begutachtete seinen Hals. »Meine Güte«, fluchte er und legte das Rasiermesser beiseite. Ungeduldig nahm er den Rasierpinsel und drehte ihn so lange in der Seifendose umher, bis an den Borsten wieder ausreichend weiße Masse haftete. Noch einmal trug er Schaum auf die unsauber rasierte Halspartie auf und zog die Klinge über die Haut.

Als er mit dem Ergebnis zufrieden war und das Bad gerade verlassen wollte, klingelte sein Handy. Er nahm es von der Waschmaschine und blickte auf das Display. *Ulrike* stand dort in großen Lettern. Er überlegte kurz, ob er jetzt mit ihr sprechen wollte, dann schüttelte er den Kopf und legte das Handy zurück auf die Waschmaschine.

Seitdem Ulrike ihn verlassen hatte und mit den gemeinsamen Kindern Alexandra und Tobias in ihren Heimatort Egestorf zurückgezogen war, lebte Rolf Degenhardt allein. Er hatte eine Wohnung gemietet, die nur wenige Meter vom Dienstgebäude der Polizeiinspektion Nordheide entfernt lag: drittes Stockwerk, drei Zimmer, achtzig Quadratmeter, eine schlichte Einbauküche, ein kleines Wohnzimmer, ein riesiges Schlafzimmer mit Balkon. Normalerweise nutzte er sie nur, um nachts ein paar Stunden zu schlafen. Die Wohnung war karg eingerichtet, denn sie war nicht als Ort zum Wohlfühlen gedacht.

Degenhardt hatte sich für diese Wohnung entschieden, weil sein Arbeitsplatz von hier aus zum Greifen nahe war: Er leitete das Erste Fachkommissariat des Zentralen Kriminaldienstes und führte die Ermittlungen in sämtlichen Fällen von »Delikten am Menschen«. Es war ihm wichtig, innerhalb weniger Minuten im Büro am Schreibtisch sitzen zu können.

Diese räumliche Nähe kam ihm auch jetzt zugute, denn nur wenige Minuten später betrat er den Besprechungs- und Konferenzbereich des Ersten Fachkommissariats. Die Sonne schickte ihre Strahlen durch die großzügigen Glasfronten. Unzählige Kollegen der gesamten Polizeiinspektion waren zur Verabschiedung von Jens Vorberg erschienen und sorgten für ein grelles Stimmengewirr. Ein üppiges Buffet war am Rand des Raumes aufgebaut und wartete auf die offizielle Eröffnung der Feier.

Degenhardt blinzelte gegen das Sonnenlicht und lenkte seinen Blick über die Menschenmenge. Schließlich entdeckte er die Person, nach der er suchte. Oberkommissar Jens Vorberg, mit dem er seit vielen Jahren eng zusammenarbeitete, stand am anderen Ende des Raumes und war in ein Gespräch vertieft.

Degenhardt schloss die Hand fest um den langen, dünnen Gegenstand, den er in Zeitungspapier eingewickelt hatte, und konzentrierte sich auf die Worte, die er an Jens Vorberg richten wollte.

In dem Moment, als er Luft holte und sich Aufmerksamkeit verschaffen wollte, spürte er eine Hand, die sich auf seine Schulter legte. Im gleichen Moment hörte er den Polizeidirektor Achim Meislahn, der die Polizeiinspektion Nordheide leitete, sagen: »Herr Degenhardt, ich möchte Ihnen den Kriminalrat Dirk Kaiser vorstellen. Herr Kaiser hat heute seinen ersten Tag bei uns und wird die Leitung des Zentralen Kriminaldienstes übernehmen.«

»Jetzt nicht«, erwiderte Degenhardt, ohne Achim Meislahn und Dirk Kaiser anzusehen. Dann dröhnte seine Stimme durch den Raum: »Meine Damen und Herren, darf ich um Ruhe bitten!«

Der *Boss*, wie man den Hauptkommissar hinter vorgehaltener Hand nannte, hatte Gehör gefordert, und augenblicklich kehrte Stille ein. Sämtliche Blicke wandten sich ihm zu. Achim Meislahn und Dirk Kaiser standen neben ihm und wirkten wie eine überflüssige Dekoration. »Jens, du weißt, dass ich kein Mann großer Worte bin. Daher werde ich mich kurzfassen. Du hast dich beim Landeskriminalamt in Hannover beworben, um dich dort mit der Operativen Fallanalyse zu beschäftigen. Ich lasse dich ungern gehen, das weißt du, aber natürlich unterstütze ich deinen Wunsch nach Veränderung. Damit du möglichst häufig an uns denkst, haben wir zusammengelegt und dir ein Abschiedsgeschenk besorgt.« Degenhardt hielt einen mit Zeitungspapier umwickelten Gegenstand in die Höhe und winkte Jens Vorberg damit zu sich.

»Das wäre doch nicht nötig gewesen«, sagte der Oberkommissar, während er sich einen Weg durch das Gedränge der Kollegen bahnte. »Oder wollt ihr mir den Abschied extra schwer machen?«

Degenhardt seufzte. »Rede jetzt bloß keinen sentimentalen Mist.«

Gelächter ging durch den Raum. Auch Achim Meislahn und Dirk Kaiser bemühten sich um eine heitere Miene.

Als Jens Vorberg den Hauptkommissar erreichte, drückte dieser ihm das Geschenk in die Hand und nickte. Jens Vorberg hatte das Bedürfnis, etwas hinzuzufügen. »Vielen Dank an euch alle. Ihr könnt mir glauben, dass ich mir die Entscheidung nicht leicht gemacht habe. Ich habe mich hier bei euch wahnsinnig wohlgefühlt, aber jetzt ist der Zeitpunkt gekommen, andere Wege zu gehen.« Vorberg räusperte sich, dann wandte er sich direkt an Degenhardt: »Besonders dir möchte ich danken! Du hast …«

»Vielen Dank«, unterbrach Degenhardt seinen langjährigen Partner, »deine Redezeit ist leider vorbei. Du darfst das Geschenk jetzt auspacken.«

Wieder kam Gelächter auf.

Jens Vorberg unternahm keinen Versuch, seine Rede fortzusetzen. Stattdessen wickelte er den länglichen Gegenstand aus und hielt kurz darauf ein Transportrohr für eine Angelrute in der Hand. Die Überraschung stand ihm ins Gesicht geschrieben, während er das Rohr öffnete und eine Fliegenrute herausholte. »Ihr seid verrückt«, rief er mit leuchtenden Augen, »das ist eine *Winston Boron!*«

Degenhardt nickte zufrieden. »Ich hoffe, dass du an uns denkst, wenn du an dem ein oder anderen Wochenende im Harz fischen gehst oder im Herbst nach Alaska fliegst, um Forellen zu angeln. Darf ich davon ausgehen, dass das Buffet jetzt eröffnet ist?«

»Klar!«, rief Jens. »Und jetzt lasst es euch schmecken!«

Während die übrigen Kollegen zu den kalten Platten drängten, bewegte Degenhardt sich nicht von der Stelle. Polizeidirektor Achim Meislahn und Kriminalrat Dirk Kaiser standen noch immer neben ihm. Rolf Degenhardt ging davon aus, dass Meislahn nun den nächsten Versuch unternehmen würde, ihm den neuen Leiter des Zentralen Kriminaldienstes vorzustellen. Er ließ den Blick schweifen und hörte dem Gespräch zu, das seine beiden Vorgesetzten über das kriminaltechnische Labor der Polizeiinspektion führten.

Er spürte, dass sein Handy in der Gesäßtasche vibrierte, holte es heraus und blickte auf das Display.

Ulrike.

Einige Sekunden lang pendelte sein Daumen zwischen den beiden grünen und roten Feldern, die im Display leuchteten. Gerade wollte er das Gespräch annehmen, als sich Achim Meislahn an ihn wandte: »Herr Kaiser und ich sind in zehn Minuten zurück. Sind Sie dann noch hier? Es wäre schade, wenn Sie beide sich heute nicht mehr kennenlernen würden.«

Degenhardt blickte kurz auf. »Kein Problem.«

In dem Moment, als er auf das grüne Feld drückte, sprang die Anzeige um. »Anruf in Abwesenheit.« Er seufzte und steckte das Handy wieder in die Hosentasche. Er würde Ulrike nach der Veranstaltung zurückrufen.

Kapitel 6

DER GEHÄNGTE

In der Nähe von Sprötze,
Waldlichtung
Montag, 13. Mai, 10:00 Uhr

Er spürte eine tiefe Befriedigung, als er Martin Stelter entdeckte. Die Jugendlichen aus dem *Nachtcafé* hatten die Regieanweisungen, die er für sie vorgesehen hatte, am Abend zuvor hervorragend umgesetzt: Auf Stelters Stirn klaffte eine Platzwunde. Zahlreiche rotbraune Flecken auf dem Parka zeugten davon, dass eine Menge Blut geflossen war. Das rechte Auge war dunkel gefärbt und zugeschwollen.

Stelter saß vor einem kleinen Zelt auf einem weißen, ausgeblichenen Plastikstuhl, er hatte die Hände im Schoß gefaltet und den Kopf in den Nacken gelegt. Seine Augen waren geschlossen, von Zeit zu Zeit stöhnte er.

Schräg versetzt zu dem Zelt war eine Plane aufgespannt, unter der ein weiterer Plastikstuhl, ein Klapptisch, Brennholz, Wasserkanister, Kochgeschirr und Aluminiumkisten mit Büchern, Kleidung sowie Lebensmitteln lagerten. Der Hund lag zwischen dem Zelt und der Plane. Vorhin, als er näher herangekommen war, hatte der Golden Retriever den Kopf gehoben und kurz mit dem Schwanz gewedelt.

Linker Hand befand sich eine Feuerstelle, die mit faustgroßen Steinen abgegrenzt war. Darüber hing ein Teekessel an einem Dreibein.

Auf der rechten Seite war eine Wäscheleine zwischen zwei

Bäumen gespannt. Auf ihr trockneten Unterhosen, T-Shirts und Socken.

Der Gehängte ging zu der Plane und stellte seine Sporttasche davor ab. Er holte ein Paar Latex-Handschuhe aus der Tasche und streifte sie über. Er konnte sich nicht erlauben, Fingerabdrücke oder DNA-Spuren zu hinterlassen, denn sie waren in den Datenbanken der Polizei gespeichert. Die Handschuhe waren transparent und lagen so eng an, dass sie wie eine zweite Haut wirkten. Über mehrere Wochen hatte er verschiedene Exemplare bei Onlineshops gekauft und ausprobiert. Entscheidend war dabei zum einen gewesen, dass er damit die Touchscreens seines iPads und seines Smartphones bedienen konnte, zum anderen sollten die Handschuhe auf den ersten Blick unauffällig sein. Beides hatte er ausgiebig getestet und sich für Handschuhe eines amerikanischen Fetisch-Händlers entschieden. Solange niemand auf seine Hände achtete, blieben die Handschuhe unsichtbar.

Er zog den Plastikstuhl unter der Plane hervor und nahm ein Radio aus einer der Aluminiumkisten. Er platzierte es auf dem Stuhl und suchte in seiner Sporttasche nach den Batterien und der CD. Er legte beides in das Radio ein und ging zu Stelter. »Schön haben Sie es hier!«

Dieser öffnete die ramponierten Augen, so weit es möglich war, und brauchte einige Augenblicke, bis er die Situation erfasst hatte. Dann schnellten seine Hände zu den Armlehnen, und er versuchte, sich hochzustemmen. Im nächsten Moment schrie er auf und ließ seinen Körper zurück in den Plastikstuhl fallen. Er krümmte sich und presste die Hände gegen den linken Rippenbogen.

»Schmerzen?«, fragte *der Gehängte*.

Ein röchelndes Husten war die Antwort.

Der Gehängte ging zurück zum Radio und startete Giuseppe Verdis Oper *Nabucco*.

Stelter begann zu würgen, was er jedoch rasch wieder unter Kontrolle hatte. Er schnappte nach Luft. »Was soll das? Wer …«

»Wenn Sie mir einen Namen geben möchten, nennen Sie mich bitte Clemens Gerber.«

Stelters Lippen öffneten sich, brachten aber keinen Laut hervor.

»Ich fürchte, dass Sie sich gestern Abend eine Gehirnerschütterung zugezogen haben. Brechreiz ist ein eindeutiges Zeichen dafür. Wie sieht es aus mit Schwindelgefühlen? Kopfschmerzen? Sehstörungen?«

Keine Antwort.

Der Gehängte drehte den Lautstärkeregler etwas weiter auf. »Ich weiß, dass Sie klassische Musik lieben. Erinnern Sie sich noch an die *Nabucco*-Aufführungen, die Sie gemeinsam mit Ihrer Frau besucht haben? Sie waren in der Wiener Staatsoper, in der Mailänder Scala, in der Deutschen Oper Berlin und in der Semperoper in Dresden, nicht wahr?«

Stelters Lippen begannen zu zittern.

»Soweit ich weiß, ist Ihre Frau vor drei Jahren bei einer Gasexplosion ums Leben gekommen.«

»Was …«, stammelte Stelter, dann brach seine Stimme.

Der Gehängte öffnete die Bücherkiste und nahm das Fotoalbum heraus. In den vergangenen Wochen hatte er es, wenn Stelter mit Bosko unterwegs gewesen war, wiederholt durchgeblättert. Die Aufnahmen zeigten Martin Stelter, seine Frau und seine Tochter. Glückliche Momente, soweit er das beurteilen konnte. Er nahm es und ging zu seiner Sporttasche.

Stelter schluckte schwer, hatte sich aber offensichtlich gefangen. »Was wollen Sie von mir?«

»Ich bin nicht zum ersten Mal hier. Ich habe mich intensiv auf unser Treffen vorbereitet und bin dabei auch auf Ihr Fotoalbum gestoßen. Haben Sie die letzten beiden Seiten absichtlich frei gelassen?«

»Können Sie vielleicht ... die Musik ... die Musik ausmachen?«

Die Frage ignorierend, nahm *der Gehängte* einen Klebestift, einen Zeitungsartikel und zwei Fotos aus seiner Sporttasche.

»Die Musik ...«, stöhnte Stelter. »Bitte!«

»Ich habe im Archiv des *Lüneburger Kuriers* einen sehr interessanten Bericht über die Explosion gefunden. Demnach haben Sie im Keller Ihres Hauses mit einem Gasgrill und einer Propangasflasche hantiert. Zuerst ist es zu einer Explosion gekommen, und anschließend ist das Haus bis auf die Grundmauern niedergebrannt. Ihre Frau, Ihre Tochter und Sie selbst haben sich schwere Brandwunden zugezogen. Ihre Frau ist am darauffolgenden Tag verstorben. Ich denke, dass wir diesen Zeitungsartikel auf der vorletzten Seite des Albums einkleben sollten.«

Stelters Muskeln spannten sich. Die Energie schien in seinen Körper zurückzukehren.

»Ich habe mich übrigens mit dem Redakteur unterhalten, der später über den Gerichtsprozess berichtet hat. Sie wurden wegen fahrlässiger Tötung, Brandstiftung, fahrlässiger Herbeiführung einer Sprengstoffexplosion und fahrlässiger Körperverletzung zu einer Freiheitsstrafe von einem Jahr und drei Monaten auf Bewährung verurteilt. Der Redakteur hat mir einige Fotos von dem Prozess zur Verfügung gestellt. Ich denke, dass die Bilder hervorragend auf die letzte Seite des Albums passen würden.«

Stelter drückte sich aus dem Stuhl hoch.

»Sie sollten vorsichtig sein. Mit Ihren Verletzungen ist nicht zu spaßen!«

Als Stelter sich vollständig erhoben hatte, schwankte er. Er riss die Augen auf und versuchte, sein Gegenüber zu taxieren. Unbeholfen machte er einen Schritt nach vorne, dann begann er zu taumeln.

»Da wir gerade bei dem Thema Verletzungen sind. Ich hätte zwei weitere Fragen: Sind meine Informationen korrekt, dass Sie seit der Explosion nicht mehr so gut zu Fuß sind, weil Sie sich dabei einen Hüftbruch zugezogen haben? Mussten zwei Ihrer Halswirbel tatsächlich versteift werden?«

Stelter holte mit dem Arm aus und versuchte, nach ihm zu schlagen, doch er war zu weit entfernt. Dabei verlor er das Gleichgewicht und prallte gegen einen Baumstamm.

Zuerst mit der Schulter, dann mit dem Kopf.

Die dunkelbraune Kruste, die die Platzwunde auf der Stirn eben noch verschlossen hatte, riss wieder auf. Ein roter Sturzbach tränkte seine Brauen und tropfte dann in die Tiefe. Sein Körper rutschte am Baumstamm entlang auf den Waldboden. Dann lag er still da.

Während *der Gehängte* auf ihn hinabblickte, dachte er kurz nach, ob er die Unterhaltung behutsamer hätte führen sollen.

Nein! Auf gar keinen Fall!

Stelter hatte genau das bekommen, was er verdiente. Außerdem gönnte er sich jetzt eine Erholungspause. Die stand ihm eigentlich nicht zu.

SCHULD! SEID! IHR!

Während er den Zeitungsartikel und die beiden Fotos in das Album einklebte, stellte er für sich fest, dass der erste Akt hervorragend begonnen hatte.

Kapitel 7

DIE ANDEREN

Buchholz in der Nordheide,
Polizeiinspektion Nordheide,
Montag, 13. Mai, 10:15 Uhr

Hauptkommissar Rolf Degenhardt stand am kalten Buffet und entschied sich für ein Käsebrötchen. Als er aufblickte, konnte er sich ein Lächeln nicht verkneifen, denn er sah, dass die Kommissarin Jana Liebisch auf ihn zukam. Sie hatte das Bachelorstudium »Polizeivollzugsdienst« an der Polizeiakademie in Nienburg an der Weser vor einiger Zeit erfolgreich abgeschlossen. Im Rahmen des Studiums hatte sie ein dreimonatiges Praktikum im Ersten Fachkommissariat der Polizeiinspektion Nordheide geleistet. Sie hatte Degenhardt von ihren Fähigkeiten überzeugt, und er hatte sich für sie eingesetzt, als sie sich während ihres Praktikums durch Leichtsinn in Schwierigkeiten gebracht hatte.

Nach diesem Praktikum hatte Degenhardt ihren Weg weiterverfolgt, denn Oberkommissar Jens Vorberg hatte Kontakt mit ihr gehalten und regelmäßig über ihren Werdegang berichtet. Degenhardt hatte nie nachgefragt, welche Art von Verbindung zwischen ihnen bestand – und Jens Vorberg hatte sich hierzu bedeckt gehalten. Jedenfalls überraschte es ihn nicht, sie hier zu sehen.

»Hallo, Herr Degenhardt«, begrüßte Jana Liebisch ihn und strahlte dabei über das ganze Gesicht.

»Frau Liebisch, schön Sie wiederzusehen. Wie geht's?«

Sie strich sich zögerlich eine Strähne ihres roten Haars aus dem Gesicht, dann antwortete sie: »Ganz gut eigentlich. Jens hat mir erzählt, dass Sie letzte Woche an der Polizeiakademie ein Seminar gegeben haben.«

Degenhardt nickte. »Ich war in Hannoversch Münden und habe mich bemüht, den Kommissaranwärtern die Grundlagen der Tatortarbeit näherzubringen. Bis Freitag bin ich hier in der Inspektion, und nächste Woche halte ich das gleiche Seminar in Nienburg.«

»Haben Sie mit Ihren Bemühungen denn Erfolg gehabt?«

»Ich bin zufrieden. Leider sind nicht alle Anwärter so talentiert wie Sie.«

»Hören Sie auf, sonst werde ich rot!«

Degenhardt hob die Augenbrauen. »Meinen Sie, dass ich das noch schaffe?«

»Wir sollten es besser nicht auf einen Versuch ankommen lassen.«

»Schade, ich dachte, ich könnte das bei Ihnen noch einmal ausprobieren.« Dem Hauptkommissar war nicht verborgen geblieben, dass Jana Liebisch zu Beginn des Gesprächs gezögert hatte, auf eine seiner Fragen zu antworten. Das ließ ihm keine Ruhe: »Jetzt habe ich genug erzählt. Sie sind dran, wie geht's Ihnen?«

Sie wiegte den Kopf hin und her. »Na ja, eigentlich geht es mir gut.«

»Und was fehlt, damit es Ihnen auch uneigentlich gut geht?«

»Vielleicht könnte es noch ein bisschen runder laufen. Das würde schon reichen.«

»Dienstlich oder privat?«

»Privat ist alles bestens.«

»Aha.« Degenhardt nickte. »Jens hat erzählt, dass Sie nach dem Studium zur Bereitschaftspolizei versetzt worden sind.

Ich kenne einige Kollegen dort. Die passen sehr gut in die Welt.«

»Ja, genau«, erwiderte Liebisch und schaute zu Boden.

Der Hauptkommissar hob die Augenbrauen. »Und womit sind Sie unzufrieden? Der Ort? Die Aufgaben? Oder etwas anderes?«

»Ich denke, dass ich einfach nur verwöhnt bin.«

»Inwiefern?«

»Sie sind schuld.«

»Ich verstehe nicht, was Sie mir damit sagen wollen.«

»Egal«, erwiderte sie und zuckte mit den Schultern. »Bei der Bereitschaftspolizei ist es nicht schlechter oder besser als in Buchholz. Es ist einfach nur anders.«

Mit einer kurzen Kopfbewegung gab er ihr zu verstehen, dass sie ihm folgen sollte. Als sie abseits der Kollegen einen Platz gefunden hatten, sagte er: »Können Sie sich vorstellen, demnächst in einer anderen Verwendung eingesetzt zu werden?«

»Wie meinen Sie das?«

»Bei mir im Ersten Fachkommissariat wird eine Stelle frei.«

»Wann?«

»Ab sofort.«

Jana Liebisch blickte ihn überrascht an. »Sie meinen die Stelle von Jens?«

»Genau die meine ich.«

Sie schwieg einige Augenblicke, dann erwiderte sie: »Die Entscheidung können Sie nicht treffen.«

»Doch, das kann ich.«

»Wie viel Bedenkzeit habe ich?«

»Keine. Ihr Bauch entscheidet, nicht Ihr Kopf. Wollen Sie oder wollen Sie nicht?«

Kapitel 8

DER GEHÄNGTE

In der Nähe von Sprötze,
Waldlichtung,
Montag, 13. Mai, 10:15 Uhr

Martin Stelters Golden Retriever hatte sich mittlerweile unter eine mächtige Eiche gelegt, die direkt an der Lichtung stand. Die Sonne schien ihm auf das Fell.

Der Gehängte ging auf die Knie, um den Hund zu streicheln. Stelter ließ er dabei nicht aus den Augen. Der war noch nicht wieder zu Bewusstsein gekommen.

Während seine Hände durch das Fell des Tieres fuhren, schallte Verdis *Nabucco* nach wie vor aus den Lautsprecherboxen. Die Aufnahme stammte aus dem Jahr 1965. Lamberto Gardelli dirigierte das Orchester der Wiener Staatsoper, Tito Gobbi gab den *Nabucco* und Elena Souliotis die *Abigail*. Die kraftvolle Stimme der Sopranistin, die sich mühelos gegen das Orchester und den Chor durchsetzte, war zu hören.

Er schaute auf den Hund. »Abigail, diese Schlange! Hörst du, wie arrogant und hämisch sie ist? Ihr ist jedes Mittel recht, um den Thron zu besteigen. Dafür betrügt sie und lässt ihren eigenen Vater einkerkern. Sie schreckt nicht einmal davor zurück, ein ganzes Volk ermorden zu lassen. Du kannst dir gar nicht vorstellen, wie sehr ich Menschen wie Abigail verachte!«

Der Hund hob den Kopf und schnappte nach einer Fliege.

Er streichelte den Golden Retriever behutsam. »Feiner Bosko«, raunte er.

Der Hund schmatzte zufrieden.

»Diese Oper ist zwar schon alt, aber sie erzählt uns heute noch so unendlich viel. Über grenzenloses Streben nach Ruhm, über krankhaften Ehrgeiz und über gnadenlose Selbstzerstörung.«

Er nahm den Kopf des Hundes in beide Hände und staunte über dessen grenzenloses Vertrauen. Er sprach leise zu dem Hund. »Weißt du, Elena Souliotis galt für manche schon als *die nächste Callas*, aber sie wollte zu viel. Sie hat ihre Stimme gnadenlos ausgebeutet. Ich nenne es eine Ironie des Schicksals. Zuerst sang sie die Rolle einer Frau, die andere Menschen zerstörte, und am Ende vernichtete sie sich selbst.«

Er schaute auf den Hund hinab und legte seine Hände um seinen Hals. »Weißt du, warum ich dir das alles erzähle, Bosko? Nein, natürlich weißt du das nicht! Die Geschichte ist schnell erzählt: Dein Herrchen hat einen anderen Menschen zugrunde gerichtet – und jetzt ist es Zeit, dass er sich selbst zerstört. Leider musst du deswegen jetzt als Erster gehen …«

Der Gehängte schloss seine Augen, dann drückte er die Finger so fest zusammen, wie er konnte. Der Hund wand sich heftig und versuchte sich zu befreien. Voller Panik rang er nach Luft, doch sein Kampf war aussichtslos.

Der Gehängte ließ zu keinem Augenblick von dem Tier ab. Er presste die Kiefer aufeinander und zischte: »Du kannst dich bei deinem Herrchen bedanken!«

Kapitel 9

DIE ANDEREN

In der Nähe von Sprötze,
Waldlichtung,
Montag, 13. Mai, 10:25 Uhr

Martin Stelter lag zusammengekrümmt wie ein Embryo auf dem feuchten Waldboden. Mit einem langgezogenen Stöhnen kam er wieder zu sich. Seine Muskeln krampften. Die Prellungen und Stauchungen verteilten sich über seinen gesamten Körper und ließen ihn vor Schmerz aufstöhnen. Sein Schädel fühlte sich an, als würde er jeden Moment bersten. Als die Krämpfe nachließen und die Schmerzen abebbten, nahm er die Musik wahr, die ganz nahe zu sein schien. Er erkannte sie sofort.

Nabucco. Das Orchester spielte gerade die Passage, die den Gesang des Gefangenenchors einleitete. Es war die reinste Tortur.

Früher war ihm kein Weg zu weit gewesen, um seiner Frau zu ermöglichen, *Nabucco* live zu erleben. Sie liebte diese Oper – heute konnte er die Musik und den Gesang nicht mehr ertragen. Verdis Oper war für ihn das Symbol für den Verlust seiner Frau.

Er rieb sich das Blut, das während der Bewusstlosigkeit zwischen seinen Wimpern geronnen war, aus den Augen und starrte auf das Radio, das vor der Plane auf dem Stuhl stand. Gerade begann der Gefangenenchor, die verlorene Heimat und das Leid der Sklaverei zu besingen.

Verdis Oper war wie eine Axt. Ton für Ton zerschmetterte

sie die Schubladen, in denen Stelter die quälenden Erinnerungen an die vergangenen Jahre sorgfältig verborgen hatte: Seine Frau war tot, und er vermisste sie bitterlich. Er war schuld an ihrem Tod. Die Gewissensbisse quälten ihn unablässig. Seine Tochter Nina hatte ihm bis heute nicht verziehen, und sie hatte den Kontakt zu ihm vollständig abgebrochen. Seit dem Strafprozess galt er als vorbestraft. Er fühlte sich von der Gesellschaft verstoßen.

Schließlich hatte Stelter nicht einmal mehr die Kraft, einen Zivilprozess gegen die Versicherungsgesellschaft zu führen, die die Auszahlung der Versicherungssumme für das zerstörte Haus bis zum heutigen Tag verweigerte.

Stelters Blick fixierte den alten Plastikstuhl, auf dem das Radio stand. Egal, wie viel Kraft es kostete – er würde jetzt aufstehen, es in beide Hände nehmen und an den nächsten Baum schleudern. Vorsichtig stemmte er den Oberkörper in die Höhe. Prompt jagte von seinem linken Knie und seinem Brustkorb aus eine weitere ungeheuerliche Schmerzwelle durch seinen Körper. Die Arme gaben nach, und der Oberkörper sackte wieder zurück auf das verfaulte Laub, das die Herbststürme im vergangenen Jahr von den Bäumen gerissen hatten.

Nabucco tönte weiterhin aus dem Radio. Damit kamen auch die Erinnerungen an sein Leben nach den Krankenhausaufenthalten und dem Strafverfahren zurück. Zunächst war er einige Monate in einem Hamburger Obdachlosenheim untergekommen. Hier hatte er es nur so lange ausgehalten, bis er von einem Bettnachbarn ausgeraubt worden war. Die Bilder dieser Nacht konnte er noch immer wie einen Film vor seinem inneren Auge ablaufen lassen: Das verzerrte Gesicht des Mannes, der ihm das Messer im Drogenrausch in den Oberarm gestoßen hatte, war unauslöschlich in sein Gedächtnis gebrannt.

Hals über Kopf war er aus dem Obdachlosenheim geflüchtet und hatte abseits der Reeperbahn einen überdachten Hauseingang gefunden, der ihn im Schlaf vor Wind und Regen schützte. Auch hier war er nicht lange geblieben, denn eines Nachts hatten angetrunkene Jugendliche ihn auf die Straße gezerrt und beschimpft. Sie hatten seinen Schlafsack in den Dreck geworfen, um dann grölend weiterzuziehen. Sie hatten ihm zwar keine Wertgegenstände genommen, wohl aber das letzte bisschen Vertrauen in seine Sicherheit.

In jener Nacht hatte er den Entschluss gefasst, nach einem Waldstück zu suchen, das ihm Ruhe und Schutz bot und dennoch in der Nähe eines Bahnhofs lag. Seine Suche hatte ihn nach Sprötze geführt – ein Ort, den er mit positiven Erinnerungen an seine Kindheit verband. Hier hatte er dieses ruhige Fleckchen Erde gefunden, wonach er gesucht hatte, und hier war er geblieben.

Der Hund! Wo zum Teufel war der Hund?

»Bosko!«, rief Stelter, doch seine Stimme konnte sich gegen die Lautstärke des Gefangenenchors nicht behaupten. Er biss die Zähne zusammen und drehte sich auf die Seite, um nach seinem Golden Retriever Ausschau zu halten. Dabei streifte der Blick seinen Peiniger, der in sicherer Entfernung am Waldrand stand und hinaus auf die Lichtung schaute. Adrenalin flutete Stelters Körper.

Dort stand der Scheißkerl, der die beschissene Nabucco-CD in das Radio eingelegt hatte!

Der Drecksack, der über die Explosion Bescheid wusste!

Das Arschloch, das ihm gestern Abend das Fahrrad geschenkt hatte, woraufhin ein wilder Haufen Idioten ihn nahezu krankenhausreif geprügelt hatte!

In diesem Augenblick schoss ein Name in Stelters Kopf. Diese Erkenntnis fühlte sich an wie eine eiserne Faust, die ihn ohne Vorwarnung in den Magen traf.

Clemens Gerber.

Stelters Hände krallten sich in den feuchten Waldboden. Er richtete den Blick auf die Aluminiumkisten, die unter der Plane standen. Dort wollte er hin. Bis zur Plane waren es rund fünfzehn Meter Entfernung.

Los jetzt!

Er stemmte sich auf beide Arme sowie auf das rechte Knie. Er versuchte gar nicht erst, das linke Bein zu belasten. Es gelang ihm eine Bewegung nach vorne. Er verlor beinahe das Gleichgewicht, doch er schaffte einen halben Meter. Er suchte Stabilität und holte Luft.

Kurz löste Stelter seinen Blick von den Kisten und warf einen Blick zur Seite. Er sah, dass sein Widersacher noch immer regungslos hinaus auf die Lichtung starrte.

Stelter machte eine weitere Bewegung zur Plane hin, verlor das Gleichgewicht und prallte auf den Waldboden. Der Schmerz war kaum zu ertragen. Doch statt eines Aufschreis kam nur ein Gurgeln aus seinem Mund.

Er stemmte sich wieder hoch und kämpfte sich Meter um Meter vor in Richtung der Kisten. Er ließ das Zelt hinter sich, erreichte sein Ziel und öffnete die Kiste mit seiner Winterkleidung.

Plötzlich verstummte die Musik.

»Warum so eilig?«, hörte er seinen Peiniger sagen.

Stelters Hand glitt innen an der vorderen Aluminiumwand in die Tiefe und tastete sich am Boden entlang. Im nächsten Moment fand er seine *Walther P99*.

»Wie ich sehe, haben Sie sich wieder erholt!« Die Stimme kam rasch näher.

Stelter nahm die Waffe in die Hand und zog sie aus der Kiste heraus.

»Viel schneller, als ich erwartet hatte!«

Stelter zog den Verschluss zurück und ließ ihn wieder nach vorne schnellen. Dann drehte er sich unter Schmerzen auf die Seite und zielte. Er rang nach Luft. »Es tut mir sehr leid … ehrlich!«

Kapitel 10

DIE ANDEREN

Lüneburg,
Klosterkamp,
19 Jahre zuvor

Martin Stelter stand am Rand der Terrasse. Sein Blick war stur auf das Rosenbeet geheftet. Er nahm einen letzten Zug von seiner Zigarette, hob seinen linken Fuß und drückte die Glut so lange gegen die Ledersohle seines Schuhs, bis sie verloschen war. Anschließend schob er den Zigarettenstummel hinter die Plastikhülle, die die Schachtel umschloss.

Seine Frau saß am Tisch und blickte ihn verwundert an. »Ich kann mich nicht erinnern, dass du jemals zu Hause geraucht hast.«

»Mir war danach«, erwiderte er knapp. Er setzte sich, nahm ein Stück Apfelkuchen und schenkte sich Kaffee ein. »Möchtest du auch?«

»Nein danke.« Da er keinerlei Gespräch mit ihr suchte, fragte sie schließlich: »Warum bist du Nina gegenüber vorhin so wütend geworden?«

»Ich habe ihr angeboten, sie mit dem Auto zu ihrer Freundin zu fahren. Selbstverständlich hätte ich sie auch wieder abgeholt. Das war alles.«

»Sie wollte dein Angebot nicht annehmen.«

»Richtig. Ein Wort hat das andere ergeben, und dabei bin ich ein bisschen lauter geworden.«

»Mir ist nicht klar, warum das Thema für dich plötzlich

eine so große Bedeutung hat. Nina ist jeden Tag mit dem Fahrrad unterwegs. Sie fährt damit bei jedem Wind und Wetter zur Schule, zum Klavierunterricht, zum Taekwondo-Training und zu ihren Freundinnen. Sie hat Pfefferspray dabei. Sie braucht deine Fahrdienste nicht.«

»Es ist riskant, wenn man in ihrem Alter allein unterwegs ist.«

»Sie kann sich wehren.«

»Es gibt Menschen, denen ist das scheißegal«, erwiderte Stelter. Es war nicht zu überhören, dass er ärgerlich war. »Diese Menschen interessiert es einen Scheißdreck, ob jemand Taekwondo beherrscht oder Pfefferspray dabeihat.«

Seine Frau nahm ihre Kaffeetasse vom Tisch und trank einen Schluck. »Ich mag es nicht, wenn du dich so ausdrückst.«

Stelter schüttelte den Kopf und zog die Zigarettenschachtel aus seiner Hemdtasche. »Manchmal habe ich das Gefühl, als würdet ihr mich gar nicht verstehen wollen.«

»Seitdem der Prozess letzte Woche angefangen hat, habe ich das Gefühl, überhaupt nicht an dich heranzukommen. Egal, was ich sage oder frage, du blockst mich einfach nur ab. Ich versuche ja, dich zu verstehen, aber du musst mir dabei auch ein wenig helfen.«

Wortlos zündete sich Stelter die nächste Zigarette an und nahm einen tiefen Zug.

Seine Frau stand auf und ging zu ihm. Sie schloss beide Arme von hinten um seine Brust und legte ihren Kopf auf seine Schulter. »Ich verstehe immer noch nicht, warum du dich freiwillig als Schöffe zur Verfügung gestellt hast! Du bist so sensibel und feinfühlig! Ich frage mich, wie du mit all der negativen Energie umgehen willst?«

»Wahrscheinlich hast du recht«, erwiderte Stelter und nahm einen tiefen Zug von der Zigarette.

»Hast du dich denn überhaupt damit auseinandergesetzt, was das für dich bedeutet?«

»Ich denke nicht, dass dieses Gespräch jetzt zu einem sinnvollen Ende führt.«

Sie seufzte. »Ich wünsche mir so sehr für dich, dass das Vorstellungsgespräch bei *Schmitz & Märker* übermorgen gut für dich läuft. Das wäre für uns alle ein Lichtblick.«

»Das wünsche ich mir auch.«

Es herrschte kurz Stille, dann fragte seine Frau: »Magst du mir von heute erzählen?«

»Der Staatsanwalt hat die Anklageschrift verlesen. Kurz vor Ende konnte die Mutter des Mädchens es nicht mehr ertragen und ist weinend zusammengebrochen. Sie wurde ins Krankenhaus gebracht. Nach der Verhandlung haben Demonstranten vor dem Gerichtsgebäude Plakate ausgerollt.«

»Mit welcher Aufschrift?«

Schneidet dem Schwein die Eier ab!

Kapitel 11

DIE ANDEREN

Buchholz in der Nordheide,
Polizeiinspektion Nordheide,
Montag, 13. Mai, 10:25 Uhr

Arne Friedrich, der Pressesprecher der Polizeiinspektion Nordheide, stand gemeinsam mit Hauptkommissar Rolf Degenhardt und Oberkommissar Jens Vorberg am Buffet. Arne Friedrich war an Details zu einem der aktuellen Fälle interessiert, denn er hatte dazu eine Anfrage der *Harburger Kreiszeitung* auf dem Schreibtisch liegen. Nachdem sie den Sachverhalt erörtert hatten, lenkte Arne Friedrich das Gespräch auf ein völlig anderes Thema: »Habt ihr schon gehört, dass Jürgen Großmann letzte Woche einen Schlaganfall erlitten hat?«

»Das tut mir wahnsinnig leid«, murmelte Degenhardt.

Jens Vorberg blickte zu ihm hinüber. »Großmann war einer deiner Vorgänger, richtig?«

»Ja, aber das ist über zwanzig Jahre her. Ich habe mich mit ihm zwei oder drei Mal über alte Akten unterhalten, die er schon damals auf dem Schreibtisch gehabt hatte. Seitdem ist er regelmäßig in der Polizeiinspektion vorbeigekommen, um sich einen Kaffee abzuholen.«

»Ich erinnere mich an ihn«, sagte Jens Vorberg. »Volles schlohweißes Haar, schlanke Figur, sehr souveränes und zurückhaltendes Auftreten.«

»Seine Frau hat mich am Freitag angerufen«, sagte Arne

Friedrich. »Großmann liegt im Luhe-Klinikum und wird in den nächsten Tagen in eine Rehaklinik verlegt.«

Degenhardt seufzte. »Ich werde morgen bei ihm vorbeischauen.«

Es herrschte ein betroffenes Schweigen, bis Jens Vorberg schließlich das Thema wechselte: »Als wir uns letzte Woche über die Operative Fallanalyse unterhalten haben, wurden wir unterbrochen. Wenn ich dich richtig verstanden habe, dann kennst du meine zukünftigen Kollegen in Hannover?«

Degenhardt nickte. »Ein sehr überschaubarer Haufen. Jedes Bundesland hat ein eigenes Team mit drei bis sechs Fallanalytikern und Ermittlern, die dem jeweiligen Landeskriminalamt zugeordnet sind. Dazu kommen noch einmal acht Analytiker beim Bundeskriminalamt. Insgesamt beschäftigen sich bundesweit also knapp einhundert Beamte mit der Operativen Fallanalyse. Diejenigen, die ich kenne, sind wirklich okay.«

Degenhardt berichtete weiter über die Erfahrungen, die er im Landeskriminalamt Hannover gesammelt hatte. Er war über die Abläufe und Strukturen in Jens Vorbergs zukünftiger Dienststelle bestens informiert, denn er selbst hatte dort vier Jahre lang Fälle bearbeitet, in denen die Identität von Toten zunächst unbekannt gewesen war. Darüber hinaus war Degenhardt wegen seines weit verzweigten Netzwerks und wegen seiner Tätigkeit als Dozent an den drei Polizeiakademien in Hannoversch Münden, Oldenburg und Nienburg stets auf dem neuesten Stand.

Schließlich nickte Jens Vorberg. »Ich bin sehr gespannt, was mich dort erwartet.«

»Das kann ich dir genau sagen«, erwiderte Degenhardt. »Erst einmal liegen fünf Jahre Ausbildung mit zahlreichen Lehrgängen vor dir. Am Anfang wirst du dich mit den Grundlagen der Operativen Fallanalyse beschäftigen, und dann musst du den Umgang mit der ViCLAS-Datenbank lernen. Sie ist euer Instrument, um Serienstraftaten zeitsparend und effektiv zusammenzuführen. Anschließend folgen die Methodik-Ausbildung, Hospitationen, Praktika, eine Hausarbeit und die Abschlussprüfung. Natürlich wirst du vor allem an aktuellen Fällen arbeiten und dabei praktische Erfahrungen sammeln. Du kannst dich also darauf einstellen, dass es ein weiter Weg bis zur Zertifizierung ist.«

»Ich bin wirklich sehr gespannt«, erwiderte Jens Vorberg. »Falls es mir nicht gefallen sollte, überlege ich es mir vielleicht ja doch noch und kehre zu euch zurück.«

Degenhardt zuckte mit den Schultern. »Tut mir leid, aber das wird nicht funktionieren. Deine Stelle wurde bereits nachbesetzt.«

Fragend hob Jens Vorberg die Augenbrauen.

»Jana Liebisch übernimmt deine Aufgaben.«

Nicht nur Jens Vorberg blickte den Hauptkommissar verwundert an. Auch der Pressesprecher Arne Friedrich war offensichtlich irritiert.

»Ich wusste gar nicht, dass sie sich für die Stelle beworben hat«, sagte Jens Vorberg schließlich. »Das hätte sie mir mit Sicherheit erzählt!«

»Du scheinst ja bestens informiert zu sein, wenn es um meine zukünftige Mitarbeiterin geht.«

»Könnte man so nennen.«

»Frau Liebisch ist spontan auf mich zugekommen.«

Jens Vorberg lachte laut auf. »Jana? Spontan auf dich zugekommen?«

»So könnte man das nennen.«

Jens Vorberg antwortete nicht, sondern blickte suchend durch den Raum. Als er Jana Liebisch sah, war sie in ein Gespräch mit einigen Kollegen vertieft, die ihren Dienst ebenfalls im Ersten Fachkommissariat leisteten.

»Siehst du«, sagte Degenhardt und lächelte. »Sie macht sich schon mit ihrem neuen Umfeld vertraut.«

»Das klären wir später«, murmelte Jens Vorberg und ging auf diese Bemerkung nicht weiter ein. Offensichtlich zog etwas anderes seine Aufmerksamkeit auf sich.

»Ist was?«, wollte Degenhardt wissen.

»Meislahn ist im Anmarsch. Er hat den Neuen im Schlepptau.«

Degenhardt zuckte mit den Achseln und nahm ein Lachsbrötchen vom Buffet. Er hob es zum Mund und wollte gerade abbeißen, als der Polizeidirektor und der zukünftige Leiter des Zentralen Kriminaldienstes sich neben sie stellten.

»So, meine Herren«, sagte der Neue und streckte ihnen die Hand entgegen. »Jetzt habe ich endlich Zeit, mich vorzustellen. Mein Name ist Kriminalrat Dirk Kaiser. Ab sofort leite ich den Zentralen Kriminaldienst.«

Das fängt ja gut an, dachte Degenhardt. *Wieder einer dieser Typen, für den der Dienstgrad zum Namen gehörte*. Er wechselte das Lachsbrötchen in die linke Hand und erwiderte den Händedruck. Kaisers Griff war unnatürlich fest und schien kein Ende zu nehmen.

Degenhardt ahnte, dass die Zusammenarbeit mit ihm eine Herausforderung werden würde. Letztendlich zog er seine Hand zurück und löste sich aus dem Griff. »Na dann – auf gute Zusammenarbeit!«

»An mir wird es nicht liegen«, erwiderte Kaiser. Seine Mundwinkel deuteten ein Lachen an, bei dem ein Teil seiner oberen Zahnreihe zum Vorschein kam. Degenhardt war von diesem Anblick irritiert, denn seiner Meinung nach waren die Zähne unnatürlich weiß. Andererseits passte das zu seinem

Eindruck, dass Kaisers tiefbraune Haarfarbe etwas zu gleichmäßig wirkte.

»Ich wünsche Ihnen alles Gute für Ihre neuen Aufgaben«, sagte Kaiser, nachdem er sich Jens Vorberg zugewandt hatte. »Ich bin selbst fünf Jahre lang im Landeskriminalamt gewesen. Polizeilicher Staatsschutz. Eine sehr interessante Zeit. Wann haben Sie Ihren ersten Tag in Hannover?«

Jens Vorberg hatte gerade von seinem Brötchen abgebissen. Jetzt beeilte er sich, schneller zu kauen. Er schluckte hastig, dann räusperte er sich. »Anfang Juni. Ich habe jetzt erst einmal Urlaub.«

»Fahren Sie weg?«

»Ja, in den Harz. Seit dem ersten April darf man wieder in der *Bode* fischen.«

Kaiser nickte. »Ich habe vorhin mitbekommen, dass Sie ein begeisterter Angler sind.«

»Oh ja«, erwiderte Jens Vorberg. »Meine größte Leidenschaft.«

»Dann wünsche ich Ihnen Petri Heil im Harz und viel Erfolg in Hannover.« Kaiser blickte den Polizeidirektor Achim Meislahn an. »Ich werde mich jetzt erst einmal darum kümmern, dass die Stelle von Herrn Vorberg so schnell wie möglich nachbesetzt wird.«

Der Polizeidirektor setzte zu einer Antwort an, doch Degenhardt kam ihm zuvor: »Die Stelle wurde bereits nachbesetzt.«

»Wie bitte?« Kaiser sah den Hauptkommissar verdutzt an.

Jens Vorberg und Arne Friedrich blickten sich an, nickten sich zu, lösten sich aus dem Gespräch und gingen.

»Die Stelle wurde bereits nachbesetzt«, wiederholte Degenhardt.

»Ich bin nicht schwerhörig!«, antwortete Kaiser barsch und wandte sich an den Leiter der Polizeiinspektion Nordheide.

»Warum weiß ich davon nichts, Herr Meislahn? Wir haben doch besprochen, dass ich die Stelle mit einem Kollegen aus meiner alten Dienststelle nachbesetzen möchte!«

»Die Dinge haben sich geändert«, erwiderte Degenhardt, bevor Achim Meislahn reagieren konnte. »Die Kommissarin Jana Liebisch ist als Nachfolgerin von Herrn Vorberg vorgesehen.«

Kaisers Wangen röteten sich. »Jana Liebisch? Ich habe den Namen noch nie gehört! Woher kommt die so plötzlich?«

»Frau Liebisch hat ihr Ermittlungspraktikum bei uns absolviert. Derzeit ist sie bei der Bereitschaftspolizei in Lüneburg. Sie ist eine sehr fähige Kommissarin und wird Herrn Vorberg großartig ersetzen.«

Kaiser knetete seine Hände, ohne zu antworten. Wiederum sah er Achim Meislahn an. »Damit hat sich die Nachbesetzung der Stelle durch meinen Kollegen wohl erledigt. Sehe ich das richtig?«

Degenhardts Blick richtete sich ebenfalls auf den Leiter der Polizeiinspektion.

Wie üblich ließ dessen Gesichtsausdruck nicht erkennen, was er gerade dachte. Die Spannung, die in der Luft lag, war jedoch deutlich spürbar. Achim Meislahn machte zunächst keine Anstalten, die Situation zu klären, dann sagte er endlich: »Sie haben gehört, was Herr Degenhardt gesagt hat. Die Dinge haben sich geändert.«

Mittlerweile hatte sich Kaisers Gesicht tiefrot verfärbt. Seine Augen wurden zu Schlitzen, während er Degenhardt ansprach: »Morgen früh um zehn Uhr sehen wir uns bei Ihnen im Büro. Ich erwarte eine Einweisung in Ihr Fachkommissariat. Strukturen, Abläufe, Personalpläne und Probleme. Bitte beziehen Sie die ungelösten Fälle in Ihre Unterrichtung ein. Das wird einer meiner Schwerpunkte sein.«

Degenhardt runzelte die Stirn. »Einer Ihrer Schwerpunkte?«

»Gelegentlich braucht ein ungelöster Fall einen neuen Impuls. Den Blick eines neutralen Dritten. Ein Detail, das bisher übersehen wurde.«

»Das passt leider nicht«, erwiderte Degenhardt. »Morgen habe ich einen Termin mit den Kollegen der Tatortgruppe. Ich leite nächste Woche ein Seminar an der Polizeiakademie in Nienburg und muss vorher unbedingt eine Frage klären, die letzte Woche in Hannoversch Münden aufgekommen ist.«

Kaisers Miene wirkte wie versteinert. »Die Kollegen sind die ganze Woche im Dienst, nicht wahr?«

Niemand antwortete.

»Dann werden Sie Ihren Termin verlegen! Wir sehen uns morgen früh um zehn!«

Kapitel 12

DER GEHÄNGTE

In der Nähe von Sprötze,
Waldlichtung,
Montag, 13. Mai, 10:30 Uhr

Er blickte auf Martin Stelter hinab und sah zu, wie er den Verschluss der Pistole zurückzog und wieder nach vorne schnellen ließ.

Stelter drehte sich unter Stöhnen auf die Seite und zielte. Er rang nach Luft. »Es tut mir sehr leid ... ehrlich!«

»Ich glaube tatsächlich, dass Sie es ehrlich meinen, aber es ändert nichts an der Situation. Dafür ist es jetzt zu spät!«

Stelter reagierte nicht. Er schien sich seiner Sache sicher zu sein. Offensichtlich gab die Waffe ihm das Gefühl, er würde die Lage beherrschen.

»Wie ich sehe, haben Sie sich gut vorbereitet. Sie sind also der Meinung, dass Sie mich töten müssen, um nicht selbst zu sterben.«

Ohne zu antworten, holte Stelter noch einmal tief Luft. Dann hielt er den Atem erneut an. Er zielte noch immer, allerdings begannen seine Arme zu zittern.

»Damit hätten Sie grundsätzlich recht. Trotzdem gilt das, was ich vorhin schon einmal gesagt habe: Es ist zu spät!«

Stelter zögerte nicht eine Sekunde länger, streckte die Arme und zog den Abzug der Pistole durch.

Es war zu hören, wie Stahl auf Stahl schlug. Ansonsten geschah nichts.

Noch einmal riss Stelter am Abzug. Wieder brach kein Schuss. Hektisch rang er nach Luft.

»Sie können es gerne ein weiteres Mal probieren, es wird allerdings nichts ändern. Ich habe die Treibladung aus den Hülsen entfernt und die Zündhütchen unbrauchbar gemacht.«

Sämtliche Spannung wich aus Stelters Körper.

»Wollen wir jetzt ein wenig plaudern?«

Stelter sackte in sich zusammen. Ein kurzes Jammern, dann wurde er ruhig. Seine Augen verrieten, dass er endgültig gebrochen war.

Der Gehängte ging zu ihm, nahm ihm die *Walther P99* aus der Hand und verstaute die Waffe wieder an ihrem ursprünglichen Platz. Er holte seine Sporttasche und zwei Plastikstühle, dann stellte er alles unter der Plane ab.

Stelter drehte sich mühevoll auf den Bauch und setzte sich auf die Knie.

»Darf ich Ihnen aufhelfen?«

»Mhm.«

Er stützte Stelter beim Aufstehen, half ihm zu einem der Stühle und ließ ihn sich setzen.

Stelter faltete die Hände im Schoß. »Wo ist mein Hund?«

»Sie können später Abschied nehmen.«

»Wo ist er … Nein! Haben Sie …? Ist er …?«

Es herrschten einige Momente der Stille, dann ließ Stelter seiner Trauer freien Lauf. »Bosko hat … er hat Ihnen überhaupt nichts getan. Er hat …«

Stelters Stimme brach, und er hatte große Mühe, den Satz zu beenden. »Er hat mit der ganzen Sache nichts … aber auch gar nichts zu tun!«

»Ich weiß, aber damit habe ich Ihnen die Last genommen, ein neues Zuhause für ihn finden zu müssen. Haben Sie allen Ernstes damit gerechnet, dass Sie ungeschoren davonkommen?«

Stelter senkte lediglich den Kopf.

»Haben Sie gedacht, die anderen würden das Problem für Sie lösen?«

»Was wollen Sie von mir? Geld? Ich bekomme eine Witwerrente und eine Erwerbsminderungsrente. Insgesamt knapp achthundert Euro. Das können Sie alles haben.«

»Geld interessiert mich nicht. Außerdem geht aus Ihren Kontoauszügen hervor, dass Sie beide Renten auf das Konto Ihrer Tochter überweisen. Die braucht das Geld dringender als ich.«

Stelter schwieg.

Der Gehängte nahm ein Glasröhrchen aus seinem Rucksack und drückte es Stelter in die Hand.

»Eine Tablette?«

»Strychnin. Es wird wehtun, das möchte ich gar nicht schönreden.«

Stelter gab das Röhrchen zurück, ohne ein Wort zu sagen.

»Sie haben die Wahl«, sagte er und nahm das iPad aus der Sporttasche. Er legte eine SIM-Karte ein, die er beim Kauf auf den Namen *Martin Stelter* hatte registrieren lassen. Er hatte das kleine Stück Plastik hier im Wald in der vergangenen Woche schon einmal benutzt. Dann schaltete er das iPad ein, stellte eine Internetverbindung her und loggte sich in den WLAN-Router ein, der im Wohnzimmer von Stelters Tochter montiert war. Kurze Zeit später konnte er das Bild der Videokamera sehen, die er im Bad installiert hatte.

»Schauen Sie hier«, sagte er und gab Stelter das iPad. »Wissen Sie, wo das ist?«

Der starrte einige Augenblicke auf das Display. »Haben Sie … sind das Aufnahmen … von meiner Tochter …?«

»Das ließ sich nicht vermeiden. Ich habe im Bad hinter dem Spiegelschrank eine Sprengladung angebracht. Die Zündvorrichtung ist ebenso wie die Videokameras über das WLAN mit dem Router in der Wohnung Ihrer Tochter verbunden. Dort habe ich mich gerade eingeloggt.«

Der Gesichtsausdruck von Stelter verriet, dass er nicht verstand.

»Ihre Tochter arbeitet als freie Journalistin in Hamburg. Sie finanziert ihr Leben hauptsächlich durch Artikel und Reportagen, die sie für verschiedene Auftraggeber schreibt. Für heute hat sie keine Termine in ihrem Kalender vermerkt, also wird sie einen ganz normalen Arbeitstag haben: Ihr Wecker klingelt um zehn Uhr fünfundvierzig. Danach geht sie ins Bad, nimmt eine Dusche, und anschließend frühstückt sie. Ab spätestens elf Uhr dreißig sitzt sie am Schreibtisch. Wie üblich wird sie sich um achtzehn Uhr mit einer Freundin an der Lombardsbrücke treffen, um mit ihr zwei Runden um die Außenalster zu laufen. Danach wird sie sich dann wieder an den Schreibtisch setzen. Dort arbeitet sie zumeist bis weit nach Mitternacht. Da Ihre Tochter den Artikel, an dem sie gerade arbeitet, spätestens am Freitag abgeben muss, wird sie von diesem Ablauf nicht abweichen.«

Stelters Blick ging ins Leere.

Er blickte auf seine Armbanduhr: »Wir haben jetzt noch etwa eine Viertelstunde, bis Ihre Tochter das Bad betritt.« Er nahm Stelter das iPad aus der Hand und wechselte zu einer anderen Kameraperspektive. Dann gab er ihm das Gerät zurück. »Was meinen Sie? Wenn man Ihre Tochter so betrachtet, hätte man schon Lust, sich zu ihr ins Bett zu legen, nicht wahr?«

Stelter hatte die Augen mittlerweile geschlossen.

»Um es kurzzufassen: Entweder Sie schlucken die Tablette, oder ich löse die Explosion des Spiegelschranks aus, sobald Ihre Tochter das Bad betritt. Falls die zweite Alternative eintreten sollte, werden wir beide uns gemeinsam ansehen, wie es ihr den Schädel vom Körper reißt.«

Stelter schnappte nach Luft. Offensichtlich begann er zu verstehen.

»Die Internetverbindung zu dem WLAN-Router in der Wohnung Ihrer Tochter habe ich letzte Woche von exakt diesem Ort aus mit der SIM-Karte eingerichtet, die sich auch jetzt im Gerät befindet. Die E-Mail-Adresse, die ich dafür angelegt habe, lautet *martin.stelter@buchholz-net.com*. Die Polizei wird rasch herausfinden, dass die SIM-Karte ausschließlich in dieser Funkzelle benutzt wurde. Das dürfte Sie gegenüber der Polizei in Erklärungsnot bringen.«

Stelters Lippen zitterten. »Wenn ich die Tablette schlucke, dann …?«

»Dann schalte ich das iPad aus, und der Tag Ihrer Tochter wird ganz normal verlaufen.«

Stelter schwieg einen Moment lang, dann kam kaum verständlich über seine Lippen: »Und wo ist Bosko?«

Kapitel 13

DIE ANDEREN

Lüneburg,
Ingenieurbüro Schmitz & Märker,
19 Jahre zuvor

»Ich habe viel Gutes über Sie gehört«, sagte Martin Stelter, während er Olaf Schmitz die Hand gab. »Vielen Dank, dass Sie sich heute Zeit für mich genommen haben.«

»Gerne«, erwiderte Schmitz und forderte ihn mit einer Handbewegung auf, vor seinem Schreibtisch Platz zu nehmen. »Darf ich Ihnen etwas zu trinken anbieten?«

»Nein, vielen Dank.«

»Schmitz schlug die blaue Pappmappe auf, die Stelter ihm vor einiger Zeit zugeschickt hatte. Auf der Seite mit dem Lebenslauf hatte Schmitz einige Passagen gelb markiert. »Sie haben Geologie in Hamburg studiert und anschließend auf einer Bohr- und Förderinsel gearbeitet. Wenn ich richtig gelesen habe, sind Sie dort auch heute noch tätig.«

»Das ist richtig.«

»Wie Sie unserer Stellenanzeige entnehmen konnten, möchten wir einen neuen Geschäftszweig aufbauen. Dafür suchen wir einen erfahrenen Geologen, der Grunderkundungen und Bauprojekte geotechnisch begleitet. Wir haben dabei nicht nur an den Hoch- und Tiefbau gedacht, sondern auch an den Verkehrswegebau. Das bedeutet, dass wir sehr gute boden- und felsmechanische Kenntnisse erwarten. Trauen Sie sich eine Teamleitung in diesem Bereich zu?«

Stelter nickte. »Selbstverständlich.«

»Dann sagen Sie mir bitte, warum gerade Sie Ihrer Meinung nach besser für diese Stelle geeignet sind als andere Bewerber.«

Es folgte ein längeres Gespräch, in dessen Verlauf Olaf Schmitz vorschlug, dass so bald wie möglich ein weiteres Gespräch mit dem zweiten Geschäftsführer des Büros sowie ausgewählten Kollegen folgen sollte, die ebenfalls für den neuen Geschäftszweig vorgesehen waren. »Was halten Sie von morgen früh um neun Uhr?«, fragte Schmitz schließlich.

»Das passt leider nicht«, erwiderte Stelter. »Ich habe in der nächsten Zeit leider einige Gerichtstermine.«

Schmitz hob die Augenbrauen. »Ich hoffe, dass Sie nicht selbst auf der Anklagebank sitzen.«

»Nein, natürlich nicht. Ich bin ehrenamtlicher Richter.«

Schmitz schloss die Mappe mit Stelters Bewerbungsunterlagen. »Ich denke, Sie sind Geologe und nicht Jurist!«

Ich bin Schöffe und derzeit für einen Prozess am Schwurgericht eingeteilt. Morgen ist der dritte Verhandlungstag.«

»Schöffe? In einem Schwurgericht?«

»Wenn am Landgericht in erster Instanz wegen Mordes, Totschlags oder eines anderen Delikts mit Todesfolge verhandelt wird, ist eine große Strafkammer dafür zuständig. Drei Berufsrichter und zwei Schöffen urteilen gemeinsam. Das nennt man dann Schwurgericht.«

»Und die beiden Schöffen sind keine Juristen?«

Stelter schüttelte den Kopf. »Jeder kann sich für das Schöffenamt bewerben. Man muss nur die deutsche Staatsbürgerschaft besitzen und darf noch nicht zu einer Freiheitsstrafe von mehr als sechs Monaten verurteilt worden sein.«

Schmitz kreuzte die Arme vor der Brust. »Und jetzt erzählen Sie mir bitte nicht, dass Sie von dem Prozess sprechen, der gerade in den Medien breitgetreten wird.«

»Ich denke, dass wir von derselben Sache sprechen.«

»Dann werden Sie also dafür sorgen, dass dieser … dieser … Mensch den Rest seines Lebens hinter Schloss und Riegel verbringen wird?«

»Ich bin unparteiisch und unvoreingenommen. Am Ende wird es ein gerechtes Urteil geben.«

»Meine Tochter ist vierzehn Jahre alt. Das Mädchen, um das es sich dreht, war in dem gleichen Alter.«

»Wie meine auch …«, erwiderte Stelter.

»Und dann haben Sie kein Problem bei der Vorstellung, was er mit ihr angestellt hat?«

»Als Schöffe bin ich genauso an Recht und Gesetz gebunden wie die hauptamtlichen Richter. Es ist eine vollkommen andere Sache, was ich persönlich denke.«

»Ich könnte das nicht trennen«, sagte Schmitz und schüttelte den Kopf. »Angenommen, Ihre Tochter würde ihren letzten Atemzug unter den Händen dieses Sadisten machen. Ich als Vater hätte ihn umgebracht. Manchmal denke ich, dass es gut wäre, wenn wir die Todesstrafe noch hätten.«

»Das sehe ich anders.«

»Und was sagen Ihre Frau und Ihre Tochter dazu, dass Sie ausgerechnet in diesem Prozess als Schöffe eingesetzt sind?«

»Die finden gut, was ich mache.«

Schmitz hob die Augenbrauen. »Die finden gut, was Sie machen«, wiederholte er, dann zuckte er mit den Achseln. »Das ist die Hauptsache.« Schmitz nahm Stelters Bewerbungsmappe in die Hand und schloss sie. »Ich werde den Prozess jetzt natürlich mit ganz besonderem Interesse verfolgen.«

Stelter lenkte das Gespräch zu dem eigentlichen Anlass des Treffens zurück. »Ich kann Ihnen anbieten, dass wir das zweite Gespräch übermorgen um neun Uhr führen.«

»Ich melde mich bei Ihnen, Herr Stelter.«

Kapitel 14

DIE ANDEREN

In der Nähe von Sprötze,
Waldlichtung,
Montag, 13. Mai, 10:35 Uhr

Unter der großen Eiche, die direkt an der Lichtung stand, kniete Martin Stelter sich unbeholfen nieder. Der dumpfe Schmerz, der von seinem linken Rippenbogen ausstrahlte, machte das bloße Atmen zu einer Tortur. Sein Kopf dröhnte, und er war kaum in der Lage, seine Umgebung mit einem klaren Blick wahrzunehmen. Er verharrte in dieser Position, bis die Schmerzen nachließen und er nicht mehr gezwungen war, sich auf jeden einzelnen Atemzug zu konzentrieren.

Bosko.

Schwerfällig beugte Stelter sich nach vorne, bis seine Hände das Fell seines Hundes fast erreichten.

Nur noch ein kleines Stück.

Zuerst berührten seine rauen Fingerspitzen die Stirn, dann strich er behutsam über die Ohren und den Hals und runter zum Bauch. Die Frühlingssonne wärmte das Fell des Hundes.

Stelter wurde mit jedem Atemzug ruhiger. Er musste sich jetzt nicht mehr mit der Frage beschäftigen, wann der richtige Zeitpunkt gewesen wäre, um Bosko zu erlösen. Er musste sich nicht mehr den Kopf zermartern, wie er selbst danach weitermachen sollte. Er musste jetzt nicht mehr darüber nachdenken, wie es überhaupt so weit hatte kommen können.

Er nahm die Hände aus Boskos Fell und rieb sich das Gesicht. Dabei riss die Platzwunde auf seiner Stirn abermals auf. Blut tropfte auf den Hund hinab. Vorsichtig richtete Stelter sich wieder auf und blickte hinüber zu dem Mann, der knapp fünfundzwanzig Meter entfernt auf dem ausgeblichenen Campingstuhl inmitten des Lagerplatzes saß.

»Wir müssen noch eine Frage klären«, sagte Stelter. Es war nicht zu überhören, dass das Sprechen ihm schwerfiel.

»Und das wäre?«

»Wenn ich die Tablette ...«, sagte er und schnappte nach Luft. »Dann lassen Sie meine Tochter in Ruhe?«

»So ist es.«

»Kann ich Ihnen vertrauen?«

»Das ist Ihr Problem, nicht meins.«

Kapitel 15

DIE ANDEREN

Buchholz in der Nordheide,
Polizeiinspektion Nordheide,
Montag, 13. Mai, 11:00 Uhr

Hauptkommissar Rolf Degenhardt schloss die Tür seines Büros hinter sich und nahm das Handy aus seiner Gesäßtasche. Er schaltete es ein und sah kurz darauf auf dem Display, dass seine Frau Ulrike noch einmal versucht hatte, ihn zu erreichen.

Er war verwundert. Normalerweise meldete Ulrike sich nur, wenn seine monatliche Unterstützung für die Kinder nicht ausreichte. Erst letzten Monat hatte er zusätzlich vierhundert Euro an sie überwiesen, denn Alexandras Studienfahrt hatte das normale Budget gesprengt. Offensichtlich gab es heute einen dringenderen Grund.

Die Erklärung für Ulrikes Anrufe fand er in einer Nachricht, die sie ihm zusätzlich geschickt hatte: »Ich habe Ärger mit Alex. Kannst du mich bitte zurückrufen?«

Er stutzte. Selbstverständlich wusste er, dass Ulrike und Alexandra in der letzten Zeit öfter aneinandergeraten waren. Ihre gemeinsame Tochter steckte mitten in den Abiturprüfungen und gehörte nicht zu den Schülerinnen, bei denen man auf das erfolgreiche Ablegen der Prüfungen vertrauen konnte. Zusätzlich hatte sie Ende letzten Jahres Absagen von mehreren Kunsthochschulen erhalten und sah derzeit für sich überhaupt keine Perspektive. Während der gesamten Lernphase war Alexandra völlig am Boden zerstört gewesen, und es hatte Ulrike viel Überzeugungskraft gekostet, sie überhaupt zu motivieren.

Zumindest lautete Ulrikes Version so, denn Alexandra selbst hatte er an ihrem Geburtstag vor zweieinhalb Monaten zum letzten Mal gesehen.

Ulrike hatte stets größten Wert darauf gelegt, dass er sich nicht in die Erziehung der Kinder einmischte. Ohnehin hatte Ulrike seit der Trennung kein Geheimnis daraus gemacht, dass sie ihn für beziehungsunfähig hielt. Sie sprach ihm jegliche Kompetenz ab, die Kinder wohlüberlegt auf das Leben vorzubereiten.

Dementsprechend hatte er bisher auch für sich behalten, dass er bereits alle Weichen gestellt hatte, um Alexandra im August in die Ausbildung zur Gärtnerin einzuschleusen – natürlich nur, falls sie bis dahin keine Alternative gefunden haben sollte.

Rolf Degenhardt öffnete das Telefonbuch seines Handys, suchte Ulrikes Verbindungsdaten heraus und wählte ihre Nummer.

Nie rufst du zurück, wenn ich dich darum bitte!

Dauernd lässt du mich hängen, wenn ich deine Hilfe brauche!

Ständig gibst du mir das Gefühl, dass wir dir egal sind!

Bevor Degenhardt sich mit der Frage beschäftigen konnte, welchen dieser Vorwürfe Ulrike ihm heute machen würde, nahm sie das Gespräch an.

»Tut mir leid, dass es so spät geworden ist«, sagte er, bevor sie etwas äußern konnte. »Wir haben Jens heute aus dem Ersten Fachkommissariat verabschiedet.«

Es herrschte kurz Stille, dann antwortete sie mit gedämpfter Stimme: »Vielen Dank, dass du dich meldest, Rolf.«

Die Sorge und die Unsicherheit, die in ihrer Stimme mitklangen, irritierten ihn.

»Wird Jens versetzt?«, fragte sie. »Davon hast du mir gar nichts erzählt.«

Ulrikes Interesse an dienstlichen Dingen steigerte seine Verwunderung. Er antwortete nicht auf ihre Frage, sondern lenkte das Gespräch auf den eigentlichen Grund seines Anrufs: »Du hast geschrieben, dass du Ärger mit Alex hast?«

Ulrike fing an zu weinen. »Alex ist heute ausgezogen.«

Er traute seinen Ohren nicht. »Was soll das heißen? Wo ist sie hin?«

»Ich weiß es nicht.«

Spontan begann er zu lachen, denn er hielt es für völlig ausgeschlossen, dass diese Information tatsächlich der Realität entsprach. Ulrikes Schluchzen machte ihm sogleich klar, dass es sich nicht um einen Scherz handelte. Also fragte er: »Und das hast du erlaubt?«

»Sie hat ihre Sachen gepackt und ist ohne ein weiteres Wort gegangen.«

»Weißt du, wo sie jetzt ist?«

»Caro ist kurz hier gewesen und hat sie abgeholt.«

Degenhardt kannte Caro sehr gut. Sie und Alex waren seit der Grundschulzeit eng befreundet. »Bedeutet das, dass Alex jetzt bei Caro ist?«

»Ich denke schon, ja.«

»Worüber habt ihr euch gestritten?«

Wieder weinte Ulrike.

Ihm war klar, dass sie ihm diese Frage an diesem Abend nicht beantworten würde. »Soll ich Alex morgen mal anrufen?«

Kapitel 16

DER GEHÄNGTE

In der Nähe von Sprötze,
Waldlichtung,
Montag, 13. Mai, 11:00 Uhr

Er öffnete seine Sporttasche und legte das iPad hinein. Ebenso den Klebestift, mit dem er den Zeitungsartikel über die Gasexplosion und die Fotos über den Gerichtsprozess in das Fotoalbum eingeklebt hatte. Er nahm das Radio und entfernte die CD sowie die Batterien, um sie ebenfalls in der Sporttasche zu verstauen. Das Radio selbst stellte er zurück in eine der Aluminiumkisten. Anschließend legte er auch das Fotoalbum zurück an seinen ursprünglichen Platz in der Bücherkiste.

Nun öffnete er ein Seitenfach seiner Sporttasche und nahm eine Spielkarte heraus. Sie trug den Aufdruck »EL COLGADO«. Er legte die Karte auf den verwitterten Plastikstuhl und ging dann zu der Stelle, wo Stelter und Bosko nebeneinander am Boden lagen. Während der Hund längst tot war, malträtierten schwerste Krämpfe Stelters Körper. Seine Augen waren völlig starr, sein Blick panisch, den Mund hatte er wie zu einem gellenden Todesschrei weit aufgerissen, doch es kam nicht der leiseste Laut mehr über seine Lippen.

Es war die richtige Entscheidung gewesen, Strychnin einzusetzen. Strychnin war ein geruchloses, bitter schmeckendes Pulver, das aus den Samen des Brechnussbaums gewonnen wurde. Es führte zu immensen Krämpfen der Skelettmuskulatur, und es war nicht ungewöhnlich, dass die Rückenwirbel während dieser Krämpfe brachen. Häufig erstickten die Betroffenen während eines Krampfes der Atemmuskulatur. Bereits die reine Erschöpfung konnte zum Tode führen.

Der Gehängte hatte für Stelter ein Gramm Strychnin abgewogen, also die zehnfache Konzentration der tödlichen Dosis. Er beobachtete das qualvolle Sterben des Mannes, und mit jedem Krampfanfall ging es ihm selbst ein bisschen besser. Zuerst war es Erleichterung, die ihn erfasste, dann wandelte sie sich in eine tiefempfundene Genugtuung.

Er breitete die Arme aus und spürte die wärmenden Strahlen der Morgensonne. Er sog die klare Waldluft tief in seine Lungen ein und hielt inne.

Plötzlich hörte er den schrillen Schrei eines Vogels. Am Himmel sah er einen Habicht kreisen.

Er wünschte, dieser Moment würde nie enden.

Kapitel 17

DIE ANDEREN

Buchholz in der Nordheide,
Polizeiinspektion Nordheide,
Montag, 13. Mai, 22:15 Uhr

Rolf Degenhardt stand am Fenster seines Büros und sah hinaus in den Nachthimmel. Während seine Blicke den Positionslichtern verschiedener Flugzeuge folgten, geisterten Dirk Kaisers Worte vom Vormittag durch seinen Kopf.

Bitte beziehen Sie die ungelösten Fälle in Ihre Unterrichtung ein. Das wird einer meiner Schwerpunkte sein. Gelegentlich braucht ein ungelöster Fall einen neuen Impuls. Den Blick eines neutralen Dritten. Ein Detail, das bisher übersehen wurde.

Degenhardt hatte nicht den geringsten Zweifel, dass Kaiser von Anfang an nach Möglichkeiten suchen würde, um sich zu profilieren. Die Aufklärung eines ungelösten Falles würde sich da natürlich sehr gut machen.

Mit einem Seufzen drehte er sich weg vom Fenster und ging in das Archiv. Er kam nach einer halben Stunde mit einem Rollwagen zurück. Die Ordner, die er herausgesucht hatte, trugen die Aufschriften »Secret Thai Garden«, »Voß«, »Elbe« und »Joost«.

Der Fall »Secret Thai Garden« hatte vor sieben Jahren bundesweit für Aufmerksamkeit gesorgt, denn der Betreiber eines thailändischen Restaurants, seine Frau und eine Angestellte waren während des laufenden Geschäftsbetriebs erschossen worden. Zahlreiche Kunden waren Zeugen des Blutbades geworden, und Überwachungskameras hatten qualitativ sehr gute Aufnahmen von dem vermummten Täter gemacht. Dennoch war der Fall bis heute nicht gelöst. Es hatte zahlreiche Spuren und Hinweise gegeben, die ins Hamburger Rotlichtmilieu führten. Dort waren dann sämtliche Ermittlungsansätze ins Leere gelaufen – genau das Richtige also für den neuen Kriminalrat.

In den Ordnern mit dem Aufdruck »Voß« waren die Dokumente zu dem Mord an einem fünfundzwanzigjährigen Studenten abgeheftet. Vor fünf Jahren war Markus Voß auf einem Feldweg in der Nähe von Holm-Seppensen erschossen worden. Es hatte ein Anfangsverdacht gegen seine damalige Freundin bestanden, denn er hatte sich wenige Tage zuvor von ihr getrennt, und sie hatte mit Suizid gedroht. Als Kollegen mit einem Durchsuchungsbeschluss an ihrer Wohnungstür klingelten, hatte sie sich vom Balkon aus in den Tod gestürzt. Obwohl Degenhardt sicher gewesen war, dass niemand anders als sie die Tat begangen haben konnte, fehlten dafür bis heute die Beweise. Zum einen war die Tatwaffe verschwunden, zum anderen war nicht zu belegen, dass die junge Frau sich tatsächlich am Tatort aufgehalten hatte.

Auch diese Akten eigneten sich hervorragend für Kaiser.

Der Fall »Elbe« hatte die Ermittler der Polizeiinspektion Nordheide im Sommer 2015 in Atem gehalten. Über Nacht war in einem kleinen Dorf an der Elbe eine dreiköpfige Familie verschwunden, ohne dass es im Vorfeld entsprechende Anzeichen oder Hinweise gegeben hatte. Polizeibeamte der Polizeiinspektion hatten das Haus durchsucht, eine Hundertschaft der Bereitschaftspolizei Lüneburg hatte die Umgebung durchkämmt, und zusätzlich waren ein Hubschrauber, Spürhunde, Sonarboote und Taucher zum Einsatz gekommen. Sämtliche

Ermittlungsansätze waren ohne Erfolg geblieben. Der dreiundvierzigjährige Vater, die einundvierzigjährige Mutter und der zwölfjährige Sohn waren wie vom Erdboden verschluckt. Eine Woche nach dem Verschwinden der Familie hatten Feuerwehrleute die Leiche des Vaters aus der Elbe geborgen. An seinem Körper hatte jemand einen fünfundzwanzig Kilogramm schweren Betonklotz mit einem Spanngurt fixiert. Im Rahmen der Obduktion hatten die Rechtsmediziner ein Fremdverschulden ausgeschlossen. Die Mutter und der Sohn blieben unauffindbar. Somit konnte die wahrscheinlichste Theorie, dass der Familienvater zuerst seine Familie auslöschte und sich anschließend selbst in den Fluten der Elbe versenkte, bis heute nicht zweifelsfrei bewiesen werden.

Auch diesen Fall wollte Degenhardt an Kaiser weitergeben.

Die Ordner mit der Beschriftung »Joost« dagegen nahm Degenhardt vom Rollwagen und verschloss sie in einem seiner eigenen Schränke. Die Ermittlungen hatten ihn im vergangenen Jahr an seine Grenzen gebracht – das konnte man den Akten ebenso entnehmen wie die Tatsache, dass er seine Position als Leiter des Ersten Fachkommissariats dadurch beinahe verloren hätte. Freiwillig würde er Kaiser diese Informationen nicht präsentieren.

Genauso wenig wollte es Degenhardt dem Zufall überlassen, dass Kaiser doch auf die *Joost*-Akten stieß.

Kapitel 18

DER GEHÄNGTE

Winsen (Luhe),
Wohnung des Gehängten,
Montag, 13. Mai, 22:15 Uhr

Die Siedlung, in der er lebte, bestand aus einer Vielzahl mehrstöckiger Wohnblocks, die in Form eines Quadrats angeordnet waren. Im Innenbereich befanden sich großzügige Grünflächen, und selbst ein Spielplatz war vorhanden. Er hatte einen großen Teil seiner Kindheit hier verbracht. Die meisten seiner Freunde waren hier damals zu Hause gewesen. Immer, wenn es irgendwie möglich gewesen war, hatte er sich auf sein Fahrrad geschwungen und war hierhergefahren.

In seinen Erinnerungen hatte das Viertel für Väter gestanden, die den Lebensunterhalt für ihre Familien verdienten, für Mütter, die sich um den Haushalt und die Kinder kümmerten, und für bunte Straßenfeste, die die Bewohner hier gemeinsam miteinander feierten.

Als er begonnen hatte, nach einer geeigneten Wohnung für seinen Racheplan zu suchen, war er zuerst an diesen Ort gekommen. Es hatte sich in den vergangenen dreißig Jahren vieles verändert: Von den Außenwänden blätterte die Farbe ab, und die Fensterrahmen wirkten so morsch, als würde der kleinste Windhauch sie im nächsten Augenblick aus dem Rahmen drücken. Auf den Rasenflächen wucherte Unkraut, und auf den Parkplätzen war der Asphalt von Schlaglöchern übersät. Anscheinend hatten einige Mieter ihren Sperrmüll direkt aus dem Fenster geworfen und sich danach nicht um die weitere Entsorgung gekümmert. Wo auch immer er hinsah, überall entdeckte er Unrat.

Im Inneren der Wohnblocks sah es nicht anders aus: Die Treppenhäuser waren mit Graffiti beschmiert, die Sprechanlagen außer Betrieb und die Leuchtstoffröhren zersplittert. Feuchtigkeit hatte an zahlreichen Wänden ihre Spuren hinterlassen. Selbst den Balkongeländern konnte man nicht trauen. Die meisten Menschen machten einen Bogen um diese Gegend.

Nach der Wohnungsbesichtigung hatte er kurz gezweifelt, dann aber noch am selben Tag einen Mietvertrag für fünfundsechzig Quadratmeter im fünften Stockwerk unterschrieben. Die Wohnung hatte ihm zwar nicht gefallen, doch sie bot ihm einen wesentlichen Vorteil: Hier konnte er in der Anonymität abtauchen, die er woanders nicht gefunden hätte. Die Menschen, die hier lebten, waren mit sich selbst beschäftigt. Sie machten sich keine Gedanken, wer in der Nachbarschaft lebte. Wer hier wohnte, kämpfte um das nackte Überleben. Nicht mehr und nicht weniger.

Der Gehängte saß am Wohnzimmertisch. Die Ellenbogen hatte er auf der Tischplatte aufgesetzt und den Kopf auf den Fäusten abgestützt.

»Ich Idiot«, murmelte er, während sein Blick auf ein Magazin gerichtet war. Es war mit fünfzehn Patronen vollständig aufmunitioniert und hätte sich eigentlich in Martin Stelters *Walther P99* befinden sollen. »Ich verdammter Idiot!«

Er wusste sehr genau, wie es zu diesem Fauxpas gekommen war, und ärgerte sich maßlos über sich selbst: Während der Vorbereitungen für den ersten Akt hatte er die Pistole sowie zwei volle Magazine in Stelters Unterschlupf entdeckt. Um jegliche Gefahr für sich selbst auszuschließen, hatte er die

Patronen des ersten Magazins unbrauchbar gemacht, indem er die Treibladungen aus den Hülsen entnommen und die Zündhütchen entfernt hatte. Dieses Magazin hatte er anschließend in die Waffe zurückgetan und somit sichergestellt, dass Stelter ihm mit der Waffe nicht gefährlich werden konnte.

Die Munition des zweiten Magazins hatte er zwar im funktionstüchtigen Zustand belassen, jedoch hatte er es während der Szene im Wald in seiner Sporttasche verwahrt. Sein Plan war, die Magazine am Ende des ersten Aktes gegeneinander auszutauschen und das Magazin mit der manipulierten Munition zu entsorgen. Somit hätte niemand über die Frage stolpern können, warum Stelter seine *Walther P99* mit funktionsuntüchtiger Munition bestückt haben sollte.

Fatalerweise war er im entscheidenden Moment unkonzentriert gewesen. Er hatte schlichtweg vergessen, die beiden Magazine auszutauschen.

»Scheiße«, fluchte er und schob das Magazin beiseite. Er stand auf, griff sich eine Flasche Mineralwasser und ging hinaus auf den Balkon. Er trank einige Schlucke, blickte in den Abendhimmel und dachte wieder an den Fehler, der ihm heute unterlaufen war. Er schüttelte den Kopf über sich selbst und versuchte direkt darauf, sich in Gedanken beruhigend zuzusprechen.

Alles ist gut!

Bloß keine Fingerabdrücke und keine DNA-Spuren hinterlassen! Nur sie sind in den Datenbanken der Polizei hinterlegt!

Alle anderen Fehler sind ärgerlich, aber sie werden mich nicht stoppen!

Der Gehängte hatte jeden einzelnen Akt unzählige Male durchdacht. Dabei hatte er sich immerzu ausgemalt, wie es sich wohl anfühlen würde, wenn das unsagbare Leid, das ihm zugefügt worden war, endlich gesühnt wurde.

Wieder und wieder hatte er sich vorgestellt, wie die, die sein Leiden zu verantworten hatten, das Strychnin einnahmen. Und vor seinem geistigen Auge hatte er ihr qualvolles Ringen mit dem Tod gesehen, und ein unbändiges Prickeln hatte seinen Körper geflutet. Mit grenzenloser Euphorie hatte er in jenen Augenblicken die Arme in die Luft geworfen und sich wie in Ekstase bewegt.

Er nahm einen weiteren Schluck Wasser, stellte die Flasche neben sich auf dem Betonboden ab und betrachtete den Mond, der wie eine Sichel am Himmel stand. Dann schloss er die Augen und ließ Revue passieren, wie Stelter gestorben war.

In Gedanken sah er die Lichtung vor sich. Er erinnerte sich an die warmen Sonnenstrahlen, an die klare Waldluft und an die schrillen Schreie des Habichts.

Aber wo war das Kribbeln? Und wo blieb die Euphorie?

Die Wirkung des Adrenalins, das seinen Körper vor wenigen Stunden in höchste Anspannung versetzt hatte, war verebbt. Die Hochstimmung, die ihn im Wald bei Martin Stelter noch beflügelt hatte, war verschwunden. Das Einzige, was er jetzt fühlte, waren eine unendliche Leere und eine schwer fassbare Traurigkeit.

Er machte einen Schritt nach vorne. Unmittelbar vor dem rostigen Geländer blieb er stehen und vergrub die Hände tief in seinen Hosentaschen. Er blickte hinunter und erkannte eine Handvoll Jugendliche, die auf dem Spielplatz saßen und lautstark miteinander redeten.

Trotz der Dunkelheit nahm er wahr, dass eine Flasche die Runde machte. Jeder der Halbstarken nahm einen Schluck, dann wurde sie weitergereicht. Offensichtlich war der Inhalt hochprozentig, denn die Stimmen und das Lachen, was zu ihm hinaufgetragen wurden, klangen dementsprechend.

Während er die Nase rümpfte und den Kopf schüttelte, vibrierte das Handy in seiner Gesäßtasche. Er nahm es in die Hand und schaute auf das Display. *Autotechnik Harburg* las er dort und überlegte, ob er den Anruf annehmen sollte. Er kam zu dem Schluss, dass er innerhalb kürzester Zeit vor unlösbaren Problemen stehen würde, wenn er nicht reagierte.

»Ich habe unglaubliche Nachrichten!«, platzte es aus dem Geschäftsführer der Firma heraus. Offensichtlich erwartete er nun eine Reaktion oder zumindest eine Rückfrage, denn er fuhr nicht fort.

Den *Gehängten* interessierten die Nachrichten nicht im Geringsten. Er hatte vollkommen andere Dinge im Kopf, die seine volle Aufmerksamkeit benötigten. Also reagierte er nicht.

Es dauerte nur kurz, dann erklärte der Geschäftsführer: »Der Prototyp aus den USA kommt einen Monat früher als erwartet! Laut Auskunft der Entwicklungsabteilung soll das Auto morgen um zehn Uhr bei uns auf dem Hof stehen!«

Die *Autotechnik Harburg* war darauf spezialisiert, die Elektronik aktueller Automodelle zu überwinden und anschließend Gutachten anzufertigen, wie die Sicherheitstechnik im Rahmen der Serienproduktion verbessert werden konnte.

Im Verlauf des Vorstellungsgesprächs hatte der Geschäftsführer auf ein Sportcoupé gezeigt und erklärt: »Meine Mitarbeiter versuchen seit mehr als sechs Stunden, den Wagen zu knacken. Sie können ihnen dabei gerne über die Schulter schauen. Anschließend wissen Sie, was wir von Ihnen erwarten.«

Der *Gehängte* hatte den Fachleuten der *Autotechnik Harburg* fünfzehn Minuten lang bei der Arbeit über die Schulter gesehen, dann hatte er sie angesprochen und davon überzeugt, die Arbeitsplätze zu räumen. Rund eine Stunde nach Beginn des Vorstellungsgesprächs hatte er die Sicherheitssysteme des Coupés ausgeschaltet.

»Mhm«, seufzte *der Gehängte* und drehte sich um. Loser Beton und abgeplatzte Mosaiksteine knirschten unter seinen Schuhsohlen. Er blickte durch das Balkonfenster und sah den Urlaubsschein auf dem Wohnzimmertisch liegen. Er sicherte ihm für die kommenden zwei Wochen eine vollkommen freie Zeiteinteilung zu. »Das passt mir überhaupt nicht.«

»Du weißt, wie wichtig der Auftrag für uns ist. Wenn wir den Wagen knacken, sind uns die nächsten Folgeaufträge sicher. Ich widerrufe deine Urlaubsgenehmigung, und wir sehen uns morgen früh um zehn Uhr.«

Zunächst erwiderte er nichts. Er dachte angestrengt nach, ob er diesen Auftrag ablehnen sollte. Da er fürchtete, dass der Ärger, den er damit provozieren würde, seine Rachepläne durchkreuzen könnte, musste er zwangsläufig zustimmen. Also presste er mit deutlich missgestimmtem Tonfall heraus: »Wenn es denn sein muss.«

Nachdem das Gespräch beendet war, blickte *der Gehängte* erneut in den Nachthimmel und ging die folgenden Akte seines großen Rachestücks in Gedanken noch einmal durch. Der Auftrag der Autowerkstatt kam zwar vollkommen unpassend, er führte aber nicht zu einer Kollision mit seinen übrigen Plänen.

»Jetzt gibt es auf die Fresse!«, schallte es im gleichen Moment zu ihm herauf und riss ihn aus seinen Gedanken. Im spärlichen Schein der Straßenlaternen sah er, dass die Halbstarken einen Jungen, der deutlich kleiner war als sie selbst, in ihre Mitte genommen hatten. Sie schubsten ihn hin und her. Schließlich zerrten sie ihm den Rucksack vom Rücken und stießen den Jungen zu Boden. Sie nahmen etwas aus dem Rucksack heraus, dann ließen sie ihn fallen.

Er nahm die Wasserflasche und ging zurück in die Wohnung. »Dreckspack!«

Kurz überlegte er, ob der Junge vielleicht seine Hilfe benötigte. Er ging noch einmal zurück auf den Balkon und blickte nach unten, doch der Junge und sein Rucksack waren verschwunden.

Zweiter Akt

Dienstag, 14. Mai

Ein vollständiger Kartensatz des Tarots besteht zumeist aus achtundsiebzig Karten.

Zweiundzwanzig dieser Karten werden den Trumpfkarten zugeordnet und als sogenanntes »großes Arkana« bezeichnet. Die übrigen sechsundfünfzig Karten zählen zum »kleinen Arkana«.

Der Begriff »Arkana« leitet sich vom lateinischen Begriff »Arcanum« ab und bedeutet ins Deutsche übersetzt »Geheimnis«.

Kapitel 19

DER GEHÄNGTE

Winsen (Luhe),
Wohnung des Gehängten,
Dienstag, 14. Mai, 09:00 Uhr

Es wurde höchste Zeit aufzubrechen, denn er wollte sich bei der *Autotechnik Harburg* keinesfalls verspäten. Er verließ die Wohnung, schloss die Tür ab und eilte durch das Treppenhaus nach unten. Im dritten Stockwerk registrierte er, dass jemand in der vergangenen Nacht ein aufwändig gestaltetes Graffito an die Wand gesprayt hatte. Kurz dachte er an die Jugendlichen, die er am Abend zuvor vom Balkon aus beobachtet hatte, doch dann schüttelte er den Kopf – zu ihnen passte eher die zerschlagene Flasche, deren Scherben sich im darüberliegenden Stockwerk über den Fußboden verteilten.

Im Erdgeschoss trat er ins Tageslicht und hielt kurz inne, bis seine Augen sich an die helle Morgensonne gewöhnt hatten.

Er machte sich auf den Weg zum Parkhaus und passierte kurz darauf den Spielplatz und den Parkplatz, die im Innenbereich der quadratisch angeordneten Wohnblocks lagen. Der Spielplatz war tagsüber meist verwaist, und auch auf dem Parkplatz standen nur wenige Autos. Bei einem der Wagen handelte es sich um seinen silbernen Opel Astra, der wegen eines Motorschadens nicht fahrbereit war.

Auf Höhe des Spielplatzes streifte sein Blick einen Mülleimer.

Das konnte nicht wahr sein, oder etwa doch?

Er ging schnurstracks zu dem verrosteten Gitterkorb. Obenauf lag ein Rucksack, den er in die Hand nahm. Am Abend zuvor hatte er vom Balkon aus wegen der Dunkelheit und der Entfernung zwar keine Details erkennen können, dennoch war er sicher, dass der Rucksack zu dem Jungen gehörte, den die Halbstarken drangsaliert hatten. Während er den Reißverschluss öffnete, fiel sein Blick erneut in den Mülleimer. Zwei silberne Rückspiegel, an denen noch einige Kabel hingen, waren nicht zu übersehen. Er fuhr herum und blickte auf seinen Opel Astra, der nicht weit entfernt stand.

Seine Finger krallten sich voller Zorn in den Rucksack.

Kapitel 20

DIE ANDEREN

Autobahn A7,
Dreieck Walsrode,
Dienstag, 14. Mai, 09:00 Uhr

Dirk Kaiser hatte den Kastenwagen mit den rotweißen Warnstreifen und der Aufschrift *Achtung Schwertransport* zwar schon von Weitem gesehen. Bisher hatte er ihm jedoch keine Beachtung geschenkt. Nun scherte der Kastenwagen aus und wechselte vom mittleren Fahrstreifen auf die Überholspur.

»Ist der bescheuert?«, fluchte Kaiser und trat kräftig auf das Bremspedal. Er blendete die Scheinwerfer mehrmals auf, doch das beeindruckte den Fahrer des Begleitfahrzeugs überhaupt nicht. Er musste noch fester auf das Bremspedal treten, und die Tachonadel drehte sich von hundertneunzig Stundenkilometern rasch zurück auf fünfundsechzig.

Als er bis auf eine Wagenlänge an die Stoßstange des Begleitfahrzeugs herangefahren war, lenkte er seinen Wagen nach links nah an die Leitplanke und presste den Kopf gegen die Seitenscheibe. Einige hundert Meter vor dem Schwertransport erkannte er diverse Baken, die die Fahrbahn auf zwei Spuren verengten. Der Tieflader, der einen überdimensionalen Betonring geladen hatte, verringerte die Geschwindigkeit noch einmal.

Voller Ungeduld schlug Kaiser gegen das Lenkrad und warf einen Blick auf das Navigationsgerät.

Voraussichtliche Ankunftszeit: 10:02.

»Scheiße«, fluchte er, denn um zehn Uhr war der Termin

mit Hauptkommissar Rolf Degenhardt in der Polizeiinspektion Nordheide. Er selbst hatte angeordnet, dass der Hauptkommissar ihn am Morgen in das Erste Fachkommissariat und einige ungeklärte Fälle einweisen sollte.

Hauptkommissar Rolf Degenhardt.

Kaiser hatte diesen Namen zum ersten Mal vernommen, als er sich auf seine neue Stelle als Leiter des Zentralen Kriminaldienstes in Buchholz vorbereitet hatte. Er hatte das Organigramm der Polizeiinspektion studiert und Degenhardt als einen derjenigen Beamten markiert, denen er eine besondere Bedeutung zumaß. Degenhardt war für die Aufklärung von Delikten und Verbrechen verantwortlich, die sich gegen Menschen richteten – also ein Bereich, der im Fokus der Öffentlichkeit stand.

Wer interessierte sich schon für Kiffer oder Betrüger?

Mord und Totschlag waren die Themen, die für Schlagzeilen sorgten!

Kaiser hatte geplant, höchstens drei Jahre in Buchholz zu bleiben. Das musste ausreichen, um sich für den nächsten Karriereschritt in Position zu bringen. Mit seinen sechsunddreißig Lebensjahren hatte er bereits einen außergewöhnlichen Werdegang vorzuweisen, und daran sollte sich auch in Buchholz nichts ändern.

Sein beruflicher Weg hatte ihn nach einer ersten Verwendung im Einsatz- und Streifendienst zunächst zur Polizeidirektion Hannover geführt. Dort hatte er sich fünf Jahre lang mit politisch motivierten Straftaten der rechtsextremistischen Szene beschäftigt.

Von besonderer Bedeutung waren damals zwei politische Parteien, eine Kameradschaft, drei Bands und mehrere unorganisierte Skinheadgruppen gewesen, die unter besonderer Beobachtung gestanden hatten. Gemeinsam mit seinen Kollegen hatte Kaiser das Netzwerk aus Informanten und Verbindungsleuten optimiert, so dass sie über Strukturen, Schlüsselfiguren und geplante Aktionen immer auf dem neuesten Stand gewesen waren. Er und seine Kollegen waren sehr geschickt vorgegangen. Auf der einen Seite hatten sie den Rechtsextremisten angemessene Freiheiten zum Agieren gelassen, auf der anderen Seite hatten sie den größten Teil der schweren Straftaten verhindert. Die Statistik hatte ihren Erfolg eindrucksvoll untermauert: Während die Fallzahlen in Kaisers ersten drei Dienstjahren bei rund dreihundert Delikten pro Jahr gelegen hatten, waren sie in seinem vierten Dienstjahr auf zweihundert gesunken.

Da er sich in dieser Zeit eine hervorragende Fachexpertise angeeignet und keinerlei Berührungsängste mit hochrangigen Politikern gezeigt hatte, war er immer wieder ins Innenministerium und in die Staatskanzlei entsandt worden, um die Entscheidungsträger über aktuelle Entwicklungen zu informieren.

Von der Polizeidirektion Hannover wechselte er zum LKA Niedersachsen und beschäftigte sich dort zwei Jahre lang mit der Analyse von rechtsextremistischer Kriminalität. Auch hier war er der wichtigste Ansprechpartner für die Staatskanzlei und das Innenministerium geblieben, wenn es um Fragen oder Informationsbedarf zu diesem Themenbereich ging. International machte er sich ebenfalls einen Namen. Er reiste in die Vereinigten Staaten, in die Niederlande, nach Italien und Polen, um dort mit Kollegen darüber zu diskutieren, wie man auf den zunehmenden Einfluss rechtsextremer Parteien auf die europäische Politik reagieren sollte.

Die nächste Station nach dem LKA war Afghanistan. Er flog nach Mazar-e Sharif, um den afghanischen Polizeinachwuchs zwölf Monate lang im *Police Training Center* zu schulen. Schon nach wenigen Tagen war er völlig frustriert gewesen, denn er hatte sich hier vor allem mit Analphabetismus, mangelhafter Ausrüstung und einer gewöhnungsbedürftigen Dienstauffassung auseinandersetzen müssen. Den einjährigen Einsatz in Afghanistan hatte er nur deshalb durchgehalten, weil er sich im Klaren gewesen war, wie gut sich diese Station in seinem Lebenslauf machte.

Er war erleichtert gewesen, im Anschluss an diese Erfahrung zum LKA nach Hannover zurückzukehren und die Leitung eines Mobilen Einsatzkommandos übernehmen zu können. Zwei Jahre lang hatte er den Personenschutz gefährdeter Politiker im Alltag sowie auf Auslandsreisen geplant und koordiniert. Wie selbstverständlich kommunizierte er mit den Büros von Ministerien und Staatssekretären, Protokollabteilungen und deutschen Botschaften. Es war nicht ungewöhnlich, dass der Ministerpräsident ihn zu sich bat, um das Schutzkonzept mit ihm persönlich zu besprechen.

Kaiser strebte schließlich einen Wechsel vom gehobenen Dienst zum höheren Dienst an. Das nötige Studium schloss er als Jahrgangsbester ab, und seine erste Verwendung im höheren Dienst erfolgte im niedersächsischen Innenministerium im Referat für Kriminalitätsbekämpfung.

Um seine Karriere weiter voranzutreiben, brauchte er nun wieder eine Führungsverwendung, und einen entsprechenden Dienstposten hatte er als Leiter des Zentralen Kriminaldienstes in Buchholz gefunden.

Bis zum vorherigen Nachmittag hatte Kaiser den Plan gehabt, einen ehemaligen Kollegen aus dem LKA, der zu seinem engsten Freundeskreis zählte, als Nachfolger von Jens Vorberg zu berufen. Damit hätte er ein weiteres Ass im Ärmel gehabt. Jetzt aber hatte ihm jemand einen Strich durch diese Rechnung gemacht.

Hauptkommissar Rolf Degenhardt.

Kaiser wählte die Telefonnummer seines Freundes, und dieser nahm das Gespräch nach wenigen Klingeltönen an.

»Hallo, Dirk«, tönte es aus den Lautsprechern des Wagens.

»Ich habe leider unerfreuliche Nachrichten für uns«, erwiderte Kaiser.

»Lass mich raten. Es wird nichts mit der Stelle in Buchholz.«

»Ja, richtig. Ich habe mich gestern Vormittag mit dem Leiter der Polizeiinspektion unterhalten, Achim Meislahn. Ich habe dich als Nachfolger für Vorberg vorgeschlagen, und Meislahn hat zugestimmt. Als wir nach der offiziellen Verabschiedungsfeier dann mit Vorberg und Degenhardt zusammengestanden haben, hat Degenhardt eine junge Kommissarin als Nachfolgerin ins Gespräch gebracht. Meislahn ist eingeknickt.«

»Ich fürchte, du wirst es mit Degenhardt nicht leicht haben.«

»Wie meinst du das?«

»Ich habe mich umgehört. Vor über zwanzig Jahren ist Rolf Degenhardt einige Zeit hier im LKA gewesen. Analyse von Gewaltdelikten. Einige Kollegen kennen ihn noch von damals. Fachlich soll er brillant sein, aber menschlich ist er anscheinend kompliziert. Hätte ich Vorbergs Stelle bekommen, hätte ich dich unterstützen können, aber jetzt musst du in Buchholz allein klarkommen.«

»Weißt du etwas Konkretes über ihn?«

»Noch nicht, aber es könnte da vielleicht eine Schwachstelle geben.«

»Was willst du damit sagen?«

»Es soll mit einem alten Fall zu tun haben.«

»Jetzt mache es doch nicht so spannend!«

»Ich habe doch selbst noch keine genauen Informationen!«

»Jetzt rede endlich! Was weißt du?«

»Degenhardt hat letztes Jahr einen Fall gehabt, bei dem es um die Aufklärung des Mordes an dem Kinderarzt Andreas Joost ging. Seine autistische Tochter hat die Schlüsselrolle gespielt. Im Laufe der Ermittlungen ist es zu einigen Pannen gekommen. Im Anschluss hat es interne Ermittlungen gegeben, und Degenhardt ist nur knapp an einem Disziplinarverfahren vorbeigeschrammt. Außerdem hat es viel Ärger mit einer übereifrigen Kommissaranwärterin gegeben.«

»Jana Liebisch?«

»Ja, richtig.«

Kaiser stöhnte. »Sie wird die Nachfolgerin von Vorberg.«

»Über sie weiß ich nichts Weiteres, aber du solltest dir die Akten zum Fall *Joost* mal genauer ansehen. Soweit ich weiß, sind die Untersuchungen noch nicht abgeschlossen. Wenn ich mich nicht täusche, solltest du Degenhardt damit einbremsen können.«

Kaiser bedankte sich für die Informationen und beendete das Gespräch. Kurze Zeit später wurde die Autobahn wieder dreispurig, und der Schwertransport gab die Überholspur frei.

Kaiser trat das Gaspedal voll durch.

Voraussichtliche Ankunftszeit: 10:15.

Kapitel 21

DIE ANDEREN

Buchholz in der Nordheide,
Polizeiinspektion Nordheide,
Dienstag, 14. Mai, 09:15 Uhr

Vor wenigen Augenblicken war eine Besprechung mit allen Kollegen des Ersten Fachkommissariats zu Ende gegangen. Hauptkommissar Rolf Degenhardt hatte sie kurzfristig angesetzt. Ihr einziger Inhalt war die Einweisung des neuen Leiters des Zentralen Kriminaldienstes gewesen.

Degenhardt hatte angekündigt, dass er mit Dirk Kaiser von Büro zu Büro gehen würde, und er hatte darum gebeten, dass jeder Kollege sich und den jeweiligen Aufgabenbereich selbst kurz vorstellte. Besonders betont hatte er, dass er von jedem Einzelnen eine kurze Einweisung in die Fälle erwartete, die gerade auf dem jeweiligen Schreibtisch lagen.

Jetzt zog Degenhardt die Glastür hinter sich zu und stellte sich vor seinen Wandkalender. Der Datumsschieber stand noch auf Montag, 13. Mai. Er stellte das aktuelle Datum ein und schaute auf das Motiv des Kalenders. Auf dem Bild war eine Erdkröte, die aus Schilf herauslugte. Das unförmige Tier stierte ins Leere.

Degenhardt lächelte zufrieden. Mit Jens Vorberg hatte er bisher jedes Jahr einen internen Wettkampf ausgetragen, in dem es darum ging, sich den Kalender mit den hässlichsten Motiven ins Büro zu hängen. Vorberg hatte sich zu Beginn des Jahres für Kakteen entschieden, Degenhardt hatte Kröten und Frösche ausgewählt. Die Kollegen des Ersten Fachkommissariats hatten ihn damit mit großer Mehrheit zum Sieger erklärt.

Er hängte seine Wachsjacke über die Lehne des Bürostuhls, setzte sich an seinen Schreibtisch und wählte auf dem Smartphone die Nummer seiner Tochter Alexandra. Als Antwort erhielt er lediglich eine automatische Ansage, wonach Alex derzeit nicht erreichbar war.

Anschließend schaltete er den Computer ein, öffnete das E-Mail-Programm und wartete, bis sämtliche Nachrichten synchronisiert waren. »Mist«, fluchte er schließlich, denn seit dem letzten Mal waren zahllose Nachrichten eingegangen. Ohne sie vorher zu öffnen, löschte er alle E-Mails mit dem Betreff *Verabschiedung Jens Vorberg*. Ebenso verschob er sämtliche Nachrichten, die er lediglich in Kopie zur Kenntnisnahme erhalten hatte, ungelesen in den Papierkorb.

Zahlreiche weitere Eingänge stammten von Tom Wiese. Er arbeitete als Redakteur für die *Harburger Kreiszeitung* und schickte regelmäßig Anfragen zu aktuellen Fällen. Rolf Degenhardt löschte auch diese Mails, schrieb allerdings einen Zweizeiler:

Sehr geehrter Herr Wiese,

bitte wenden Sie sich in Fragen zu laufenden Ermittlungen an den Pressesprecher der Polizeiinspektion Nordheide.

Gruß, Rolf Degenhardt

Schließlich zeigte das E-Mail-Programm nur noch ein knappes Dutzend Nachrichten an, die er bearbeiten musste. Er wollte damit gerade beginnen, als das Telefon klingelte. *Heidi Soltau* las er im Display – die Sekretärin des Polizeidirektors Achim Meislahn.

»Rolf Degenhardt hier. Guten Morgen, Frau Soltau.«

»Guten Morgen. Ich habe Herrn Kaiser in der Leitung. Er

hat Ihre Nummer noch nicht in seinem Handy gespeichert und möchte jetzt mit Ihnen sprechen. Darf ich verbinden?«

»Selbstverständlich dürfen Sie.«

Es knackte in der Leitung, dann nahm er Fahrgeräusche wahr. Dennoch war die Stimme seines neuen Vorgesetzten klar und deutlich zu hören: »Kriminalrat Dirk Kaiser hier.«

»Hallo?«

»Ich rufe aus dem Auto an und wollte nur kurz Bescheid geben, dass ich mich verspäten werde.«

»Hallo?«, erwiderte Degenhardt und lehnte sich zufrieden zurück.

»Der Verkehr hat mir einen Strich durch meinen Zeitplan gemacht. Zuerst hat ein Schwertransport mich ausgebremst, und jetzt schleiche ich hinter einem Traktor her.«

»Hallo?«

»Herr Degenhardt? Können Sie mich hören? Ich wollte Ihnen nur kurz mitteilen, dass ich …«

»Scheiß Verbindung«, murmelte Degenhardt in den Telefonhörer und legte auf.

Kapitel 22

DER GEHÄNGTE

Hamburg,
Werkstatthalle der Autotechnik Harburg,
Dienstag, 14. Mai, 10:00 Uhr

Der Geschäftsführer der *Autotechnik Harburg* wippte von einem Bein auf das andere. Zusätzlich nestelte er unablässig an seinen Hemdknöpfen. »Bist du sicher, dass es funktioniert?«

»Ich denke schon«, erwiderte *der Gehängte*.

»Heute ist einer der wichtigsten Termine seit Gründung der Firma. Unsere Zukunft liegt jetzt in deiner Hand!«

»Ich habe in den vergangenen Monaten hart an einer Lösung gearbeitet.«

»Der Hersteller hat kein normales Sicherheitspersonal mitgeschickt, sondern einen Entwicklungsingenieur und einen Marketingmanager. Ist dir klar, welche Bedeutung dieser Test damit auch für die Amerikaner hat?«

»Das ändert nichts an dem Job.«

»Du weißt, wie viel Geld ich in dich investiert habe!«

»Du kannst dich auf mich verlassen«, erwiderte er. In Wirklichkeit hatte er keine Ahnung, ob die kommende halbe Stunde zu einem triumphalen Erfolg oder zu einer grenzenlosen Niederlage werden sollte.

Der Geschäftsführer holte tief Luft. Es wirkte, als wolle er vor dem Gang in die Arena die letzten Reserven mobilisieren. »Der Lkw steht seit über einer Stunde auf dem Hof, wir sollten die beiden nicht länger warten lassen.«

Wie wäre es mit einem Dankeschön?, dachte *der Gehängte* und spürte, dass blanke Wut sich in ihm wie ein nahendes Unwetter zusammenbraute. *Eigentlich habe ich Urlaub*, lag ihm ebenso auf der Zunge, wie *Ich weiß erst seit gestern Abend, dass es heute so weit ist.*

Er wollte keine Konfrontation riskieren, daher biss er sich auf die Zunge. Sein Racheplan hatte höchste Priorität, und den wollte er keinesfalls gefährden.

Er nickte stumm und verließ die Halle.

Kurz darauf öffnete er im Lager einen Tresor, der zusätzlich mit einer Alarmanlage gesichert war. Hierin lagerten Geräte und Bauteile, die er im Verlauf der letzten Monate entwickelt und vorbereitet hatte. Er nahm sie heraus, schaltete sie ein und stellte die notwendigen Steck- und Funkverbindungen her. Schließlich verstaute er alles sorgfältig in einem Rucksack: ein Minicomputer mit einem *RaspberryPi3Bplus*-Board, ein Hochfrequenzsender und ein dazu passender Empfänger, weiterhin eine USB-Powerbank für die Stromversorgung, eine USB-Antenne und ein Smartphone für die WLAN-Verbindung.

Er durchquerte die Werkstatt mit dem Rucksack auf dem Rücken, ließ das Rolltor in die Höhe fahren und trat hinaus auf den Vorplatz. Dort parkte ein Lkw, der mit seinem weißen Aufbau keinerlei Hinweise auf seine wertvolle Fracht gab.

Während er auf den Lastwagen zusteuerte, stiegen zwei Männer aus. Nach der Begrüßung folgte ein kurzer Smalltalk, der wider Erwarten sehr wertschätzend verlief. Den Männern war weder anzumerken, dass sie hochrangige Mitarbeiter des Automobilherstellers waren, noch äußerten sie Unmut darüber, dass sie eine längere Wartezeit hinnehmen mussten. Gemeinsam gingen sie zum Heck des Lkw.

Bereits im Herbst vergangenen Jahres hatte die Geschäftsleitung der *Autotechnik Harburg* erfahren, dass der amerikanische Konzern einen Prototyp mit vollständig überarbeiteter Sicherheitstechnik testen lassen wollte. Es waren vorab zwar nur wenige Informationen geflossen, doch es war sicher, dass der Wagen über eine Keyless-Entry-Technologie verfügen würde. Bei dieser Technik musste der Fahrer keine Taste auf seinem Funkschlüssel betätigen, um den Wagen zu öffnen. Stattdessen kommunizierten der Wagen und der Schlüssel über Funksignale selbstständig miteinander. Sobald der Besitzer des Wagens den Türgriff berührte und den Funkschlüssel in seinen Hosen- oder Jackentaschen bei sich trug, wurden die Türen selbsttätig entsperrt. Da die Wegfahrsperre damit gleichzeitig deaktiviert wurde, konnte der Fahrer den Motor anschließend durch das bloße Betätigen einer Taste starten.

Bisher hatte er sämtliche Keyless-Entry-Schließsysteme durch eine Verlängerung der Funkstrecke manipulieren können. Dafür positionierte er jeweils ein Funkrelais in der Nähe des Wagens und in der Nähe des Schlüssels. Sie fingen die Signale auf, verstärkten sie und sendeten sie an das jeweils andere Relais. Da die Relais eine Reichweite von bis zu fünfhundert Metern hatten, konnte er eine Kommunikation zwischen dem Funkschlüssel und dem Wagen über ebendiese Distanz überbrücken. Dabei spielte es keine Rolle, ob der Autoschlüssel zu Hause lag oder sich in den Hosen- oder Jackentaschen seines Besitzers befand. Da die Geräte zur Funkstreckenverlängerung so konzipiert waren, dass sie die Größe einer kompakten Fotokamera hatten, fielen sie im Alltag nicht auf. Die betroffenen Fahrzeuge ließen sich in Sekundenschnelle öffnen und starteten, ohne sichtbare Einbruchsspuren zu hinterlassen.

Er hatte diese Technik konstant weiterentwickelt und konnte

Sicherungssysteme sämtlicher Autohersteller überwinden, doch dies hatte ihn schließlich gelangweilt.

Er wollte mehr!

In seinen Visionen hatte er sich schon lange mit einer Technologie beschäftigt, mit deren Hilfe er einen voll funktionsfähigen Klon eines Funkschlüssels anfertigen konnte. Als er im vergangenen Herbst von dem Prototyp erfahren hatte, hatte er den Geschäftsführer der *Autotechnik Harburg* gebeten, ihm ein aktuelles Modell des Automobilherstellers zur Verfügung zu stellen. Er hatte dies damit begründet, dass er mit dem Wagen Experimente durchführen wollte, um seine Idee auf Herz und Nieren zu prüfen.

Zunächst hatte er viel Überzeugungsarbeit leisten müssen, und letztlich war doch ein entsprechender Mietwagen in die Werkstatthalle gerollt.

Er hatte rasch herausgefunden, dass der zukünftige Kunde für seine Keyless-Entry-Technologie eine mehr als zehn Jahre alte 40-Bit-Verschlüsselung nutzte. Aufgrund dieser vergleichsweise schwachen Codierung war es ihm im Laufe mehrerer Wochen gelungen, sämtliche Entriegelungscodes zu berechnen, die der Funkschlüssel erzeugen konnte. Anschließend hatte er die Codes in einer sechs Terabyte großen Datenbank gespeichert und auf einem Server der *Autotechnik Harburg* abgelegt.

Die Hardware, die er entwickelt hatte, ermöglichte das Überwinden des Keyless-Entry-Systems in weniger als zwei Sekunden: Ein Minicomputer zeichnete die Funksignale des Autos und des Funkschlüssels auf und übertrug sie per Smartphone an den Server. Hier folgte ein Abgleich mit sämtlichen in der Datenbank gespeicherten Entriegelungscodes, und im Falle eines Treffers war der für den Funkschlüssel passende Code gefunden. Im Ergebnis verfügte er damit über einen identischen

Klon des Funkschlüssels, und damit konnte er den Wagen völlig unabhängig vom Originalschlüssel öffnen und starten.

Im Laufe der Zeit hatte er die von ihm entworfene Technologie an verschiedenen Modellen des Konzerns getestet, und bis zum heutigen Tag hatte er ausnahmslos jeden Funkschlüssel kopieren können.

Jetzt schaute er zu, wie die beiden Mitarbeiter des Automobilproduzenten die Klappen des Lkw öffneten und die Verladeschienen montierten. Er selbst stand knapp hinter den beiden Männern und warf einen Blick auf die Ladefläche. Die Optik des Sportwagens war atemberaubend, sie interessierte ihn aber nicht. Für ihn war nur wichtig, dass die im Rucksack verborgene Technik die Funksignale des Wagens und des Autoschlüssels auffing.

Er beobachtete, dass der Mann, der sich kurz zuvor als Entwicklungsingenieur vorgestellt hatte, auf die Ladefläche des Lkw kletterte und zu dem Wagen ging. In dem Moment, als die Verriegelung sich mit einem faszinierenden Lichtspiel der Rückleuchten öffnete, ging er zurück in die Werkstatthalle.

Sollte es bis zu diesem Moment nicht gelungen sein, die Funksignale aufzufangen, wären sämtliche Anstrengungen der vergangenen Monate umsonst gewesen.

Kapitel 23

DIE ANDEREN

Buchholz in der Nordheide,
Polizeiinspektion Nordheide,
Dienstag, 14. Mai, 10:00 Uhr

Aus den Augenwinkeln nahm Hauptkommissar Rolf Degenhardt einen Schatten vor seinem Büro wahr. Sämtliche Arbeitsplätze des Ersten Fachkommissariats waren um einen zentralen Besprechungsbereich herum angeordnet und lediglich durch raumhohe Glaswände voneinander abgegrenzt. Daher erkannte Degenhardt, als er von seinem Schreibtisch aufblickte, dass der Polizeidirektor Achim Meislahn direkt auf sein Büro zusteuerte.

Grußlos trat der Polizeidirektor ein. Seine Miene war ernst. »Wir müssen uns unterhalten!«

Degenhardt stand auf, ging zum Fenster und lehnte sich mit dem Rücken gegen den Rahmen. Er verschränkte die Arme vor der Brust. »Ich kann mir denken, weswegen Sie hier sind.«

»Das macht es für Sie nicht besser!«

»Ist es wegen Kaiser?«

»Nicht nur wegen Kaiser, vor allem wegen Frau Liebisch.«

Degenhardt rieb sich die Stirn. »Ich habe gestern den Einfall gehabt, dass Frau Liebisch eine hervorragende Nachfolgerin für Vorberg wäre. Ich wollte mit Ihnen natürlich noch darüber …«

»Es ist mir egal, was Sie wollten!«, erwiderte Achim Meislahn mit einer für ihn ungewöhnlichen Lautstärke. »Sie haben mich in eine absolut beschissene Situation gebracht!«

Degenhardt stutzte. Seit wann nutzte Meislahn derart primitive Ausdrücke?

Unterdessen fuhr der Polizeidirektor unbeirrt fort: »Zuerst höre ich von Ihnen wochenlang gar nichts! Dann bespreche ich mit Kaiser, dass ein Kollege aus seiner vorherigen Dienststelle Nachfolger von Vorberg werden soll! Und im letzten Moment grätschen Sie mir aus heiterem Himmel dazwischen! Das ist unprofessionell!«

Degenhardt presste zunächst die Lippen aufeinander und schwieg eine Weile. Schließlich antwortete er: »Ich hätte vorher mit Ihnen darüber reden sollen. Das ist gestern nicht optimal gelaufen.«

»Nicht optimal gelaufen?« Achim Meislahns Gesichtszüge verrieten, dass er ausgesprochen verärgert war. »Seit wann wissen Sie, dass Vorberg nach Hannover wechselt?«

Degenhardt zuckte mit den Schultern. »Keine Ahnung. Soweit ich mich erinnern kann ... seit Anfang des Jahres?«

»Das bedeutet, dass Sie mehrere Monate Zeit gehabt haben, um sich Gedanken über seine Nachfolge zu machen!«

Degenhardt nickte.

»Und dann kommen Sie im letzten Moment mit einem Geistesblitz? Was hat Frau Liebisch eigentlich zu Ihrem Vorschlag gesagt?«

»Sie ist einverstanden.«

»*Einverstanden* reicht mir nicht. Für mich kommen nur Mitarbeiter in Frage, die für ihren Beruf brennen!«

»Sie kennen Frau Liebisch. Sie wissen, mit welcher Leidenschaft sie Polizistin ist. Wir können keine bessere Nachfolgerin für Vorberg bekommen.«

»Ich werde darüber nachdenken und komme Ihnen damit viel weiter entgegen, als Sie es verdient haben!« Meislahns Tonfall war scharf. Er richtete seinen Zeigefinger auf den Hauptkommissar: »Im Gegenzug erwarte ich von Ihnen, dass Sie mit Herrn Kaiser kooperieren!«

Degenhardt schüttelte den Kopf. »Kaiser ist ein aufgeblasener Wichtigtuer! Er hat sich bisher nur mit dem Staatsschutz beschäftigt. Vielleicht kennt er sich mit politischen Extremisten aus, aber von unserem Job hat er keine Ahnung! Wie soll jemand wie er den Zentralen Kriminaldienst leiten?«

»Kaiser wird nicht lange bleiben. Zwei Jahre, vielleicht etwas länger. Dann wird sein Weg ihn mit Sicherheit weiter ins Ministerium führen, oder Gott weiß wohin. Je mehr wir ihn hier bei uns unterstützen, desto schneller sind wir ihn wieder los!«

»Wollen Sie ihn wegloben?«

Der Polizeidirektor zuckte mit den Achseln. »Nennen Sie es, wie Sie es wollen.«

Degenhardt nickte. »Das habe ich verstanden. Er hat mich gestern übrigens angewiesen, ihn heute um zehn Uhr in die offenen Fälle einzuweisen.«

»Ich weiß. Es dreht sich aber nicht nur um die offenen Fälle, sondern vor allem um die Strukturen und Abläufe in Ihrem Fachbereich.«

»Er hat gesagt, dass die offenen Fälle sein Schwerpunkt sein werden.«

»Warten wir es ab«, erwiderte Achim Meislahn und blickte auf die Uhr. »Wo bleibt er denn?«

»Dichter Verkehr auf der A 7.«

»Kann passieren«, sagte Achim Meislahn und wechselte das Thema: »Gestern Nachmittag hat mich die Frau von einem Ihrer Vorgänger angerufen.«

»Sie meinen Jürgen Großmann?«

»Ja. Sie sagte, dass er vergangenen Freitag einen Schlaganfall erlitten hat. Derzeit wird er im Luhe-Klinikum behandelt.«

»Das habe ich schon gehört. Ich werde heute Nachmittag bei ihm vorbeischauen.«

»Richten Sie ihm bitte meine Grüße aus.«

»Gerne. Vorausgesetzt natürlich, Kaiser hält mich hier nicht fest.«

Noch einmal erhob Meislahn den Zeigefinger und wies auf Degenhardt. »Ich hege keine Zweifel, dass Sie einen gemeinsamen Weg mit Kaiser finden werden!«

Als Degenhardt wieder allein war, schaute er auf das Display seines Smartphones. Sowohl seine Frau Ulrike als auch seine Tochter Alexandra hatten versucht, ihn anzurufen. Zusätzlich hatte er von beiden eine Textnachricht erhalten.

Ulrike hatte geschrieben: »Hast du schon mit Alex gesprochen?«

Alexandras Nachricht lautete: »Wo bist du?«

Degenhardt wählte die Nummer seiner Tochter, und sie nahm das Gespräch sofort an. »Hallo, Papa?«

»Hallo, Süße. Ich habe schon gesehen, dass Mama und du heute schon versucht habt, mich zu erreichen. Ist alles in Ordnung?«

»Du sollst mich nicht *Süße* nennen!«

»Ich versuche, in Zukunft daran zu denken. Ist alles okay bei dir?«

»Nein, gar nichts ist okay! Wo bist du?«

»Im Büro. Was ist denn los?«

»Ich bin zu Hause ausgezogen.«

»Das hat Mama mir gestern Abend schon erzählt. Du bist jetzt bei Caro?«

»Das war nur für eine Nacht. Jetzt sitze ich vor deiner Wohnung.«

»Hier in Buchholz?«

»Wo denn sonst!«

»Weiß Mama davon?«

»Nein.«

»Bleib, wo du bist, Süße, ich bin gleich da.«

»Du bist gut, Papa, wo soll ich denn sonst hin? Außerdem will ich nicht *Süße* genannt werden!«

Kapitel 24

DER GEHÄNGTE

Hamburg,
Autotechnik Harburg,
Dienstag, 14. Mai, 10:15 Uhr

Er stellte sich neben den Prototyp, öffnete den Rucksack, holte den Minicomputer heraus und sendete den Code, den die Datenbank als Treffer angezeigt hatte, an den Wagen. Die Blinker leuchteten auf, und es war ein Geräusch zu hören, das durch das Entriegeln der Türen entstand.

Er öffnete die Fahrertür, glitt in den Ledersitz und betätigte den Startknopf. Der 650 PS starke Motor kreischte mit einem festen Tritt auf das Gaspedal auf.

»Ja! Ja! Ja!«, brüllte er und trommelte mit den Fäusten wie wild gegen das Lenkrad. Er sprang aus dem Auto, reckte die Arme in die Luft und sah die beiden Amerikaner an. »Noch Fragen?«

Während der Entwicklungsingenieur sich wortlos umdrehte und die Halle verließ, zeigte der Marketingmanager überhaupt keine Reaktion.

Fragen hatten sie jedenfalls nicht.

Kapitel 25

DIE ANDEREN

Buchholz in der Nordheide,
Polizeiinspektion Nordheide,
Dienstag, 14. Mai, 10:15 Uhr

Hauptkommissar Rolf Degenhardt schloss seine Bürotür hinter sich ab und verließ die Polizeiinspektion über einen Nebenausgang. So war sicher, dass er Dirk Kaiser in diesem Moment nicht über den Weg laufen würde.

Wenige Augenblicke später eilte er mit großen Schritten auf das Mietshaus zu, in dem sich seine Wohnung befand. Auf dem Weg dorthin versuchte er noch einmal, Ulrike telefonisch zu erreichen. Es gelang ihm tatsächlich, kurz mit ihr zu sprechen. Er berichtete, dass Alexandra sich bei ihm gemeldet hatte und dass sie offenbar vor seiner Wohnung auf ihn wartete. Ulrike weinte vor Erleichterung, und er versprach ihr, dass er sich später noch einmal bei ihr melden würde.

Nun bog er auf den Plattenweg ab, der direkt zu dem Mietshaus führte, und zog seinen Schlüsselbund aus der Hosentasche. In dem Moment, als er die Haustür aufschließen wollte, wurde die Tür aufgestoßen, und Heinz Schmitt trat heraus.

Schmitt wohnte im Stockwerk unter ihm. Jeden Tag kam Degenhardt dort an dem Türschild mit dem eingeschnitzten Containerschiff und den Lettern *SAILOR JERRY* vorbei. Degenhardt verband mit ihm die Information, dass er sich zumeist in plattdeutscher Sprache unterhielt, als Koch zur See gefahren und durch einen Unfall berufsunfähig geworden war. Soweit er sich erinnerte, verdiente Schmitt sein Geld jetzt auf Flohmärkten. Sein Gesicht war wettergegerbt und das Alter schwer zu schätzen. Vielleicht Mitte fünfzig, vielleicht aber auch nicht.

Normalerweise grüßten sie sich mit einem knappen *Moin*, doch heute hatte Schmitt offensichtlich etwas Wichtiges zu erzählen. Er versperrte Degenhardt den Weg und dämpfte seine Stimme. »Goot, dat du kummst. Dor steiht een junge Deern mit twee Kuffer vör de Döör. Ick heff se fragt, wat se hier will. Se hett seggt, dat se op di töövt. Wi hebbt kott schnackt, und se hett mi vertellt, dat du eern Vadder büst – dorvan heff ick gor nix wusst! Also heff ick eer rinlaten.« Schmitt machte eine kurze Pause und nickte mit seinem Kopf nach oben. »Nu sitt se boben op de Trepp un luert dor opp di.«

Alexandra war also tatsächlich hier und wartete vor seiner Wohnung!

»Danke«, antwortete Degenhardt und wollte sich schon an Schmitt vorbeidrängen. Der ließ ihn nicht durch. Es gab offenbar noch etwas, das ihm unter den Nägeln brannte. »Se hett ook een Katt mitbracht.«

Degenhardt stutzte. »Eine Katze?«

»Jo, een Katt.«

»Soweit ich weiß, sind Tiere hier im Haus nicht erlaubt«, murmelte Degenhardt und rieb sich die Stirn.

»Jo. Ick heff er ook vertellt, dat Hunnen un Katten hier verboden sünd.«

»Und was hat sie gesagt?«

»*Klei di an'n Mors* – dat hett se mi an'n Kopp ballert.«

»Leck mich am Arsch?«, wiederholte Degenhardt auf Hochdeutsch.

Schmitt grinste breit. »Nee, nee. In Wohrheit hett se mi verbiestert ankeken und wuss ni recht, wat se seggn schull. Ick heff een Oog toknepen und heff eer liekers rinlaten.«

»Und die Katze?«

»Ick heff doch juest seggt, dat ick een Oog toknepen heff. De Katt is ook boben un luert dor tosaam mit dien Dochter op di.«

Degenhardt atmete auf. »Danke.«

»Ick wünsch jüm noch een schöönen Doog«, sagte Schmitt und zwinkerte ihm zu, dann gab er den Weg ins Haus frei.

Rolf Degenhardt hatte seine Tochter an ihrem Geburtstag vor zweieinhalb Monaten zum letzten Mal gesehen. Damals hatte er sie nach dem Schulschluss vom Gymnasium in Salzhausen abgeholt, und sie waren gemeinsam zur Kreisverwaltung nach Winsen gefahren. Er hatte die Kosten für ihren Führerschein übernommen, und sie hatte darauf bestanden, die Plastikkarte an ihrem Geburtstag mit ihm gemeinsam bei der Führerscheinstelle abzuholen. Auf dem Weg nach Hause hatte er ihr angeboten, seinen Wagen zu fahren, denn er wusste, dass auch ihr Herz für das fünfunddreißig Jahre alte Mercedes 230 Coupé schlug. Sie hatte das Angebot mit glänzenden Augen angenommen, und sie hatte ihren Vater mit ihrer vorsichtigen Fahrweise überzeugt.

Jetzt hatte Degenhardt das zweite Stockwerk endlich hinter sich gelassen und war auf der Treppe, die direkt zu seiner Wohnung führte. Er blickte nach oben, und ein Strahlen ging über sein Gesicht. »Hallo, Alex!«, rief er. »Das ist aber eine Überraschung!«

Alexandra trug ihre Haare heute deutlich kürzer und hatte sie mit Henna gefärbt. Sie war ihrer Mutter damit noch ein Stück ähnlicher geworden. Nicht nur äußerlich hatten Alexandra und Ulrike viele Gemeinsamkeiten, auch sonst verband sie einiges miteinander: Im Gegensatz zu Degenhardt liebten sie beispielsweise ausgedehnte Wandertouren im *Naturschutzpark*

Lüneburger Heide, sie konnten sich tagelang in ein Buch vertiefen, und sie hassten Fußball.

Alexandra hatte längst gehört, dass ihr Vater die Treppen hinaufkam. Sie lehnte am Rahmen seiner Wohnungstür und hatte die Hände tief in den Hosentaschen vergraben. Sie kaute einen Kaugummi und wirkte so entspannt, als könnte sie nichts und niemand aus der Fassung bringen. »Hallo, Papa. Tut mir leid, dass das heute alles so kurzfristig ist.«

Er stutzte. Er kannte den Tonfall, mit dem Alexandra gerade sprach, nur zu gut. Ulrike und Alexandra teilten noch eine weitere Eigenschaft, die er in diesem Moment bei seiner Tochter spürte: Beide waren ausgesprochen leidenschaftliche und emotionale Menschen. Äußerlich wirkten sie meist kühl und kontrolliert, was sich aber von einem Moment auf den anderen ändern konnte. Ein Umstand, der ihn in Diskussionen und Streitgesprächen häufig an seine Grenzen gebracht hatte.

Alexandras Tonfall verriet ihm eindeutig, dass sie kurz vor der Explosion stand. Ihm war nicht danach, den Funken dafür zu liefern.

Obwohl es ihn brennend interessierte, warum sie Hals über Kopf zu Hause in Egestorf ausgezogen war, vermied er diese Frage vorerst. »Mach dir keine Gedanken«, meinte er, als er oben ankam und sie zur Begrüßung in den Arm nahm.

Während er Alexandra an sich drückte, schaute er über ihre Schulter und musterte ihr Gepäck. Im Flur standen zwei mächtige Rollkoffer, ein prall gefüllter Rucksack, die Schultasche, die Transportbox mit der Katze, ein Kratzbaum und eine Plastikkiste. Es wirkte, als hätte Alexandra nicht vor, wieder nach Egestorf zu ihrer Mutter zurückzukehren.

Degenhardt löste sich aus der Umarmung, nahm einen der Rollkoffer und schloss die Tür auf. »Wie bist du hierhergekommen?«

»Mit einem Taxi.«

»Jetzt bringen wir erst mal deine Sachen in die Wohnung. Dann sehen wir weiter. Du nimmst die Katze, ich nehme den Rest.«

Alexandra griff nach dem Katzenkorb und hob ihn vorsichtig an. »Ich weiß, dass du keine Katzen magst. Vielleicht kannst du dich trotzdem mit ihm anfreunden. Er heißt *Tiger*.«

»Hallo, Katze«, seufzte Degenhardt und blickte flüchtig in den Korb, dann ging er voraus in die Wohnung. »Ich schlage vor, dass du mein Schlafzimmer nimmst. Das ist der größte Raum. Außerdem ist es die Sonnenseite mit Balkon.«

Alexandra folgte ihm, sie blieb jedoch in der Mitte des Flurs stehen. Sie warf einen Blick durch die offenstehende Tür des Wohnzimmers. »Das ist echt krass«, sagte sie, während sie auf das Ledersofa schaute. Sie kannte es noch aus der Zeit, als sie alle zusammen in einem Reihenhaus am Buchholzer Stadtrand gelebt hatten. Das Sofa war das einzige Möbelstück, das Rolf Degenhardt nach der Trennung mit in seine neue Wohnung genommen hatte. Über dem Sofa hing ein schwarzweißer Kunstdruck der Hamburger Skyline. Auf der gegenüberliegenden Seite hing ein Flachbildschirm, dessen Größe Alexandra noch einmal staunen ließ. Sie sah ihren Vater an und zeigte auf den Bildschirm. »Der ist ja größer als der Küchentisch bei Mama in Egestorf!«

»Den habe ich mir selbst zum Geburtstag geschenkt. Dazu habe ich mir ein Jahresabo für die Bundesliga und für die Champions League gegönnt.«

»Hast du etwas dagegen, wenn ich hier auf dem Sofa schlafe? Ich möchte nicht in deinem Bett übernachten.«

Degenhardt dachte kurz nach, dann nickte er. »Morgen bringen wir den Bildschirm und das Sofa in mein Schlafzimmer und kaufen dir ein paar Möbel. Dann richtest du dir das Wohnzimmer so ein, wie du möchtest, und wir haben beide keinen Stress.«

»Das ist lieb, Papa, aber *Tiger* und ich wollen nur ein paar Tage hierbleiben. Wahrscheinlich kann ich dann zu einer Freundin ziehen.«

Er lächelte. »Du bekommst meinen zweiten Wohnungsschlüssel und kannst kommen und gehen, wann du willst. Wenn du bei einer Freundin schlafen möchtest, dann machst du das, und wenn ihr euch auf die Nerven geht, kannst du hier übernachten.«

»Und *Tiger?*«

»Solange du hier wohnst, darf er bleiben. Aber ich werde mich nicht um ihn kümmern. Das musst du schon selbst machen.«

»Kannst du mich morgen nach Salzhausen in die Schule fahren?«

Er griff in seine Hosentasche, holte den Schlüsselbund heraus und ließ ihn am ausgestreckten Zeigefinger hin- und herpendeln. »Du kannst erst einmal den Mercedes nehmen. In der *Harburger Kreiszeitung* sind samstags mehr als genug Kleinanzeigen. Wir finden dann schon etwas Passendes für dich.«

»Danke, Papa«, sagte Alexandra mit dünner Stimme.

Er sah, dass Tränen über ihre Wangen liefen. Er stellte den Rollkoffer ab, um zu ihr zu gehen, doch sie verschwand im Wohnzimmer und schloss die Tür hinter sich. Er klopfte vorsichtig an. »Ich hole deine Sachen und lege dir die Schlüssel für die Wohnung und für den Mercedes auf den Küchentisch. Ich muss jetzt arbeiten. Falls du mich brauchst, bin ich über mein Smartphone erreichbar, okay?«

»Okay«, hörte er sie sagen.

Als Degenhardt die Wohnung verlassen hatte und wieder allein war, rief er seine Frau an. Nachdem er ihr versichert hatte, dass Alexandra wirklich bei ihm war, erkundigte Ulrike sich nach der Katze.

»Sie scheint sich bei mir wohlzufühlen. Kannst du mir jetzt bitte erklären, was passiert ist?«

Die Antwort blieb aus, denn Ulrike hatte bereits aufgelegt.

Kapitel 26

DIE ANDEREN

Buchholz in der Nordheide,
Polizeiinspektion Nordheide,
Dienstag, 14. Mai, 15:00 Uhr

Als Rolf Degenhardt in das Gebäude der Polizeiinspektion zurückgekehrt war, hatte Dirk Kaiser sich bereits auf seiner Vorstellungsrunde durch das Erste Fachkommissariat befunden. Degenhardt hatte ihn gesucht und schließlich im Büro von Kommissarin Anette Sjut gefunden.

»Tut mir leid, dass ich kurzfristig nach Hause musste«, hatte Degenhardt nach einer knappen Begrüßung gesagt. »Meine Tochter brauchte meine Unterstützung.«

»Geht in Ordnung«, hatte Kaiser abgewunken. »Ich melde mich später, um mit Ihnen über die Strukturen und die Abläufe Ihres Kommissariats zu sprechen.«

Kommentarlos hatte sich Degenhardt in sein eigenes Büro zurückgezogen und sich im Verlauf des Tages immer wieder bei den Kollegen, die bereits mit Kaiser zusammengesessen hatten, über den Verlauf der Gespräche erkundigt. Die Rückmeldungen waren durchweg positiv gewesen. Demnach war er nicht nur ein interessierter Zuhörer, sondern hatte auch großzügige Versprechungen gemacht. So wollte er persönlich dafür sorgen, dass die hohe Zahl an Überstunden abgebaut werden konnte.

Degenhardt selbst nutzte die Zeit, um das Seminar an der Polizeiakademie in Nienburg vorzubereiten, das er nächste Woche leiten sollte.

Für den Nachmittag hatte er sich vorgenommen, Jürgen Großmann im Luhe-Klinikum zu besuchen. Dieser Termin war ihm wichtig, denn die Verbindung zu dem alten Hauptkommissar bedeutete ihm viel.

Nun hatte Dirk Kaiser seine Runde durch das Erste Fachkommissariat beendet und betrat das Büro von Rolf Degenhardt. »Ich habe sechzig Minuten für unser Gespräch eingeplant«, sagte er, während er auf dem Stuhl vor dem Schreibtisch Platz nahm.

Der Hauptkommissar zuckte bloß mit den Schultern. »Darf ich Ihnen einen Kaffee anbieten?«

Kaiser schüttelte den Kopf. »Ich schlage vor, dass wir direkt in das Thema einsteigen.«

Degenhardt nickte und begann einen Monolog, den Kaiser weder durch Zwischenfragen noch durch Ergänzungswünsche unterbrach. Ebenso wenig machte er sich Notizen. Degenhardt nahm zwar wahr, dass Kaiser gelegentlich auf die Uhr blickte, der neue Kriminalrat machte jedoch keinerlei Anzeichen, den Vortrag abbrechen zu wollen.

Als Degenhardt seine Ausführungen nach zwanzig Minuten beendete, lächelte Kaiser freundlich. »Vielen Dank. Nun dann also zu einem meiner Schwerpunkte. Welche ungelösten Fälle haben Sie für mich vorbereitet?«

»Es sind drei Stück.«

»Ich bin sehr gespannt.«

»Beim ersten Fall handelt es sich um einen sieben Jahre zurückliegenden Dreifachmord. Das Betreiber-Ehepaar und eine Angestellte des thailändischen Restaurants *Secret Thai Garden* wurden während des laufenden Geschäftsbetriebs von einem vermummten Täter erschossen.«

Kaiser runzelte die Stirn. »Hier in der Provinz?«

Kurz hob Degenhardt eine Augenbraue, dann fuhr er fort. »Obwohl ein gutes Dutzend Kunden das Blutbad bezeugen konnten und mehrere Überwachungskameras hervorragende Bilder von dem Täter gemacht haben, sind unsere Ermittlungen immer wieder ins Leere gelaufen. Wir haben damals einige Spuren und Hinweise verfolgt, die ins Hamburger Rotlichtmilieu führten, aber selbst unsere Verbindungen zu den Hamburger Kollegen und zum Landeskriminalamt haben uns nicht ...«

»Gibt es Details, die nicht in den Akten stehen?«

»Was soll das heißen?«

»Wissen, über das Sie verfügen, das Sie aber nicht dokumentiert haben?«

»Haben Sie in Hannover so gearbeitet?«

Kaisers Gesicht verfinsterte sich, doch er überging Degenhardts Bemerkung. »Zum zweiten Fall, bitte.«

In Degenhardts Innerstem wuchs der Groll auf den neuen Vorgesetzten. Er musste sich konzentrieren, um mit ruhiger Stimme weiterzusprechen. »Vor fünf Jahren ist ein Student namens Markus Voß auf einem Feldweg bei Holm-Seppensen erschossen worden. Sechs Treffer im Brust- und Bauchraum hat die Rechtsmedizin im Rahmen der Obduktion anschließend gezählt.«

Kaiser hob die Augenbrauen. »Da wollte der Täter wohl sicherstellen, dass Voß keinerlei Chance hatte, zu überleben.«

»Einige Anhaltspunkte sprechen dafür, dass es eine *Täterin* war. Voß hatte sich wenige Tage zuvor von seiner damaligen Freundin getrennt, und sie soll völlig aus der Fassung geraten sein. Es bestand zumindest ein Anfangsverdacht gegen sie. Als ich zwei Kollegen mit einem Durchsuchungsbeschluss zu ihr geschickt habe, hat sie sich vom Balkon aus in den Tod gestürzt.«

Kaiser rieb sich die Augen.

»Wir haben die Tatwaffe bis heute nicht gefunden«, erklärte Degenhardt weiter. »Daher fehlt der entscheidende Beweis dafür, dass Voß von seiner Freundin erschossen wurde.«

»Exfreundin«, korrigierte Kaiser. »Das reicht mir, den Rest ziehe ich mir aus den Akten. Nun zum dritten Fall.«

Degenhardt legte die Hände in seinen Schoß und ballte sie zu Fäusten. Dennoch schaffte er es, sich seine Verärgerung nicht anmerken zu lassen. »Vor vier Jahren ist eine dreiköpfige Familie über Nacht aus einem kleinen Dorf an der Elbe spurlos verschwunden. Wir haben das Wohnhaus und die Umgebung tagelang durchkämmt. Dabei sind auch Hubschrauber, Spürhunde, Sonarboote und Taucher zum Einsatz gekommen – ohne Erfolg. Eine Woche nach dem Verschwinden der Familie haben Feuerwehrleute die Leiche des Vaters aus der Elbe gezogen. An seinem Körper war ein fünfundzwanzig Kilogramm schwerer Betonklotz mit einem Spanngurt fixiert. Die Rechtsmediziner haben ein Fremdverschulden ausgeschlossen. Die Mutter und der Sohn sind bis heute wie vom Erdboden verschluckt.«

»Ich habe in den Medien davon gelesen. Sie gehen von einem erweiterten Suizid aus?«

»Wie schon gesagt, die Rechtsmediziner haben ein Fremdverschulden ausgeschlossen. Der Vater hat den Betonklotz auf einer Baustelle entwendet und ihn sich mit einem Spanngurt selbst an den Körper gebunden. Beides konnten wir nachweisen. Ohne die Leichen der Frau und des Sohnes können wir den Verdacht allerdings nicht bestätigen, dass der Vater seine Familie vorher ausgelöscht hat.«

»Ich werde mir das Haus und das Grundstück ansehen.«

»Das ist nicht so einfach. Das Haus wurde nach dem Abschluss der Ermittlungen geräumt und zum Verkauf freigegeben. Dort lebt jetzt eine andere Familie. Der Erlös des Verkaufs wurde von der Bank eingefroren, bis die Erbfolge geklärt ist.«

»Trotzdem werde ich dorthin fahren und mich einmal umschauen.«

»Das ist Ihre Entscheidung«, erwiderte Degenhardt und zeigte auf den Rollwagen, der neben dem Schreibtisch stand. »Die Details zu den Fällen finden Sie in den Akten.«

»Verstehe, dann weiter zum nächsten Fall, bitte.«

»Das waren die drei Fälle, die ich für Sie vorbereitet habe.«

Kaiser nickte kaum merklich, während er zu dem Rollwagen mit den Akten sah. Die folgende Frage formulierte er, als würde es sich um einen beiläufigen Gedankengang handeln: »Wie ist der aktuelle Sachstand im Fall *Joost?*«

Degenhardt konnte kaum glauben, was er gerade gehört hatte. Es traf ihn wie einen Schlag in die Magengrube. »Was meinen Sie?«

»Ich spreche vom Fall *Joost!*«

»Joost?«, wiederholte Degenhardt ungläubig.

»Andreas Joost. Ein im vergangenen Jahr ermordeter Kinderarzt mit einer autistischen Tochter. Klingelt es noch immer nicht bei Ihnen?«

Niemand kannte den Fall besser als Degenhardt, und in diesem Moment realisierte er, dass er das Bild, das er bisher von dem neuen Kriminalrat gehabt hatte, korrigieren musste. Eben noch war er davon ausgegangen, dass es sich bei Kaiser um einen fachlich versierten Theoretiker handelte, der für sein Vorankommen vor allem seine Kontakte in das Innenministerium und in die Staatskanzlei nutzte. Zweifelsohne ein unsympathischer Mensch, jedoch ungefährlich.

Nun musste er sich eingestehen, dass Dirk Kaiser keinesfalls so harmlos war, wie er zunächst angenommen hatte.

Die Ermittlungen zu dem Mord an Andreas Joost hatten ihn im vergangenen Jahr nicht nur beruflich, sondern auch privat stark ins Wanken gebracht. Bis heute verging kein Tag, ohne dass er sich mit diesem Fall beschäftigte. Er empfand den damit einhergehenden Misserfolg als schwerwiegenden Makel.

Kaiser schien das zu wissen.

Degenhardt holte tief Luft, dann nickte er Kaiser zu: »Ich kenne sämtliche Details des Falls *Joost*. Was möchten Sie darüber wissen?«

Kaiser stand auf und zeigte zum Rollwagen. »Für heute reicht es. Lassen Sie die Akten dazustellen, und sorgen Sie dafür, dass alles zusammen so schnell wie möglich in mein Büro gebracht wird.«

Nachdem Kaiser den Raum verlassen hatte, blieb Degenhardt sitzen. Er starrte einige Sekunden lang auf die Glastür, durch die sein neuer Vorgesetzter gerade verschwunden war. Schließlich beugte er sich zur Seite, um die unterste Schublade seines Schreibtisches zu öffnen. Er griff nach ganz hinten durch und ertastete einen Briefumschlag. Diesen legte er vor sich auf den Tisch, öffnete ihn und nahm den Inhalt heraus. Vier Fotografien, die für ihn eine besondere Bedeutung hatten.

Drei der Aufnahmen zeigten die Leichen unterschiedlicher Männer. Der erste lag auf grauen Pflastersteinen, der zweite auf einem sandigen Feldweg und der dritte auf einem weißen Laminatboden. Das Alter und die Kleidung der Männer waren sehr unterschiedlich, dennoch hatten sie eine verblüffende Ähnlichkeit. Das erste Foto zeigte die Leiche seines früheren Kollegen Bernd Köhnke, dessen Tod er bis heute nicht verkraftet hatte. Die zweite Aufnahme stammte von dem Leichnam von Markus Voß. Vor fünf Jahren hatte dessen Anblick die alten Narben, vor denen Degenhardt sich jahrzehntelang stoisch verschlossen hatte, zum ersten Mal wieder aufgerissen. Auf dem dritten Foto schließlich die Leiche von Andreas Joost. Bei ihrem Anblick hatte Degenhardt im vergangenen Jahr zum zweiten Mal für einen kurzen Moment die Kontrolle über sich selbst verloren.

Bei der vierten Aufnahme handelte es sich um ein Familienfoto, auf dem Degenhardt, seine Frau Ulrike, seine Tochter Alexandra und sein Sohn Tobias zu sehen waren. Es stammte aus dem letzten Jahr, als Tobias in der Sankt-Stephanus-Kirche in Egestorf konfirmiert worden war. Ulrike hatte ihre Arme um Alexandra und Tobias gelegt, Degenhardt selbst stand etwas abseits.

Immer wieder wanderte sein Blick zwischen den vier Fotos hin und her. Schließlich realisierte er, dass er es selbst war, der aktiv werden musste, wenn etwas anders werden sollte. Zum ersten Mal gestand er sich ein, dass er es ohne professionelle Hilfe kaum schaffen würde.

Er öffnete eine weitere Schublade seines Schreibtisches und nahm eine Plastikschale heraus, in der er Kugelschreiber, Textmarker und anderes Büromaterial aufbewahrte. Ganz unten lag die Visitenkarte von Andrea Bahlburg. Sie war eine Psychologin, deren Expertise sein Vorgesetzter Achim Meislahn ihm im vergangenen Jahr ans Herz gelegt hatte.

Degenhardt hätte mithilfe des Sozialwissenschaftlichen Dienstes zwar auch eine polizeiinterne Hilfe in Anspruch nehmen können, doch das lehnte er strikt ab. Zum einen kannte er die meisten der dort tätigen Psychologen persönlich und konnte sich beim besten Willen nicht vorstellen, sich einem von ihnen zu öffnen. Zum anderen war es für ihn ein unerträglicher Gedanke, dass dort eine Akte über ihn angelegt werden würde, die seinen wohl größten Schwachpunkt dokumentierte.

Schweigepflicht hin oder her – das kam nicht in Frage!

Degenhardt holte die Visitenkarte hervor und wählte die aufgeführte Telefonnummer. Andrea Bahlburg nahm das Gespräch sofort an.

»Guten Tag«, meldete er sich. »Ich würde gerne einen Termin mit Ihnen vereinbaren. Ich arbeite bei der Polizeiinspektion Nordheide, und mein Dienststellenleiter hat Sie empfohlen.«

»Oh, Sie meinen Herrn Meislahn?«

»Ja, er hat sehr positiv über Sie berichtet.«

»Richten Sie ihm bitte meine besten Grüße aus«, erwiderte Andrea Bahlburg. Der freudige Klang ihrer Stimme war nicht zu überhören. »Ich muss Ihnen leider mitteilen, dass ich in den nächsten Monaten nicht praktizieren kann. Mein Mann und ich erwarten Nachwuchs. Ich kann Ihnen aber meinen Kollegen Henning Kraushahn empfehlen.«

Nachdem Degenhardt die Verbindungsdaten von Henning Kraushahn erhalten hatte, rief er diesen an. Da er ihn nicht erreichte, schrieb er ihm eine E-Mail.

»Hoffentlich war das kein Fehler«, murmelte er nach dem Versenden.

Schließlich stand er auf und nahm seine Jacke. Er wollte Jürgen Großmann besuchen, und dafür war jetzt endlich Zeit!

Kapitel 27

DER GEHÄNGTE

Winsen (Luhe),
Luhe-Klinikum,
Dienstag, 14. Mai, 16:42 Uhr

Er stellte den angemieteten BMW auf dem Besucherparkplatz ab und schaute hinüber zu dem Fußweg, der direkt zur Klinik führte. Es waren nur vereinzelt Menschen unterwegs – viel zu wenige, um sich unter sie zu mischen und unerkannt in den Gebäudekomplex zu gelangen.

Im Luhe-Klinikum waren zwei Videokameras montiert. Sie hingen in der Eingangshalle und waren so ausgerichtet, dass sie zwei Dinge aufzeichneten: zum einen die Menschen, die die Klinik betraten und wieder verließen, zum anderen die Gespräche am Informationsschalter. Beide Kameras hingen vorne rechts an der Decke, so dass er seinen Blick beim Durchqueren der Halle einfach nur nach links wenden musste, um sein Gesicht zu verbergen. Um sicherzugehen, dass ihn bei der Auswertung der Videoaufnahmen tatsächlich niemand erkennen würde, brauchte er zusätzlich eine größere Menschenmenge, in deren Mitte er die Eingangshalle passieren konnte.

Ihm blieben noch sechs Minuten, bis die nächste Stadtbuslinie vor der Klinik halten würde. In den letzten Tagen hatte er beobachtet, dass hier um sechzehn Uhr achtundvierzig besonders viele Fahrgäste ausstiegen und in das Gebäude strömten. Eine bessere Gelegenheit würde es nicht geben.

Er nahm seine Sporttasche vom Beifahrersitz und kontrollierte noch einmal, ob er alles dabeihatte: den Rauchmelder mit der darin verbauten Funkkamera, den Mini-LCD-Schirm, die Kopfhörer, die Latex-Handschuhe, das iPad, die SIM-Karte, die Spielkarte mit dem Aufdruck »LE PENDU« und das Glasröhrchen samt Inhalt.

Alles war an seinem Platz.

Er nahm das iPad aus der Sporttasche und öffnete die Halterung für die SIM-Karte mit einer Büroklammer. Dann legte er das winzige Stück Plastik in die dafür vorgesehene Aussparung ein und drückte die Halterung wieder zurück in das Gehäuse. Die Prepaidkarte hatte er schon Anfang des Jahres zusammen mit einigen anderen Karten im Darknet gekauft. Sie waren aktiviert und verfügten jeweils über ein Fünfzig-Euro-Guthaben. Es war unmöglich, die Karten zu ihm zurückzuverfolgen.

Schließlich legte er alles zurück auf den Beifahrersitz und ließ den Kopf rückwärts gegen die Kopfstütze fallen. »Gott sei Dank«, murmelte er und war erleichtert, dass dieser zweite Akt seines Rachestücks heute überhaupt stattfinden konnte.

In Gedanken ging er zurück zur letzten Woche und verzog das Gesicht. Am vergangenen Freitag hatte Jürgen Großmann einen Herzinfarkt erlitten und war in das Luhe-Klinikum eingeliefert worden.

Die reinste Katastrophe!

Ihm tat es keinesfalls leid um die Gesundheit von Jürgen Großmann. Vielmehr fürchtete er, dass sämtliche Recherchen und Vorbereitungen der vergangenen Monate damit für nichts und wieder nichts gewesen sein könnten. Nach dem ersten Schock hatte er sich Zeit genommen, um in Ruhe nachzudenken.

Die Handlung, die er für Großmann vorgesehen hatte, konnte an jedem beliebigen Ort stattfinden.

Eine Verlegung in die Öffentlichkeit war technisch zwar eine Herausforderung, doch die nahm er gerne an.

Mit der neuen Situation war ein ungeahnter Nervenkitzel verbunden. Warum also zögern?

Und nicht zu vergessen: Großmann hatte seine Strafe verdient!

Der Stadtbus hatte zwei Minuten Verspätung. Um sechzehn Uhr fünfzig stiegen vor der Klinik rund zwei Dutzend Menschen aus. Sie eilten gemeinsam in Richtung Eingang, und *der Gehängte* mischte sich unter sie.

Nur wenige Augenblicke später passierte er die Videokameras in der Eingangshalle und erreichte die angrenzende Ladenpassage. Neben einem Friseur, einer Bank und einem Blumenladen gab es dort auch ein kleines Café und ausreichend Bänke als Sitzmöglichkeit. Die übrigen Gebäude waren sternförmig um diesen zentralen Ort herum angeordnet.

Er setzte sich in der Passage auf eine der Bänke und legte die Sporttasche auf seinen Schoß. Gegenüber hing eine historisch wirkende Bahnhofsuhr, die in dem hochmodernen Ambiente der Klinik wie ein Fremdkörper wirkte. Sie zeigte sechzehn Uhr sechsundfünfzig. Er hatte also noch eine halbe Stunde, bis er sich auf den Weg zu Jürgen Großmann machen musste. Während er zusah, wie der Zeiger Minute für Minute vorrückte, dachte er noch einmal nach.

Würde Großmann sofort verstehen, worum es ging?

Wie würde er auf die beiden Alternativen reagieren, zwischen denen er wählen konnte?

Um siebzehn Uhr zwanzig ging er in den linken Flügel der Klinik und betrat die Herrentoilette. Er schloss sich in einer der Kabinen ein, nahm die transparenten Latex-Handschuhe aus der Sporttasche und zog sie an. Kurz darauf verließ er die Toilette wieder und nutzte die Treppe, die in das erste Stockwerk führte. Er folgte dem Verlauf des Flurs und erreichte schließlich das Zimmer, in dem Jürgen Großmann die Vorzüge eines Einbettzimmers und der Chefarztbehandlung genoss.

Eine letzte Kontrolle der Uhrzeit: exakt siebzehn Uhr dreißig. Er klopfte an die Tür und trat ein, ohne eine Antwort abzuwarten. Ein kurzer Blick: Großmann war allein in dem Raum.

Er sah, dass der alte Mann die Augen öffnete, den Kopf ein wenig anhob und ihn anblickte.

»Guten Abend«, sagte er. »Es ist zwar lange her, aber Sie werden sich sicherlich an Ihren letzten Fall erinnern.«

Jürgen Großmann legte den Kopf wieder zurück auf das Kissen und schloss die Augen. Es sah aus, als würde in diesem Moment sämtliche Energie aus seinem Körper entweichen.

»Gut so«, fuhr er fort. »Sie wissen also, wovon ich spreche.«

Kapitel 28

DIE ANDEREN

Lüneburg,
Sporthalle der Bereitschaftspolizei,
Dienstag, 14. Mai, 17:30 Uhr

Nachdem Jana Liebisch den Bachelorstudiengang »Polizeivollzugsdienst« an der Polizeiakademie in Nienburg an der Weser abgeschlossen hatte, war sie zur Hundertschaft der Bereitschaftspolizei in Lüneburg versetzt worden. Seitdem war sie im gesamten Bundesgebiet unterwegs und kam vorwiegend bei Fußballspielen, Demonstrationen, Castortransporten und politischen Gipfeltreffen zum Einsatz.

Als letzter Punkt des heutigen Tages stand eine praktische Ausbildung auf dem Dienstplan. Unter Anleitung eines erfahrenen Trainers übten die Beamten Verfahren, um körperliche Angriffe in Standardsituationen effektiv abwehren zu können.

Als die Tür zur Sporthalle sich öffnete und der Führer der Hundertschaft hereinkam, nahm zunächst niemand Notiz von ihm. Er schaute sich kurz um, dann entdeckte er, wonach er suchte: »Kommissarin Liebisch zu mir!«

Jana Liebisch blickte sich zunächst verwundert um, dann durchquerte sie die Halle im Laufschritt und blieb direkt vor ihm stehen. »Ja?«

»Ich hätte mir gewünscht, dass Sie einen Versetzungsantrag vorher mit mir besprechen«, sagte er mit vorwurfsvoller Miene. »Damit hätten Sie mir wenigstens eine Chance gegeben, vorab darauf zu reagieren.«

Die Überraschung war ihr förmlich ins Gesicht geschrieben. »Ich habe keinen Versetzungsantrag geschrieben!«

»Die Polizeiinspektion Nordheide hat vorhin bei mir angerufen.«

»Sie meinen Hauptkommissar Degenhardt?«

»Genau der!«

»Ach, jetzt verstehe ich. Er hat mich gestern gefragt, ob ich mir vorstellen könnte, bei ihm im Ersten Fachkommissariat eine freie Stelle zu übernehmen.«

»Was haben Sie geantwortet?«

»Ich habe grundsätzlich zugesagt. Wir haben uns nicht über Details unterhalten, daher habe ich noch nicht mit Ihnen gesprochen. Außerdem hätten Sie doch eine Stellungnahme schreiben müssen, bevor der Antrag weitergeleitet wird, oder?«

Ihr Vorgesetzter nickte. »Grundsätzlich haben Sie recht. Wie gut kennen Sie Rolf Degenhardt?«

»So gut, wie man sich nach einem dreimonatigen Praktikum eben kennt.«

»Dann dürfte es Sie sicherlich nicht wundern, dass Sie mit sofortiger Wirkung zur Polizeiinspektion Nordheide versetzt sind.«

»Okay«, erwiderte Jana Liebisch und rieb sich die Stirn. »Dann gehe ich jetzt zurück zum Training, packe heute Abend meine Sachen und fahre morgen früh nach Buchholz.«

»Sie haben mich nicht verstanden!« Er schüttelte den Kopf energisch. »Sie werden jetzt schleunigst nach Buchholz fahren und sich im Ersten Fachkommissariat melden. Dort wartet bereits eine Kollegin auf Sie. Sie wird Sie direkt nach Sprötze bringen. Dort scheint gerade eine aufwändige Tatortarbeit zu laufen. Wie dem auch sei, Herr Degenhardt möchte Sie dabeihaben.«

Jana Liebisch nickte. »Okay, verstanden.«

»Sie nehmen Ihre Waffe und Ihre Schutzweste mit. Den Einsatzanzug und die Körperschutzausstattung brauchen Sie in Zukunft wohl nicht mehr. Sobald Sie es einrichten können, kommen Sie bitte hierher nach Lüneburg und geben die Sachen ab.«

»Klar, mache ich.«

»Übrigens«, sagte der Führer der Hundertschaft und begann zu schmunzeln. »Ich bin absolut überzeugt davon, dass Sie und Hauptkommissar Degenhardt hervorragend zusammenarbeiten werden.«

»Er und ich?«

»Ich habe mit Ihnen zwar nie persönlich darüber gesprochen, aber mir sind da ein paar Geschichten über Ihr Ermittlungspraktikum zu Ohren gekommen.«

Sie hob den Kopf und zog die Augenbrauen zusammen. »Wie bitte?«

»Soweit ich weiß, haben Sie während des Praktikums Urlaub in England gemacht.«

»Ach so.« Ihre Gesichtszüge entspannten sich wieder. »Meine Großmutter lebt in der Nähe von London und hat damals einen runden Geburtstag gefeiert. Soweit Sie auf etwas anderes anspielen sollten, war das damals jedenfalls eine sehr gute Lerngelegenheit.«

Er streckte Jana Liebisch die Hand entgegen. »Wie dem auch sei, tun Sie mir den Gefallen und bleiben Sie bitte genauso, wie Sie jetzt sind. Und falls es Ihnen in Buchholz doch nicht so gut gefällt, dann schicken Sie mir einfach einen Versetzungsantrag.«

Kapitel 29

DIE ANDEREN

Buchholz in der Nordheide,
Polizeiinspektion Nordheide,
19 Jahre zuvor

»Das ist krank«, murmelte Kriminalhauptkommissar Jürgen Großmann und legte die Fotografien aufeinander. Zuerst die Orientierungsaufnahmen, dann die Übersichtsaufnahmen, schließlich die Detailaufnahmen. Vom Groben zum Feinen. Ein wenig Struktur in dem ganzen Durcheinander.

Er platzierte die Aufnahmen neben der Tastatur und rieb sich die Stirn. Dann blickte er auf den Bildschirm, der vor ihm auf dem Schreibtisch stand. *TATORTBEFUNDBERICHT* lautete die Überschrift des Formulars, das er vor eineinhalb Stunden aufgerufen hatte. Bislang hatte er nicht einen einzigen Buchstaben getippt. Während er darüber nachdachte, wo er und seine Kollegen mit der Ermittlungsarbeit ansetzen sollten, bewegte er ohne Unterlass den Drehring seiner Armbanduhr und erzeugte damit ein metallisches Stakkato, das durch den Raum hallte.

Klack – klack – klack – klack – klack.

Während er seine Mitmenschen mit dem ununterbrochenen Einrasten des Drehrings nach kürzester Zeit zur Weißglut brachte, hatte es für ihn eine beruhigende Wirkung.

Klack – klack – klack – klack – klack.

Das Telefon klingelte und riss ihn aus seinen Gedanken. »Großmann.«

»Wo zum Teufel steckst du?«, fragte der Leiter des Zentralen Kriminaldienstes. »Die Pressekonferenz beginnt in zwanzig Minuten! Wir warten alle nur noch auf dich!«

»Ich komme gleich rüber. Hast du dir die Fotos vom Tatort schon angesehen?«

»Das ist mir vollkommen egal! Im Moment ist nur wichtig, dass wir den Termin mit der Presse hinter uns bringen. Es hat sich wie ein Lauffeuer rumgesprochen, was gestern Abend passiert ist. Der Konferenzraum ist brechend voll.«

»Ich möchte eigentlich noch nichts zu dem Fall sagen. Du solltest dir die Fotos ansehen, dann weißt du, was ich meine.«

»Ich habe dir gerade gesagt, dass mir das im Moment scheißegal ist! Du leitest die Ermittlungen und wirst der Presse gleich etwas über den Fall erzählen! Du hast noch zehn Minuten Zeit, um dir die richtigen Worte zurechtzulegen!«

»Ich halte das für keine gute Idee!«, protestierte Großmann, doch im nächsten Moment knackte es in der Leitung, und das Gespräch war beendet.

Seufzend legte er den Telefonhörer auf, stemmte sich aus seinem Bürostuhl und ging zu den Stühlen, die er in der vergangenen Nacht neben seinem Schreibtisch zusammengeschoben hatte. So war er wenigstens zu ein paar Stunden Schlaf gekommen. Er stellte die Stühle wieder zurück an ihren Platz, dann trat er ans Fenster und blickte auf den gegenüberliegenden Gebäudekomplex. Dort warfen Neonröhren ein unwirkliches Licht auf die Kollegen, die die ersten Fakten zu dem Fall zusammentrugen.

Er beobachtete sie, bis eine Beamtin herüberblickte und ihm zuwinkte. Er winkte zurück, wandte sich ab und setzte sich wieder an seinen Schreibtisch. Noch einmal nahm er die Fotografien in die Hand und sah sie sich an.

Klack – klack – klack – klack – klack.

»Das ist einfach nur krank«, murmelte er schließlich und griff wieder zum Telefonhörer. Er wählte die einzige Nummer, die er auswendig kannte, und es dauerte nicht lange, bis seine Frau sich meldete.

»Hallo, Ruth, hier ist Jürgen.«

»Um Himmels willen! Ist dir etwas passiert?«

»Nein, ich möchte einfach nur deine Stimme hören.«

»Du hast mir gestern Abend am Telefon erzählt, dass ihr einen neuen Fall habt. In den letzten vierzehn Jahren hat diese Art von Anruf bedeutet, dass ich anschließend tagelang nichts von dir gehört habe. Und jetzt rufst du an, weil du meine Stimme hören möchtest?«

»Ja, genau.«

»Was ist los?« Ruth Großmann hörte ihren Mann am anderen Ende der Leitung seufzen. »Raus mit der Sprache!«

»Erinnerst du dich noch, was ich dir an meinem ersten Tag bei der Mordkommission versprochen habe?«

»Natürlich erinnere ich mich. Du hast gesagt, dass du spüren würdest, wenn der richtige Zeitpunkt zum Aufhören gekommen ist.«

»Ja, das habe ich damals gesagt. Ich werde jetzt meinen Dienstausweis und die Pistole abgeben, und dann komme ich nach Hause.«

Großmanns Frau hatte keinen Zweifel, dass er es ernst meinte. Sie dachte kurz nach, dann fragte sie: »Habt ihr den Fall gelöst?«

Er antwortete nicht.

»Ich würde dir gerne eine Frage stellen. Darf ich?«

»Ja, natürlich.«

»Wie viele Fälle hast du in deiner Zeit bei der Kriminalpolizei aufgeklärt?«

»Keine Ahnung. Es waren viele. Sehr viele.«

»Dann stelle ich die Frage anders: Wie viele Fälle habt ihr nicht aufgeklärt?«

»Kann ich auch nicht genau sagen.«

»Und welche Fälle geistern noch immer in deinem Kopf herum?«

Er machte eine kurze Denkpause, dann antwortete er. »Mir fallen drei Fälle ein.«

»Und wenn du jetzt nach Hause kommen würdest, dann wären es vier Fälle?«

»Ja, das wären es dann wohl.«

»Du sagst immer zu mir, dass es in den ersten achtundvierzig Stunden nach der Tat am wahrscheinlichsten ist, den Täter zu fassen. Das stimmt doch, oder?«

»Richtig.«

»Und wie viel Zeit habt ihr jetzt noch?«

Jürgen Großmann blickte auf seine Armbanduhr und rechnete nach. »Knapp vierunddreißig Stunden.«

»Hältst du so lange durch?«

»Das kann eine verdammt lange Zeit werden.«

»Damit hast du meine Frage nicht beantwortet.«

Kapitel 30

DIE ANDEREN

Winsen (Luhe),
Luhe-Klinikum,
Dienstag, 14. Mai, 17:30 Uhr

Jürgen Großmann war direkt nach dem Schlaganfall in die Stroke Unit gebracht worden. Dort hatten sich hochspezialisierte Mediziner zwei Tage lang rund um die Uhr um ihn gekümmert, bis sein Zustand sich ausreichend stabilisiert hatte. Seitdem lag er in einem Einzelzimmer auf der neurologischen Station und wartete darauf, nach Bad Pyrmont in die Rehaklinik verlegt zu werden.

Großmanns kognitive Fähigkeiten hatten unter dem Schlaganfall nicht gelitten, allerdings war sein Gesichtsfeld eingeschränkt und die linke Körperhälfte gelähmt. Auch sein Sprachzentrum war beeinträchtigt. Sämtliche Wörter und Sätze, die er in Gedanken klar und deutlich vor sich hatte, kamen nur undeutlich und bruchstückhaft über seine Lippen.

Von Beginn an hatten die Ärzte ihm wenig Hoffnung auf eine vollständige Genesung gemacht. Es war völlig unklar, inwieweit sein Gehirn in der Lage sein würde, die Schädigungen zu kompensieren und die Aufgaben neu zu verteilen.

Die vergangenen zweiundachtzig Jahre – und insbesondere sein Beruf als Polizeibeamter – hatten Großmann regelmäßig vor Augen geführt, dass das Leben von einer Sekunde auf die andere vorbei sein konnte. Dennoch hatte er sich damit nicht weiter auseinandergesetzt.

Nun aber waren die Gedanken an den Tod ständig präsent, und er bemühte sich, aktiv dagegen anzugehen.

Vorhin noch hatte er sich vorgestellt, er würde gemeinsam mit seiner Frau Ruth am Strand auf der Insel Juist stehen, den Blick über das Meer schweifen lassen und die frische Seeluft einatmen. Nach kurzer Zeit war er sogar davon überzeugt, er könne das Rauschen der Wellen hören und den Sand zwischen seinen Zehen spüren. Doch je mehr er zur Ruhe gekommen war, desto stärker hatte seine Konzentration nachgelassen – und damit waren die Urlaubsbilder wieder verblasst.

Was blieb, war pure Angst, und er hatte einen weiteren Versuch unternommen, sich auf etwas Positives zu konzentrieren. So war ihm das Wochenende Anfang April eingefallen, als die Temperaturen die Zwanzig-Grad-Marke zum ersten Mal überschritten hatten. Gemeinsam mit Ruth hatte er die E-Bikes aus der Garage geholt, und sie waren einen ganzen Nachmittag lang durch die Buchen- und Fichtenwälder des Deisters gefahren. Er hatte sich daran erinnert, dass sie an einem Waldrand angehalten hatten, um dort zu picknicken. Ein Lächeln war über seine Lippen gehuscht, als er glaubte, den Geruch von Frühlingsblumen und Fichtenharz in der Nase zu haben. Auch dieses Gefühl des Loslassens war nur von kurzer Dauer gewesen.

Die Macht, mit der der Tod die Herrschaft über Großmanns Gedanken zurückerobert hatte, war geradezu barbarisch gewesen.

Er hatte keine Angst vor dem Sterben, vielmehr war seine Hoffnungslosigkeit tief im christlichen Glauben verwurzelt. Für ihn war es eine unerschütterliche Wahrheit, dass er am Ende seines Lebens den Lohn für all die Dinge erhalten würde, die er getan hatte – im Guten wie auch im Bösen. Er glaubte an Jesus Christus und an Gott, und er glaubte, dass Sünden vergeben wurden, wenn man sie tatsächlich bereute und etwas unternahm, um sie wiedergutzumachen.

Während der vielen Jahre bei der Kriminalpolizei hatte er regelmäßig mit abscheulichen Fällen und mit rücksichtslosen Tätern zu tun gehabt, und er hatte von der Presse regelmäßig die Frage gehört, ob ein Strafgericht mit einem Urteil überhaupt für Gerechtigkeit sorgen konnte. Er hatte dann geantwortet, dass jeder Mensch am Ende seines Lebens vor einem weiteren Richter stehen würde – und spätestens dann müsste die Schuld bis auf den letzten Pfennig bezahlt werden.

Solange er zurückdenken konnte, hatte er sein Handeln an dieser Überzeugung ausgerichtet. Nur ein einziges Mal war er sich selbst gegenüber untreu geworden. Ausgerechnet beim letzten Fall vor seiner Pensionierung hatte er gegen seine Glaubenssätze gehandelt. Er hatte das Leben eines Menschen zerstört.

Clemens Gerber.

Neunzehn Jahre lang hätte er jeden Tag die Möglichkeit gehabt, einen Schritt nach vorne zu gehen und seine Schuld einzugestehen. Er hätte retten können, was noch zu retten war. Damit hätte er gezeigt, dass er sich seines Fehlers bewusst war und sich zu einer Umkehr entschlossen hatte. Damit hätte er echte Reue gezeigt, und er hätte auf Vergebung hoffen können. Damit hätte er vor dem Richter, dem er bald gegenüberstehen würde, sicherlich eine gute Chance gehabt.

Stattdessen hatte Großmann all die Jahre lang nicht den Mut aufgebracht, seinen Fehler einzugestehen. Es hatte keinen Tag gegeben, an dem er nicht an seine Schuld gedacht hatte, und dennoch hatte er sich jeden Tag dazu entschieden, untätig zu bleiben. Damit konnte er nicht auf Vergebung hoffen.

Er würde zahlen müssen – bis auf den letzten Pfennig.

Jetzt, da der Sog der dunklen Gedanken ihn wieder in die

Tiefe zu reißen schien, holte ein energisches Klopfen ihn zurück in die Realität. Er nahm wahr, dass jemand die Tür vorsichtig öffnete und sachte wieder schloss. Normalerweise entschuldigten sich die Gesundheits- und Krankenpfleger für Störungen, und sie erklärten ihm, was sie von ihm wollten. Dieser Besucher blieb jedoch still. Also öffnete Großmann die Augen, hob den Kopf leicht an und blickte zur Tür.

»Guten Abend«, hörte er den Besucher sagen. »Es ist zwar lange her, aber Sie werden sich sicherlich an Ihren letzten Fall erinnern.«

Großmann legte den Kopf wieder zurück auf das Kissen und schloss die Augen.

Der Fall Clemens Gerber.

Bisher hatte er sich noch nie ein Bild über den Richter gemacht, dem er am Lebensende gegenüberstehen würde. So hatte er ihn sich ganz bestimmt nicht vorgestellt.

Kapitel 31

DIE ANDEREN

Buchholz in der Nordheide,
Polizeiinspektion Nordheide,
19 Jahre zuvor

»Das hätte ich dir gar nicht zugetraut!«, schallte es so laut aus dem Telefon, dass Hauptkommissar Jürgen Großmann den Hörer eine Hand breit vom Ohr entfernt hielt. »Ich habe bisher immer gedacht, dass du Pressekonferenzen nicht ausstehen kannst. Aber heute hast du dich selbst übertroffen!«

Großmann nahm seinen Blick vom Monitor und lehnte sich in seinen Bürostuhl zurück. »Wie meinst du das?«

»Ich habe einfach nur gestaunt, wie du den Grünschnabel von der *Harburger Kreiszeitung* ausgebremst hast. Ich wusste gar nicht, dass du dich so geschickt ausdrücken kannst. Viel reden und nichts sagen. Wirklich großartig!«

»Wir haben einfach nur Glück gehabt, dass die Journalisten sich mit unseren Erklärungen und Antworten zufriedengegeben haben.«

»Mit *deinen* Erklärungen und Antworten! Wenn du so weitermachst, befördere ich dich noch zum Pressesprecher!«

»Ich denke, dass das keine gute Idee ist.«

»Natürlich ist das keine gute Idee!«, dröhnte die Antwort mit einem kehligen Lachen aus dem Telefonhörer. »Du bleibst selbstverständlich da, wo du bist. Bei deiner Erfolgsstatistik wäre ich ja wahnsinnig, dich zu versetzen.«

»Wenn du meinst.«

»Jetzt im Ernst, Jürgen. Der Staatsanwalt und ich sind sehr zufrieden, wie die Pressekonferenz für uns gelaufen ist. Morgen werden wir es uns aber nicht leisten können, wieder nur um den heißen Brei herumzureden. Dann müssen wir Fakten liefern – und das hängt im Wesentlichen von dir ab. Bist du schon weitergekommen?«

»Nicht wirklich. Aus der Rechtsmedizin gibt es noch keine Rückmeldung. Heute Nachmittag habe ich einen Termin mit Anke Meyerdierks – die Zeugin, die die Leiche gefunden hat. Gestern Abend war sie völlig durch den Wind. Ich hoffe, sie hat sich mittlerweile wieder beruhigt und kann sich an irgendetwas Brauchbares erinnern.«

»Ist das alles?«

»Ja, leider.«

»Das reicht mir nicht!«

»Ich weiß«, murmelte Großmann. »Ich kann es nicht ändern.«

»Dann lass dir etwas einfallen! Ich habe jetzt übrigens Zeit, um mir den Tatortbefundbericht und die Fotos anzusehen. Ist der Bericht fertig?«

»Nein, ich schreibe ihn gerade.«

»In einer Dreiviertelstunde muss ich den Polizeipräsidenten über den aktuellen Sachstand informieren. Ich komme vorher bei dir vorbei und hole mir den Bericht ab.«

»Scheiße«, fluchte Großmann, nachdem er den Telefonhörer aufgelegt hatte. Er rutschte auf die Vorderkante seines Bürostuhls, stützte sich mit den Ellenbogen auf dem Schreibtisch ab und blickte auf den Monitor.

Die ersten beiden Abschnitte des Tatortbefundberichts hatte er direkt nach der Pressekonferenz fertiggeschrieben.

Der erste Abschnitt enthielt allgemeine Angaben wie Dienststelle, Datum, Aktenzeichen, Uhrzeit der Alarmierung, Personalien und Verbindungsdaten der Zeugin Anke Meyerdierks, die am Tatort eingesetzten Polizeikräfte, und so weiter. Er kontrollierte die Angaben und fand keine Lücken, die er noch ausfüllen musste. Also überflog er den Text, den er zum zweiten Abschnitt geschrieben hatte:

2. Objektiver Befund

2.1. Allgemeine Lage des Tatorts

Der Fundort der Leiche liegt am Ostufer des Flusses Luhe und befindet sich in 21423 Winsen (Luhe), 150 Meter nordwestlich der Straßenkreuzung von Schloßring und Gummiweg. Rund 50 Meter südlich des Fundortes der Leiche überquert die Hansestraße den Fluss Luhe mittels einer für KFZ, Lkw, Fahrradfahrer sowie Fußgänger nutzbaren Brücke. Der Zugang erfolgt vom Luhepark aus über einen 2,50 Meter breiten Sandweg entlang des östlichen Ufers des Flusses Luhe. Der Sandweg wird von Fußgängern und Fahrradfahrern wenig frequentiert (siehe Lichtbilder 1 bis 3).

2.2. Witterungs- und Sichtverhältnisse

Zunehmender Hochdruckeinfluss. Im Raum Winsen (Luhe) leicht bewölkt mit einer Nachttemperatur von +19 Grad Celsius und Tagestemperatur von +27 Grad Celsius. Mittlere Windgeschwindigkeit ca. 3 km/h. Sehr gute Sichtverhältnisse.

2.3. Am Fundort angetroffene Personen

Zeugin Anke Meyerdierks (siehe oben).

2.4. Beschreibung des Leichenfundortes

Im Bereich des Fundortes der Leiche ist das Ufer der Luhe auf einer Länge von 100 Metern mit einem bis zu 3 Meter breiten Schilfgürtel bewachsen. Der Lageort

der Leiche ist durch den Bewuchs nicht einsehbar (siehe Lichtbilder 4 und 5).
Ein 60 Zentimeter breiter Trampelpfad führt an das Ufer (siehe Lichtbilder 7 bis 10).
Die Leiche liegt im Schilfgürtel (siehe Lichtbilder 11 bis 16). Die Untersuchung durch den Rechtsmediziner erfolgt um 22:15 Uhr.
Die Spurenlage deutet darauf hin, dass der Leichenfundort zugleich der Tatort ist.
2.5. Beschreibung der Leiche

Über die Leiche selbst hatte Großmann noch kein einziges Wort geschrieben.

Er schloss die Augen und legte die Hände in den Schoß. Ihm blieben nur vierzig Minuten, um die Eindrücke, die am vorherigen Abend am Tatort auf ihn eingewirkt hatten, in Worte zu fassen. Seine Fingerspitzen fuhren über den Drehring der Armbanduhr – zuerst nur leicht, dann mit größerem Druck auf das silberne Metall.

Klack – klack – klack – klack – klack.

In den vergangenen vierzehn Jahren hatte er sich mit allen denkbaren Arten von Tötungsdelikten beschäftigt: Eingeschlagene Schädel, durchschnittene Kehlen, aufgedunsene Torsos, abgetrennte Gliedmaßen und verstümmelte Geschlechtsteile gehörten zu seinem Alltag, und die Liste der Grausamkeiten ließ sich seitenweise fortsetzen.

Er hatte unzählige Tatortbefundberichte geschrieben, und nur in wenigen Fällen war es ihm schwergefallen, die treffenden Worte zu finden. Zumeist hatte er es geschafft, eine professionelle Distanz zu wahren und die Arbeit routiniert zu erledigen.

Jetzt beugte Großmann sich nach vorne und nahm die Tatortaufnahmen noch einmal in die Hand. Minutenlang blätterte er sie durch und überlegte, was er schreiben sollte.

Nein, sagte er schließlich zu sich selbst und legte die Fotos beiseite. Dieser Fall war anders! Dieser Fall machte ihn unfassbar wütend! Er wollte sich nicht mit dem ungewöhnlich skrupellosen Vorgehen dieses Täters beschäftigen! Insbesondere scheute er sich, den Zustand der Leiche schwarz auf weiß zu Papier bringen!

Schließlich sah er wieder auf den Monitor, legte die Hände auf die Tastatur und schrieb:

> *2.5 Beschreibung der Leiche*
> *Siehe Lichtbilder 17 bis 44 sowie das Gutachten der Rechtsmedizin (folgt).*

Großmann druckte den Tatortbefundbericht aus und seufzte. Er musste noch einunddreißig Stunden durchhalten.

Kapitel 32

DER GEHÄNGTE

Winsen (Luhe)
Luhe-Klinikum,
Dienstag, 14. Mai, 17:30 Uhr

Der Gehängte erfasste den Raum, in dem Jürgen Großmann untergebracht war, mit wenigen Blicken: Der Fußboden war mit himmelblauem Linoleumboden ausgelegt, und die Wände waren schlichtweiß gestrichen. Die Schrankwand verbreitete den Charme einer billigen Buchenholz-Imitation. Eine Fensterfront streckte sich über die gesamte Länge des Raumes und bot einen uneingeschränkten Blick auf den grauen Abendhimmel. Rechts standen das Bett und der Nachtschrank, links ein Tisch und zwei Stühle. Direkt über der Sitzgruppe war ein Fernseher mit einem Schwenkarm montiert.

Der Gehängte ignorierte Jürgen Großmann, nahm einen der Stühle und schob ihn an die Fensterfront. Er stieg auf die Sitzfläche, öffnete die Sporttasche und nahm den Feuermelder heraus.

Im Inneren des weißen Plastikgehäuses hatte er die ursprünglich verbaute Elektronik gegen eine Funk-Kamera ausgetauscht. Auf der Rückseite des Gehäuses befand sich ein Klebestreifen, den er trotz der Latex-Handschuhe problemlos ablösen konnte.

Ohne weitere Zeit zu verlieren, richtete er das Gehäuse so aus, dass das Objektiv der Kamera direkt auf das Bett von Großmann zeigte. Dann fixierte er die Überwachungstechnik an der Decke. Der Akku reichte für knapp fünfundvierzig Minuten. Das reichte für seine Zwecke völlig aus.

Großmann hatte die Augen mittlerweile wieder geöffnet. »Was ma... da?«, formulierte er umständlich. Er schien sich auf die Aussprache jedes einzelnen Wortes konzentrieren zu müssen. Dennoch war er nicht in der Lage, sich deutlich zu artikulieren.

Der Gehängte wollte gerade von der Sitzfläche hinuntersteigen, als die Tür aufging.

Ein Krankenpfleger warf einen Blick in den Raum: »Herr Großmann, ich wollte nur kurz Bescheid geben, dass der Arzt heute ...«

In dem Moment, als der Blick des Krankenpflegers auf *den Gehängten* traf, sprang dieser mit einem Satz zurück auf den Fußboden. »Hallo.«

Der Krankenpfleger trat ein und zeigte voller Empörung auf den Feuermelder. »Was zum Teufel soll das?«

»Mein Vater meinte, dass die Batterie leer ist. Anscheinend schrillt ab und zu ein Warnton.«

»Dafür haben wir Haustechniker!«

»Hilf...«, stammelte Großmann. »Hilf...«

»Die haben doch sicherlich Wichtigeres zu tun.«

»Ich fasse es nicht!« Der Krankenpfleger zückte ein Handy. Er wählte eine Nummer und nahm das Gerät ans Ohr. Kurz darauf sagte er: »Ich brauche dich in der Neurologie. Einer der Feuermelder scheint zu streiken ... Ja, okay ... Danke!«

Nachdem der Krankenpfleger das Handy wieder verstaut hatte, schimpfte er weiter: »Schon mal was von Krankenhaus-Hygiene gehört? Wer weiß, welche Scheiße Sie unter den Sohlen haben!«

»Tut mir leid«, erwiderte *der Gehängte* und gab sich Mühe, seiner Stimme einen schuldbewussten Klang zu geben. Währenddessen dachte er krampfhaft nach, wie er den Krankenpfleger loswerden konnte.

»Hilf...«, stammelte Großmann.

»Mein Vater hat Durst, könnten Sie ihm eine Flasche Wasser besorgen?«

»Ich fasse es nicht!« Der Krankenpfleger ging hinaus und schloss die Tür mit einem übermäßigen Schwung. Sein Unmut war unverkennbar.

Der Gehängte zwang sich zur Ruhe.

Keine Gedanken an den Krankenpfleger, der nicht lang weg sein würde.

Keine Gedanken an den Haustechniker, der vielleicht schon auf dem Weg war.

Keine Gedanken an ein mögliches Scheitern seines Plans.

Er ging direkt zu Großmanns Bett, hielt eine Armlänge Abstand, um keine DNA-Spuren auf Großmanns Bett zu hinterlassen. Er nahm einen kleinen LCD-Monitor aus der Sporttasche, schaltete ihn ein und wartete ab, bis die Funkverbindung zu der Kamera in dem Feuermelder an der Decke stand. Als die Bilder auf dem Bildschirm klar und deutlich zu erkennen waren, hielt er Großmann den Monitor hin.

Er blickte hinauf zum Feuermelder und winkte in die Kamera. »Sehen Sie mich? Großartig! Es funktioniert! Innerhalb des Gebäudes beträgt die Reichweite zwar nur dreißig Meter, aber das geht so in Ordnung. Ab jetzt habe ich Sie ständig im Blick, haben Sie mich verstanden?«

»Wa... soll das?«, stammelte Großmann.

Für Erklärungen blieb keine Zeit. Er schaltete den Monitor aus und verstaute ihn in seiner Sporttasche.

Erneut ging die Tür auf, und der Krankenpfleger kam herein. Er hatte eine Flasche Wasser dabei und stellte sie auf dem Nachtschrank ab. Dann ging er zu dem Stuhl, auf dem *der Ge-*

hängte vorhin gestanden hatte, und trug das Möbelstück nach draußen. »Jetzt bin ich wieder der Idiot, der sich um die Reinigung kümmern muss!«

»Danke für das Wasser!«, rief er ihm hinterher, doch der Krankenpfleger hatte die Tür bereits zugeworfen.

Der Gehängte zögerte nicht, sondern holte das iPad heraus. Er ließ das Gerät hochfahren und gab die PIN ein. Zufrieden sah er, dass das LTE-Zeichen aufleuchtete. »Einen Moment noch« sagte er zu Großmann. »Ich bin gleich so weit.«

»I... verstehe ni...«

Es dauerte nur wenige Augenblicke, bis der Browser sich geöffnet hatte und die Startseite aufgebaut war. Er ließ Großmann einen Blick auf den Bildschirm werfen. »Können Sie das erkennen?«

Großmann nickte.

»Ich habe über das Internet eine Verbindung zu Ihrem Auto aufgebaut. Sie erkennen jetzt das Bild der Frontkamera. Wie Sie sehen, parkt der Wagen derzeit am Tierheim in Drage.«

»Warum ... zeign ... mir?« Die Aufregung, die in Großmanns Stimme zu spüren war, machte seine Aussprache noch undeutlicher. Sein Gesichtsausdruck verriet, dass er nicht verstand, worum es gerade ging.

»Wie üblich ist Ihre Frau Ruth heute Nachmittag zum Tierheim gefahren, um mit einem der Hunde an der Elbe spazieren zu gehen. In wenigen Minuten wird sie dort allerdings wieder aufbrechen, denn sie möchte rechtzeitig um neunzehn Uhr hier bei Ihnen im Klinikum sein. Habe ich recht?«

Mühsam deutete Großmann ein Nicken an.

»Heute wird Ihre Frau auf dem Weg zwischen Drage und Winsen die Kontrolle über den Wagen verlieren. Ich habe die Software des Wagens manipuliert und kontrolliere mit meinem iPad alle Steuergeräte, die über den CAN-Bus laufen. An einem passenden Ort werde ich die Bremsen deaktivieren und die Geschwindigkeit erhöhen. Spätestens in der langgezogenen Kurve vor der Ilmenau-Brücke wird sie von der Straße abkommen.«

Großmanns Augenlider waren weit aufgerissen.

»Sie können sich sicherlich vorstellen, was es bedeutet, wenn eine Achtundsiebzigjährige sich mit deaktivierten Airbags und Gurtstraffern überschlägt.«

Er schaltete das iPad aus und legte es wieder zurück in die Sporttasche. Stattdessen holte er ein Glasröhrchen und die Tarotkarte mit dem Aufdruck »LE PENDU« heraus. Beides legte er in die oberste Schublade des Nachttischschranks. Dann zog er das Kabel des Notruftasters aus der Buchse, so dass Großmann keine Möglichkeit hatte, Hilfe herbeizuholen.

»Was ... soll ...«, setzte Großmann an.

»In dem Röhrchen befindet sich eine Tablette mit dem Wirkstoff Strychnin. Wie Sie sich denken können, handelt es sich nicht um eine homöopathische Dosis, sondern um ein Gramm. Das ist das Zehnfache der tödlichen Dosis.«

Großmanns Gesichtszüge verrieten, dass er offensichtlich noch immer nicht verstand.

»Ich lasse Ihnen die Wahl: Entweder, Sie entscheiden sich für das Strychnin, oder Sie entscheiden sich für den Unfall Ihrer Frau. Ihre Frist läuft ab, sobald Ihre Frau den Ort *Drage* verlässt. Ich werde jetzt gehen und Ihre Entscheidung am Monitor verfolgen.«

»Leid«, stammelte Großmann.

»Ich verstehe Sie nicht.«

»Tut leid.«

»Sie wollen um Verzeihung bitten?«

Großmann nickte.

»Und das fällt Ihnen erst jetzt ein?«

Kapitel 33

DIE ANDEREN

Buchholz in der Nordheide,
Polizeiinspektion Nordheide,
19 Jahre zuvor

»Ja bitte!«, antwortete Hauptkommissar Jürgen Großmann auf das Klopfen an seiner Tür. Er legte einen Finger auf die Textstelle, die er gerade las, und blickte auf.

Eine Beamtin, die er in der Nacht zuvor für die Sonderkommission eingeteilt hatte, streckte den Kopf durch die Tür. »Ich habe gerade einen Anruf bekommen. Es dreht sich um die Zeugin von gestern Abend, Frau Meyerdierks. Sie hat sich bei der Wache gemeldet und wartet jetzt unten im Eingangsbereich.«

»Danke«, erwiderte Großmann und blickte auf seine Armbanduhr: Anke Meyerdierks war eine halbe Stunde zu früh. Ihm war das sehr recht, denn noch immer suchte er nach einem Ansatzpunkt für weiterführende Ermittlungen. »Erinnere ich mich richtig, dass Sie sich gestern Abend am Tatort mit Frau Meyerdierks unterhalten haben?«

Die Beamtin nickte. »Nicht nur das. Ich habe sie und ihren Hund anschließend nach Hause gebracht.«

»Ging es ihr da schon etwas besser?«

»Schwer zu sagen. Ihr Sohn hat sich jedenfalls sehr erschreckt, als er die Tür geöffnet hat. Er hat versprochen, sich in den nächsten Tagen um sie zu kümmern.«

Großmann schloss den Papphefter mit dem Bericht, den das Institut für Rechtsmedizin ihm vor einer halben Stunde zugefaxt hatte. »Okay. Das ist gut so. Ich hätte Sie bei dem Gespräch mit Frau Meyerdierks übrigens gerne dabei. Sie beide kennen sich von gestern Abend. Würden Sie sie bitte bei der Wache abholen? Ich besorge in der Zwischenzeit Kaffee.«

Einige Minuten später stand Anke Meyerdierks ihm gegenüber. Großmanns Frage beantwortete sich von selbst: Nein, es ging ihr nicht besser.

Im Gegensatz zum vorherigen Abend hatte sie kein Makeup aufgetragen. Die Haare waren nicht zurechtgemacht, sondern zu einem Pferdeschwanz zusammengebunden. Ihre Gesichtszüge ließen erahnen, dass sie in der vergangenen Nacht kein Auge zubekommen hatte. Sie war in Begleitung eines jungen Mannes, der sich als ihr Sohn vorstellte.

Großmann begrüßte die beiden und suchte nach Worten, um die Zeugenvernehmung mit einer unverbindlichen Unterhaltung zu beginnen – doch er fand keine. »Danke, dass Sie so schnell zu uns kommen konnten«, sagte er schließlich. »Ihre Aussage ist für uns sehr wichtig.«

»Ich möchte das alles so schnell wie möglich hinter mich bringen«, antwortete sie. »Und ich möchte meinen Sohn bei der Befragung bei mir haben. Ich hoffe, dass das für Sie kein Problem ist.«

»Nein, natürlich nicht.« Er lächelte ihr zu und machte eine einladende Handbewegung in Richtung des Konferenztischs. »Bitte nehmen Sie Platz.«

Während die anderen sich setzten, füllte Großmann Kaffee in die bereitstehenden Tassen.

Unterdessen übernahm die Beamtin das Wort. »Wir können sehr gut nachvollziehen, dass der Anblick des Tatorts für Sie schockierend war. Meine Kollegen und ich sind mit so etwas zwar öfter konfrontiert, aber dieser Fall ist auch für uns anders. Das, was da gestern Abend passiert ist, macht uns ebenso sprachlos wie Sie. Leider haben wir noch keine Hinweise auf den Täter, und deshalb ist Ihre Aussage für uns so wichtig.«

Anke Meyerdierks nickte.

»Sie haben mir gestern Abend erzählt, dass Sie das Haus gegen zwanzig Uhr verlassen haben, um mit dem Hund spazieren zu gehen, ist das richtig?«

Wieder nickte sie.

»Und was ist dann passiert?«

Anke Meyerdierks schloss die Augen und atmete tief ein und aus. Dann begann sie zu erzählen: »Wir machen den Abendspaziergang mit unserem Hund immer an der *Luhe* entlang. Entweder mein Sohn, meine Tochter oder ich. Ich erinnere mich, dass der Hund zehn Meter vor mir lief. Vielleicht auch fünfzehn Meter, das kann ich nicht genau sagen. Plötzlich ist er im Schilf verschwunden. Ich habe nach ihm gerufen, aber er kam nicht zurück. Ich habe mich beeilt, zu der Stelle zu kommen, und bin dem Trampelpfad in das Schilf gefolgt. Und dann habe ich … dann habe ich sie gefunden.«

Sie suchte den Blick ihres Sohnes. Dieser legte seine Hand auf ihren Arm.

Ihre Stimme hatte bisher dünn geklungen, jetzt begann sie zu zittern: »Ich kann mich dann nur noch erinnern, dass ich nach dem Hund geschrien habe. Als er wieder bei mir war, bin ich mit ihm so schnell ich konnte gelaufen. Irgendwann war ein Haus am Weg. Von da aus habe ich dann den Notruf gewählt.« Sie hielt einen Moment inne und kämpfte gegen ihre Tränen an. »Wissen Sie, was mir nicht aus dem Kopf geht?«

Die Beamtin schüttelte den Kopf.

»Es hätte auch meine Tochter treffen können! Seitdem sie für die Abschlussprüfungen lernt, geht sie abends häufig mit dem Hund raus. Sie sagt, dass sie sich dabei so gut entspannen kann. Wissen Sie schon … können Sie mir sagen, wie alt das Mädchen war?«

Jetzt antwortete Jürgen Großmann. »Wir konnten sie zwar noch nicht identifizieren, aber ich habe gerade einen ersten Zwischenbericht aus der Rechtsmedizin bekommen. Demnach war sie etwa vierzehn.«

Anke Meyerdierks weinte. Ihr Sohn strich ihr über den Arm und übernahm das Wort: »Meine Mutter hat sich heute Morgen an etwas erinnert, das Ihnen vielleicht weiterhelfen könnte.« Dann wandte er sich an seine Mutter: »Willst du erzählen, Mama, oder soll ich?«

»Es geht gleich wieder. Einen kleinen Moment noch, bitte.« Sie wischte sich die Tränen von der Wange, schnäuzte die Nase und holte einige Male Luft. Dann fuhr sie fort: »In den vergangenen Wochen ist mir ab und zu ein Jogger begegnet. Er ist mir aufgefallen, weil er immer dieselben Trainingssachen getragen hat. Grauer Baumwollstoff mit einer Kapuze an der Jacke. Die Kapuze hatte er immer über den Kopf gezogen. Gestern Abend ist er mir auch entgegengekommen. Kurz bevor mein Hund im Schilf verschwunden ist.«

Großmann wurde hellhörig. »Wir haben einen Phantombildzeichner im Haus. Könnten Sie versuchen, mit ihm gemeinsam ein Bild anzufertigen?«

Anke Meyerdierks hob die Achseln, als wolle sie um Entschuldigung bitten. »Ich konnte sein Gesicht wegen der Kapuze nicht gut sehen. Aber er hat eine sportliche Figur, da bin ich mir sicher. Außerdem kann ich mich an seinen Laufstil erinnern. Daran würde ich ihn ganz sicher wiedererkennen.«

»Können Sie versuchen, den Laufstil näher zu beschreiben?«

»Federnd, würde ich sagen. Oder vielleicht … nein … federnd trifft es wohl am besten. Es wirkt so, als würde er nicht mit dem ganzen Fuß abrollen, sondern nur mit den Fußballen federn.«

Da Anke Meyerdierks keine weiteren Aussagen machen konnte, brachte die Beamtin sie gemeinsam mit ihrem Sohn zu dem Phantomzeichner.

Als Großmann wieder allein in seinem Büro war, stellte er sich ans Fenster. Er blickte in den Himmel und seufzte. Sie suchten jetzt also nach einem Mann, der sich die Kapuze seiner Trainingsjacke beim Joggen über den Kopf zog und einen federnden Gang hatte.

Er schaute auf seine Armbanduhr und rechnete nach: Ihm blieben noch siebenundzwanzig Stunden.

Kapitel 34

DIE ANDEREN

Winsen (Luhe),
Luhe-Klinikum,
Dienstag, 14. Mai, 17:40 Uhr

Jürgen Großmann hatte sofort realisiert, was gerade passiert war. Trotz der Lähmungen war sein Verstand hellwach. Selbst, wenn er seinem Widersacher körperlich unterlegen war, stand er ihm geistig jedenfalls in nichts nach.

Es war völlig klar, dass der Besucher ihm nicht bloß gedroht hatte. Er wollte seinen Tod … Er sollte sich selbst töten. Der Besucher schien zu wissen, dass seine Frau Ruth ihm das Wichtigste auf der Welt war.

Die Vorstellung, dass Ruth anstelle seiner selbst ums Leben kommen sollte, war unerträglich.

Deaktivierte Bremsen, Airbags und Gurtstraffer?

Seine geliebte Ruth sollte unkontrolliert auf eine enge Kurve zurasen?

Sie sollte bei vollem Bewusstsein von der Straße abkommen?

Und sehenden Auges zu Tode geschleudert und gequetscht werden?

Großmann drängte die aufkommende Verzweiflung mit aller Kraft zurück. Er konzentrierte sich. Er musste das Problem systematisch durchdenken, denn er würde sich seinem Schicksal auf gar keinen Fall kampflos fügen.

Wie viel Zeit blieb ihm wohl?

Zuerst stellte Großmann sich die Frage, ob jemand die Elektronik eines Autos mithilfe des Internets überhaupt manipulieren konnte. Ihm kam ein Zeitungsartikel in den Sinn, den er vor gar nicht allzu langer Zeit gelesen hatte. Darin hatte der Autor detailliert beschrieben, auf welche Art und Weise es Spezialisten in den USA gelungen war, ein Auto mit einem Computer fernzusteuern. Selbst wenn Großmann sich nicht an die Details erinnern konnte, beantwortete er die Frage für sich selbst mit einem eindeutigen »Ja«.

Aber traute er seinem Gegner die entsprechenden Kenntnisse und Fähigkeiten auch tatsächlich zu? Großmanns Blick wanderte zu dem Rauchmelder, der in Wirklichkeit nichts anderes war als eine Überwachungskamera. Gleichzeitig dachte er an die Aufnahmen, die die Frontkamera von Ruths Wagen auf das iPad übertragen hatte.

Über die Kamera in dem Rauchmelder konnte Großmann mit Sicherheit sagen, dass er das Winken auf dem Monitor erkannt hatte. Ebenso ging er davon aus, dass er auf dem iPad reale Bilder von der Frontkamera seines Wagens gesehen hatte. Insofern musste er auch diese Frage mit einem »Ja« beantworten.

Schließlich hatte er auch die Entschlossenheit vor Augen, mit der sein Widersacher ihm gegenübergetreten war. Insgesamt hatte Großmann keinen Zweifel, dass seine Frau Ruth in allerhöchster Gefahr schwebte, sobald sie in den Wagen stieg und losfuhr.

Als Nächstes versuchte Großmann abzuschätzen, wie viel Zeit ihm noch blieb: Sie benötigte mit dem Wagen vom Tierheim in Drage bis vor ihre Haustür in Winsen rund zehn Minuten. Da Ruth niemals ins Luhe-Klinikum fahren würde, ohne sich vorher frischzumachen und zu Abend zu essen, rechnete er hierfür weitere sechzig Minuten ein. Für den Weg zum Klinikum brauchte sie dann noch einmal zehn Minuten, was zu einer Gesamtdauer von einer Stunde und zwanzig Minuten führte.

Im Ergebnis würde Ruth also um siebzehn Uhr vierzig in Drage losfahren müssen, wenn sie pünktlich um neunzehn Uhr im Luhe-Klinikum sein wollte. Großmann blickte auf die Uhr, die neben dem Fernseher an der Wand hing.

Dieser Bastard, dachte er, denn genau das war die aktuelle Uhrzeit.

Großmann wusste, dass die langgezogene Kurve vor der Ilmenau-Brücke, wo der Unfall stattfinden sollte, auf Ruths erster Wegstrecke zwischen Drage und Winsen lag. Bis dorthin waren es knapp fünf Minuten.

Fünf Minuten?

Für eine Entscheidung über Leben und Tod?

Das war Wahnsinn!

Die einzige Möglichkeit, den Unfall jetzt noch zu verhindern, war ein Anruf bei Ruth. Sie hatte ihr Handy immer bei sich, er würde sie ganz sicher erreichen – wenn bloß die Lähmung und die Sprachprobleme nicht wären.

Der Notruftaster lag zwar neben ihm auf der Bettdecke, doch das Kabel hing lose herab. Also griff er nach der Fernbedienung des Fernsehers, die nicht weit vom Notruftaster entfernt war, schaltete das Gerät ein und erhöhte die Lautstärke bis zur höchsten Stufe. Das Dröhnen der Lautsprecher war kaum zu ertragen, und es dauerte nicht lange, bis die Tür sich öffnete und der Krankenpfleger in das Zimmer kam.

»Herr Großmann«, sagte er und schüttelte den Kopf. »Sie müssen schon ein bisschen Rücksicht auf die anderen Patienten nehmen!«

Großmann hob den Kopf. »Polls…«

Der Krankenpfleger ging zum Fernseher und reduzierte die Lautstärke auf ein normales Maß.

»Polisei.« Großmanns Aussprache wurde deutlicher. »Hilfe.«

Der Krankenpfleger blickte auf den Bildschirm. Offensichtlich lief eine Krimiserie im Vorabendprogramm. In der Szene, die gerade zu sehen war, zog eine Polizistin ihre Pistole und setzte zur Verfolgung eines flüchtenden Mannes an. »Sie haben vollkommen recht«, sagte der Krankenpfleger. »Die Polizei braucht Hilfe. Aber darum können wir beide uns im Moment nicht kümmern.«

Großmann drückte wieder auf die Fernbedienung und erhöhte die Lautstärke.

Der Krankenpfleger stöhnte genervt auf. »Es tut mir leid, aber so läuft das hier nicht! Auch wenn Sie dieses Zimmer allein nutzen dürfen, müssen Sie Rücksicht auf die anderen Patienten nehmen!«

»Frau«, stammelte Großmann. »Auto.«

Der Krankenpfleger schaltete den Fernseher aus. »Ihre Frau kommt nachher?«

Großmann nickte.

»Ich werde mit ihr sprechen. Vielleicht können wir Ihnen mit einem Hörgerät helfen.«

»Hilfe«, stammelte Großmann.

»In zwanzig Minuten bringe ich Ihnen das Abendbrot – und wenn Ihre Frau dann nachher da ist, schauen wir gemeinsam, wie wir Ihnen helfen können.«

Kapitel 35

DIE ANDEREN

Buchholz in der Nordheide,
Polizeiinspektion Nordheide,
19 Jahre zuvor

Seit Stunden versuchte Hauptkommissar Jürgen Großmann, die Kopfschmerzen und die Müdigkeit mit Aspirin und Kaffee zu bekämpfen. Das Ergebnis war ernüchternd: Ihn quälten nicht nur Magenkrämpfe, sondern auch die Befürchtung, dass er diesen Fall nicht zu Ende bringen würde.

Die ersten vierundzwanzig Stunden waren verstrichen, und das Opfer war noch immer nicht identifiziert. Außerdem suchten sie mit allen verfügbaren Kräften nach einem jungen Mann, der einen grauen Trainingsanzug mit Kapuze trug und einen federnden Laufstil hatte – es glich der Suche nach der Nadel im Heuhaufen.

Großmann verließ sein Büro, ging zum Treppenhaus und stieg die Stufen hinauf. Als er das oberste Stockwerk erreicht hatte, durchquerte er den Flur und ging über das zweite Treppenhaus wieder hinunter in das Erdgeschoss. Diesen Rundlauf durch das Dienstgebäude setzte er so lange fort, bis sich Schweißperlen auf seiner Stirn bildeten.

Die Kollegen, die ihm begegneten, grüßten flüchtig. Selbst die Beamten, die ihm mehrmals über den Weg liefen, wunderten sich nicht. Großmann war bekannt für seine besondere Art und Weise, die tagelangen Ermittlungsmarathons zu bewältigen.

Es verging kaum mehr als Viertelstunde, bis er sich wieder auf den Rückweg zu seinem Büro machte. Als er dort ankam, wurde er bereits erwartet: Die Beamtin, die ihn bei der Zeugenvernehmung von Anke Meyerdierks unterstützt hatte, lief ungeduldig vor der Tür auf und ab.

Als sie ihn sah, platzte es förmlich aus ihr heraus: »Es gibt Neuigkeiten!«

»Und die wären?«

»Der Täter ist gefasst!«

Ihm fehlten die Worte.

»Ich soll Ihnen sagen, dass die Pressekonferenz in dreißig Minuten beginnt. Sie sollen auf jeden Fall dazukommen.«

»Was soll das denn jetzt? Ich weiß von gar nichts! Was soll ich den Journalisten denn erzählen?«

»Soweit ich weiß, müssen Sie nicht sprechen. Sie sollen nur dabei sein. Das ist alles.«

»Na dann«, erwiderte er knapp und ging in sein Büro. Er schloss die Tür hinter sich und rief Ruth an. »Für mich gibt es hier nichts mehr zu tun«, sagte er zu ihr. »Ich komme jetzt gleich nach Hause.«

Kapitel 36

DIE ANDEREN

Drage,
Tierheim,
Dienstag, 14. Mai, 17:40 Uhr

»Vielen Dank, Barny!«, sagte Ruth Großmann und streichelte dem Dalmatiner über den Kopf. Sie zog einen Kaustreifen aus ihrer Jackentasche, fixierte ihn mit dem Daumen in ihrer Handfläche und hob den Zeigefinger. »Sitz!«, gab sie als Befehl, und der Hund reagierte sofort.

Einer der Tierpfleger hatte gesehen, dass die beiden von ihrem Spaziergang zurückgekehrt waren. Er kam über den Hof gelaufen. »Und? Hat er sich gut benommen?«

»So bist du ein feiner Kerl«, sagte sie zu dem Hund und gab ihm die versprochene Belohnung. Dann blickte sie zu dem Tierpfleger auf. »Ich bin Barny unendlich dankbar. Er hat es heute wieder geschafft, mir ein bisschen Mut zu machen.«

Dem jungen Mann blieb nicht verborgen, dass Ruth Großmanns Lippen bebten. Sie war offensichtlich kurz davor, zu weinen. Schnell sagte er, um sie abzulenken: »Bei diesem herrlichen Sonnenschein bin ich auch zu gerne an der Elbe unterwegs.«

Ruth Großmann nickte kurz, dann fragte sie: »Könnten Sie Barny heute bitte ausnahmsweise zurück in seinen Zwinger bringen? Ich bin etwas spät dran und möchte meinen Mann im Krankenhaus nicht warten lassen.«

»Geht in Ordnung. Möchten Sie morgen wieder mit Barny spazieren gehen? Dann trage ich Sie gleich in unsere Übersicht ein.«

Sie zögerte. »Ich weiß nicht. Eigentlich hätte ich mich schon längst mit einem anderen Hund beschäftigen sollen. Ansonsten gewöhne ich mich zu sehr an Barny.«

»Ich habe auch schon gemerkt, dass er Ihnen ans Herz gewachsen ist.«

Sie zog einen weiteren Kaustreifen aus der Jackentasche, und Barny nahm ihn ihr vorsichtig aus der Hand.

»Haben Sie schon einmal darüber nachgedacht, einen Hund als festes Familienmitglied bei sich zu Hause aufzunehmen? Er würde sich bei Ihnen bestimmt sehr wohl fühlen.«

Ruth blickte zu dem Dalmatiner hinab und seufzte. »Ja, das würde er ganz bestimmt.«

»Wie lange unterstützen Sie uns schon bei der Betreuung der Hunde?«

»Nächstes Jahr habe ich mein zwanzigjähriges Jubiläum.«

»Dann wäre Barny bei Ihnen doch bestens aufgehoben!«

Sie streichelte über den Kopf des Dalmatiners – er hob eine Pfote und legte sie über ihren Arm. Liebevoll schüttelte sie den Kopf. Wieder bebten ihre Lippen.

Der Tierpfleger lächelte. »Ich könnte mir kein besseres Zuhause für ihn vorstellen!«

»Ich bin Ende siebzig, und mein Mann hatte gerade einen Schlaganfall. Aber das wissen Sie ja … In den nächsten Wochen wird sich zeigen, ob er zu einem Pflegefall wird. Im Moment weiß ich überhaupt nicht, wie sich das Leben für uns in den nächsten Wochen entwickeln wird. Es ist kein guter Zeitpunkt, um einen Hund aufzunehmen.«

»Das verstehe ich natürlich!«

»Abgesehen davon hat mein Auto keinen passenden Kofferraum für einen Hund. Dafür bräuchte ich wohl eher einen Kombi.«

Der junge Mann nickte. »Da kann man erst mal nichts machen.«

»Auf der anderen Seite wäre Barny ein hervorragender Grund, um das Auto auszutauschen.« Die Falten auf ihrer Stirn schienen tiefer zu werden, während sie auf den Wagen zeigte. »Mit dem da bin ich nämlich sehr unzufrieden.«

»Warum? Sie waren doch Anfang des Jahres begeistert, als sie ihn bekommen haben.«

»Die Sitze sind viel zu tief. Haben Sie schon mal mitbekommen, wie lange ich zum Aussteigen brauche? Außerdem sind Gas und Bremse nicht optimal eingestellt.«

Der Tierpfleger stutzte. »Was genau meinen Sie damit?«

»Nur eine Kleinigkeit.«

»Gas und Bremse sind keine Kleinigkeiten, Frau Großmann! Wenn da etwas nicht stimmt, lasse ich Sie definitiv nicht vom Hof fahren! Was ist denn nicht in Ordnung?«

Sie winkte ab, als würde es sich um eine Bagatelle handeln. »Letzte Woche konnte ich an einer Ampel nicht weiterfahren. Es war, als würde ich die ganze Zeit auf der Bremse stehen.«

»Und dann?«

»Als ich tatsächlich auf die Bremse getreten habe, hat der Motor mehrmals aufgeheult. Dabei war mein Fuß gar nicht auf dem Gaspedal – er war zu dem Zeitpunkt ja auf der Bremse.«

»Haben Sie das von einer Werkstatt prüfen lassen?«

»Natürlich«, antwortete Ruth prompt, obwohl das nicht der Wahrheit entsprach. Sie hatte zwar darüber nachgedacht, das Auto in eine Werkstatt zu bringen, sich dann aber dagegen entschieden. Das Problem hatte sich von selbst erledigt und war seitdem auch nicht mehr aufgetreten. Außerdem hatte sie jetzt völlig andere Sorgen.

»Okay«, antwortete der Tierpfleger zögerlich. »Ansonsten wäre es unverantwortlich, mit dem Wagen zu fahren. Das wissen Sie, nicht wahr?«

»Natürlich weiß ich das!«

Kapitel 37

DER GEHÄNGTE

Winsen (Luhe),
Luhe-Klinikum,
Dienstag, 14. Mai, 17:40 Uhr

Nachdem er das Krankenzimmer von Jürgen Großmann verlassen hatte, ging er zurück zur Herrentoilette, die nur zwei Türen entfernt lag. Dort schloss er sich erneut in eine der Kabinen ein. Die Latex-Handschuhe behielt er an. Er konnte sich zwar nicht vorstellen, dass die Kriminalpolizei hier später nach Fingerabdrücken suchen würde, aber er wollte jedes unnötige Risiko vermeiden.

Er holte das iPad und den Mini-LCD-Monitor aus der Sporttasche und stellte sie auf die Ablagekante, die oberhalb der Spülung in die Wand eingelassen war.

Zuerst schaltete er das iPad ein und stellte die Verbindung zu der Frontkamera von Ruth Großmanns Auto her. In dem Moment, als er die ersten Bilder sah, verließ der Wagen den Parkplatz des Tierheims in Drage. Das bedeutete, dass Ruth Großmann die langgezogene Kurve vor der Ilmenau-Brücke in knapp fünf Minuten erreichen würde. Er musste jetzt also beginnen, die Vorbereitungen für den Unfall zu treffen.

Vorausgesetzt, Jürgen Großmann hätte bis dahin nicht den Mut aufgebracht, sich selbst zu töten.

In diesem Moment dachte er kurz an die Generalprobe, die er letzte Woche an einer Ampel in Winsen durchgeführt hatte. Als Ruth Großmann dort während einer Rotphase angehalten hatte, war er direkt an sie herangefahren und ebenfalls zum Halten gekommen. Über sein iPad hatte er den Befehl an die Elektronik ihres Wagens gegeben, die Bremsen zu blockieren. Es hatte funktioniert!

Während die Bremsen weiterhin blockierten, hatte er mit dem iPad den Druck auf das Gaspedal simuliert. Auch das war erfolgreich verlaufen!

Anschließend hatte er die Elektronik wieder freigegeben, und Ruth Großmann war weitergefahren.

Als Nächstes verband er die Kopfhörer mit dem LCD-Monitor, setzte sie auf seine Ohren und schaltete das Gerät ein. Die Distanz zwischen der Toilettenkabine und dem Zimmer von Jürgen Großmann betrug weniger als zehn Meter, also stellte die Reichweite zwischen der Funkkamera und dem Monitor kein Problem dar.

Was er dann sah und hörte, überraschte ihn. Er hatte zwar den Notruftaster unbrauchbar gemacht, damit Großmann keine Hilfe rufen konnte – allerdings war ihm nicht in den Sinn gekommen, dass Großmann stattdessen die Lautstärke des Fernsehers als Werkzeug für einen Hilferuf einsetzen könnte.

»Bitte lass es gut gehen!«, raunte *der Gehängte*, als der Krankenpfleger in Großmanns Zimmer kam.

»Es muss gut gehen!«, murmelte er, als Großmann plötzlich fähig war, »Polisei« und »Hilfe« verständlich zu artikulieren.

»Ich weiß, dass es gut gehen wird!«, sprach er sich selbst Mut zu, als Großmann die Wörter »Frau« und »Auto« in den Mund nahm.

»Es geht tatsächlich gut«, flüsterte er erleichtert, als der Krankenpfleger darauf nicht einging, sondern lediglich auf ein Hörgerät verwies.

Am Ende musste er sich sogar auf die Zunge beißen, um nicht übermütig loszulachen.

Kapitel 38

DIE ANDEREN

Winsen (Luhe),
Luhe-Klinikum,
Dienstag, 14. Mai, 17:45 Uhr

Jürgen Großmann hatte vor wenigen Tagen erst am eigenen Leib erfahren, wie schnell das Leben vorbei sein kann. Er war nicht mehr der Jüngste, doch er war dem Tod noch einmal von der Schippe gesprungen – und er hatte sich in den letzten Tagen dafür entschieden, um sein Leben zu kämpfen.

Und jetzt?

Jetzt ging es um das Leben seiner Frau! Um das Leben von Ruth! Der Gedanke, sich nicht von ihr verabschieden zu können, zerriss ihm förmlich das Herz. Doch welche Wahl hatte er? Keine! Das Röhrchen ....

Er musste das Röhrchen aus dem Nachttisch holen!

Unbeholfen stützte er sich mit dem rechten Bein und dem rechten Arm auf der Matratze ab und holte tief Luft. Anschließend nahm er all seine Kraft zusammen und versuchte, sich auf die linke Körperhälfte zu drehen. Zunächst hob sein Rumpf sich wenige Zentimeter an, dann fiel er jedoch wieder zurück auf die Matratze.

Wie zum Teufel sollte er den Nachttischschrank auf der linken Seite seines Bettes erreichen, wenn seine linke Körperhälfte doch gelähmt war?

Warum hatte er bloß auf die Physiotherapeutin gehört?

Hätte er sich doch bloß gegen die Behandlung gewehrt!

Zu Beginn der ersten Behandlung hatte sie ihm erklärt, dass sie die intakten Bereiche seines Gehirns durch verschiedene Reize dazu animieren wollte, die Funktionen der zerstörten Areale zu übernehmen. Zum einen wollte sie seine gelähmte Körperhälfte während der Therapiesitzungen besonders fordern, zum anderen wollte sie sein Krankenzimmer so umgestalten, dass die beeinträchtigten Körperregionen ständig wechselnden Reizen ausgesetzt waren.

Großmann hatte daher nicht protestiert, als sie begonnen hatte, die Einrichtung seines Zimmers gemeinsam mit dem Krankenpfleger umzustellen.

Zuerst hatten sie sein Bett so positioniert, dass er das Kommen und Gehen mit der gelähmten Körperhälfte wahrnehmen musste. Anschließend hatten sie den Tisch und die Stühle an der gegenüberliegenden Wand derart verschoben, dass er das linke Gesichtsfeld mehr nutzen musste als das rechte. Schließlich hatten sie den Nachttischschrank links von seinem Bett positioniert, so dass er auch hier vollkommen auf den gelähmten Teil seines Körpers angewiesen war.

Was Großmann vor einer Viertelstunde noch als sinnvoll erachtet hatte, empfand er jetzt als sein größtes Problem. Er hatte keine Idee, wie er die obere Schublade seines Nachttischschranks erreichen sollte.

Sollte er jetzt resignieren, würde es Ruth das Leben kosten!

Seine geliebte Frau in ihrem Wagen zerschmettert werden!

Wie sollte er mit dieser Schuld leben?

Abermals stützte er sich mit dem rechten Bein und dem rechten Arm auf der Matratze ab und versuchte, sich nach links zu drehen. Vergeblich.

Ruth darf nichts passieren!

Während Großmann nach Luft rang, dachte er an die Tablette. Es handelte sich um Strychnin. Soweit er sich erinnern konnte, waren ihm während seiner Zeit bei der Kriminalpolizei kein Mord oder Selbstmord mit Strychnin begegnet. Daher konnte er die Wirkung des Gifts nicht einschätzen. Er hatte also keine Ahnung, was genau ihn erwartete.

Ruth darf nichts passieren!

Kapitel 39

DER GEHÄNGTE

Winsen (Luhe),
Luhe-Klinikum,
Dienstag, 14. Mai, 17:45 Uhr

Auf dem LCD-Monitor erkannte er das Geschehen klar und deutlich: Jürgen Großmann versuchte mit allergrößter Mühe, die Schublade des Nachttischschranks zu erreichen.

Er zweifelte nicht, dass dies für Großmann eine riesige Hürde darstellte – und ebenso war er davon überzeugt, dass Großmann sämtliche Kraftreserven aufbringen würde, um seine Frau zu retten.

Nun mach schon!, dachte er. *Gib dir gefälligst Mühe! Im Gegensatz zu dir hat sie es verdient, zu leben!*

Er blickte auf das iPad und sah, dass Großmanns Frau sich der Ilmenau-Brücke näherte. Sie wurde von zwei Motorradfahrern überholt, die dann rasch wieder aus dem Fokus der Frontkamera verschwanden.

Zufrieden richtete er seinen Blick auf die vier Schaltflächen, die er am rechten Rand des iPads eingerichtet hatte: Die ersten drei hatte er so programmiert, dass er die Airbags, die Gurtstraffer und die Bremsen unabhängig voneinander deaktivieren konnte, durch die vierte konnte er die Geschwindigkeit erhöhen. Jeder Tastendruck auf diese letzte Taste bedeutete eine Beschleunigung des Wagens um zehn Stundenkilometer.

Sanft berührte er die ersten beiden Schaltflächen, und sie

quittierten die erfolgreiche Ausführung mit einem kurzen Aufleuchten. Damit waren die Airbags und die Gurtstraffer tot.

Er wartete einen Moment ab und sah zu, wie Ruth Großmann von hinten an eine Gruppe Radfahrer heranfuhr. Zunächst folgte sie ihnen einige hundert Meter, dann überholte sie sie.

Gleich würde sie die Ilmenau-Brücke erreichen.

Kapitel 40

DIE ANDEREN

Winsen (Luhe),
Luhe-Klinikum,
Dienstag, 14. Mai, 17:50 Uhr

Jürgen Großmann hatte es geschafft, seinen Körper mithilfe des rechten Beins und des rechten Arms einige Zentimeter nach links zu verschieben. Dann noch einmal. Und noch einmal.

Er konnte seine linke Körperhälfte zwar nicht spüren, doch er nahm wahr, dass er in ein Ungleichgewicht geriet. Es schien, als würde er nach links kippen. Abermals drückte er sich ab, dann ging alles rasend schnell: der Sturz in die Tiefe, der dumpfe Zusammenstoß seines Kopfes mit dem Nachttischschrank, der Aufprall auf dem harten Boden, das Knacken der Rippen, der gleißende Schmerz und das Krachen, mit dem der Nachttisch umstürzte. Der Inhalt ergoss sich über das Linoleum.

Es dauerte einige Momente, bis Großmann wieder zu sich kam. Erst in dem Moment, als die Tür aufflog und eine Krankenpflegerin in den Raum eilte, öffnete er die Augen.

Das Erste, was er sah, war das Glasröhrchen, dessen Deckel aufgesprungen war. Die Tablette war herausgefallen. Sie war nur wenige Zentimeter von ihm entfernt. Direkt vor seinen Augen. Unmittelbar neben seiner rechten Hand. Zum Greifen nahe.

»Keine Angst«, hörte er die Krankenpflegerin sagen. »Ich bin sofort zurück. Allein schaffe ich das nicht!«

Es waren nicht viele Bewegungen, die Großmann mit seinem rechten Arm ausführte, dennoch fielen sie ihm schwer. Als er den Mund wieder schloss, setzte ein Stimmengewirr ein. Er spürte eine Hand auf seiner Schulter, dann hatte er das Gefühl, jemand würde sich direkt über ihn beugen. »Was machen Sie denn für Sachen?«

»All hut«, stammelte er und kaute. Nachdem er den bitteren Brei heruntergeschluckt hatte, wirkte er beinahe erleichtert. »All hut. All wird hut.«

Kapitel 41

DER GEHÄNGTE

Winsen (Luhe),
Luhe-Klinikum,
Dienstag, 14. Mai, 17:50 Uhr

Sein Blick wanderte zwischen dem Bildschirm des iPads und dem LCD-Monitor hin und her.

Auf dem iPad sah er, dass Ruth Großmann kurz davor war, die Ilmenau-Brücke zu erreichen. Sie war nur noch einen knappen Kilometer von der langgezogenen Kurve entfernt, wo sie in wenigen Augenblicken die Kontrolle über ihren Wagen verlieren sollte.

Das Ende dieses zweiten Aktes war nun zum Greifen nahe. Es fehlten nur noch zwei sanfte Berührungen des Bildschirms. Zuerst die Schaltfläche für die Deaktivierung der Bremsen, dann die Schaltfläche für die Erhöhung der Geschwindigkeit.

Noch 900 Meter.

Auf dem LCD-Monitor verfolgte er, dass die Krankenpflegerin sich gemeinsam mit zwei Kollegen abmühte, Großmann wieder zurück in sein Bett zu schaffen. Es war nicht zu übersehen, wie anstrengend diese Aufgabe war. Als sie ihn endlich auf die Matratze gesetzt hatten, hingen seine Arme und sein Kopf schlaff herab. Jede Art von Körperspannung fehlte.

Noch 800 Meter.

Sie hoben Großmanns Beine an und drehten ihn vorsichtig und legten ihn zurück ins Bett.

Noch 700 Meter.

Plötzlich stutzte *der Gehängte*. Hob Großmann tatsächlich den Kopf an und blickte in die Kamera?

Ja, das tat er!

Hob er wirklich den rechten Arm an und streckte den Daumen in die Luft?

Ja, die Geste war eindeutig!

Noch 600 Meter.

Großmanns Geste konnte nur bedeuten, dass er das Strychnin tatsächlich eingenommen hatte.

»Scheiße!« Das Problem, vor dem er nun stand, hatte seinen Ursprung in der Position der Funkkamera. Sie war direkt an der Fensterreihe in Großmanns Zimmer fixiert. Das Objektiv war ähnlich ausgerichtet wie das einfallende Licht. Dadurch war das Bild auf dem LCD-Monitor zwar gut erkennbar, aber der Boden war auf der Seite, zu der Großmann aus dem Bett gefallen war, nicht einsehbar.

Hatte Großmann die Tablette geschluckt? Oder hatte er geblufft?

Noch 500 Meter.

Unter diesen Umständen konnte er Ruth Großmanns Wagen nicht in einen Unfall verwickeln! Das Ende des ersten Aktes war klar definiert: Entweder der Tod von Jürgen Großmann *oder* der Tod seiner Frau! Zwei Tote hatte er nicht vorgesehen!

Noch 400 Meter.

Erst, wenn die Krämpfe einsetzen würden, konnte er wirklich sicher sein, dass Großmann die Tablette wirklich eingenommen hatte. Aber das dauerte zu lang. Bis dahin hätte seine Frau die Ilmenau-Brücke längst passiert.

Er blickte auf das iPad. Die Schaltflächen leuchteten am rechten Rand des Bildschirms. Es war so einfach: nur noch die Bremsen deaktivieren und dann die Geschwindigkeit erhöhen.

In diesem Moment traf er die Entscheidung, dass er das

Ende des zweiten Aktes abändern würde. Er konnte nicht riskieren, dass sein ausgefeilter Racheplan einfach so vereitelt wurde.

Noch 300 Meter.

Ein lautes Poltern riss ihn aus seiner Konzentration. Es klang, als würde jemand direkt neben ihm mit Fäusten gegen die PVC-Wand schlagen.

»Machen Sie sich keine Sorgen!«, hörte er jemanden rufen. »Ich hole Hilfe!«

Er riss sich die Kopfhörer von den Ohren. »Meinen Sie mich?«

»Wen denn sonst? Zuerst rufen Sie *Scheiße*, und dann reagieren Sie überhaupt nicht mehr?«

»Ich habe Sie nicht gehört.«

»Schwerhörig sind Sie auch noch?«

»Ja, leider.«

»Also brauchen Sie keine Hilfe?«

»Nein.«

»Meine Güte, haben Sie mir einen Schrecken eingejagt!«

»Tut mir leid.«

Er blickte wieder auf das iPad und sah gerade noch, dass Ruth Großmann die langgezogene Kurve vor der Ilmenau-Brücke passierte.

Er schloss die Augen und fühlte sich, als würde er ins Bodenlose fallen. Welch Niederlage!

Er hielt kurz inne, um sich zu sammeln. Rasch besann er sich, dass es jetzt galt, keine Zeit zu verlieren. Nichts wie weg von hier!

Er begann, alles zurück in die Tasche zu legen. Gerade als er den LCD-Monitor ausschalten wollte, sah er, dass Jürgen Großmanns Körper krampfte.

Kapitel 42

DIE ANDEREN

In der Nähe von Sprötze,
Waldlichtung,
Dienstag, 14. Mai, 18:00 Uhr

Kommissarin Jana Liebisch saß auf dem Beifahrersitz des Dienstwagens, während Kommissarin Anette Sjut ihn im Schritttempo über einen schmalen Feldweg lenkte.

»Hast du schon von dem Toten gehört?«, fragte Anette Sjut.

»Nein, noch nicht. Weißt du Näheres?«

»Sein Name ist Martin Stelter. Er war in Buchholz bekannt wie ein bunter Hund. Bei Wind und Wetter hat er vor der *Buchholz Galerie* gesessen und Bier getrunken. Sein Markenzeichen war ein alter Golden Retriever, den er immer dabeigehabt hat. Ich habe ihn zwar als verwahrlost in Erinnerung, habe aber nie mitbekommen, dass es mit den beiden irgendwelchen Ärger oder sonstige Probleme gegeben hat.«

»Was ist mit dem Hund?«, wollte Jana Liebisch wissen.

»Der ist auch tot. Es sind Kollegen in Buchholz unterwegs, um Passanten und Geschäftsinhaber in der Nähe zu befragen. Vielleicht ist irgendjemandem etwas Ungewöhnliches aufgefallen.«

»Hat er mit seinem Hund hier im Wald gewohnt?«

»Offensichtlich. Merkwürdiger Gedanke, oder?«

»Urlaub im Zelt ist okay, aber für mehr fehlt mir die Vorstellungskraft.«

Es kam ein Leichenwagen in Sicht, der am Rand des Feldweges abgestellt war. Dahinter reihten sich weitere Autos aneinander wie Perlen auf einer Kette. »Ist es okay, wenn ich dich hier rauslasse?«, fragte Anette Sjut und stoppte den Wagen. »Ich fürchte, ich kann dahinten nicht umdrehen.«

Kurz darauf verabschiedete sich Jana Liebisch, nahm die Schutzbekleidung aus dem Kofferraum und folgte dem Weg vorbei an dem Leichenwagen, einem Kastenwagen der Rechtsmedizin Hamburg, gefolgt von einem halben Dutzend Streifenwagen sowie Zivilfahrzeugen. Etwas abseits stand ein brauner Ford Focus, der augenscheinlich durch großflächige Roststellen zusammengehalten wurde.

Kurz bevor sie die Absperrung erreichte, erkannte sie Hauptkommissar Rolf Degenhardt und den Rechtsmediziner Michael Ahrens. Beide trugen weiße Einweg-Overalls, weißen Einweg-Mundschutz, hellblaue Einweg-Handschuhe und dunkelblaue Einweg-Schuhüberzieher. Sie unterhielten sich angeregt miteinander.

Doktor Ahrens erkannte die Kommissarin zuerst und winkte ihr mit ausladenden Armbewegungen zu. »Frau Liebisch!«, rief er. »Hierher!«

Sie winkte zurück und lächelte, denn der kleine, untersetzte Mann stand mit seinem dunklen Haarkranz und dem ausgeprägten Bauchansatz in einem herrlichen Kontrast zu Rolf Degenhardt.

Bevor sie die beiden Männer erreichte, rief Doktor Ahrens: »Ich habe schon gehört, dass Herr Degenhardt den hässlichen Knochen gegen Sie ausgetauscht hat!«

»Hässlicher Knochen?«, fragte sie, während sie Degenhardt und Doktor Ahrens mit Handschlag begrüßte.

»Ich meine Ihren Vorgänger!«

Während Doktor Ahrens in schallendes Gelächter ausbrach, verzog Degenhardt keine Miene. »Ich höre da schon wieder einen Elefanten durch den Porzellanladen trampeln. Jedenfalls wird Frau Liebisch sich verdammt anstrengen müssen, um Vorberg fachlich das Wasser zu reichen.«

»Das war jetzt aber ziemlich unfair!«, erwiderte Doktor Ahrens. Dann winkte er ab, als sei ihm die Bemerkung egal. »Frau Liebisch wäre nicht hier, wenn sie das Potenzial nicht hätte.«

»Wir werden sehen«, erwiderte Degenhardt. »Was halten Sie davon, wenn wir jetzt weitermachen und Frau Liebisch in unsere Diskussion einbeziehen?«

»Sehr gute Idee!« Doktor Ahrens wandte sich an die Kommissarin. »Mögen Sie Tiere?«

»Na klar, ich bin auf einem Bauernhof aufgewachsen. Pferde, Kühe, Schweine, Hunde, Katzen und Hühner. Was immer Sie wünschen.«

»Ich erinnere mich«, entgegnete Doktor Ahrens. »Das haben Sie mir letztes Jahr schon bei der Tatortarbeit in Döhle erzählt. Die Sache mit dem ermordeten Kinderarzt und seiner autistischen Tochter.«

»Ja, richtig.«

»Dann sind Sie genau die Richtige für meine Frage.« Doktor Ahrens schaute kurz zu Degenhardt hinüber, der einvernehmlich nickte. »Stellen Sie sich vor, ein Hund würde Sie über viele Jahre hinweg begleiten. Würden Sie dieses Tier an seinem Lebensende erwürgen?«

»Um Gottes willen!« Sie schüttelte vehement den Kopf. »Wer kommt denn auf eine solch kranke Idee?«

»Am Tatort wurde ein toter Hund gefunden. Wie es scheint, gehörte er dem Toten.«

Degenhardt unterbrach den Rechtsmediziner. »Ich kenne Martin Stelter und seinen Hund seit Jahren. Ich habe nicht den geringsten Zweifel, dass es sein Hund war. Letzte Woche habe ich sie noch zusammen in der Stadt gesehen.«

»Sie kannten ihn persönlich?«, wollte Jana Liebisch wissen.

Degenhardt schüttelte den Kopf. »Vom Sehen.«

»Wie dem auch sei«, sagte Doktor Ahrens. »Ich habe mir das Tier kurz angesehen. Ich bin zwar kein Veterinär, doch jedenfalls kann ich eine natürliche Todesursache ausschließen. Die Augenlider und die Mundschleimhaut zeigen ungewöhnlich deutliche Einblutungen. Ich habe keine Zweifel, dass das Tier erwürgt oder erdrosselt wurde.«

Jana Liebisch schüttelte den Kopf. »Kein normaler Mensch würde seinem Tier so etwas antun!«

»Vielen Dank, Sie teilen also die Auffassung von Herrn Degenhardt und mir«, sagte Doktor Ahrens, als plötzlich ein durchdringender Signalton aus seiner Hosentasche kam. Er holte sein Smartphone heraus, wischte über das Display und fasste sich an die Stirn. »Meine Güte, den Termin hätte ich beinahe vergessen«, seufzte er. »Frau Liebisch, ich muss jetzt los, und Sie müssen sich wohl oder übel mit Ihrem Chef zufriedengeben.«

Während der Rechtsmediziner den Ort mit seinen beiden Koffern verließ, stieg Degenhardt über das Absperrband. »Die Bestatter drängeln schon.«

Jana Liebisch streifte ihre Schutzbekleidung über und folgte ihm. Auf dem Weg zu dem Leichnam durchquerten sie mehrere Sektoren, die mit Absperrband markiert waren. Beamte der Tatortgruppe hatten sie angelegt, um die Übersichtlichkeit zu erhöhen. In einem der Sektoren waren die Kollegen damit beschäftigt, Abdrücke von Schuhsohlen mit einem Spezialgips abzuformen. Sie hatten die Fundstelle mit gelben Spurenziffer-Tafeln markiert, und von einem Fotografen wurden gerade Detailaufnahmen geschossen. Ein weiterer Beamter skizzierte alles in einer Geländekarte.

Ein Zinksarg stand bereits neben dem Toten, als Jana Liebisch und Rolf Degenhardt den Tatort erreichten. Die Spurensuche war in diesem Sektor abgeschlossen. Die Bestatter warteten nur noch auf Degenhardts Freigabe, um den Leichnam abtransportieren zu können.

»Fünf Minuten noch«, sagte er zu ihnen, dann wandte er sich an seine neue Kollegin: »Die Hämatome und Wunden, die Sie im Bereich des Schädels erkennen können, waren nicht die Todesursache. Es gibt zwar zahlreiche Blutspuren, die auf einen Kampf hindeuten, aber die Verletzungen waren unerheblich.«

Sie zeigte auf den Leichnam, der nackt vor ihnen lag. »Das Erbrochene könnte auf eine Vergiftung hinweisen.«

Degenhardt stimmte ihr zu. »Doktor Ahrens ist der gleichen Meinung. Sehen Sie, wie unnatürlich die Hände der Leiche angewinkelt sind?«

»Ja, sehr merkwürdig«, meinte sie.

»Doktor Ahrens hat das als *Pfötchen-Stellung* bezeichnet. Einige Gifte führen zu so starken Krämpfen der Unterarm- und Handmuskulatur, dass man es nach dem Tod deutlich erkennen kann. Das scheint hier der Fall gewesen zu sein. Ahrens hat mir versprochen, dass er die toxikologischen Untersuchungen der Körperflüssigkeiten so schnell wie möglich durchführt. Den Todeszeitpunkt hat er auf gestern zwischen sechs und fünfzehn Uhr eingegrenzt. Es muss ein sehr schmerzhafter Tod gewesen sein.«

Jana Liebisch wirkte nachdenklich. »Auf den ersten Blick sieht alles nach einem erweiterten Suizid aus. Vielleicht hat er Streit mit jemandem gehabt? Vielleicht hat er sich in einer ausweglosen Situation befunden und in seiner Verzweiflung zuerst den Hund und dann sich selbst getötet.«

»Das werden wir sehen«, erwiderte Degenhardt und drehte sich zu den Bestattern um. »Sie können ihn jetzt in die Rechtsmedizin bringen.«

Zum Schluss führte er Jana Liebisch zu dem toten Golden Retriever.

»O Gott, der Arme«, murmelte sie.

»Sie hätten das Tier in der Fußgängerzone erleben sollen. Dann wären Sie jetzt dankbar, dass das Tier erlöst wurde. Wir lassen den Hund zur Obduktion nach Hannover in die Tierärztliche Hochschule bringen. Ich bin gespannt, was dabei herauskommt.«

Jana Liebisch seufzte bloß, dann folgte sie Rolf Degenhardt zu einem anderen Sektor, in dem die Tatortarbeit bereits abgeschlossen war. Hier befanden sich ein Zelt, eine Kochstelle, zwei vergilbte Plastikstühle und eine aufgespannte Plane. Darunter befanden sich diverse Aluminiumkisten. Eine kriminaltechnische Assistentin kniete vor den Kisten und verstaute etwas in ihrem Koffer. Sie war für den sachgemäßen Transport und die anschließende Verwaltung der gesicherten Spuren verantwortlich.

»Würden Sie uns bitte die Waffe und die Karte zeigen?«, bat Degenhardt sie.

Während Jana Liebisch sich die Waffe nur kurz ansah, zog die Spielkarte ihre Aufmerksamkeit auf sich. Das schwarzweiße Motiv zeigte einen Mann, der mit den Füßen an einen Ast aufgeknüpft war. Die Karte trug den Aufdruck »EL COLGADO«. »Haben Sie nur diese eine Karte gefunden oder auch die übrigen siebenundsiebzig?«

Auf Degenhardts Stirn zeigten tiefe Falten, dass er ihre Frage nicht verstand. »Nur diese eine.«

»EL COLGADO«, murmelte sie. »Das könnte tatsächlich dafür sprechen, dass er sich in einer ausweglosen Situation befunden hat.«

»Sagen Sie bloß, Sie kennen sich mit diesem Hokuspokus aus!«

»Bei der Kriminalpolizei braucht man einen weiten Horizont«, antwortete sie mit einem Schmunzeln.

Nachdem Degenhardt seine Einweisung in den Tatort beendet hatte, kehrten beide zurück zu dem Feldweg. Jana Liebisch sah, dass der neue Kriminalrat Dirk Kaiser mit Tom Wiese von der *Harburger Kreiszeitung* zusammenstand. Kaiser trug die typische Schutzbekleidung ebenso wie Degenhardt und sie selbst. Der hagere Reporter wirkte mit seinen schulterlangen grauen Haaren, der abgewetzten Jeansjacke, dem Dreitagebart und den eingefallenen Wangen wie ein Fremdkörper.

Während sie Kaiser im Rahmen von Jens Vorbergs Verabschiedung erlebt hatte, kannte sie Wiese aus der Zeit ihres Ermittlungspraktikums. Obwohl die Männer sehr unterschiedlich waren, empfand sie beide als unsympathisch.

»Was soll das denn werden?«, fragte sie.

Degenhardt zuckte mit den Schultern: »Ich vermute, da bahnt sich gerade eine innige Beziehung an.«

Er blickte auf die Uhr und überlegte, ob er Jürgen Großmann jetzt noch im Luhe-Klinikum besuchen sollte. Er hatte sich am Nachmittag bereits auf dem Weg nach Winsen befunden, als er die Information über den Leichenfund in Sprötze erhalten hatte. Das hatte eindeutig Priorität gehabt, und nun war es zu spät. Er würde den Besuch also auf morgen verschieben.

Kapitel 43

DER GEHÄNGTE

Winsen (Luhe),
Wohnung des Gehängten,
Dienstag, 14. Mai, 22:45 Uhr

Der Auftrag der *Autotechnik Harburg* und der zweite Akt hatten ihm alles abverlangt. Er hatte sich ausgelaugt gefühlt, als er nach Hause gekommen war. Dennoch hatte er sich keine Ruhe gegönnt.

Die letzten Vorbereitungen für den dritten Akt mussten getroffen werden. Bereits am nächsten Morgen um halb neun sollte es losgehen, und er hatte den Ablauf ein letztes Mal Schritt für Schritt durchdacht.

Nun saß er auf dem Balkon und ließ seinen Blick ziellos über den wolkenlosen Abendhimmel schweifen. Gelegentlich trank er einen Schluck Mineralwasser und ließ den Tag Revue passieren.

Die 650 PS des Prototyps, die er am Vormittag zum Leben erweckt hatte, dröhnten noch einmal in seinen Ohren. Er sah die überraschten Gesichter der Menschen vor sich, denen die Spucke weggeblieben war. Wieder hörte er die Worte des Entwicklungsingenieurs, der ihm in einem unbeobachteten Moment zugeflüstert hatte: »Sie können sofort bei uns anfangen. Ich kann Ihnen eine sechsstellige Summe zusagen. Alles andere ist Verhandlungssache.«

Er spürte ein Kribbeln im Magen und konzentrierte sich

ganz auf sich selbst. Er schloss die Augen und streckte die Arme aus. Ein leiser Juchzer kam über seine Lippen. Er wünschte sich mehr von diesem erhebenden Gefühl und dachte an den zweiten Akt. Auch er war erfolgreich verlaufen.

Mehr!

Bitte mehr!

Ich will das Tanzen in meinem Bauch!

Er streckte die Arme noch einmal aus und nahm eine Siegerpose ein, doch das Kribbeln war schon verschwunden. Er öffnete die Augen und ließ die Arme sinken.

Da war sie wieder, diese ungewisse Traurigkeit – die ihn jedes Mal mit einem Schlag zurück in die Vergangenheit versetzte.

In seinen Gedanken folgte er einem Beamten der Justizvollzugsanstalt über die Treppenanlage nach oben. Er trug einen Pappkarton mit den Studienunterlagen der Fernuniversität vor sich her.

Sie erreichten das dritte Stockwerk und gingen an einer Reihe von Zellen vorbei. Schließlich stoppten sie vor einer der schweren Stahltüren. Der Beamte schloss auf und entsperrte den Schubriegel. Dann öffnete er die Tür und trat einen Schritt zur Seite: »Ihr neues Zuhause!«

»Danke«, erwiderte er einsilbig und betrat den fünfzehn Quadratmeter großen Haftraum. Dieser war mit zwei schmalen Schränken, zwei Stühlen, einem winzigen Tisch und einem Etagenbett ausgestattet. Dazu befanden sich dort ein Edelstahl-Waschbecken und eine entsprechende Toilettenschüssel, die durch eine dünne Kunststoffwand von dem Rest des Raumes abgetrennt war. Die letzten Sonnenstrahlen des Tages fielen durch ein schmales Oberlicht und projizierten den Schatten der Gitterstäbe auf den hellgrauen Linoleum-Boden.

»Ist es das erste Mal, dass Sie zu zweit untergebracht werden?«, wollte der Beamte wissen.

Er nickte. »In den letzten Jahren hatte ich eine Zelle für mich allein.«

Die JVA hatte den Status eines Hochsicherheitsgefängnisses. Sie verfügte über vierhundertfünfundzwanzig Haftplätze für erwachsene, männliche Gefangene. Diese saßen entweder eine langjährige Haftstrafe ab, oder die Gerichte hatten gegen sie eine Sicherheitsverwahrung angeordnet. Dafür standen dreihundertsiebenundsiebzig Einzelhafträume und vierundzwanzig Doppelhafträume zur Verfügung. Da eine gemeinsame Unterbringung in einem Doppelhaftraum ein hohes Konfliktpotenzial mit sich brachte, legte die Anstaltsleitung Wert darauf, dass die betroffenen Gefangenen mit einer Zusammenlegung einverstanden waren. Ohne dieses Einverständnis veranlasste die Leitung dies nur, falls einer von ihnen hilfsbedürftig war, für einen von ihnen eine Gefahr für Leben oder Gesundheit bestand oder die Belegungsdichte dies erforderte.

»Ziehen Sie freiwillig zusammen?«, wollte der Beamte wissen.

Es machte zwar den Anschein, als wäre diese Frage nur beiläufig gefallen, doch man musste auf der Hut sein. Eine unbedachte Antwort konnte zu einer Katastrophe führen. Die Wahrheit konnte bedeuten, dass man plötzlich durch die Hölle ging. Das bezog sich aber nicht auf die Anstaltsleitung, sondern vielmehr auf die Mithäftlinge.

Er wäre nicht der Erste, den sie wegen einer solchen Lappalie zugrunde richten würden. Da er sich dieser Gefahr nicht aussetzen wollte, behielt er die Wahrheit für sich und antwortete ausweichend: »Genauso freiwillig, wie ich damals hierhergekommen bin.«

Der Beamte zuckte nur mit den Achseln. »Ihr neuer Zellengenosse ist noch in der Sporthalle. Bis zum Nachteinschluss haben Sie genügend Zeit, sich einzurichten.«

Die Tage in der JVA waren klar strukturiert und folgten einem immer gleichen Ablauf:

06:00 Uhr Wecken, Lebendkontrolle und Körperpflege.

06:30 Uhr Frühstück.

07:00 Uhr Arbeitsbeginn.

12:00 Uhr Mittagessen.

15:30 Uhr Arbeitsende.

16:00 Uhr Freistunde an der frischen Luft im Innenhof.

17:00 Uhr Abendessen.

17:30 Uhr Teilnahme an Therapien, sozialem Training und Gesprächskreisen, an Musik- und Theatergruppen sowie an diversen Trainingsmöglichkeiten in der Sporthalle.

19:30 Uhr Rückkehr in die Hafträume.

20:00 Uhr Nachteinschluss.

Somit blieb ihm noch eine knappe Stunde Zeit, bis sein neuer Zellengenosse vom Sport zurückkehren würde. Er kannte dessen Gewohnheiten zwar in- und auswendig, doch das musste der Beamte nicht wissen. »Stemmt er Gewichte?«, fragte er, obwohl er die Antwort kannte.

Der Beamte schüttelte den Kopf. »Nein, soweit ich weiß, ist er Fußballer.«

»Ah«, gab er zurück, stellte den Karton auf dem Tisch ab und nahm die Unterlagen der Fernuniversität heraus. Dabei streifte sein Blick das Etagenbett. Auf der unteren Matratze lagen frische Bettwäsche und Handtücher. Damit erfüllte sich auch sein Wunsch, unten zu schlafen.

Der Beamte nahm den leeren Karton und ging.

Am Rand des Tisches befanden sich ein CD-Player und verschiedene Hörspiele. Er sah sie durch und entschied sich für *Der Besuch der alten Dame* von Friedrich Dürrenmatt.

Er startete die CD, setzte sich und stützte die Ellenbogen auf dem Tisch ab. Das Gesicht vergrub er in den Händen.

»Ich gebe euch eine Milliarde und kaufe mir dafür die Gerechtigkeit«, schallte es aus den Lautsprechern. »Ich kann sie mir leisten. Eine Milliarde für Güllen, wenn jemand Alfred Ill tötet.«

Um Menschen zu manipulieren, braucht es keine Milliarde, dachte er.

»Hilfe!«, schallte es durch die Dunkelheit und riss ihn zurück in die Realität. Zurück nach Winsen, zurück auf den Balkon. Er trat einen Schritt näher an das Geländer heran und warf einen Blick nach unten.

»Ich fasse es nicht«, murmelte er, als er die Jugendlichen auf dem Spielplatz entdeckte. Er brachte sie nicht nur mit dem Jungen in Verbindung, dem sie den Rucksack abgenommen hatten, sondern auch mit den abgebrochenen Rückspiegeln seines Opels.

»Hilfe!«

Im Schein der Laternen erkannte er einen älteren Mann, der von den Jugendlichen umringt wurde.

»Es reicht!«, zischte er und drehte sich um. Er lief in den Flur, riss die Tür auf.

Der Wahnsinn da unten auf dem Spielplatz musste ein Ende haben!

Sofort! Aber was sollte er jetzt tun?

Wenn er sich auf dem Spielplatz zwischen die Jugendlichen und ihr Opfer stellte, würde er selbst zur Zielscheibe werden! Das wollte er keinesfalls riskieren!

Wenn er die Polizei anrief, würde er eine Zeugenvernehmung riskieren! Die Beamten würden weitere Fragen stellen – das war bei seiner Vorgeschichte sicher!

Wenn er den Hausmeister informierte, würde dieser das Problem vielleicht lösen, und er selbst blieb außen vor. Er kannte den Mann nicht, wusste aber, dass er im dritten Stock wohnte.

Da ihm nichts anderes einfiel, entschied er sich für die letzte Variante. Also hastete er über die Treppenstufen hinab und stoppte im dritten Stockwerk vor der Tür mit dem Schild *HAUSMEISTER*.

Könnten Sie bitte Hilfe holen?, lag es ihm auf den Lippen, während er auf den Klingelknopf drückte. *Auf dem Spielplatz wird jemand von einer besoffenen Meute bedroht!*

Kurz darauf öffnete sich die Tür, und das abgemagerte Gesicht eines Ein-Meter-sechzig-Mannes kam zum Vorschein. »Ist was?«

Er realisierte in diesem Moment, dass auch dieser Plan kein gutes Ende nehmen würde. Mit Sicherheit würde der Hausmeister nicht nach unten stürmen. Er würde wahrscheinlich die Polizei rufen. Und dann? Musste er dann doch eine Zeugenaussage machen? Sich seine ärgsten Feinde selbst ins Haus holen? Das Ende seines Racheplans riskieren?«

»Was jetzt?«, schimpfte der Hausmeister. »Falsche Tür erwischt?«

Er seufzte und dachte sich eine Geschichte aus: »Ich habe den ganzen Tag lang auf einen Paketboten gewartet. Leider vergeblich. Da die Klingel und die Sprechanlage defekt sind, befürchte ich, dass ...«

Bevor er den Satz zu Ende gesprochen hatte, warf der Hausmeister die Tür zu.

Der Gehängte kehrte zurück in seine Wohnung, ging wiederum auf den Balkon und blickte hinab auf den Spielplatz. Er sah, dass der ältere Mann sich rasch entfernte. Die Jugendlichen reichten irgendetwas triumphierend herum.

Von hier oben war nicht genau zu erkennen, um was es sich handelte, aber die Größe und die Form des Gegenstandes sprachen für eine Geldbörse oder ein Smartphone.

Kapitel 44

DIE ANDEREN

Buchholz in der Nordheide,
Wohnung von Hauptkommissar Rolf Degenhardt
Dienstag, 14. Mai, 22:45 Uhr

Rolf Degenhardt öffnete die Tür zu seiner Wohnung und wunderte sich über ein hochfrequentes Surren, das durch den Flur schallte. Er zog seine Wachsjacke aus, hängte sie an die Garderobe und begann, nach dem Ursprung des Geräuschs zu suchen.

Die Türen zum Bad, zum Schlafzimmer und zum Wohnzimmer standen offen. Er warf jeweils einen kurzen Blick hinein. Kopfschüttelnd erreichte er schließlich die Küche. Die Tür war geschlossen. Davor saß der Kater seiner Tochter Alexandra und beklagte sich lauthals.

»Hallo, Katze«, sagte Degenhardt und legte ein Ohr an das weiße Holz. Damit bestanden keine Zweifel mehr, woher das Geräusch stammte.

»Alex?«, fragte er, während er an die Tür klopfte. Da er keine Antwort bekam und das mechanische Surren anhielt, haute er mit der flachen Hand kurz auf das Holz: »Alex? Ich komme jetzt rein!«

Noch einmal wartete er ab, ob sie reagierte, doch die Antwort blieb aus. Also öffnete er die Tür.

Was er dort zu sehen bekam, verschlug ihm die Sprache: Auf dem Küchentisch lag eine junge Frau mit blauen Haaren, die lediglich einen schwarzen Kapuzen-Pullover und Boxershorts trug. Ihre Beine waren großflächig tätowiert. Einen Arm hatte sie über ihr Gesicht gelegt, so dass die Augen abgedeckt waren. Der andere Arm lag auf ihrem Bauch. In beiden Händen hielt sie Jonglierbälle, die sie unablässig knetete. Ihre Beine waren weit gespreizt, so dass dazwischen genügend Platz für Alexandra blieb.

Die hockte zwischen den Schenkeln der Blauhaarigen, trug eine Lupenbrille mit LED-Strahler, einen Mundschutz und schwarze Plastikhandschuhe. Außerdem hatte sie Ohrhörer aufgesetzt. Ihr rechter Arm schien sich im Takt der Musik auf und ab zu bewegen, und in ebendiesem Rhythmus brachte Alexandra eine kleine silberfarbene Tätowiermaschine zum Tanzen.

Degenhardt trat in die Küche und starrte die beiden an. »Alex?«

Die Tätowiermaschine verstummte zwar, doch bemerkt hatten sie ihn nicht. Während die Blauhaarige weiterhin regungslos auf dem Küchentisch lag, drehte Alexandra sich von ihm weg und tunkte die Spitze der Tätowiermaschine in ein Gefäß mit schwarzer Tinte.

»Alex!«

Die Blauhaarige setzte sich auf. Ihre Gesichtszüge verrieten ihre Überraschung. Sie blickte Degenhardt zunächst an, ohne ein Wort zu sagen. Nachdem der erste Schreck sich gelegt hatte, nickte sie ihm freundlich zu. »Guten Abend.«

Gleichzeitig sprang Alexandra auf, riss sich die Ohrhörer vom Kopf und sah ihren Vater an. Dabei richtete sich der LED-Strahler direkt auf sein Gesicht. »Papa!«

Er hielt sich eine Hand schützend vor die Augen. Dann drehte er sich kommentarlos weg und ging in sein Schlafzimmer. Dort nahm er sich die Flasche Jack Daniels, in der sich noch ein kleiner Rest befand, und kehrte zurück in die Küche.

Inzwischen hatte Alexandra ihre Utensilien beiseitegelegt und den Mundschutz unter das Kinn gezogen.

Ohne ein Wort zu sagen, nahm Degenhardt Eiswürfel und Cola aus dem Kühlschrank. Er schenkte sich eine kräftige Mischung ein und nahm einen großen Schluck. Schließlich lehnte er sich gegen den Kühlschrank. »Was soll ich jetzt sagen?«

Die Katze kam nun auch in die Küche und strich um seine Beine. Mehrmals schob er sie mit sanften Bewegungen seiner Füße beiseite. Sie ignorierte dies und kehrte immer wieder zu ihm zurück.

»Ihr fangt an«, sagte Degenhardt.

Die Blauhaarige reagierte zuerst. »Ich gehe jetzt wohl besser«, sagte sie und rutschte vom Küchentisch herunter.

»Du bleibst!«, befahl er.

Prompt setzte sie sich wieder zurück. Es war nicht zu übersehen, dass ihr die Bewegungen Schmerzen bereiteten.

Alexandra schien genauso ratlos zu sein wie ihr Vater. »Ich packe jetzt wohl besser meine Sachen und fahre mit zu Mandy«, sagte sie betroffen und blickte die Blauhaarige an. »Kann ich ein paar Nächte bei dir bleiben?«

Mandy nickte. »Das sollten wir hinbekommen.«

»Kommt nicht in Frage!«, erwiderte Degenhardt und nahm einen weiteren Schluck.

Alexandra holte tief Luft. »Als du mir die Nachricht geschrieben hast, dass du in einem Wald an einem Tatort bist und es später wird, bin ich davon ausgegangen, dass wir uns heute nicht mehr sehen werden. Früher bist du dann auch tagelang nicht nach Hause gekommen.«

»Ach so«, erwiderte er und zog die Augenbrauen zusammen. »Jetzt ist es also meine Schuld, dass du deine Mitmenschen mit solchen Schmierereien verunstaltest?«

Zunächst herrschte Stille. Dann begann Mandy vorsichtig

zu protestieren. »Das sehe ich anders. Für mich ist es Kunst.« Sie griff unter den Saum ihres Kapuzenpullovers und zog ihn hoch bis zum unteren Rand ihres Büstenhalters. »Das gesamte Design hat Alex entworfen und gestochen.«

Sprachlos bewegte Degenhardt den Kopf hin und her.

Mandys Körper war großflächig mit schwarzer Tinte verziert. Es handelte sich zwar um ein einziges Tattoo, allerdings begann es oberhalb des Bauchnabels, verlief über den Bauch und die Rippen abwärts auf beide Oberschenkel, wo es kurz vor den Knien endete.

Degenhardt zeigte auf Mandy, er sah dabei jedoch Alexandra an. »Das alles hast du gemacht?«

Die beiden jungen Frauen nickten.

Er stellte das Glas beiseite und ging auf Mandy zu. »Darf ich?«

»Ja, klar!«

Degenhardt sah sich die Tätowierung bis in die kleinsten Details an. Er benötigte mehrere Minuten, bis er alles erfasst hatte. »Ich habe zwar keine Ahnung«, sagte er schließlich, »aber es wirkt alles sehr symmetrisch und sauber.«

»Eine Mischung aus Black and Grey, Mandala und Dotwork«, erklärte Mandy, und ihr Stolz war nicht zu überhören. »Alex hat es mittlerweile geschafft, eine ganz eigene Handschrift zu entwickeln.«

»Was bedeutet *mittlerweile*? Und warum eine eigene Handschrift?«

»Na ja«, setzte Mandy an. Sie brach jedoch ab und sah Alexandra an.

Auch Degenhardt wendete seinen Blick: »Wann hast du damit angefangen, Alex?«

»Das ist schon länger her.«

»Das beantwortet meine Frage nicht!«

Einige Sekunden lang blies Alexandra ihre Wangen auf. Sie schien nachzudenken, was sie darauf erwidern sollte. Schließlich sagte sie: »Mit vierzehn habe ich mir die erste Maschine gekauft.«

Ungläubig schüttelte er den Kopf. »Davon hat Mama mir kein einziges Wort erzählt!«

»Sie weiß nichts davon!«

»Woher hattest du das Geld?«

»Ich habe es von meinem Taschengeld gespart.«

»Wie viele Menschen hast du seitdem tätowiert?«

»Das kann ich nicht genau sagen.«

»Alex! Wie viele?«

Sie erkannte an dem Blick ihres Vaters, dass es ein längeres Gespräch werden würde. Sie hatte keine Zweifel, dass sie heute mit der gesamten Wahrheit würde herausrücken müssen – und das betraf nicht nur ihre Leidenschaft für das Tätowieren.

Dritter Akt

Mittwoch, 15. Mai

Es werden zwei Arten von Tarots unterschieden: Zum einen das *divinatorische Tarot*, das sich mit der Kunst des Wahrsagens und der Vorhersage der Zukunft beschäftigt, zum anderen das *psychologische Tarot*, das die Selbsterkenntnis und das Aufspüren unbewusster Gefühle und Denkmuster zum Inhalt hat.

In Bezug auf die Nutzung der Tarotkarten existieren keine verbindlichen Regeln, die eingehalten werden müssen. Daher kann sowohl eine einzelne Karte herangezogen werden, um sie in Bezug auf die individuelle Fragestellung zu interpretieren, als auch ein komplexes Legesystem. Im Laufe der Zeit haben sich zahlreiche Legesysteme etabliert, wie »Das keltische Kreuz«, »Das Entscheidungsspiel« und »Das Liebesorakel«. Da es ebenso möglich ist, eigene Muster zu entwickeln, ist die Zahl der möglichen Legesysteme praktisch unbegrenzt.

Die Aussagekraft und der Wahrheitsgehalt des Tarots sind seit jeher umstritten, da die Deutungen und Vorhersagen nicht nachweisbar sind. Aus diesem Grund ist es kaum möglich, seriöse Tarotkarten-Leger und betrügerische Anbieter voneinander zu unterscheiden.

Kapitel 45

DIE ANDEREN

Buchholz in der Nordheide,
Wohnung von Hauptkommissar Rolf Degenhardt
Mittwoch, 15. Mai, 07:30 Uhr

Rolf Degenhardt war am Abend nicht mehr dazu gekommen, die Jalousie vor seinem Schlafzimmerfenster herabzulassen. Jetzt stand die Sonne am Morgenhimmel und strahlte ihm direkt ins Gesicht. Er öffnete die Augen und drehte den Kopf zur anderen Seite. Ein dumpfer Schmerz pochte gegen seine Schädeldecke und vermieste ihm den Start in den Tag. »Scheißdreck«, grummelte er, dann stieß er die Bettdecke beiseite und stand schwerfällig auf.

Nachdem er die ersten Schritte gemacht hatte, verschwammen die Konturen des Schlafzimmers, und er musste sich an der Wand abstützen. Er rieb sich die Stirn und fixierte das Bild, das vor ihm an der Wand hing. Es hatte eine besondere Bedeutung, denn es war mit Erinnerungen an bessere Zeiten verbunden: Auf dem Kunstdruck, der komplett in Weiß gehalten war, sah man die Silhouette der Nordseeinsel *Juist* mit feinen schwarzen Linien. Dazu waren die Koordinaten der Insel aufgedruckt: *53° 41' N. 07° 00' O.*

Seine Frau Ulrike wusste, dass das Bild ihm viel bedeutete. Sie hatte es ihm nach der Trennung überlassen.

Rolf Degenhardt wankte in Richtung Bad. Es war nicht zu überhören, dass Alexandra gerade duschte. Er klopfte an die Tür. »Guten Morgen, Alex. Brauchst du noch lange?«

»Fünf Minuten, dann bist du dran!«

»Okay«, antwortete er und seufzte. Gerade jetzt waren fünf Minuten eine verdammt lange Zeit. Er ging in die Küche und setzte sich an den Tisch.

Alexandra hatte offensichtlich schon gefrühstückt, auf der anderen Seite des Tisches standen ein Teller mit einem angebissenen Toastbrot, ein offenes Glas Marmelade und ein zu drei Vierteln mit Tee gefüllter Becher. Er zog alles zu sich herüber und bestrich den Toast dick mit Marmelade. Dann nahm er einen Schluck aus dem Becher und blickte zum Fenster.

Täuschte er sich? Das konnte doch nicht wahr sein, oder?

Er stand auf und ging zur Fensterbank. »Ich glaube es nicht«, murmelte er. Dann nahm er die blaue Verpackung in die Hand und roch daran.

»Du kannst jetzt ins Bad!«, hörte er Alexandra in diesem Moment rufen. Degenhardt drehte sich um und sah sie an der Küchentür vorbeihuschen.

»Alex, wir müssen reden!«

»Jetzt nicht, ich muss nach Salzhausen zur Schule. Ich habe keine Lust auf Stress und möchte nicht zu spät kommen!«

Degenhardt ging in den Flur. »Auf der Fensterbank liegt Tabak!«

»Ist fast alle«, erwiderte sie. »Steht schon auf dem Einkaufszettel neben der Kaffeemaschine. Ich besorge uns heute auf dem Rückweg im Biomarkt in Salzhausen ein paar schöne Sachen. Hast du einen Wunsch?«

»Ich wusste nicht, dass du rauchst!«

»Kannst du mir Geld mitgeben? Dein Kühlschrank ist so leer, dass meine EC-Karte für den Einkauf nicht ausreichen wird.«

»In meiner Wohnung wird nicht geraucht!«

Alexandra kam aus dem Bad und blickte zu Boden. Ihr Kater strich gerade um die Beine ihres Vaters. »*Tiger* mag dich«, sagte sie und begann zu lachen.

»Ich muss dringend ins Bad«, stöhnte Degenhardt und drehte sich um. »Mein Portemonnaie ist in der Wachsjacke. Nimm dir, was du brauchst.«

»Hast du einen Wunsch?«

»Ich möchte, dass du den Tabak von der Einkaufsliste streichst.«

Nachdem Alexandra die Wohnung in aller Eile verlassen hatte, nutzte Rolf Degenhardt die Ruhe, um durchzuatmen, zu duschen, sich anzuziehen und einen Kaffee aufzubrühen. Mit den ersten Schlucken kam sein Kreislauf doch noch in Schwung, und die Kopfschmerzen verschwanden.

Er stellte seinen Laptop vor sich auf den Küchentisch und schaltete ihn ein. Anschließend suchte er im Internet nach einem Auto, das für Alexandra in Frage kam. Dabei war nicht der Preis ausschlaggebend, sondern eine erstklassige Sicherheitsausstattung und ein guter Wiederverkaufswert. Nach einer knappen Viertelstunde hatte er in Winsen einen zwei Jahre alten VW Golf gefunden, der seinen Vorstellungen entsprach. Er versuchte, den Verkäufer anzurufen, doch der reagierte nicht.

Also nahm er einen Schluck Kaffee und schaute in der Suchmaschine nach, ob seit seiner letzten Sitzung ein neues Ford Mustang Cabrio eingestellt worden war. Sein fünfunddreißig Jahre altes Mercedes Coupé lief in Bezug auf den Motor und das Getriebe zwar immer noch hervorragend, allerdings waren aufwändige Karosseriearbeiten und eine neue Innenausstattung fällig. Daher hatte er sich vor Kurzem dafür entschieden, den Wagen abzustoßen und sich ein neues Schmuckstück zuzulegen. Seine Vorstellungen waren dabei außerordentlich konkret: Es sollte ein rotes Ford Mustang Cabriolet mit einem V8-Motor und fünf Litern Hubraum sein. Degenhardts Suche dauerte nun schon einige Wochen, aber bis heute war noch kein Wagen angeboten worden, der sein Herz höherschlagen ließ.

Genau dies änderte sich soeben: Mit einem Kribbeln im Bauch studierte er eine Anzeige, die er noch nicht kannte. Angeboten wurde ein rotes Ford Mustang Cabriolet, Baujahr 1968, frisch lackiert, neu aufgepolsterte Sitze, elektrisches Verdeck und Servolenkung. Während er sich die Bilder des Wagens ansah, konnte er die Doppelauspuffanlage förmlich hören, aus der ein satter V8-Sound tönte.

Laut Anzeige stand der Wagen in Bremen.

Während er sämtliche Details des Ford Mustang ein zweites Mal studierte, ließ ihn ein Druck oberhalb des linken Knöchels zusammenfahren. Mit einem Ruck zog er das Bein zurück und warf einen Blick unter den Tisch. Dort saß Alexandras Katze und sah ihn an.

»Hau ab«, murmelte Degenhardt, nahm einen Schluck Kaffee und schaute wieder auf den Monitor. Während er weiterlas, strich der Kater fortwährend um seine Beine. Immer wieder schob Degenhardt das Tier mit seinen Füßen beiseite, daraufhin schmiegte sich die Katze wenige Augenblicke später umso heftiger an ihn.

Dieses Hin und Her ging so lange, bis die Katze mit einem eleganten Satz auf die Fensterbank sprang. Dort setzte sie sich zwischen den Tabakbeutel, den Alexandra hatte liegen lassen, und einen Blumentopf, der nun offensichtlich als Aschenbecher diente.

Degenhardt sah zu ihr hinüber. »Falls du nach draußen willst, bist du auf dem Holzweg. Drei Stockwerke im freien Fall sind auch für dich eine Nummer zu groß.«

Die Katze stand auf, drehte sich um und blieb direkt vor

dem Tabakbeutel stehen. Dann holte sie mit einer Tatze aus und stieß den Beutel von der Fensterbank.

Degenhardt nickte anerkennend. »Wenn du so weitermachst, werde ich mir vielleicht deinen Namen merken.«

Kapitel 46

DIE ANDEREN

Hamburg,
Praxisräume von Simone Distlers Mentaltrainerin
Mittwoch, 15. Mai, 08:30 Uhr

Simone Distler genoss in Kreisen professioneller Orchestermusiker einen hervorragenden Ruf. Sie beherrschte die Bratsche wie kaum eine andere. Während sie sich nach außen den Schein einer selbstbewussten und in sich ruhenden Frau gab, hielt sie ihr Innerstes sorgsam verborgen. Nicht einmal ihre engsten Freunde wussten von ihren Selbstzweifeln und Versagensängsten. Vor einigen Wochen hatte sie im *Hamburger Abendblatt* einen Bericht über eine Mentaltrainerin gelesen, die Leistungssportler dabei unterstützte, den Zustand höchster Konzentration bewusst zu erreichen. Dies beschrieb die Mentaltrainerin in dem Artikel als eine wesentliche Voraussetzung, um in entscheidenden Wettkampfsituationen die bestmögliche Leistung abrufen zu können.

Genau danach habe ich schon so lange gesucht, hatte Simone Distler gedacht und sich im Internet über die Trainerin informiert. Ohne zu zögern, hatte sie ihr eine E-Mail geschickt, und wenige Tage später hatte sie ihren ersten Termin gehabt. Die beiden Frauen waren sich auf Anhieb sympathisch gewesen, und so hatten sie gemeinsam entschieden, zukünftig miteinander zu arbeiten.

Die zweite Sitzung hatte vor einer halben Stunde begonnen. Wie vereinbart trug Simone Distler Kleidung, die sie auch abends während der Konzerte anhatte: ein schmal geschnittenes schwarzes Abendkleid und elegante Ballerinas.

In den vergangenen vier Minuten hatte sie mit höchster Konzentration vor einem Computer gesessen, der mit einer speziellen Tastatur und besonderen Fußpedalen ausgerüstet war. In rascher Folge gab er Farbreize und akustische Signale vor, auf die sie durch die Betätigung der korrespondierenden Fußpedale sowie der Farbfelder auf der Tastatur reagieren musste. Der Computer erfasste dabei die Geschwindigkeit und die Präzision, mit denen sie diese Aufgaben erfüllte.

Jetzt, da Simone Distler den Test beendet hatte, nahm sie die Füße von den Pedalen und löste die Hände von der Konsole. Sie blickte die Mentaltrainerin an. »Das war verdammt anstrengend!«

»Das ist der Sinn dieser Übung. Wie vorhin besprochen, werde ich Sie jetzt körperlich und mental unter Druck setzen, und anschließend werden wir den Test noch einmal durchführen. Das gibt uns erste Aufschlüsse über Ihre Belastbarkeit und Ihre Stress-Toleranz. Im Laufe der nächsten Wochen werden wir diesen Test regelmäßig wiederholen und Ihre Fortschritte dadurch nachvollziehen.« Die Mentaltrainerin zeigte auf ein Trampolin auf der anderen Seite des Raumes. »Dort wartet die nächste Station auf Sie.«

Simone Distler zog ihre Ballerinas aus, ging zu dem Trampolin, hob den Saum ihres Kleids an und stieg auf das Sprungtuch. Sie machte einige Sätze, bis ihr Gleichgewichtssinn sich an das ungewohnte Gefühl gewöhnt hatte, dann blickte sie hinüber zu der Bratsche, die in sicherer Entfernung auf einem Tisch lag. Das Instrument begleitete sie schon seit vielen Jahren.

»Bitte machen Sie nur kleine Sprünge«, sagte die Mentaltrainerin. »Keinesfalls sollen Sie sich die Hände verletzen.« Dann nahm sie einen gelben Softball in die Hand. »Möchten Sie beginnen?«

Simone Distler nickte und begann zu springen. Sie brauchte einige Durchgänge, bis sie ein sicheres Gefühl hatte.

Die Mentaltrainerin warf ihr den Softball zu. »Wann haben Sie zum ersten Mal eine Bratsche in den Händen gehalten?«

Sie warf den Ball zurück. »Mit sechs Jahren.«

»Wie häufig haben Sie geübt?«

»Täglich.«

»Wie viele Stunden?«

»Mindestens zwei Stunden. An den Wochenenden und in den Ferien deutlich mehr.«

Die Mentaltrainerin warf den Ball. »Was genau bedeutet *mehr?*«

»Es war nicht ungewöhnlich, dass ich den ganzen Tag durchgespielt habe.«

»Bedeutet das, dass Sie Ihr Instrument bereits während der Grundschulzeit beherrscht haben?«

Simone Distler hatte sich an das ungewohnte Bewegungsgefühl gewöhnt und machte sehr saubere Sprünge. »Ja, absolut.«

»Dann waren Ihre Freundinnen und Freunde sicherlich sehr beeindruckt von Ihrer Leistung.«

Sie antwortete nicht. Stattdessen begann sie, nach Luft zu schnappen. Die Sprünge auf dem Trampolin wurden langsamer.

»Sie können mehr!«, motivierte sie die Mentaltrainerin und warf ihr den Ball wieder zu. »Wie häufig haben Sie sich mit Ihren Freundinnen und Freunden getroffen?«

Simone Distler warf den Ball wieder zurück. »Eher selten.«

»Hatten Sie zur Grundschulzeit Freundschaften, die Sie mehr als nur oberflächlich gepflegt haben?«

»Eher wenig.«

»Weil die Bratsche wichtiger war?«

»Könnte man so sagen.«

»Wichtiger als Ihre Mitschülerinnen und Mitschüler?«

»Ich denke schon, ja.«

Die Mentaltrainerin warf den Ball erneut. »Würden Sie sich aus der Sicht von damals als Außenseiterin bezeichnen?«

Simone Distler fing, presste den Ball an ihre Brust, schnappte nach Luft und sprang mit mehr Kraft als vorher auf das Trampolin. Ein paar Mal wirkte es, als wolle sie antworten, offensichtlich fehlten ihr aber die Worte.

»War das auf der weiterführenden Schule genauso?«

»Als ich auf das Gymnasium gewechselt bin, hat man mich sofort in das Schulorchester aufgenommen.«

»Und dort waren Sie dann keine Außenseiterin mehr?«

Sie warf den Ball zurück. »Durch die Orchesterproben habe ich viel mehr Kontakt mit anderen gehabt ... Das ging quer durch alle Jahrgangsstufen.«

»Ihre Freizeit haben Sie demnach weiterhin mit Ihrer Bratsche verbracht?«

»Ich war zwölf Jahre alt, als ich den Landeswettbewerb von *Jugend musiziert* gewonnen habe. Im folgenden Jahr habe ich auch beim Bundeswettbewerb den ersten Platz belegt.« Simone Distler schnappte nach Luft, dann sprach sie weiter. »Ein Jahr später habe ich dann auch den Bundeswettbewerb gewonnen. Das hätte ich nicht geschafft, wenn ich nicht all meine Zeit in die Musik investiert hätte.«

Die Mentaltrainerin warf ihr den Ball zu. »Wie ging es weiter?«

»Nach der Versetzung in die neunte Klasse habe ich ein Probespiel bei den *Jungen Philharmonikern* in Hamburg bestanden und bin dort direkt zur Stimmführerin der Bratschen gewählt geworden.«

»Welche Aufgaben hatten Sie als Stimmführerin?«

Simone Distler warf den Ball zurück. »Ich musste während eines Konzerts Blickkontakt mit den Stimmführern der anderen Instrumentengruppen halten, um ein möglichst optimales Zusammenspiel zu erreichen. Außerdem musste ich die Anweisungen des Dirigenten für sämtliche Bratschen umsetzen und besonders häufig Soli spielen. Außerhalb der Konzerte war ich dafür verantwortlich, die Einzelproben der Bratschenspieler zu leiten. Zusätzlich musste ich die Interessen und Belange der Bratschenspieler gegenüber dem Dirigenten vertreten.«

»Das klingt sehr spannend.«

»Noch spannender war es, dass ich zu dieser Zeit meine ersten Meisterkurse in Berlin und Köln besuchen durfte. Dabei habe ich mich dann auch entschieden, nach dem Abitur Berufsmusikerin zu werden.«

Die Mentaltrainerin warf den Ball. »Was passierte nach dem Abitur?«

Simone Distler rang nach Atem und antwortete gleichzeitig auf die Frage. Es fiel ihr zusehends schwer, sich deutlich zu artikulieren. »Ich habe Bratsche studiert. Zuerst an der Wiener Musikhochschule, dann an der Universität der Künste in Berlin. Zusätzlich habe ich Meisterkurse in Los Angeles, Zürich und Budapest besucht.«

»Was folgte im Anschluss an das Studium?«

»Ich habe ein Probespiel beim *Hanseatischen Philharmonie-Orchester* in Hamburg bestanden. Nach zwei Jahren haben die Kollegen mich auch hier zur Stimmführerin gewählt.«

»Für Sie als Berufsmusikerin muss das wie die Erfüllung eines großen Traumes sein, richtig?«

Simone Distler warf den Ball zurück. »Ich war Anfang dreißig, und es war eine steile Karriere. Wir waren insgesamt einhundertvierzig Musiker, haben jährlich dreißig Konzerte gegeben und zweihundert Opern aufgeführt. Jedes Jahr stand eine dreiwöchige Konzertreise auf dem Programm. Ich bin mit dem Orchester durch Amerika, Asien und Australien getourt.«

»Das war keine Antwort auf meine Frage.«

»Im Rahmen der Orchesterakademie habe ich talentierte, junge Menschen auf den Beruf vorbereitet.«

Die Mentaltrainerin hob die Stimme. Sie klang zwar immer noch so warm und sanft wie zuvor. Dennoch war klar, dass sie eine eindeutige Antwort erwartete. »Meine Frage lautete, ob damit einer Ihrer Träume in Erfüllung gegangen ist.«

Simone Distler schnaufte. »Ich habe mir bis zum heutigen Tag keine Gedanken gemacht, was meine Träume sind. Ich habe dafür bisher einfach keine Zeit gehabt.«

»Spielen Sie auch heute noch im *Hanseatischen Philharmonie-Orchester?*«

»Ja, aber ich habe … na ja … ich musste … also ich habe … aus gesundheitlichen Gründen … meinen Status als Stimmführerin verloren. Ich kann seit dieser Zeit nicht mehr an Konzertreisen teilnehmen, und ich kann mich nicht mehr um unsere Nachwuchsmusiker kümmern. Da es mir gesundheitlich seit Langem wieder gut geht, habe ich den Dirigenten um eine neue Chance gebeten. Außerdem habe ich mir zum fünfzigsten Geburtstag eine neue Herausforderung gewünscht. Im Herbst werden wir das Stück *Der Schwanendreher* in unser Programm aufnehmen, und ich bin für die Solo-Bratsche eingeplant. Sie können sich kaum vorstellen, wie viel für mich davon abhängt.«

Die Mentaltrainerin warf ihr den Ball wieder zu. »Sie hatten mir während des Vorgesprächs von mehreren Hörstürzen erzählt. Hängt das mit Ihren beruflichen Problemen zusammen?«

»Ja.«

»Wie fühlt sich ein Hörsturz an?«

Simone Distler fing den Ball und hörte schlagartig auf zu springen. Wenige Augenblicke stand sie regungslos auf dem Sprungtuch, nur ihr Keuchen war zu hören. Ihre Hände krallten sich in den Ball. »Wie es sich anfühlt? Wenn der Konzertsaal mit neunhundert Personen ausverkauft ist? Wenn das Solo kurz bevorsteht und man plötzlich taub ist?«

»Genau das habe ich gemeint. Wie fühlt sich das an?«

Tränen schossen in ihre Augen. Sie öffnete die Lippen, brachte aber keinen Ton heraus.

»Ich schlage vor, dass wir die Übung auf dem Trampolin jetzt beenden«, sagte die Mentaltrainerin mit einem warmherzigen Lächeln und zeigte auf den Computer. »Dann kommen wir jetzt wieder zurück zum Reaktionstest.«

Kapitel 47

DIE ANDEREN

Buchholz in der Nordheide,
Polizeiinspektion Nordheide,
Mittwoch, 15. Mai, 08:30 Uhr

Hauptkommissar Rolf Degenhardt hatte von seinem Büro einen ungehinderten Blick auf den Besprechungs- und Konferenzbereich. Er beobachtete aus den Augenwinkeln, dass die Beamten der fünfzehnköpfigen Mordkommission nach und nach eintrafen. Die erste Dienstbesprechung zu dem aktuellen Fall »Stelter« sollte um halb neun beginnen.

Vor ihm auf dem Schreibtisch hatte Degenhardt die ersten Fotos ausgebreitet, die die Kollegen der Tatortgruppe tags zuvor in dem Waldstück aufgenommen hatten. Gelegentlich blickte er auf und nahm zur Kenntnis, dass die Kollegen mit Ausnahme von Oberkommissar Roland Petersen vollzählig waren.

Petersen würde sich einige Minuten verspäten, denn der Untersuchungsbericht zu der in dem Waldstück sichergestellten Pistole war soeben eingetroffen. Degenhardt hatte Roland Petersen gebeten, diesen Bericht rasch auszuwerten und noch im Rahmen der Dienstbesprechung vorzustellen.

Seit vielen Jahren war es üblich, dass Degenhardt die Mordkommissionen leitete und die Dienstbesprechungen erst dann eröffnete, wenn alle Mitglieder vollzählig beieinandersaßen. Einige Minuten Verzögerung waren nicht ungewöhnlich, und daher reagierte niemand der bereits anwesenden Beamten mit Ungeduld.

Als Degenhardt eine weitere Person in den Besprechungsbereich kommen sah, blickte er wieder von seinem Schreibtisch auf. Er beobachtete den Kriminalrat Dirk Kaiser, wie dieser zunächst auf seine Armbanduhr sah, seinen Kopf mit offensichtlichem Unverständnis schüttelte und Jana Liebisch mit einer energischen Handbewegung zu sich winkte.

»Idiot«, murmelte Degenhardt und blickte wieder auf die Fotos, die vor ihm auf dem Schreibtisch lagen. Kurz darauf klopfte es an seiner Tür. Er schaute auf und sah Jana Liebisch im Türrahmen.

»Ich soll Ihnen von Herrn Kaiser ausrichten, dass er jetzt mit der Dienstbesprechung beginnen möchte. Er hat keine Zeit, um länger zu warten.«

»Oberkommissar Petersen fehlt noch«, erwiderte Rolf Degenhardt. Es kostete ihn große Mühe, seinen Ärger nicht gegenüber der jungen Kommissarin zu zeigen.

»Das weiß ich, und alle anderen Kollegen wissen das auch. Wir haben es Kaiser erklärt, aber es interessiert ihn nicht.«

Mit einem Ruck stieß Degenhardt sich mit dem Bürostuhl von seinem Schreibtisch ab, stand auf und folgte Jana Liebisch in den Konferenzbereich. Von der ungezwungenen und konzentrierten Arbeitsatmosphäre, die hier sonst herrschte, war nichts zu spüren.

Kaiser hatte sich an den Kopf des Tisches gesetzt, der üblicherweise Degenhardt vorbehalten war. Die Blicke der Kollegen wechselten zwischen den beiden Männern hin und her.

Mit einem knappen »Guten Morgen« suchte Degenhardt sich einen freien Platz und setzte sich.

Sofort eröffnete Kaiser die Besprechung: »Wie Sie alle wissen, habe ich diese Mordkommission eingesetzt, um den gewaltsamen Tod des Obdachlosen Martin Stelter aufzuklären. Obwohl die Kollegen der Tatortgruppe immer noch mit der

Spurensicherung in dem Waldstück beschäftigt sind, möchte ich Sie zuallererst eindringlich an eine alte Kriminalisten-Regel erinnern: Wenn wir den Täter oder zumindest den roten Faden in den ersten achtundvierzig Stunden nicht finden, wird es zäh. Daher möchte ich nicht noch mehr Zeit verstreichen lassen. Wer von Ihnen möchte beginnen, seine Arbeitsergebnisse vorzutragen?«

Während Kaiser seinen Blick durch die Runde lenkte, blickten die übrigen Kollegen zu Degenhardt. Der nickte der Kommissarin Anette Sjut zu.

»Ich beginne mit den allgemeinen Infos zu dem Toten«, sagte Anette Sjut und stand auf. Sie ging nach vorne zu dem Whiteboard und startete ihre Präsentation. Am oberen Rand waren zwei Aufnahmen von Stelter zu sehen: links ein älteres Bild, das offensichtlich aus dem Personalausweis stammte, und rechts eine Fotografie, die am Tatort angefertigt worden war. »Der Tote heißt Martin Stelter, er ist vierundfünfzig Jahre alt, verwitwet und Vater einer Tochter. Er hat nach dem Abitur Geologie studiert und war nach dem Abschluss als Diplom-Ingenieur zunächst auf einer Öl-Förderinsel im schleswig-holsteinischen Wattenmeer tätig. Im Alter von fünfunddreißig Jahren wechselte er zu dem Ingenieurbüro *Schmitz & Märker* in Lüneburg und war dort Leiter eines Teams für die geotechnische Begleitung von Baugrunderkundungen und Bauprojekten. Offensichtlich geriet sein Leben aus den Fugen, nachdem er im Keller seines Hauses unsachgemäß mit einem Gasgrill und einer Propangasflasche hantierte. Dabei kam es zu einer Explosion, und bei dem anschließenden Brand wurde das Wohnhaus der Familie völlig zerstört. Seine Frau verstarb an den Folgen ihrer Verletzungen, seine Tochter und er selbst erlitten schwere Brandverletzungen. In dem anschließenden Strafverfahren wurde Stelter wegen fahrlässiger Tötung, Brandstiftung, fahrlässiger Herbeiführung einer Sprengstoffexplosion sowie fahrlässiger Körperverletzung zu einer Freiheitsstrafe von einem Jahr und drei Monaten auf Bewährung verurteilt. Zudem war er aufgrund eines nicht ausgeheilten Hüftbruches und zwei versteiften Halswirbeln körperlich stark eingeschränkt. Wir haben bei ihm einen entsprechenden Schwerbehindertenausweis gefunden. Offensichtlich lebte er seit geraumer Zeit in dem Waldstück in der Nähe von Sprötze. Hier in Buchholz ist er mit seinem Hund regelmäßig unterwegs gewesen. Ich denke, dass einige Kollegen hier aus der Runde ihn schon mal gesehen haben. Stelters Tochter lebt in Hamburg, zwei Kollegen haben sie gestern Abend informiert.«

»Wie hat sie reagiert?«, fragte Kaiser.

»Sie soll sehr gefasst gewesen sein. Stelter und seine Tochter haben seit dem Unfall anscheinend keinen Kontakt mehr miteinander gehabt. Stelters Tochter hat den Kollegen Kontoauszüge mitgegeben, aus denen hervorgeht, dass er seine Witwerrente und seine Erwerbsminderungsrente regelmäßig an sie überwiesen hat.«

»Befriedigung seines schlechten Gewissens«, murmelte Kaiser.

»Eine bloße Vermutung«, erwiderte Degenhardt. Sein Missfallen war nicht zu überhören. »Bevor wir zu Spekulationen kommen, sollten wir zuerst die uns bekannten Tatsachen zusammentragen.«

Bevor Kaiser reagieren konnte, betrat Oberkommissar Roland Petersen den Besprechungsbereich. »Ich habe sehr interessante Informationen über die Waffe mitgebracht«, sagte er und setzte sich.

»Endlich wird es spannend«, sagte Kaiser und blickte zu Anette Sjut hinüber: »Gibt es noch mehr über das Opfer zu berichten?«

Sie nickte. »Die zahlreichen Verletzungen und Wunden, die über Stelters Körper verteilt sind, wurden ihm kurz vor seinem Tod zugefügt. Es haben sich einige Zeugen gemeldet, nach deren Aussage Stelter vorgestern Abend mit Jugendlichen in der Buchholzer Innenstadt aneinandergeraten sein könnte. Laut Obduktionsbericht waren sie aber nicht todesursächlich.«

Kaiser blickte erstaunt in die Runde. »Der Obduktionsbericht ist schon hier?«

Degenhardt nickte. »Doktor Ahrens hat ihn mir vor zwei Stunden per E-Mail geschickt. Ich habe ihn an alle Mitglieder der Mordkommission weitergeleitet. An Sie selbstverständlich auch. Haben Sie Ihre E-Mails denn nicht gelesen?«

Kaiser schwieg.

»Wir konnten die Namen der Jugendlichen bereits ermitteln«, fuhr Anette Sjut fort. »Die ersten Vernehmungen laufen bereits. Damit bin ich durch.«

Kaiser bedankte sich, dann wies er den Oberkommissar Roland Petersen an, die Mitglieder der Mordkommission bezüglich der Waffe auf den neuesten Stand zu bringen.

Wenige Augenblicke später stand Roland Petersen am Whiteboard und rief Detailaufnahmen auf, die mehrere Patronenhülsen aus verschiedenen Perspektiven zeigten. »Wie wir gestern unschwer feststellen konnten, handelt es sich bei der Waffe um eine handelsübliche Walther P99, Kaliber neun mal neunzehn Millimeter. Die Waffe ist laut den Kollegen der Kriminaltechnik nicht in Zusammenhang mit einer Straftat aufgefallen. Erstaunlich ist, dass sämtliche Patronen manipuliert wurden. Im Ergebnis war die Waffe damit funktionstüchtig.« Roland Petersen rief ein neues Bild auf. »Erforderlich waren dafür ein Geschosszieher und eine Ladepresse. Neben dem erforderlichen Fachwissen bedeutet das einen Kostenaufwand von rund dreihundert Euro.«

Kaiser nickte. »Ich kann mir sehr gut vorstellen, dass Martin Stelter bei den Lebensumständen, die er pflegte, eine Waffe mit sich führte. Sicherlich nicht, um sie wirklich zu benutzen, sondern um potenzielle Angreifer abzuschrecken.«

Lebensumstände, die er pflegte, wiederholte Degenhardt in Gedanken und hätte Kaiser zu gerne entgegengeworfen, dass er ihn für absolut unfähig hielt. Stattdessen schüttelte Degenhardt bloß den Kopf: »Das ist abwegig. Der Preis für eine funktionsfähige Walther P99 liegt im Handel bei rund neunhundert Euro. Der Schwarzmarktpreis liegt sicherlich deutlich darüber. Als Schreckschusspistole ist die P99 für rund einhundertfünfzig Euro zu haben. Zur reinen Abschreckung hätte Stelter mit Sicherheit auf die kostengünstigere Alternative zurückgegriffen.«

Kaiser zuckte mit den Schultern. »Vielleicht hatte Stelter ursprünglich vor, eine Straftat zu begehen. Deswegen die echte Waffe. Später hat er es sich dann anders überlegt und die Munition unbrauchbar gemacht.«

Degenhardt winkte ab. »Erstens hätte er die Munition einfach aus dem Magazin entnehmen und entsorgen können. Niemals hätte er noch einmal dreihundert Euro ausgegeben, um das Treibladungspulver und die Zündhütchen zu entfernen. Zweitens bin ich Stelter in den letzten Jahren fast täglich in der Innenstadt begegnet. Der Mann hatte nicht die geringste kriminelle Energie.«

»Wie wollen Sie das beurteilen?«, fragte Kaiser.

»Schlicht und einfach Menschenkenntnis«, erwiderte Degenhardt.

»Menschenkenntnis«, wiederholte Kaiser mit einem Schmunzeln und blickte wieder zum Whiteboard. »Gibt es weitere Details über die Waffe oder die Munition, die Sie uns mitteilen möchten, Herr Petersen?«

»Nein, das war es so weit.«

Nun lehnte Degenhardt sich nach vorne und stützte sich auf seinen Unterarmen ab. »Meiner Meinung nach ergibt sich die für uns wichtigste Spur ganz eindeutig aus dem Obduktionsbericht. Ich gehe davon aus, dass Sie alle den Bericht bereits gelesen haben?«

Degenhardt blickte in die Runde und nahm mit Genugtuung zur Kenntnis, dass Kaisers Kiefer gegeneinandermahlten.

In dem Moment, als er weiterreden wollte, kam Arne Friedrich, der Pressesprecher der Polizeiinspektion Nordheide, dazu. »Darf ich unterbrechen?«

»Nur zu.«

»Wir haben uns gestern über Jürgen Großmanns Schlaganfall unterhalten.«

Degenhardt nickte.

»Er ist gestern Abend leider an einem Herzinfarkt verstorben.«

Kapitel 48

DER GEHÄNGTE

Hamburg,
Wohnung von Simone Distler,
Mittwoch, 15. Mai, 08:45 Uhr

Er trug die Kleidung eines Paketzustellers sowie Latex-Handschuhe. Er hatte im Erdgeschoss gerade einen an Simone Distler adressierten Brief in ihren Postkasten gesteckt. Nun stieg er die Treppenstufen in das fünfte Stockwerk hinauf. Vor sich trug er ein Paket, in dem er sämtliche Utensilien für die kommenden Stunden verstaut hatte.

Auf halbem Weg kam ihm eine ältere Dame entgegen. Sie blieb stehen und ließ ihn auf sich zukommen. Als er direkt vor ihr stand, fragte sie ihn höflich: »Kann ich Ihnen weiterhelfen?«

»Nein, vielen Dank, ich kenne mich aus«, erwiderte er mit einem freundlichen Nicken. Er machte einen Schritt zur Seite und setzte seinen Weg fort.

»Die meisten Briefträger stellen die Pakete unten im Flur neben den Briefkästen ab«, rief sie ihm hinterher.

»Eine Unart einiger Kollegen, um Zeit zu sparen.«

»Außerdem ist es eine fatale Entwicklung, dass so viele Menschen so viele Dinge gedankenlos im Internet bestellen. Genau diese Menschen beschweren sich später darüber, dass die Einzelhändler vor Ort ihre Läden schließen müssen.«

»Ohne diese Menschen wäre ich vermutlich arbeitslos.«

»Na ja.« Sie war offensichtlich unzufrieden mit seiner Antwort, dennoch beließ sie es dabei.

Er erreichte das fünfte Stockwerk und hörte, dass die Tür zur Straße im Erdgeschoss ins Schloss fiel. Er trat an das Treppengeländer und blickte zuerst nach unten, dann nach oben. Zufrieden nahm er zur Kenntnis, dass er jetzt allein war. Also balancierte er das Paket auf dem linken Arm und holte mit der freien Hand einen Schlüssel aus der Hosentasche. Damit öffnete er die Tür zu Simone Distlers Wohnung, schlüpfte hinein und verriegelte das Schloss auf die gleiche Weise, wie sie es auch tat: nur eine einzige Umdrehung des Schlüssels, obwohl zwei möglich gewesen wären.

Er ging ins Bad, stellte das Paket ab und öffnete es. Vorsichtig nahm er einen mattgrauen Seifenspender heraus und entfernte diverse Klebestreifen, mit denen er den Deckel fixiert hatte. Auf dem Rand des Waschbeckens stand ein identisches Exemplar, und er tauschte sie gegeneinander aus.

Dann nahm er das Paket wieder auf und durchquerte den Flur, um in das Musikzimmer zu gelangen. Dort waren die Wände ringsherum mit hellen Lärmschutzmatten ausgekleidet. Bei genauerem Hinsehen wurde deutlich, dass der Fußboden um einige Zentimeter höher war als in der übrigen Wohnung. Ebenso war die Zimmerdecke um einige Zentimeter niedriger. Das bedeutete, dass das Musikzimmer auch nach oben und nach unten zusätzlich schalldicht isoliert war. Der Raum war fensterlos, ein Deckenstrahler sorgte für taghelles Licht. Direkt darunter standen ein Stuhl und ein Notenständer. Im Vorbeigehen warf er einen Blick auf die Notenblätter und sah, dass Simone Distler sich zuletzt mit der Solo-Bratsche des Stückes »Der Schwanendreher« beschäftigt hatte.

Sie probt ein Stück, das sie niemals öffentlich aufführen wird, dachte er bei sich.

In einer Ecke des Raumes stand ein Tisch, auf dem die Musikerin üblicherweise den Bratschenkoffer abstellte. Jetzt war der Tisch leer, und er stellte sein Paket dort ab. Er nahm ein iPad heraus und setzte sich auf den Stuhl. Dann legte er das Gerät auf seine Oberschenkel und schaltete es ein. Er loggte sich in das Google-Konto von Simone Distler ein, öffnete ihren Kalender und stellte zufrieden fest, dass sie ihre Einträge für den heutigen Tag nicht geändert hatte:

08:00 Uhr Mentaltraining (Grindelallee),
10:00 Uhr Schwanendreher-Solo üben (zu Hause),
14:00 Uhr Tosca-Tutti üben (zu Hause),
17:00 Uhr Bratschen-Probe (Große Theaterstraße),
20:00 Uhr Tosca-Aufführung (Große Theaterstraße).

In den vergangenen Wochen hatte er gelernt, dass Simone Distler ihr gesamtes Leben penibel plante. Selbst kleinste Änderungen trug sie sofort in ihren Kalender ein. Das hatte seine eigenen Vorbereitungen sehr vereinfacht. Er hatte somit keinerlei Grund, daran zu zweifeln, dass die Hauptdarstellerin des dritten Aktes um kurz vor zehn wieder zu Hause sein würde.

Mit einem zufriedenen Nicken schloss er den Kalender und kontrollierte die E-Mails. Es gab lediglich eine neue Nachricht, die vor wenigen Minuten von einem Musikhaus eingegangen war.

Sehr geehrte Frau Distler,

die neuen Saiten Ihrer Bratsche sind endlich bei uns eingetroffen. Wir bitten Sie, die ungewöhnlich lange Wartezeit zu entschuldigen. Den Austausch der Saiten können wir kurzfristig (gerne heute) bei uns im Geschäft vornehmen. Eine vorherige Terminvereinbarung ist nicht erforderlich.

Er löschte die Nachricht. Zum einen würde Simone Distler in Zukunft keine neuen Saiten brauchen, zum anderen wollte er nicht riskieren, dass sie ihren Tagesablauf durch diese E-Mail spontan änderte.

Kurz darauf schaltete er das iPad aus und verstaute es wieder. Er setzte sich auf den Stuhl in der Mitte des Raumes und lehnte sich zurück.

Es dauerte nicht lange, bis seine Gedanken abschweiften. Zuallererst war er erstaunt darüber, dass sein Theaterstück bereits im dritten Akt angelangt war. Er konnte kaum fassen, dass die ersten beiden Akte – bis auf den unvorhersehbaren Schlaganfall Großmanns – derart störungsfrei verlaufen waren. Er hatte in Hinblick auf sein Improvisationstalent, seinen Einfallsreichtum und seine Flexibilität deutlich höhere Herausforderungen erwartet.

Im Grunde, dachte er, *ist es unfassbar, wie leicht ich meine Ziele bisher erreicht habe.*

In diesem Moment wurde ihm klar, dass alles das, was er über viele Jahre geplant und vorbereitet hatte, schon in drei Tagen zum Abschluss kommen würde. Er hatte sich niemals Gedanken darüber gemacht, was danach passieren sollte, und es existierte kein Plan für die Zeit danach.

Kurz kam ihm ein Bild in den Kopf, bei dem er sich als Ingenieur bei der *Autotechnik Harburg* sah. Er lachte leise auf, denn er konnte partout nicht erkennen, wie er daraus einen Lebenssinn ableiten sollte. Ihn ergriff eine Traurigkeit, die er so noch nie verspürt hatte, denn zum ersten Mal realisierte er, dass es für die Zeit nach seinem Theaterstück keine Optionen gab.

Weiterleben?

Ich?

Warum?

Da er keine Antwort parat hatte, lenkte er seine Gedanken in eine andere Richtung. Er dachte an den Inhalt des Briefes, den er vor wenigen Minuten in Simone Distlers Briefkasten geworfen hatte.

Der Absender war Clemens Gerber, und der Inhalt bestand aus drei Wörtern.

SCHULD! SEID! IHR!

Mit einem Lächeln ging er in das Musikzimmer und schloss die Tür – dann hieß es warten.

Kapitel 49

DIE ANDEREN

Buchholz in der Nordheide,
Polizeiinspektion Nordheide,
Mittwoch, 15. Mai, 08:45 Uhr

Nach der Nachricht von Jürgen Großmanns Tod herrschte zunächst betretenes Schweigen.

Dirk Kaiser lockerte seine Krawatte und öffnete den obersten Knopf seines Hemds. Durch die raumhohen Glasfenster fielen die Sonnenstrahlen direkt auf den Rücken seines Jacketts, und er fühlte sich, als würde der Stoff in Flammen stehen. Er ärgerte sich maßlos darüber, dass die Dienstbesprechung einen völlig anderen Verlauf nahm, als er beabsichtigt hatte. Er sah sich aufgrund seines Sitzplatzes und seiner einführenden Worte als Leiter der Besprechung, und dennoch ignorierten Rolf Degenhardt und die übrigen Teilnehmer der Runde ihn bisher weitgehend.

Sie hatten ihn zwar gelegentlich angesprochen, doch ohne Zweifel stand Degenhardt im Mittelpunkt. Seitdem der den Kollegen unter die Nase gerieben hatte, dass Kaiser den Obduktionsbericht bekommen, aber nicht gelesen hatte, schienen sie ihn überhaupt nicht mehr wahrzunehmen. Kaiser wollte keine Vorlagen für weitere Provokationen liefern, also lehnte er sich zurück und hörte einfach nur zu.

Degenhardt holte hörbar tief Luft und schüttelte den Kopf, als könne er die schlechte Nachricht damit von sich abschütteln. Er seufzte und fuhr fort. »Die Obduktion in der Rechtsmedizin hat den Verdacht bestätigt, dass Martin Stelter an einer Vergiftung gestorben ist«, führte Degenhardt aus. »Auf seinen Lippen, auf der Mundschleimhaut, in der Speiseröhre und im Magen hat Doktor Ahrens Pulverreste sichergestellt. Die Analysen haben ergeben, dass es sich dabei um Strychnin handelt. Laut Doktor Ahrens liegt die tödliche Dosis für einen erwachsenen Menschen zwischen dreißig und einhundertzwanzig Milligramm. Die Berechnungen der Rechtsmedizin haben ergeben, dass Stelter eine Dosis von rund einem Gramm zu sich genommen hat. Das ist ungefähr das Zehnfache der tödlichen Menge. Dabei zählt Strychnin zu den bittersten Stoffen, die bekannt sind. Selbst bei einer Verdünnung von eins zu einhundertdreißigtausend würde Strychnin noch bitter schmecken.«

»Also können wir ausschließen, dass jemand ihm das Gift unbemerkt in sein Essen oder in ein Getränk gemischt hat«, sagte Anette Sjut.

»Laut Doktor Ahrens hätte Stelter das Strychnin in dieser Konzentration selbst in volltrunkenem Zustand wieder ausgespuckt. Die Blutprobe besagt, dass er zum Tatzeitpunkt nüchtern gewesen ist.«

»Das bedeutet, dass er es absichtlich eingenommen hat.«

»Nach dem jetzigen Kenntnisstand ist das wahrscheinlich.«

Kaiser folgte der Unterhaltung, er blieb jedoch stumm. *Suizid*, dachte er bei sich. *Suizid!*

»Suizid?«, fragte Jana Liebisch in die Runde und signalisierte dabei durch ihre Mimik, dass sie sich dies kaum vorstellen konnte.

Degenhardt wiegte den Kopf hin und her. »Weder Doktor Ahrens noch mir sind bislang Suizide durch Strychnin untergekommen, denn der Tod ist außerordentlich qualvoll. Die Krämpfe waren bei Stelter so stark, dass drei seiner Rückenwirbel gebrochen sind. Wie Doktor Ahrens bereits am Tatort festgestellt hat, zeigte sich bei Stelter außerdem die sogenannte *Pfötchen-Stellung*. Die Krämpfe waren in seiner Unterarm- und Handmuskulatur derart heftig, dass sie nach seinem Tod in dieser Verrenkung verblieben sind.«

»Das spricht gegen einen Suizid«, sagte Jana Liebisch. »Ich kann mir nicht vorstellen, dass jemand freiwillig einen derart schmerzhaften Tod wählt.«

Kaiser sagte noch immer nichts. Stattdessen fixierte er die Kommissarin. Sowohl seine Gestik als auch seine Mimik zeigten, wie sehr er sie ablehnte. *Du sitzt auf einem Platz, der dir nicht zusteht*, dachte er und konnte den Blick dabei nicht von ihr abwenden.

Degenhardt schien seine Ablehnung bemerkt zu haben, denn er sprach ihn nun direkt an: »Sind Sie anderer Meinung?«

Kaiser ließ die Mine seines Kugelschreibers mehrmals mit einem lauten Klacken ein- und ausfahren, dann presste er die Spitze auf den Schreibblock. »Nein, nein! Machen Sie ruhig weiter!«

Degenhardt fuhr fort: »Die Frage ist nur, welches Druckmittel so durchschlagend gewesen sein könnte, dass Stelter freiwillig Strychnin eingenommen hat.«

»Wahrscheinlich hat er überhaupt nicht gewusst, worauf er sich da einlässt«, sagte Jana Liebisch.

»Gut möglich«, sagte Degenhardt und wandte sich an Anette Sjut: »Haben Sie sich um den Kontakt zur Tierärztlichen Hochschule in Hannover gekümmert? Konnten Sie schon etwas in Erfahrung bringen?«

»Doktor Ahrens hat gestern am Tatort bereits festgestellt, dass die Augenlider und die Mundschleimhaut des Hundes ungewöhnlich deutliche Einblutungen zeigten. Seiner Meinung nach hat jemand den Hund erwürgt oder erdrosselt. Genau dies hat die Obduktion in Hannover bestätigt. Laut der Veterinäre hat jemand dem Hund die Hände um den Hals gelegt und die Sauerstoffzufuhr so lange unterbrochen, bis der Tod eingetreten ist.«

»Vielleicht war das Druckmittel so stark, dass Stelter zuerst seinen Hund erwürgt hat und anschließend das Strychnin eingenommen hat«, sagte Petersen.

»In diese Richtung müssen wir dringend ermitteln«, antwortete Degenhardt und wandte sich an Jana Liebisch. »Zum Abschluss möchte ich Sie auch noch hören.«

Während die Kommissarin aufstand, nach vorne ging und eine Fotografie auf das Whiteboard projizierte, traktierte Kaiser seinen Kugelschreiber unablässig.

»Wir haben am Tatort eine Tarotkarte gefunden«, erklärte Jana Liebisch. »Sie können darauf eine schwarzweiße Figur erkennen, die mit den Beinen nach oben an einen Ast geknüpft ist. Die Karte trägt die Aufschrift *EL COLGADO.* Das entstammt dem Spanischen und bedeutet …«

Weiter kam sie nicht, denn mit einem lauten Knacken zerbrach Kaisers Kugelschreiber.

Kapitel 50

DIE ANDEREN

Bayreuth,
Festspielhaus,
19 Jahre zuvor

Simone Distler war nervös, als sie kurz vor Beginn der Premieren-Aufführung gemeinsam mit den übrigen Musikern durch den leicht ansteigenden, muffig riechenden Gang schritt. Dabei kamen sie an einer Fotogalerie vorbei, die sämtliche Dirigenten der Festspiele zeigte. Am Ende des Ganges führten sechs Podest-Stufen abwärts, anschließend gelangten sie in den Orchestergraben, der sie für die Dauer der Aufführung mit schwarz getünchten Wänden umschließen würde.

Über ihnen befand sich ein gewölbter Deckel, der die Musiker von den Zuschauern abtrennte. Da sie für das Publikum unsichtbar blieben, hatte der Dirigent die Kleidung für den heutigen Abend freigestellt.

Simone Distler hatte sich für eine Jeans-Shorts und ein weißes T-Shirt entschieden.

Der Orchestergraben selbst war terrassenartig aufgebaut: Ganz oben saßen die Geigen, auf der zweiten Ebene die übrigen Streicher, auf der dritten Ebene die Holzbläser und ganz unten die Blechbläser. Richard Wagner hatte ihn einst als einen »mythischen Abgrund« bezeichnet.

Vor Simone Distler und ihren Kollegen lagen in den kommenden Wochen dreiunddreißig Aufführungen: *Die Meistersinger, Tristan und Isolde, Lohengrin, Tannhäuser* und *Parsifal.*

Die kürzeste Aufführungsdauer betrug bei Tannhäuser drei Stunden, die längste bei Parsifal viereinhalb Stunden.

Für die heutige Premiere hatte die Festspielleitung sich für *Tannhäuser* entschieden.

Sosehr Simone Distler sich zunächst über das Engagement in Bayreuth gefreut hatte, sosehr machte ihr jetzt die typische Charakteristik des »mythischen Abgrunds« zu schaffen. Bei jeder Aufführung erreichte der Lärmpegel bis zu einhundertdreißig Dezibel. Das entsprach der Lautstärke eines Flugzeugstarts und lag deutlich über der Schmerzgrenze. Zudem wurde es während der Aufführungen drückend heiß und stickig.

Simone Distler hatte die zurückliegenden Proben dazu genutzt, um mit unterschiedlichen Formen von Gehörschutz zu experimentieren. Jeder dieser Versuche war jedoch fehlgeschlagen, denn die übrigen Instrumente waren dadurch nur noch dumpf und dröhnend zu ihr durchgeklungen. Ein für die Feinabstimmung und die musikalischen Balancen unakzeptabler Zustand. Daher hatte sie sich letztendlich entschieden, ohne Gehörschutz zu spielen.

Bis heute war das Festspielorchester keine feste Institution. Die Musiker kamen nur für die zehnwöchige Zeit der Proben und der Festspiele zusammen. Jeder Branchenkenner wusste, dass die Musiker, die ein Engagement für die Bayreuther Festspiele ergattern, es geschafft hatten. Schon Richard Wagner hatte bei den ersten Festspielen 1896 Musiker bei den besten Orchestern seiner Zeit abgeworben. Dementsprechend war es für die Leitung des *Hanseatischen Philharmonie-Orchesters* eine besondere Ehre gewesen, Simone Distler für die Festspiele freizustellen.

Für sie selbst bestand der Reiz der Festspiele darin, zehn Wochen lang mit herausragenden Sängern, Dirigenten und Musikern zusammenzuarbeiten.

Jetzt befand das Festspielorchester sich mitten in der *Tannhäuser*-Aufführung, und Simone Distler bereitete sich auf einen ihrer Solo-Parts vor.

Als sie den ersten Schwindel spürte, dachte sie, es würde mit ihrer Aufregung zusammenhängen. Zunächst ignorierte sie die Übelkeit, schließlich konnte sie sich nicht mehr dagegen wehren: Die Gesichter ihrer Kollegen verschwammen vor ihren Augen, und der Klang der anderen Instrumente mischte sich zu einem wirren Durcheinander. Der Orchestergraben begann sich zu drehen.

Sie schaffte es noch, die Bratsche beiseitezulegen und mehrmals mit den Händen gegen ihren Kopf zu schlagen. Sie hörte nichts mehr.

Dann senkte sich ein schwarzer Vorhang vor ihren Augen.

Kapitel 51

DIE ANDEREN

Buchholz in der Nordheide,
Polizeiinspektion Nordheide,
Mittwoch, 15. Mai, 09:45 Uhr

Direkt nach der Dienstbesprechung war Rolf Degenhardt in sein Dienstzimmer zurückgekehrt. Wie bereits zuvor betrachtete er Fotografien, die den Leichnam von Martin Stelter aus unterschiedlichen Blickwinkeln zeigte. Dabei war er so sehr in seine Gedanken vertieft, dass er Jana Liebisch erst bemerkte, als sie an seine Glastür klopfte.

»Ich habe gerade mit den Kollegen von der Tatortgruppe telefoniert«, erklärte sie, nachdem Degenhardt sie hereingebeten hatte. »Sie gehen davon aus, dass die Spurensicherung in dem Waldstück spätestens am frühen Nachmittag abgeschlossen sein wird.«

»Das klingt gut«, erwiderte Degenhardt. »Dann haben wir zur Dienstbesprechung um siebzehn Uhr hoffentlich weitere Ergebnisse. Ich möchte, dass Sie weiterhin Kontakt zu den Kollegen halten, damit wir auf dem aktuellen Stand bleiben.«

»Kein Problem.« Die Kommissarin trat einen Schritt näher und blickte auf den Schreibtisch. Sie zeigte auf eines der Fotos. »Martin Stelter hatte eine Tätowierung auf dem rechten Unterarm. Konnten Sie die Schrift schon entziffern?«

»Es ist der Name seiner Frau und ihr Todesdatum.«

»Die Gasexplosion?«

Degenhardt nickte. »Ich würde Ihnen gerne etwas zeigen.«

Mit einer Handbewegung deutete er an, dass sie zu ihm herumkommen sollte.

Während sie den Schreibtisch umrundete, öffnete er eine E-Mail, die er sich selbst am Morgen von zu Hause aus zugeschickt hatte. Sie enthielt einen Anhang mit mehreren Fotos.

Kurz darauf blickte Jana Liebisch auf etliche Detailaufnahmen, die Tätowierungen zeigten. Die betroffenen Körperstellen ließen sich zwar eindeutig zuordnen, allerdings waren keinerlei Rückschlüsse auf eine konkrete Person möglich.

»Da wir gerade beim Thema sind, hätte ich da noch etwas«, sagte Degenhardt.

Sie war irritiert. »Gehört das zu unserem Fall?«

Er schüttelte den Kopf. »Nein, das ist privat.«

»Ich hätte nicht gedacht, dass Sie sich für so etwas interessieren.«

»Die Fotos habe ich gestern Abend in meiner Küche gemacht.«

Sie hob die Augenbrauen. »Sie überraschen mich!«

»Das nennt man Dotwork. Das gesamte Bild setzt sich ausschließlich aus Farbtupfern zusammen. Erst aus einer größeren Entfernung entsteht der Gesamteindruck. Meine Tochter benutzt ausschließlich schwarze Tinte. Egal, ob Schatten, helle und dunkle Bereiche oder vollständig gefüllte Flächen – alles besteht aus kleinen, feinen Punkten.«

»Wow«, staunte Jana Liebisch und nickte anerkennend. »Wer hat das gemacht?«

»Sagte ich doch gerade, meine Tochter.«

Sie stutzte. »Alexandra? Wenn ich mich richtig erinnere, macht sie gerade ihr Abitur?«

Er rieb sich die Stirn. »Richtig, und sie hat sich in den Kopf gesetzt, im Sommer eine Ausbildung zur Tätowiererin zu beginnen.«

»Sie machen Witze!«

»Nein, das habe ich gestern Abend erfahren.«

Die Kommissarin blickte noch einmal auf den Bildschirm und pfiff anerkennend. »Ihre Tochter hat Talent!«

Er schüttelte den Kopf. »Quatsch! Das ist Körperverletzung! Hätte ich das gewusst, hätte ich keine ruhige Minute gehabt! Alexandra hat in den vergangenen Jahren eine ganze Reihe von Freunden und Bekannten tätowiert. Was wäre passiert, wenn jemand sie angezeigt hätte?«

Über das Gesicht der Kommissarin huschte ein Grinsen. »Ich habe das Gefühl, dass Ihre Tochter eine Handvoll Gene von Ihnen mitbekommen hat.«

»Wie dem auch sei«, sagte Degenhardt und schloss das E-Mail-Programm. »Ich muss erst einmal nachdenken, wie ich damit umgehen werde. Vielen Dank für Ihre private Meinung dazu.« Er stand auf und nahm seine Wachsjacke von der Lehne. »Ich muss jetzt etwas Wichtiges erledigen.« Während er sein Smartphone vom Schreibtisch nahm und in eine der Jackentaschen gleiten ließ, wandte er sich an Jana Liebisch: »Ich würde mich freuen, wenn Sie mich begleiten.«

»Gerne. Wohin geht's?«

»Das erzähle ich Ihnen im Auto.«

Kurz bevor sie das Treppenhaus erreichten, kam ihnen der neue Kriminalrat entgegen. Kaisers Gesicht war hochrot gefärbt, und sein Blick verriet, dass seine Laune sich seit der Dienstbesprechung nicht verbessert hatte.

»Vielen Dank für die Ordner mit den ungelösten Fällen«, sagte Dirk Kaiser in einem Tonfall, der nicht verriet, ob er es ernst oder ironisch meinte. »Ich gehe davon aus, dass Sie die Akten zum Fall *Joost* versehentlich vergessen haben, nicht wahr?«

Kapitel 52

DIE ANDEREN

Hamburg,
Wohnung von Simone Distler,
Mittwoch, 15. Mai, 09:45 Uhr

Simone Distler trat in den Hausflur, ging zu ihrem Briefkasten und schaute nach, ob ihr jemand geschrieben hatte. Sie nahm vier Briefe heraus und warf einen Blick auf die Absender.

Der erste stammte von ihrer Bank, der zweite von einem Versandhaus und der dritte von einem Reiseveranstalter. Der vierte Brief ließ sie stutzen, denn auf den ersten Blick war kein Absender zu erkennen. Sie drehte den Umschlag um, und auf der Rückseite war mit schwungvollen Lettern ein Name geschrieben.

Clemens Gerber

»Nein«, murmelte sie. Der Schreck saß so tief, dass sie wie angewurzelt dastand. »Nein!«, entfuhr es ihr nun lauter.

Clemens Gerber

Diese dreizehn Buchstaben ließen Bilder in ihrem Kopf aufblitzen, die sie ansonsten nur nachts in ihren Albträumen sah: Clemens Gerber in einem Gerichtssaal. Clemens Gerber auf allen Titelseiten. Clemens Gerber in den Fernsehnachrichten. Clemens Gerber in einer Justizvollzugsanstalt. Clemens Gerber in ihrem Kopf.

Es dauerte einige Momente, bis sie wieder einen klaren Gedanken fassen konnte.

Endlich schloss sie die Klappe des Briefkastens und hetzte

die Treppen hinauf, bis sie das fünfte Stockwerk erreichte. Als sie sich endlich im Schutz ihrer Wohnung befand, stellte sie ihre Bratsche im Flur ab und öffnete den Brief, den er ihr geschickt hatte. Sie zog ein Blatt Papier heraus und faltete es auf.

SCHULD! SEID! IHR!

Simone Distler hatte unendliche Male darüber nachgedacht, wie sie reagieren sollte, falls er noch einmal in ihr Leben treten sollte. Stets war sie zu dem Ergebnis gekommen, dass sie ihm nichts entgegenzusetzen hatte. Wie in Trance nahm sie ihr Smartphone aus der Handtasche und wählte die Nummer ihres Dirigenten.

»Hallo, Akiyama? Hier ist Simone!«

»Mein Sonnenschein«, hörte sie ihn in fehlerfreiem Deutsch und mit japanischem Akzent antworten.

»Ich habe gerade eine sehr schlechte Nachricht bekommen! Es ist sehr persönlich … Ich werde längere Zeit verreisen!«

Offensichtlich verstand Akiyama Okamura aufgrund der Klarheit und der Entschlossenheit, die in ihrer Stimme mitschwangen, dass jetzt nicht der richtige Zeitpunkt für Fragen war. »Das ist sehr bedauerlich«, hörte sie ihn antworteten. »Wie lange bleibst du fort?«

»Ich weiß es nicht.«

»Soll ich darüber nachdenken, die Bratschen-Soli vom *Schwanendreher* an jemand anders …«

»Nein!«, unterbrach sie ihn. »Bitte nicht!«

Der Dirigent des *Hanseatischen Philharmonie-Orchesters* dachte nicht lange nach. »Ich vertraue dir«, hörte sie ihn sagen. »Außerdem ist noch etwas Zeit, bis wir mit den Orchesterproben beginnen werden.«

»Danke!«

Nachdem sie das Gespräch beendet hatte, wählte sie erneut. Dieses Mal die Telefonnummer eines Taxiunternehmens, dessen Service sie regelmäßig nutzte. Der Mitarbeiter versicherte ihr, dass in spätestens fünfzehn Minuten ein Wagen vor der Haustür stehen würde.

Anschließend stürmte sie ins Bad. Dort zog sie die Ballerinas und das Abendkleid aus. Sie nahm die Kulturtasche und füllte sie mit den Dingen, die sie in den nächsten Tagen dringend benötigen würde. Dabei dachte sie nicht nach, denn das, was fehlte, würde sie an ihrem Zielort kaufen – wo auch immer das sein mochte.

Sie lief in das Schlafzimmer und zog dort ihre Lieblingsjeans sowie einen bequemen Pullover an. Sie nahm ihren Koffer vom Schrank und warf die Kulturtasche hinein. Anschließend packte sie ihn eiligst mit den notwendigsten Dingen: Unterwäsche, Socken und zwei Handtücher. Kapuzenpullover, Stoffhose und Shorts. T-Shirts, Blusen und der kleine Teddybär, der sie seit ihrer frühesten Kindheit begleitete. Es dauerte kaum zehn Minuten, bis sie den Deckel schloss und den Reißverschluss zuzog.

Simone Distler stellte den Koffer im Flur neben die Bratsche und hastete in das Wohnzimmer. Dort nahm sie den Reisepass und die Kreditkarte aus dem Schreibtisch. Beides verstaute sie neben dem Portemonnaie, dem Smartphone und dem Ladekabel in ihrer Handtasche.

Schließlich zog sie bequeme Sneaker an und streifte eine Jacke über. Dann nahm sie Koffer, Handtasche sowie Bratsche und verließ die Wohnung. Als sie einige Treppenstufen hinabgestiegen war, drehte sie sich noch einmal kurz um.

Doch sie war so sehr in Eile, dass sie keinerlei Emotionen zulassen konnte.

Sie war bereits im Erdgeschoss angekommen, als ein Impuls sie durchfuhr: Wenn es ihr größter Wunsch war, dass Akiyama

Okamura sie für die Solo-Passagen des *Schwanendrehers* besetze, dann musste sie intensiv üben. Dafür würde sie in den nächsten Wochen ausreichend Zeit haben. Also stellte sie den Koffer und die Bratsche ab, dann eilte sie die Stufen wieder hinauf zu ihrer Wohnung. Dort angekommen, lief sie in das Musikzimmer und ging zu dem Notenständer.

In dem Moment, als sie die Partitur zur Hand nahm, wurde die Tür des Musikzimmers zugestoßen.

»Guten Morgen«, hörte sie eine Stimme hinter ihrem Rücken. »Ich wusste, dass Sie nicht ohne Ihre Noten fahren würden.

Kapitel 53

DIE ANDEREN

Autobahn A 39,
Maschener Kreuz
Mittwoch, 15. Mai, 10:15 Uhr

Jana Liebisch und Rolf Degenhardt hatten die Polizeiinspektion vor zwanzig Minuten verlassen. Sie waren in einen der verfügbaren Dienstwagen gestiegen und hatten die Autobahn A 1 in Richtung Hamburg genommen.

Aus den Lautsprecherboxen kam Musik von Bruce Springsteen, und Degenhardts Kopf bewegte sich im Takt der Musik. Sie konzentrierte sich währenddessen auf den Funkverkehr, der über die übliche Polizeifrequenz lief.

Nachdem sie das Maschener Kreuz hinter sich gelassen hatten und auf die A 39 in Richtung Winsen gefahren waren, drehte Jana Liebisch die Musik leiser. »Darf ich fragen, wo wir hinfahren?«

»Habe ich Ihnen das nicht erzählt?«, fragte Degenhardt. Dann schüttelte er den Kopf über sich selbst. »Ich bitte um Entschuldigung, dazu bin ich vorhin nicht mehr gekommen. Ich möchte bei Jürgen Großmanns Frau vorbeischauen und ihr unsere Unterstützung anbieten. Ich kann mir sehr gut vorstellen, dass sie sich für die Trauerfeier eine Abordnung der Polizeiinspektion wünscht.«

»Kannten Sie ihn gut?«

»Ja, allerdings. In seinen letzten Dienstjahren hat er das Erste Fachkommissariat in Buchholz geleitet. Er war einer meiner Vorgänger. Er ist regelmäßig auf einen Kaffee vorbeigekommen, und ich habe ihn gelegentlich besucht. Wir haben uns zwei- bis dreimal pro Jahr gesehen. Das war zwar nicht sehr häufig, aber immerhin regelmäßig.«

»Eine ganz schreckliche Zeit für die Angehörigen«, sagte Jana Liebisch.

»Sie kennen das?«

»Als mein Großvater verstorben ist, hat es fast zwei Jahre gedauert, bis meine Großmutter wieder ein normales Leben führen konnte.«

»Sprechen Sie von Ihrer Großmutter aus England?«

Jana Liebisch hob die Augenbrauen. »Sie erinnern sich an sie?«

»Sie war der Grund, weswegen Sie letztes Jahr während der Ermittlungen im Fall *Joost* eine Woche Urlaub genommen haben.«

Obwohl Degenhardts Worte nicht vorwurfsvoll geklungen hatten, hatte sie das Gefühl, sie müsse sich rechtfertigen. Sie versuchte zunächst, sich dagegen zu wehren, doch dann schoss es förmlich aus ihr heraus: »Es war Lissys neunzigster Geburtstag, und die Feier war lange im Voraus geplant. Nahezu die gesamte Verwandtschaft hatte sich angekündigt, und ich hatte den Urlaub bereits zu Beginn des Praktikums mit Ihnen abgesprochen. Außerdem …«

»Es ist alles in Ordnung«, unterbrach Degenhardt sie sachte. »Es war nicht meine Absicht, alte Geschichten aufwärmen.«

»Okay«, erwiderte sie, doch für sie war das Thema damit nicht beendet. Vorhin, als sie das Dienstgebäude gemeinsam mit Degenhardt verlassen hatte, hatte Kaiser den Hauptkommissar explizit auf die Akten zu diesem Fall angesprochen.

Zunächst hatte Jana Liebisch entschieden, es auf sich beruhen zu lassen. Doch nun war ihre Neugierde wiederum geweckt. »Darf ich Ihnen eine Frage stellen?«

»Nur zu.«

»Warum will Kaiser ausgerechnet die Akten zum Fall *Joost* durchsehen?«

Degenhardt blickte beharrlich auf die Fahrbahn. Es wirkte, als würde er seine Antwort sorgfältig durchdenken. Schließlich zuckte er mit den Schultern. »Ich denke nicht, dass Kaiser ein spezielles Interesse an diesem Fall hat. Er will sich mit allen ungelösten Fällen beschäftigten.«

»Und die Ordner zum Fall Joost haben Sie ihm noch nicht gegeben?«

»Ich konnte mich noch nicht dazu durchringen.«

»Soll ich aufhören zu fragen?«

»Gute Idee!« Er griff zum Autoradio und drehte die Lautstärke wieder auf.

Kapitel 54

DIE ANDEREN

Hamburg,
Wohnung von Simone Distler,
Mittwoch, 15. Mai, 10:15 Uhr

Behutsam öffnete Simone Distler die Augen. Nach einigem Blinzeln erkannte sie die hellen Lärmschutzmatten, die an der Decke ihres Musikzimmers angebracht waren. Der Deckenstrahler war eingeschaltet und blendete sie. Sie lag auf dem Rücken. Ihre Beine waren erhöht gelagert. Ihr Kopf schmerzte, und kalter Schweiß stand ihr auf der Stirn.

Vorsichtig hob sie den Kopf und sah zwei Kissen, die unter ihren Unterschenkeln platziert waren. Als sie sich auf die Seite drehte und auf die Hände stützte, sah sie den umgestürzten Notenständer und die Notenblätter von »Der Schwanendreher«. Sie waren über den gesamten Fußboden verteilt.

Sie wollte gerade aufstehen, als die Wohnungstür ins Schloss fiel. Zuerst erstarrte sie, dann kamen die Erinnerungen an die vergangenen Minuten zurück: der Brief, der Entschluss zu fliehen, das Telefonat mit Akiyama Okamura, das Packen der Koffer, die *Schwanendreher*-Noten, und dann schließlich *er!*

Bevor sie nachdenken konnte, was sie jetzt tun sollte, betrat er das Musikzimmer. Er hatte ihren Bratschenkoffer dabei, stellte ihn neben der Tür ab und nickte ihr freundlich zu. »Geht's wieder?«

Sie starrte ihn an.

»Sie waren einige Zeit bewusstlos. Währenddessen habe ich Ihr Gepäck zurück in die Wohnung geholt.«

»Ich …«

»Einen Moment bitte«, sagte er und verließ den Raum. Einige Augenblicke später hörte sie seine Stimme aus dem Wohnzimmer: »Guten Tag, Frau Distler hat vorhin einen Wagen bei Ihnen bestellt … Schon auf dem Weg? … Ihre Pläne haben sich kurzfristig geändert … Ja, richtig, hat sich erledigt … Vielen Dank!«

Als er zurückkam, war sie noch immer unfähig zu reden.

»Wie geht's Ihrem Kopf?«, fragte er. »Er ist vorhin sehr hart auf den Fußboden aufgeschlagen.«

Instinktiv fuhr sie sich über den Hinterkopf. Dann blickte sie auf ihre Finger. Gott sei Dank kein Blut.

»Darf ich Ihnen aufhelfen?« Er reichte ihr die Hand und stützte sie, bis sie wieder stabil auf beiden Beinen stand. Anschließend führte er sie zu dem Stuhl, der vor dem umgekippten Notenständer stand.

Während Simone Distler sich setzte, realisierte sie, dass sie machtlos war. Ihr blieb nur eine einzige Chance. Ein einziger Hilfeschrei, in den sie ihre gesamte Kraft legen musste.

Sie öffnete den Mund und holte tief Luft.

»Einen Moment bitte«, sagte er und hob den Zeigefinger mahnend.

Sie hielt inne.

Er ging zur Tür und schloss sie. »Jetzt ist alles in Ordnung!«

»Hilfe!«, dröhnte ihre Stimme durch den Raum, doch sein Verhalten hatte sie derart irritiert, dass ihre Stimme keine Kraft entwickelte.

»Der Raum ist hervorragend gedämmt. Sie werden niemals die notwendige Lautstärke erreichen, um draußen gehört zu werden.« Er stellte den Notenständer wieder an seinen Platz und hob die Blätter auf. Er sortierte sie und legte sie sorgfältig auf die Ablage.

Tränen schossen ihr in die Augen. Sie legte die Hände in den Schoß und wippte mit dem Oberkörper vor und zurück. »Was wollen Sie?«, schluchzte sie.

Er ging zu dem Bratschenkoffer.

»Das war alles ein riesengroßer Fehler«, wimmerte sie.

Er öffnete die Verschlüsse. »Ja, das war es.«

Sie weinte. »Ich habe damals schon gesagt, dass wir das nicht machen können, aber niemand hat auf mich gehört.«

»Das weiß ich, allerdings haben Sie sich nicht die geringste Mühe gegeben, die Wahrheit ans Licht zu bringen. Wenn Sie doch bloß mehr Herz gezeigt hätten!«

»Aber ich hatte doch gar keine Chance!«

Er nahm die Bratsche vorsichtig heraus. »Sie sind keinen Deut besser als die anderen.«

»Sie müssen mir glauben, dass ich …«

»Sind Sie jetzt endlich fertig?«

Sie hob den Kopf und wischte sich die Tränen ab. Sie blickte ihn an und öffnete den Mund. Ihre Lippen zitterten. »Ich …«

Er reichte ihr die Bratsche. »Kennen Sie den Hintergrund, vor dem Paul Hindemith den *Schwanendreher* komponiert hat?«

Sie nickte.

»Dann spielen Sie!«

Simone Distler blickte auf die Notenblätter. Tränen nahmen ihr die Sicht. »Ich kann nicht.«

»Spielen Sie!«, wiederholte er. Dieses Mal schwang in seiner Stimme etwas Bedrohliches mit. Simone Distler ahnte, dass er keine weitere Verzögerung akzeptieren würde.

Sie setzte die Bratsche an und blinzelte, um eine klare Sicht auf die Noten zu haben.

»Spielen Sie!«, instruierte er sie noch einmal und verzog dabei das Gesicht. Es wirkte, als hätte er Schmerzen, die er kaum ertragen konnte.

Sie stimmte die ersten Töne an. Prompt verschwammen die Noten vor ihren Augen. Sie blinzelte, doch das machte es nicht besser. Also versuchte sie, das Stück auswendig zu spielen. Schon nach wenigen Augenblicken wusste sie nicht weiter und hörte auf.

»Noch einmal von vorne!«

Für einen winzigen Augenblick fühlte sie eine tiefe Hoffnungslosigkeit, doch sie war nicht bereit, sich ihrem Schicksal kampflos zu ergeben. Sie erinnerte sich an den Termin, den sie am Morgen mit ihrer Mentaltrainerin gehabt hatte. Seit der Zusammenarbeit mit dieser Trainerin war sie überzeugt davon, dass jeder Mensch den Zustand höchster Konzentration bewusst erreichen konnte. Ebenso war sie sich sicher, dass sie die *Schwanendreher*-Noten auswendig spielen konnte. Also schloss sie die Augen, atmete bewusst ein und aus und konzentrierte sich auf die bevorstehende Herausforderung. Als sie sich bereit fühlte, begann sie zu spielen.

Simone Distler hatte bereits einige Minuten gespielt, als er sie barsch unterbrach: »Stopp! Paul Hindemith hat dieses Stück 1935 komponiert, um seine Situation nach der Machtergreifung der Nationalsozialisten zu thematisieren. Er wurde von den Nazis als *Kulturbolschewist* und *atonaler Geräuschemacher* bezeichnet. Er durfte in Deutschland nicht mehr als Solist auftreten. Ist Ihnen das bewusst?«

Sie nickte eindringlich.

»Hindemith fühlte sich damals verhöhnt und hat mit dem *Schwanendreher* seinem Gefühl von Heimatlossein Ausdruck verliehen«, erklärte er. »Mir ist durchaus bewusst, dass das Stück technisch höchst anspruchsvoll ist, aber bei Ihnen fühle ich gar nichts. Waren Sie in Ihrem Leben schon einmal mit Trennung, Abschied und Schmerz konfrontiert?«

Simone Distler nickte. »Natürlich.«

»Warum geben Sie sich denn keine Mühe, diese Emotionen an Ihr Publikum weiterzugeben?«

Sie schloss die Augen und konzentrierte sich wiederum. *Heimatlosigkeit*, dachte sie bei sich. *Trennung, Abschied und Schmerz.* Sie hatte bereits eine Idee, wie sie das mit ihrer Bratsche ausdrücken wollte.

»Ich möchte nichts mehr hören«, sagte er und unterband damit ihre Absicht, noch einmal von vorne anzufangen.

Simone Distler ließ die Bratsche in ihren Schoß sinken und blickte ihn stumm an. Ihre Gesichtszüge verrieten ihre völlige Ratlosigkeit.

Er ging zu dem Paket, das er hinter dem Stuhl und dem Notenständer abgestellt hatte, und nahm ein Glasröhrchen heraus. Er ging zurück zu Simone Distler und legte es vor ihr auf dem Notenständer ab. »Die Tablette enthält Strychnin in einer Konzentration, die Sie nicht überleben werden. Ich möchte gar kein Geheimnis daraus machen, dass Ihr Tod außerordentlich qualvoll sein wird.«

Jegliche Farbe wich aus Simone Distlers Gesicht. »Tod?«, stammelte sie.

»Sie haben die Wahl. Entweder Sie entscheiden sich für die Tablette, oder ich werde Ihnen das Wertvollste nehmen, das Sie besitzen.«

Tod, hallte es wie ein dumpfes Echo in Simone Distlers Gedanken wider, während sie sich die entscheidende Frage stellte: *Was war das Wertvollste für sie?*

Zu ihren Eltern hatte sie kaum Verbindung, und es gab keine Geschwister. Auch der Rest der Familie war ihr egal. Sie hatte keinen Partner und keine Kinder. Es existierten keine

Haustiere, die ihr am Herzen lagen. Ebenso wenig kamen ihr Kollegen oder Freunde in den Sinn, die sie als *das Wertvollste* bezeichnen konnte. Schließlich sah sie ihn an: »Denken Sie an meine Bratsche?«

Er zuckte mit den Achseln. »Im weitesten Sinne.«

»Meinen Sie, dass ich nie wieder auf meiner Bratsche spielen kann?«

»Das kann ich auf jeden Fall bejahen.«

Simone Distler war derart erleichtert, dass sie einen Seufzer nicht vermeiden konnte. Sie stand auf, verstaute die Bratsche im Koffer und übergab sie an ihn. »Es fällt mir sehr schwer, mich von der Bratsche zu trennen. Sie begleitet mich seit meiner Jugend. Sie war ein Geschenk meiner Eltern, daher hat sie nicht nur einen enormen materiellen Wert. Sie hat für mich einen enormen emotionalen Wert.«

»Wenn Sie meinen …«, erwiderte er und nahm ihr das Instrument ab.

Simone Distler hätte ihre Worte zu gerne mit Tränen untermauert, um zu beweisen, wie sehr der Verlust der Bratsche sie schmerzte, doch es ging nicht. Die Erleichterung war einfach zu groß.

»Falls Sie Ihre Meinung noch einmal ändern möchten«, sagte er, »Martin Stelter und Jürgen Großmann haben sich für das Strychnin entschieden.«

Simone Distler erstarrte. »Tot?«, murmelte sie. »Beide tot?«

Kapitel 55

DIE ANDEREN

Hamburg,
Hanseatisches Philharmonie-Orchester,
19 Jahre zuvor

Simone Distler hatte eine Nacht wegen ihres Hörsturzes im Klinikum Bayreuth verbracht. Sie war dort mit einer Infusion zur Verbesserung der Durchblutung behandelt worden. Für die folgenden Tage hatte sie hochdosiertes Kortison erhalten. Der behandelnde Arzt hatte ihr in Aussicht gestellt, dass sie ihre volle Hörfähigkeit in vier Wochen wiedererlangen könnte. Das setzte nach Meinung des Arztes allerdings voraus, dass sie sich Ruhe gönnte. Der Mediziner hatte ihr erklärt, dass alle Formen von Stress nach einem Hörsturz unbedingt vermieden werden mussten – vor allem jegliche Formen von Lärm.

Nachdem Simone Distler aus dem Klinikum entlassen worden war, hatte sie unverzüglich bei der Festspielleitung vorgesprochen. Zu diesem Zeitpunkt war sie noch davon ausgegangen, weiterhin ein fester Bestandteil des Bayreuther Orchesters zu sein. Sie war bitter enttäuscht worden.

Im Rahmen des Gesprächs hatte der Festspielleiter ihr unmissverständlich erklärt, dass diese Saison ohne sie fortgeführt werden würde. Jeglicher Versuch von Simone Distler, diese Entscheidung zu diskutieren, hatte er abgelehnt. Seine Hinweise auf die medizinisch notwendige Ruhepause hatten Simone Distler zutiefst deprimiert.

Direkt danach war sie mit der Bahn nach Hause gefahren

und hatte den Geschäftsführer des Hanseatischen Philharmonie-Orchesters um ein Gespräch gebeten.

Jetzt nahm sie an einem langgestreckten Tisch Platz, der drei Dutzend weiteren Besprechungsteilnehmern Platz geboten hätte. Ihr gegenüber setzten sich drei Männer: links der Geschäftsführer des Orchesters, in der Mitte der Orchesterdisponent und rechts der Vorsitzende des künstlerischen Personalrats.

Lediglich der Disponent hatte ein Notizbuch vor sich liegen, ansonsten war der Tisch leer.

Simone Distler überlegte noch, mit welchen Worten sie das Gespräch beginnen sollte, doch der Geschäftsführer kam ihr zuvor.

»Ich habe in den letzten Tagen mehrmals mit den Kollegen in Bayreuth gesprochen«, sagte er. »Es tut mir sehr leid für uns *alle*.«

»Mir auch«, erwiderte Simone Distler einsilbig und verzog den Mund. Sie wusste, dass er mit dieser Aussage nicht nur sie als betroffene Künstlerin meinte, sondern auch die Festspiele in Bayreuth. Die *Tannhäuser*-Aufführung war nach ihrem Hörsturz unterbrochen worden, bis die Ersatz-Bratschistin einsatzbereit gewesen war.

Weiterhin meinte der Geschäftsführer damit auch das Hanseatische Philharmonie-Orchester, denn selbstverständlich hatte Simone Distler es in Bayreuth repräsentiert.

»Ich kann Sie beruhigen«, erwiderte der Geschäftsführer. »Sie haben einen sehr positiven Eindruck hinterlassen. Die Kollegen in Bayreuth werden Ihnen in der nächsten Festspielsaison eine zweite Chance geben.«

»Ich bin Ihnen sehr dankbar«, erwiderte Simone Distler und streckte ihren Kopf, um nach Luft zu schnappen.

»Waren Sie schon bei Ihrem Hausarzt, um sich krankschreiben zu lassen?«

»Nein, noch nicht. Ein Hörsturz wird nicht als Notfall behandelt, daher habe ich erst am Nachmittag einen Termin.«

»In Ordnung«, erwiderte der Geschäftsführer und schien damit zufrieden zu sein. Er wandte seinen Blick zu dem Disponenten. »Dann machen Sie jetzt bitte weiter.«

Der nickte und öffnete sein Notizbuch. »Ich gehe davon aus, dass Sie maximal vier Wochen krankgeschrieben werden. Dennoch werden wir Sie ein halbes Jahr lang nicht im Orchester einsetzen. Das dient vor allem Ihrem Schutz.«

Ihr Magen zog sich zusammen, während der Disponent in seinem Notizbuch einen Haken hinter dem ersten Satz machte.

»Die Bratschisten haben gestern Abend bereits eine Abstimmung durchgeführt und festgelegt, wer Ihre Position als Stimmführerin übernehmen wird.«

»Aber …?«

»Diese Änderung ist selbstverständlich nur vorübergehend. Sobald Sie wieder vollständig genesen sind, können wir die Entscheidung wieder rückgängig machen.«

»Wer übernimmt meine Position?«

Der Disponent ging nicht auf ihre Frage ein, sondern machte einen Haken hinter dem zweiten Satz. »Außerdem musste ich Sie leider von der Besetzungsliste für die Konzertreise nach Australien und Neuseeland streichen.«

Ein weiterer Schlag für Simone Distler, ein weiterer Haken in seinem Notizbuch. »Da Sie sich in der nächsten Zeit nicht um unsere Nachwuchsmusiker kümmern können, habe ich die Leitung der Orchesterakademie an jemand anders übertragen.«

Simone Distler nickte jetzt nur noch stumm und bemühte sich dabei um ein Lächeln. Es gelang ihr nicht.

»Für die Zeit nach Ihrer Krankschreibung haben wir eine

Möglichkeit gefunden, Sie weiterhin bei uns einzusetzen. Wir hätten Sie gerne als Schwangerschaftsvertretung für eine Dame aus dem Orchesterbüro. Es dreht sich dabei vor allem um die Beantwortung von E-Mails. Leider nur ein Halbtags-Job, aber wir passen die Stundenzahl zu Ihren Gunsten sehr gerne an. Ich denke, mit dieser Lösung können wir alle die nächsten sechs Monate sehr gut leben.«

»Ich weiß gar nicht, was ich jetzt sagen soll«, erwiderte Simone Distler aus tiefstem Herzen.

»Ich bin fertig«, sagte der Disponent und setzte einen letzten Haken. »Haben Sie noch Fragen?«

Sie lehnte sich zurück, verschränkte die Arme vor der Brust und blickte auf einen imaginären Punkt, der sich an der gegenüberliegenden Wand oberhalb der Köpfe ihrer Gesprächspartner befand. Sie versuchte, einen klaren Gedanken zu fassen, doch es setzte ein leises Pfeifen in ihrem linken Ohr ein. »Nein, keine Fragen.« Sie hatte das Bedürfnis, diesen Ort so schnell wie möglich zu verlassen.

Ohne weitere Zeit zu verlieren, standen der Geschäftsführer des Orchesters und der Disponent auf. Sie verabschiedeten sich und verließen den Raum.

Lediglich der Vorsitzende des künstlerischen Personalrats blieb. Er ging um den Tisch herum und legte eine Hand sanft auf ihre Schulter. »Ich konnte leider nicht mehr für dich tun.«

»Schon gut«, erwiderte Simone Distler und wandte sich von ihm ab, denn sie wollte einfach nur weg von hier.

»Wohnst du noch in Lüneburg, oder hast du in Hamburg schon eine Wohnung gefunden?«, fragte er.

»Ich habe eine Wohnung in Lüneburg, und so wie es aussieht, werde ich mir in absehbarer Zeit keine Wohnung in Hamburg leisten können.«

Der Personalratsvorsitzende drückte ihr eine Visitenkarte

in die Hand. »Falls du etwas Ablenkung brauchst, kannst du dich gerne an einen sehr guten Freund von mir wenden. Er arbeitet am Landgericht in Lüneburg. Dort werden händeringend Schöffen gesucht. Das lenkt dich bestimmt gut ab.«

Kapitel 56

DIE ANDEREN

Winsen (Luhe),
Wohnhaus von Ruth Großmann,
Mittwoch, 15. Mai, 10:30 Uhr

Hauptkommissar Rolf Degenhardt und Kommissarin Jana Liebisch waren an ihrer Zieladresse in Winsen angekommen. Sie hatten den Wagen in einer Seitenstraße abgestellt und standen vor der Tür eines gepflegten Einfamilienhauses. Jana Liebisch betätigte den Klingelknopf, der mit dem Aufdruck *Ruth & Jürgen Großmann* versehen war.

Rolf Degenhardt holte tief Luft. Sein Beruf hatte ihn bereits unzählige Male mit Situationen konfrontiert, in denen er Angehörigen und Freunden von verstorbenen oder getöteten Menschen gegenüberstand. Bis heute hatte er keinen Weg für sich gefunden, damit umzugehen. Je intensiver er sich bemühte, alle möglichen Reaktionen seines Gegenübers zu bedenken, desto mehr hatten diese ihn anschließend aus der Bahn geworfen.

Auf dem Weg hierher hatte Degenhardt versucht, sämtliche Gedanken an die nun folgenden Minuten aus seinem Kopf zu verbannen. Dennoch lagen sie schwer wie ein Stein in seinem Magen.

Nach kurzer Zeit öffnete ihnen eine junge Frau. Sofort stürmte ein Dalmatiner aus dem Haus, der sie stürmisch in Empfang nahm. »Barny!«, rief die junge Frau ihm zu. »Barny, hierher!«

Während Jana Liebisch den Hund ausgiebig begrüßte,

stellte Degenhardt sich und seine Kollegin vor. »Und Sie sind Jürgen Großmanns Tochter, nicht wahr?«

Die junge Frau unterdrückte die Tränen und nickte.

»Ich kannte Ihren Vater sehr gut«, sagte Degenhardt. »Er war einer meiner Vorgänger. Wir haben uns regelmäßig getroffen. Es tut mir sehr leid!«

»Danke«, erwiderte die junge Frau nun mit dünner Stimme. Es war offensichtlich, dass sie in den vergangenen Stunden viel geweint hatte.

Degenhardt zeigte auf den Hund. »Ich bin schon öfter auf einen Kaffee hier vorbeigekommen, aber ich kann mich nicht an einen Hund erinnern.«

»Mama unterstützt das Tierheim in Drage seit vielen Jahren. Sie geht regelmäßig mit den Hunden dort spazieren. Einer der Tierpfleger hat vorgeschlagen, dass Barny erst mal bei Mama wohnen könnte. Ich muss im Anschluss an Papas Beerdigung wieder zurück nach Frankfurt und hätte ein gutes Gefühl, wenn er dann bei Mama wäre.«

»Das verstehe ich gut!« Degenhardt räusperte sich. »Falls Sie sich für die Beerdigung eine offizielle Abordnung der Polizeiinspektion in Uniform wünschen, würde ich die Details gerne mit Ihnen besprechen. Vielleicht dürfen wir kurz reinkommen?«

Die junge Frau führte Rolf Degenhardt und Jana Liebisch ins Haus und brachte sie ins Wohnzimmer. Der Dalmatiner eilte voraus und legte sich direkt neben den Sessel, in dem Ruth Großmann saß. Sie betrachtete Fotografien.

Rolf Degenhardt erschrak, als er sie sah. Er hatte Ruth Großmann zwar ohnehin als zarte Person in Erinnerung, doch nun war sie nur noch ein Schatten ihrer selbst. Vorsichtig reichte er ihr die Hand. »Es tut mir sehr leid!«

Sie nickte bloß und deutete auf das Sofa gegenüber.

Ihre Tochter hatte sich neben den Sessel gestellt. »Möchtest du Kaffee und Kekse, Mama?«

Anhand von Ruth Großmanns Reaktion war nicht erkennbar, ob sie die Frage verstanden hatte.

»Ich bin gleich zurück«, sagte ihre Tochter und verließ den Raum.

Rolf Degenhardt überlegte, wann er Ruth Großmann mit seiner Frage nach der Beerdigung und der offiziellen Abordnung der Polizeiinspektion konfrontieren sollte. Zuerst einmal wollte er versuchen, das Thema überhaupt auf den Tod ihres Mannes zu lenken.

Während der Begrüßung war Rolf Degenhardt nicht nur die Verpackung mit starken Beruhigungsmitteln aufgefallen, sondern auch eines der Fotos auf Ruth Großmanns Schoß. Es zeigte sie und ihren Mann gemeinsam an einem Sandstrand. »Eine Aufnahme aus dem Urlaub?«, fragte er höflich, während er sich gemeinsam mit Jana Liebisch auf das Sofa setzte.

Ihre Antwort war kaum zu verstehen. »*Juist.* Eine wundervolle Insel.«

Degenhardt lächelte. »Ich bin mit meiner Frau und meinen Kindern einige Male dort gewesen. Wir sind dort sehr zur Ruhe gekommen. Keine Autos und ein herrlicher Sandstrand.«

»Es gibt da eine zauberhafte Buchhandlung«, kam es leise zurück.

»Natürlich! Dort hat meine Frau eingekauft, wenn ihre Urlaubslektüre zur Neige ging.«

Plötzlich nickte Jana Liebisch mit dem Kinn in Richtung des Schreibtisches und klopfte mit ihrem Knie mehrmals gegen Degenhardts Oberschenkel.

Er verstand nicht, was sie ihm damit sagen wollte. Er sah dort lediglich einen Karton stehen, der mit verschiedensten Dingen vollgepackt war.

Ruth Großmann stieß einen Seufzer aus. »Wir sind dort Fahrrad gefahren.«

»Das kann man auf Juist wirklich sehr gut«, antwortete Degenhardt, während Jana Liebisch noch einmal gegen seinen Oberschenkel klopfte.

Wieder blickte er sie an, und noch einmal deutete sie mit dem Kinn auf den Karton.

Ruth Großmanns Tochter kam mit einem Tablett herein und stellte vier Tassen mitsamt Untertellern auf dem Tisch ab. Es folgten eine Kaffeekanne, ein Milchkännchen und eine Schüssel mit Keksen. »Greifen Sie bitte zu.«

Während Degenhardt die Kaffeekanne nahm und die Tassen füllte, spürte er deutlich, wie angespannt Jana Liebisch war.

Sie suchte etwas in ihren Beintaschen.

»Einen schönen Hund haben Sie!«, sagte Degenhardt, während er die Kanne zurückstellte.

»Er ist nur zu Besuch hier«, antwortete Ruth Großmann.

Anstatt sich an der Unterhaltung zu beteiligen, hatte Jana Liebisch ihr Smartphone herausgeholt. Kurz darauf erkannte Degenhardt aus den Augenwinkeln, dass sie etwas zu suchen schien. Schließlich gab sie ihm das Smartphone.

Er blickte auf das Display und erkannte eine Aufnahme, die während der Tatortarbeit in dem Waldstück bei Sprötze entstanden war. Es handelte sich um die Tarotkarte, die er bereits kannte. Sie zeigte einen Mann, der mit den Füßen an einen Ast aufgeknüpft war, darunter stand in großen Lettern »EL COLGADO«.

Er sah seine Kollegin an.

Sie nickte wiederum in Richtung des Kartons.

Nun erkannte Degenhardt es auch. Er dachte einen kurzen Moment nach, dann fragte er Ruth Großmann: »Interessieren Sie sich für Tarot?«

Sie schüttelte den Kopf. »Nein.«

»In dem Karton, der dort auf dem Schreibtisch steht, sehe ich eine Tarotkarte.«

Sie blickte wieder auf das Foto in ihrem Schoß. »Tatsächlich?«

Ihre Tochter ging zu dem Karton und zog die Karte heraus. »Das sind alles Dinge, die wir aus dem Krankenhaus abgeholt haben.« Sie kehrte zum Tisch zurück und gab die Karte an Degenhardt weiter. »Ich wusste gar nicht, dass Papa sich mit so etwas Esoterischem beschäftigt hat.«

Er sah die Karte an und erkannte auch hier einen Mann, der mit den Füßen an einem Ast aufgeknüpft war. Diese Karte trug allerdings nicht den Aufdruck »EL COLGADO«, sondern »LE PENDU«.

Kapitel 57

DIE ANDEREN

Lüneburg,
Landgericht,
19 Jahre zuvor

Zwei Wochen zuvor war die Große Strafkammer als Schwurgericht zusammengetreten. Sie bestand aus drei Berufsrichtern und zwei Schöffen und diente dazu, eine Entscheidung im Verfahren gegen Clemens Gerber zu treffen.

Die Staatsanwaltschaft hatte ihn wegen Mordes angeklagt und legte ihm zur Last, dass er sein Opfer zur Befriedigung des Geschlechtstriebes getötet hatte.

Simone Distler war für dieses Verfahren als Schöffin ausgelost worden, und der Verhandlungstag heute hatte ihr viel Energie abverlangt. Sie bereute es, sich als Schöffin beworben zu haben, aber sie war nicht der Typ, der eine zugesagte Sache einfach abbrach. Kriminalhauptkommissar Jürgen Großmann von der Polizeiinspektion Nordheide hatte über die Tatortarbeit berichtet, was alle Beteiligten zutiefst erschüttert hatte.

Der Vorsitzende des Schwurgerichts hatte den Saal mehrmals räumen lassen müssen, da es aus den Zuschauerrängen immer wieder zu wütenden Tiraden gegenüber dem Angeklagten gekommen war.

Während Simone Distler nun gemeinsam mit dem weiteren Schöffen Martin Stelter stumm durch die Flure des Landgerichts lief und den Schildern in Richtung *Ausgang* folgte, stellte sie sich selbst die Frage, wie sie die Bilder, mit denen sie heute konfrontiert worden war, jemals wieder loswerden sollte.

Kurz bevor sie das Gebäude verließen, kamen sie an einer Holzbank vorbei, auf der Jürgen Großmann saß. Unwillkürlich dachte Simone Distler an die Dinge, die er heute im Gerichtssaal präsentiert hatte.

Der Fundort der Leiche am Ufer der Luhe; akribisch dokumentiert durch zahlreiche Lichtbilder.

Der Trampelpfad inmitten des dichtbewachsenen Schilfgürtels; akribisch dokumentiert durch zahlreiche Lichtbilder.

Der Lageort der Leiche; akribisch dokumentiert durch zahlreiche Lichtbilder.

Die Leiche des Mädchens; akribisch dokumentiert durch zahlreiche Lichtbilder.

Plötzlich riss ein metallisches Stakkato Simone Distler aus ihren Gedanken.

Klack – klack – klack – klack – klack.

Eine Gänsehaut lief über ihre Arme, denn dieses Geräusch hatte sie während der Verhandlung schon einige Male gehört. Sie verband es mit den lähmenden Pausen, in denen Großmann sich Bedenkzeit genommen hatte. Dabei hatte er den Drehring seiner Armbanduhr unablässig bewegt.

Als Simone Distler und Martin Stelter an Großmann vorbeigingen, blickte er kurz auf und grüßte sie mit einem knappen Nicken.

Als sie endlich auf den Bürgersteig vor dem Landgericht traten, atmeten beide auf.

»Rauchst du?«, fragte Stelter und zog eine Zigarettenschachtel samt Feuerzeug aus seiner Jacke.

Simone Distler schüttelte den Kopf. »Nein danke.«

Er lächelte schief. »Ich habe letzte Woche wieder angefangen.«

Den heutigen Prozesstag verband Simone Distler mit einer drängenden Frage, doch sie wusste nicht, ob sie die Frage aussprechen sollte. Also stellte sie zunächst eine andere Frage. »Was machst du eigentlich beruflich?«

»Ich bin Geologe und habe bis vor Kurzem auf einer Bohr- und Förderinsel in der Nordsee gearbeitet. Ich hoffe, dass ich bald hier in Lüneburg für das Ingenieurbüro *Schmitz & Märker* arbeiten darf.«

»Oh, spannend!«

»Die Geschäftsleitung sucht einen Geologen für die geotechnische Begleitung von Baugrunderkundungen und Bauprojekten. Nicht nur Hoch- und Tiefbau, sondern auch Verkehrswegebau.«

Simone Distler hob den Kopf. »Klasse!«

»Und du?«, fragte Stelter. »Was arbeitest du?«

»Ich bin Bratschistin beim *Hanseatischen Philharmonie-Orchester* in Hamburg. Derzeit darf ich leider nicht spielen, weil ich bei den Bayreuther Festspielen einen Hörsturz hatte. Ende des Monats darf ich endlich wieder an den Proben teilnehmen. Du kannst dir kaum vorstellen, wie sehr ich mich darauf freue.«

Er seufzte. »Wenn ich gewusst hätte, was es bedeutet, Schöffe zu sein, hätte ich mich nicht freiwillig dazu bereit erklärt.«

»Ich auch nicht«, erwiderte Simone Distler. »Ich habe nach einer spannenden Aufgabe gesucht, um meine berufliche Zwangspause zu überbrücken. Ich habe nicht geahnt, worauf ich mich als Schöffin einlasse. Ich werde niemals vergessen, wie Clemens Gerber sich erbrechen musste, als der Hauptkommissar uns die Fotos von der Leiche gezeigt hat.«

Stelter nickte zustimmend. »Vielleicht ist ihm erst in dem Moment bewusst geworden, was er angerichtet hat.«

»Mhm.«

Kapitel 58

DER GEHÄNGTE

Hamburg,
Wohnung von Simone Distler,
Mittwoch, 15. Mai, 10:30 Uhr

Er verließ die Wohnung und schloss die Tür hinter sich. In der linken Hand hielt er das Paket, in der rechten Hand den Koffer mit der Bratsche.

Damit ist der dritte Akt so gut wie beendet, dachte er bei sich, während er die Treppenstufen hinabstieg. Mit absoluter Sicherheit würde Simone Distler in den nächsten Minuten selbst dafür sorgen, dass der für sie vorgesehene Ausgang des dritten Aktes eintrat.

Als er das Erdgeschoss erreichte, blieb er stehen und holte eine Tarotkarte aus dem Paket. Das Motiv zeigte einen Mann, der kopfüber an einem Ast hing. Darunter stand in Großbuchstaben: THE HANGED MAN.

Er warf die Karte in Simone Distlers Briefkasten ein und verließ das Gebäude. Dann ging er in die Richtung des Buchladens, wo er seinen Wagen abgestellt hatte.

Wie kann man nur so naiv sein, dachte er bei sich. *Sie hätte sich für das Strychnin entscheiden sollen.*

Kapitel 59

DIE ANDEREN

Winsen (Luhe),
Wohnhaus von Ruth Großmann,
Mittwoch, 15. Mai, 10:45 Uhr

Rolf Degenhardt verglich die Tarotkarte, die Jana Liebisch in dem Karton entdeckt hatte, mit der Tarotkarte, die sich auf ihrem Smartphone befand. Währenddessen ruhten sämtliche Blicke auf ihm. Degenhardt versuchte, sich in Gedanken eine drängende Frage zu beantworten.

Konnte es sich um einen Zufall handeln, dass in weniger als vierundzwanzig Stunden zwei Menschen starben, bei denen Tarotkarten mit vergleichbaren Motiven gefunden wurden?

Ruth Großmanns Tochter war die Erste, die das Schweigen brach. »Ich kann nicht erkennen, was dort auf dem Telefon Ihrer Kollegin ist. Darf ich davon ausgehen, dass es mit der Karte zu tun hat, die ich Ihnen gerade gegeben habe?«

Degenhardt antwortete nicht sofort, sondern dachte weiterhin nach. Schließlich wandte er sich an Jürgen Großmanns Witwe. »Die Karte wirft Fragen auf, die ich noch nicht beantworten kann. Das bedeutet, dass wir leider Ermittlungen aufnehmen müssen.«

»Ich kann mir denken, was das bedeutet«, murmelte sie.

»Meiner Meinung nach ist es zwingend erforderlich, Ihren Mann obduzieren zu lassen.«

Sie nickte bloß.

»Vielen Dank für Ihr Verständnis«, erwiderte Degenhardt.

Seine Erleichterung war deutlich zu spüren. »Ich werde mich um alles Weitere kümmern.«

»Ich verstehe überhaupt gar nichts!«, fuhr Ruth Großmanns Tochter ärgerlich dazwischen. »Am Montag um dreizehn Uhr ist der Termin für die Beerdigung! Es ist alles abgesprochen!«

Ruth Großmann nahm die Hand Ihrer Tochter. »Das müssen wir erst einmal verschieben, Liebes.«

»Sind Sie einverstanden, dass wir die Tarotkarte mitnehmen?«, fragte Degenhardt.

»Ja«, stimmte Ruth Großmann zu. »Den Karton bitte auch, vielleicht finden Sie dort noch etwas, das Ihnen weiterhilft.«

Degenhardt bedankte sich und nahm den Karton. »Ich würde Ihnen gerne noch eine abschließende Frage stellen. Sagt Ihnen der Name *Martin Stelter* etwas?«

»Nein, ich kenne niemanden, der so heißt«, erwiderte Ruth Großmann und wandte sich an Ihre Tochter: »Kennst du ihn vielleicht?«

Sie schüttelte den Kopf. »Nein, nie gehört.«

Degenhardt und Jana Liebisch bedankten sich, leerten ihre Kaffeetassen in großen Schlucken und verabschiedeten sich rasch. Sobald sie außer Sichtweite des Wohnhauses von Familie Großmann waren, rief Degenhardt die Einsatzleitstelle der Polizeiinspektion an und erteilte Anweisungen.

1. Die Entsendung einer Polizeistreife zum Luhe-Klinikum in Winsen. Sie sollte das Krankenzimmer, in dem Großmann ums Leben gekommen war, absichern, bis mit der Spurensicherung begonnen werden konnte.

2. Die Verlegung der Kollegen von der Tatortgruppe zum Luhe-Klinikum, sobald die Tatortarbeit in dem Waldstück bei Sprötze beendet war.

3. Die notwendigen Absprachen mit dem Bestattungsun-

ternehmen, um den Transport von Großmanns Leichnam in die Rechtsmedizin des Universitätsklinikums Hamburg-Eppendorf zu veranlassen.

Kurz darauf saßen beide wieder in ihrem Dienstwagen und waren auf dem Rückweg nach Buchholz.

»Sollte sich herausstellen, dass Großmann eines unnatürlichen Todes gestorben ist, müssen wir seine Frau und seine Tochter als Zeuginnen vernehmen«, sagte Degenhardt. »Vielleicht ist ihnen vor seinem Tod etwas Ungewöhnliches aufgefallen. Vor der Befragung graut mir jetzt schon.«

»Sie haben also keine Zweifel, dass es dazu kommen wird?«

»Nein«, erwiderte Degenhardt. »Sie?«

Kapitel 60

DIE ANDEREN

Hamburg,
Wohnung von Simone Distler,
Mittwoch, 15. Mai, 10:45 Uhr

Seitdem Simone Distler wieder allein war, lief sie ziellos durch ihre Wohnung. Zunächst trug sie den Koffer in das Schlafzimmer und begann, ihn auszupacken. Er war noch halbvoll, als sie abbrach und in die Küche ging.

Dort schaltete sie den Wasserkocher ein, um sich einen Tee zu machen. Das Gerät hatte die programmierte Temperatur noch längst nicht erreicht, als sie sich abwandte und in das Musikzimmer ging.

Dort hob sie die Kissen auf und brachte sie ins Wohnzimmer. Sie drapierte sie auf dem Sofa und setzte sich. Prompt sprang sie wieder auf und ging in die Küche.

Dort nahm sie eine Tasse, füllte sie mit heißem Wasser und hängte einen Teebeutel hinein. Sie trug die Tasse in das Wohnzimmer. Sie stellte sie neben dem Sofa ab und ging weiter ins Schlafzimmer.

Dort nahm sie den Teddybären aus dem Koffer und ging wieder zurück ins Wohnzimmer.

Dort nahm sie sich einen Zettel und einen Bleistift und machte Notizen.

Akiyama Okamura anrufen!
Ab morgen wieder Proben?
Neue Bratsche! Woher?

Martin Stelter und Jürgen Großmann wirklich tot???

Sie nahm einen Schluck Tee, stellte die Tasse wieder ab und ging auf die Toilette. Als sie fertig war, drückte sie die zähe Flüssigkeit aus dem Seifenspender heraus. Sie rieb eine großzügige Menge sorgfältig in ihre Handflächen und zwischen ihren Fingern ein.

Da war ein Kribbeln.

Sie stutzte und starrte auf ihre Hände.

Wirklich ein Kribbeln?

Der Inhalt des Seifenspenders bestand aus fünfzigprozentiger Natronlauge. In diesem Moment setzte die zerstörerische Wirkung ein. Die oberste Hautschicht verflüssigte sich, so dass die Lauge noch tiefer in das Gewebe eindrang.

Sie konnte ihren Blick nicht von ihren Händen nehmen. Die ersten Schmerzen setzten ein.

Voller Panik drehte sie den Wasserhahn und spülte ihre Hände. Rasch wurden die Schmerzen unerträglich.

Als sie ihre Hände genauer betrachtete, gellte ein markerschütternder Schrei durch ihre Wohnung.

Kapitel 61

DER GEHÄNGTE

Garstedt,
Ortsausgang Richtung Vierhöfen
Mittwoch, 15. Mai, 15:00 Uhr

Er liebte jede Art von Sport, und ganz besonders begeisterte ihn das Laufen. Sobald er Joggingschuhe trug und Asphalt unter den Sohlen spürte, fühlte er sich frei.

Der Kopf war leer, und jeglicher Ballast fiel von ihm ab – ein ganz und gar fantastischer Zustand!

Die Strecke, die er für heute Nachmittag geplant hatte, war dabei alles andere als zufällig. Die ersten drei Akte hatte er erfolgreich auf die Bühne gebracht, und den nun bevorstehenden Lauf verstand er als Teil seines eigenen Abschieds.

Der Weg hatte ihn nach Garstedt geführt, und er hatte den BMW am Ortsausgang Richtung Vierhöfen auf einem breiten Grasstreifen abgestellt.

Nun verließ er den Wagen, zog die Trainingshose sowie die -jacke aus und legte beides auf den Rücksitz. Aufgrund der milden Temperaturen reichten die kurze Laufhose und das T Shirt allemal. Er nahm seine Wasserflasche aus der Sporttasche und trank einen Schluck. Dann endlich lief er los.

Der Weg führte ihn zunächst über eine geteerte Straße. Sie war so schmal, dass Autos den unbefestigten Seitenstreifen nutzen mussten, um aneinander vorbeizufahren. Von Zeit zu Zeit kamen ihm Traktoren mit überdimensionalen Güllewagen und Mähwerken entgegen. Jedes Mal unterbrach er seinen Lauf und wartete am Straßenrand ab, bis sie ihn passiert hatten.

Kurz vor Vierhöfen zeichneten sich ein Wohnhaus und zwei Werkhallen am Waldrand ab. Sie signalisierten ihm, dass er sein Ziel fast erreicht hatte. Kurz darauf verließ er die geteerte Straße und bog ab in eine ehemalige Allee. Die ersten einhundert Meter waren freigeschnitten und problemlos nutzbar, da ein Landwirt den Weg als Zufahrt für einen Acker nutzte. Im weiteren Verlauf war der Weg durch zahllose Sträucher fast vollständig zugewuchert, so dass er selbst zu Fuß Schwierigkeiten hatte, voranzukommen. Nach etwa fünfzig Metern erreichte er ein Schild, das jemand in der Mitte des Weges in den Boden gerammt hatte.

Betreten verboten. Einsturzgefahr.

Er umrundete es und ging weiter, dann erreichte er endlich das Wohnhaus mit seinen roten Ziegelsteinen, in dem er groß geworden war. Die Türen und die Fenster im Erdgeschoss waren mit Brettern vernagelt, im Obergeschoss fehlte ein Großteil der Scheiben in den vergilbten Holzrahmen.

Links und rechts des Hauses standen die Werkhallen, die ebenfalls mit roten Ziegelsteinen erbaut waren. Ihre Höhe entsprach zwar nicht der des Wohnhauses, dafür verfügten sie über riesige Fensterfronten, die sich über die gesamte Länge der Gebäude erstreckten. Auch hier war das Glas beinahe vollständig zerstört.

Er starrte minutenlang auf die Gebäude, und mit jedem Augenblick drehte sich das Rad der Zeit ein Stück weiter zurück. Ein Lächeln legte sich auf sein Gesicht.

Ohne einen weiteren Blick auf das Elternhaus zu werfen, wandte er sich nach links und ließ die Gebäude hinter sich.

Wenig später gelangte er zu einem Feld, auf dem der Raps in voller Blüte stand. Er folgte dem Feldrand und kam schließlich zu einer alten Eiche, die ihm über viele Jahre als Rückzugsort gedient hatte. Er ging um den mächtigen Stamm des Baumes herum und entdeckte schmale Bretter, die er dort als Kind angenagelt hatte. Früher hatten sie so weit in die Höhe geführt, dass die dichte Krone der Eiche ihm ein zuverlässiges Versteck geboten hatte. Heute waren nur noch morsche Reste übrig.

Er lehnte sich mit dem Rücken gegen den Baum und berührte die Rinde mit seinen Händen. Dabei ließ er seinen Blick über das Rapsfeld schweifen. Direkt vor ihm tanzte ein Zitronenfalter auf und ab. Seine Hand folgte dem zarten Insekt, doch es war zu weit entfernt.

Er ging in die Hocke und strich über das Gras. Er riss einen Halm ab, spannte ihn zwischen den Daumen und blies mit aller Kraft durch die kleine Lücke. Ein Pfeifton dröhnte in seinen Ohren. Er verhallte erst, als seine Lungen leer waren. Er zerrieb den Grashalm zwischen seinen Fingerspitzen und konzentrierte sich auf den Geruch. »Ich hatte längst vergessen, wie gut der Frühling riecht.«

Er dachte an seine Eltern, und er dachte an all das, was ihn bis zum heutigen Tag regelmäßig aus dem Schlaf riss.

Schließlich stieß er einen tiefen Seufzer aus.

SCHULD! SEID! IHR!

Kapitel 62

DIE ANDEREN

Buchholz in der Nordheide,
Polizeiinspektion Nordheide,
Mittwoch, 15. Mai, 17:00 Uhr

Die Mitglieder der fünfzehnköpfigen Mordkommission »Stelter« waren pünktlich im Besprechungs- und Konferenzbereich des Ersten Fachkommissariats zusammengekommen. Zusätzlich war der Leiter der Tatortgruppe anwesend, um über die Ergebnisse der Spurensicherung in dem Waldstück bei Sprötze sowie im Luhe-Klinikum zu berichten.

Jana Liebisch hatte das Whiteboard und den dazugehörigen Laptop vor Beginn der Besprechung eingeschaltet, und es waren zwei Tarotkarten zu sehen. Beide zeigten einen Mann, der kopfüber an einem Ast hing. Die linke Karte war mit dem Aufdruck »EL COLGADO« versehen, die rechte Karte trug den Aufdruck »LE PENDU«.

Dirk Kaiser hatte den Kopf des Tisches wie bereits am Morgen für sich in Anspruch genommen.

Rolf Degenhardt, der in den vergangenen Jahren stets an diesem Platz gesessen hatte, hatte sich erneut einen leeren Stuhl im Kreis der übrigen Kollegen gesucht.

»Bevor wir zu weiteren Einzelheiten kommen, werde ich Sie über die aktuelle Lageentwicklung informieren«, erklärte Degenhardt, nachdem er die Dienstbesprechung eröffnet hatte. »Heute Vormittag haben Frau Liebisch und ich die Angehörigen von Jürgen Großmann besucht, um unser Beileid zu bekunden. Wir wollten die Details zu seiner Beerdigung absprechen. Wir sind dort völlig überraschend mit der gleichen Tarotkarte konfrontiert worden, die wir bereits am Fundort von Martin Stelters Leiche sichergestellt haben.« Degenhardt hielt inne und zeigte auf das Whiteboard. »Links sehen Sie Stelters Karte, rechts die Karte von Großmann. Ich gehe davon aus, dass es sich nicht um einen Zufall handelt.«

Die anderen Kollegen nickten einträchtig. »Das sehe ich genauso«, ergänzte einer von ihnen, während ein anderer sagte: »Das war mein erster Gedanke, als ich heute Mittag davon gehört habe!«

Heute Mittag?, dachte Kaiser erstaunt, denn er selbst erfuhr erst jetzt davon. Der Kriminalrat blickte von einem Kollegen zum anderen, doch außer ihm schien diese Information niemanden zu überraschen. Schließlich streifte sein Blick Degenhardt. *Das werden wir später klären!*, dachte er. *Darauf kannst du dich verlassen!*

»Gemäß dem Totenschein hat das Luhe-Klinikum attestiert, dass Großmann an einem Herzinfarkt gestorben ist«, sagte Degenhardt weiter. »Ich habe seinen Leichnam nach Hamburg in die Rechtsmedizin bringen lassen. Doktor Ahrens hat mir versprochen, dass die Obduktion noch heute Abend stattfinden wird.«

Kaiser konnte sich kaum des Widerwillens erwehren, den er gegenüber Degenhardt empfand. Allerdings hatte er als wesentliche Erkenntnis der ersten Dienstbesprechung vom Morgen mitgenommen, dass er einen offenen Konflikt mit Degenhardt nicht gewinnen konnte. Er würde sich damit nur selbst schaden. Also konzentrierte er sich wieder darauf, die Lösung des Falls voranzutreiben. Er wandte sich an Degenhardt: »Konnten Sie bereits eine Verbindung zwischen Stelter und Großmann herstellen?«

»Frau Liebisch hat den Auftrag, eine Antwort auf diese Frage zu finden«, erwiderte Degenhardt und forderte die Kommissarin mit einer Handbewegung auf, zu berichten.

»Bisher gibt es keinerlei Hinweise auf eine Verbindung zwischen den beiden Toten«, erklärte sie. »Die Familie von Großmann haben wir bereits heute Morgen nach Stelter befragt. Ohne Ergebnis. Später habe ich mit Stelters Tochter telefoniert. Sie konnte mit dem Namen *Großmann* überhaupt nichts anfangen. Stelter ist im Laufe seines Lebens nur ein einziges Mal mit polizeilichen Ermittlungen konfrontiert gewesen, und zwar in Zusammenhang mit der Gasexplosion in seinem Wohnhaus. Damals war Großmann allerdings schon längst aus dem Polizeidienst ausgeschieden.«

Da es keine weiteren Rückfragen gab, wandte Degenhardt sich an den Leiter der Tatortgruppe. »Wenn ich richtig informiert bin, haben Ihre Beamten die Spurensicherung in dem Waldstück beendet und setzen die Arbeit nun im Luhe-Klinikum fort?«

»Richtig. Ich kann in Bezug auf die in dem Waldstück gesicherten Spuren leider nichts Nennenswertes berichten. Wir müssen die Auswertung erst einmal abwarten. Allerdings habe ich erste Erkenntnisse aus dem Luhe-Klinikum mitgebracht.«

Der Leiter der Tatortgruppe stand auf, ging nach vorne zum Laptop und rief einen Ordner auf, den er auf einem USB-Stick gespeichert hatte. Kurz darauf erschienen auf dem Whiteboard mehrere Fotos, die einen Feuermelder sowie eine Funk-Kamera zeigten. »Uns ist zunächst aufgefallen, dass sich in Jürgen Großmanns Krankenzimmer zwei Rauchmelder befinden. Bei einem dieser Geräte handelt es sich um eine Funk-Kamera, wie Sie auf den Bildern unschwer erkennen können. Das Objektiv ist so ausgerichtet, dass man das Krankenbett einsehen kann. Die eingeschränkte Reichweite der verwendeten Funktechnik spricht dafür, dass jemand das Geschehen von der Herrentoilette aus beobachtet haben könnte. Sie ist nur zwei Räume entfernt. Zudem konnten wir das Bett und sämtliche Geräte, die in Zusammenhang mit der Behandlung von Großmann eingesetzt worden sind, zuordnen. Zu unserem Pech mussten wir allerdings feststellen, dass das Reinigungsunternehmen ganz hervorragende Arbeit geleistet hat. Wir konnten bisher keine relevanten Spuren sichern.«

»Mhm«, murmelte Kaiser, für den diese Information ebenfalls neu war. »Haben Sie auch gute Nachrichten mitgebracht?«

Der Leiter der Tatortgruppe zuckte mit den Achseln. »Die Eingangsbereiche des Luhe-Klinikums sind videoüberwacht. Die Auswertung der Aufnahmen hat bereits begonnen, vielleicht kommen wir damit weiter. Mehr habe ich derzeit nicht zu berichten.«

»Vielen Dank«, erwiderte Degenhardt und übernahm damit wieder das Wort. Er wandte sich an die Kommissarin Anette Sjut. »Wie ist der Stand zu den Jugendlichen, mit denen Martin Stelter Sonntagabend in der Buchholzer Innenstadt aneinandergeraten sein soll?«

»Der Sachverhalt ist geklärt«, erwiderte sie. »Alle Beteiligten haben übereinstimmend ausgesagt, dass gegen einundzwanzig Uhr vierzig ein Mann in das *Nachtcafé* gekommen ist. Er hat sie darauf hingewiesen, dass Stelter einem der Jugendlichen das Fahrrad gestohlen hätte. Daraufhin haben die Jugendlichen sich das Fahrrad auf eine sehr rabiate Art und Weise zurückgeholt. Ein Teil der Verletzungen ist in diesem Zusammenhang entstanden. Das deckt sich mit dem Obduktionsbericht. Die Verletzungen stehen in keinem Zusammenhang mit Stelters Tod.«

Kaiser runzelte die Stirn. »Hat dieser Mann einen Namen?«

»Nein, die Jugendlichen kennen ihn nur flüchtig. Auf Anweisung von Hauptkommissar Degenhardt werden wir mithilfe der Jugendlichen ein Phantombild anfertigen.«

Anweisung von Hauptkommissar Degenhardt, hallte es in Kaisers Kopf, während er Anette Sjut freundlich zunickte. »Ich schlage vor, dass wir dieses Phantombild mit den Aufnahmen der Überwachungskamera des Luhe-Klinikums abgleichen. Selbst, wenn die Chancen gering sind, gibt es vielleicht eine Übereinstimmung.«

»Das hat Herr Degenhardt bereits veranlasst«, erwiderte Anette Sjut.

Hat Herr Degenhardt bereits veranlasst, tönte es in Kaisers Ohren, als er sich an den Leiter der Tatortarbeit wandte. »Wir sollten Ihren Kollegen im Luhe-Klinikum das Phantombild zur Verfügung stellen. Vielleicht kann es dort irgendjemand einer konkreten Person zuordnen.«

Der angesprochene Beamte nickte. »Das habe ich mit Hauptkommissar Degenhardt bereits besprochen, als wir die Arbeit in dem Waldstück beendet haben und in das Luhe-Klinikum gewechselt sind.«

Mit Hauptkommissar Degenhardt besprochen, gellte es in Kaisers Hirn, der Degenhardt nun selbst ansprach: »Wenn ich richtig informiert bin, war Großmann einer Ihrer Vorgänger als Leiter des Ersten Fachkommissariats?«

Degenhardt nickte. »Korrekt.«

»Ich schlage vor, dass jemand das Archiv mit den Fällen aus der damaligen Zeit durchsieht. Vielleicht finden wir dort eine Verbindung zwischen Großmann und Stelter.«

»Das läuft bereits«, erwiderte Degenhardt. »Ich habe die Kollegen des Dritten Fachkommissariats um Hilfe gebeten. Sie haben eine Kollegin für uns abgestellt.«

Während Kaiser sich auf die Unterlippe biss, löste Degenhardt das Zusammentreffen auf: »Die nächste Dienstbesprechung findet morgen früh um sieben Uhr statt. Sollten Sie vorher Bedarf haben, mit mir Verbindung aufzunehmen, bin ich wie üblich über meine Mobilnummer erreichbar.«

Kapitel 63

DER GEHÄNGTE

Winsen (Luhe),
Wohnsiedlung des Gehängten,
Mittwoch, 15. Mai, 17:00 Uhr

Nachdenklich kehrte er vom Laufen zurück und stellte den angemieteten BMW in der Nähe der Wohnsiedlung ab.

Hinter ihm lag nicht nur ein körperlich anstrengender Lauf – das spielte keine große Rolle, denn er tankte damit Kraft –, sondern vor allem ein schmerzhafter Ausflug in die Vergangenheit. Er hatte sich davon erhofft, Frieden mit den damaligen Ereignissen zu finden, doch dieser Effekt war nicht eingetreten.

Er blickte hinüber zu seinem Opel Astra. Beide Rückspiegel fehlten. Er ärgerte sich maßlos über diesen sinnlosen Vandalismus, doch er hatte sich entschieden, nichts dagegen zu unternehmen. Er wollte sich voll und ganz auf die nächsten Akte konzentrieren, und er wollte jegliches Risiko, mit der Polizei in Kontakt zu kommen, vermeiden.

Er verstaute die halbvolle Trinkflasche und nahm die Sporttasche von der Rücksitzbank. Dann schloss er den BMW ab und ging in Richtung Wohnsiedlung. Nachdem er einige Meter zurückgelegt hatte, wunderte er sich über ein Klatschen, das mit jedem Schritt lauter wurde. Er reckte den Hals und erkannte vor sich auf dem Bürgersteig einen Jungen, der einen Schulranzen auf dem Rücken trug. Der Junge hatte anscheinend denselben Weg, jedoch war er selbst deutlich schneller. Er schloss rasch zu ihm auf. Je näher er kam, desto lauter wurde das Klatschen. Es klang nicht wie Applaus, sondern wie ein Staccato, das einen Sportler anfeuerte oder einen Musiker aufforderte, eine Zugabe zu spielen.

Als er den Ursprung des Klatschens erkannte, trennten ihn nur noch wenige Meter von dem Jungen: Vor ihnen auf dem Spielplatz saß ein halbes Dutzend Halbstarke, die gewöhnlich erst kurz nach Eintritt der Dunkelheit hierherkamen und Passanten belästigten. Sie hatten sich auf zwei Holzbänke verteilt und saßen auf den Rückenlehnen. Sie hatten ihre Blicke auf den Jungen geheftet und klatschten in die Hände. Sie waren zwar nicht übermäßig laut, aber ihre Botschaft war unmissverständlich.

Dreckspack, dachte *der Gehängte* bei sich, denn er hatte keinerlei Zweifel, dass die Halbstarken dem Jungen nichts Gutes wollten. Er ließ seinen Blick schweifen, während er dem Klatschen näher kam. Er suchte die Balkone der Wohnblocks nach Menschen ab, die sich das Spektakel möglicherweise ansahen, doch es war niemand zu sehen. Ihm würde im Notfall also keiner zu Hilfe kommen. *Ebenfalls Dreckspack!*

Der Spielplatz befand sich in der Mitte der Wohnsiedlung. Es war völlig egal, in welchem Block der Junge lebte. Er hatte keine Alternative, um dorthin zu gelangen.

Rund zwanzig Meter vor dem Spielplatz holte er den Jungen ein. »Hallo«, sagte er und schaute zu ihm hinunter. »Wohnst du auch hier?«

Der blieb stehen und sah zunächst überrascht zu ihm hinauf. Er zögerte und schien abzuwägen, ob der ihm unbekannte Mann vertrauenswürdig war. Schließlich zeigte er wortlos auf einen der Blocks.

»Wenn du möchtest, bringe ich dich zur Tür«, sagte er.

Wieder schien der Junge einen inneren Kampf mit sich auszumachen, doch letztlich nahm er das Angebot an.

Das Klatschen der Jugendlichen war inzwischen verstummt. Wortlos beäugten sie jeden einzelnen Schritt, den beide taten.

Als sie die Eingangstür erreicht hatten, beugte er sich zu dem Kleinen hinunter. »Haben die Typen auf dem Spielplatz dich vorgestern Abend geschubst und dir den Rucksack weggenommen?«

Die Antwort war ein stummes Nicken.

»Ich habe den Rucksack gefunden und bei mir aufbewahrt. Ich bringe ihn dir später vorbei, okay?«

Wieder eine stille Zustimmung.

»Wo genau wohnst du?«

Der Junge verzog das Gesicht.

»Du darfst nicht mit Fremden sprechen, richtig?«

Noch ein Nicken.

»Dann lege ich dir den Rucksack heute Abend in den Flur. Du kannst ihn dir dann dort abholen, einverstanden?«

Der Junge begann in seiner Hosentasche zu wühlen. Es dauerte etwas, dann zog er eine Plastikfigur heraus. Er streckte sie ihm mit einem schüchternen Lächeln entgegen. Es handelte sich um einen Polizisten.

Das geht nicht, dachte er und wollte den Dank des Jungen ablehnen. Doch dann besann er sich anders und nahm die Figur an. Er würde das Spielzeug später in den Rucksack des Jungen legen. Beides würde er dann gemeinsam hier im Flur deponieren.

Nachdem er sich von dem Jungen verabschiedet hatte, erhob er sich und ging zu seinem eigenen Wohnblock. Dabei musste er wiederum am Spielplatz vorbeigehen. Während er sich den Jugendlichen näherte, blieben sie zunächst stumm.

Plötzlich rief jemand: »Kinderficker!«

Bloß keinen Ärger!, dachte er und ging weiter. *Lass diesen kleinen Arschlöchern ihre Genugtuung! Bloß keinen Ärger!*

»Kinderficker!«, rief jetzt auch ein anderer, und plötzlich machte das Wort die Runde.

»Kinderficker!«

»Kinderficker!«

»Kinderficker!«

»Kinderficker!«

Nein!, dröhnte es durch seinen Kopf, während sein Körper kurz vor einer Explosion stand.

Plötzlich verstummten die Halbstarken.

»Es ist erbärmlich, dass ihr euch schwache und wehrlose Menschen als Opfer aussucht!«, kommentierte er deren Verhalten mit ruhiger und fester Stimme, während er auf sie zuging. Er hatte es in den zurückliegenden Jahrzehnten perfektioniert, sein Innerstes sorgsam zu verbergen.

»Verpiss dich, du Opfer!«, zischte der Anführer. »Geh nach Haus und fick deine Mutter!«

Ohne nachzudenken, holte *der Gehängte* aus und schlug dem Halbstarken mit der flachen Hand ins Gesicht.

Der stürzte rücklings von der Bank und landete auf dem staubigen Boden.

Kapitel 64

DIE ANDEREN

Buchholz in der Nordheide,
Wohnung von Hauptkommissar Rolf Degenhardt
Mittwoch, 15. Mai, 21:00 Uhr

»Hallo, Papa!«, hörte Hauptkommissar Rolf Degenhardt die Stimme seiner Tochter aus der Küche, als er die Wohnungstür hinter sich schloss. »Ich habe uns etwas zu essen gemacht.«

»Hallo, Alex, und ich habe einen Bärenhunger mitgebracht«, erwiderte er und hängte seine Wachsjacke an der Garderobe auf.

Alexandras Kater kam in den Flur und begann, um seine Beine zu streichen. »Hallo, Katze«, begrüßte er das Tier und schob es mit dem Fuß beiseite. Der Kater ignorierte diese Geste wie üblich. Nun kam auch Alexandra dazu. Sie lehnte sich gegen den Türrahmen und grinste. »Er heißt *Tiger* und würde gerne mit seinem richtigen Namen angesprochen werden.«

»Hallo, *Tiger*«, sagte Degenhardt. Er rümpfte die Nase und blickte auf den Kater hinab.

Der strich abermals um seine Beine und schnurrte unüberhörbar.

Degenhardt schob *Tiger* mit dem Fuß abermals sanft beiseite und sah Alexandra an. »Können wir in der Küche essen, oder liegt da wieder eine Überraschung auf dem Tisch?«

Seine Tochter lachte: »Mandy hat in vier Wochen den nächsten Termin, und ich muss erst einmal für die mündliche Abiturprüfung lernen. Als Überraschung wartet auf dich die leckersten Spaghetti bolognese, die du jemals gegessen hast. Versprochen!«

Degenhardt hob die Augenbrauen. »Du weißt, dass Mama ...«

»Ja, ja«, unterbrach sie ihn. »Natürlich weiß ich, dass Mama in deinen Augen das beste Rezept hat. Aber sobald du meine Spaghetti bolognese probiert hast, werden Mamas Kochkünste für dich Geschichte sein.«

»Wie so viele andere Dinge«, kam es von Degenhardt. Seine Verbitterung war überdeutlich.

Alexandra ging darauf nicht ein. »Ich habe uns Bier, Cola und eine neue Flasche Jack Daniels mitgebracht. Hast du Lust?«

Und wie er Lust hatte! Als Abschluss dieses Tages stand ihm der Sinn nach einem kräftigen Cola-Whiskey, allerdings dachte er im nächsten Moment an seine Tochter. Ihm gefiel der Gedanke überhaupt nicht, gemeinsam mit ihr hochprozentige Alkoholika zu konsumieren. Also fiel seine Antwort anders aus, als er es sich eigentlich gewünscht hätte: »Gerne ein Bier!«

Alexandra nickte. »Geht klar. Die Bolognese ist fertig, ich koche nur noch kurz die Nudeln.«

Degenhardt ging ins Bad, machte sich für das Essen frisch und kontrollierte den Anrufbeantworter, der eine Nachricht aufgezeichnet hatte.

Hallo, Rolf, hier ist Charlotte. Belinda und ich haben am Samstag einen Vielseitigkeitslehrgang auf dem Geländeplatz in Luhmühlen. Wenn du magst, kannst du uns zuschauen. Zu den Startzeiten melde ich mich in den nächsten Tagen noch einmal. Wir können uns anschließend auf einen Kaffee treffen. Ich habe Zeit und freue mich auf dich.

»Charlotte?«, fragte Alexandra mit einem Augenzwinkern, als Degenhardt sich kurz darauf an den Küchentisch setzte.

Er nahm einen Schluck aus der Bierflasche, die Alexandra bereits geöffnet auf seinen Platz gestellt hatte »Belauschst du mich?«

»Du hast den Ton so laut eingestellt, dass ich die Nachricht auch draußen auf dem Flur verstanden hätte.«

Degenhardt seufzte. »Charlotte ist eine Bekannte.«

»Und Belinda?«

»Ihre Stute. Beide ziemlich zickig.«

Alexandra lachte. »Zu viele Fragen, Papa?«

»Kluges Mädchen«, erwiderte er. »Wie geht es eigentlich deinem Bruder?«

»Was hältst du davon, wenn du ihn selbst fragst?«

Rolf Degenhardt war ein begeisterter Fan des Fußballclubs Hannover 96. Er besaß eine Dauerkarte für alle Heimspiele des Clubs. Dabei handelte es sich um ein Eltern-Kind-Ticket, das er gemeinsam mit Tobias nutzte. In der vergangenen Saison waren sie einige Male gemeinsam im Stadion gewesen, und das Gleiche wünschte er sich für die kommende Saison. Degenhardt seufzte »Du hast recht, entschuldige die Frage. Ich muss mich dringend bei Tobias melden.«

»Unbedingt!«, stimmte sie ihm zu und gab ihm zwei DIN-A4-Blätter. Der erste Ausdruck stammte von einer Internet-Suchmaschine. Dort wurde ein neu lackiertes, rotes Ford Mustang Cabriolet von 1968 mit einem V8-Motor, 5 Litern Hubraum, frisch aufgepolsterten Sitzen, elektrischem Verdeck und Servolenkung zum Verkauf angeboten. Der Wagen stand in Bremen und war somit exakt das Auto, auf das er selbst bereits gestoßen war.

Er grinste. »Den habe ich auch schon gefunden! Du hast dich also tatsächlich mit meinem Lebenstraum auseinandergesetzt! Oder hast du etwa ganz andere Gedanken im Kopf?«

Sie nahm ihre Bierflasche in die Hand und prostete ihrem Vater zu. »Das ist mein Beweis dafür, wie wichtig du mir bist.«

Sein Grinsen wurde breiter. »Kann es sein, dass du es auf meinen alten Mercedes abgesehen hast?«

Alexandra stellte die Bierflasche ab, klatschte in die Hände und blinzelte ihren Vater an. »O Gott, ich bin so wahnsinnig verliebt in ihn!«

»Er ist fast doppelt so alt wie du!«

»Ich könnte mir gar keinen Besseren vorstellen!«

»Ich möchte ihn verkaufen, weil an der Karosserie und an der Innenausstattung einiges gemacht werden muss.«

»Ich würde mich natürlich beteiligen!«

Er seufzte amüsiert. »Ich werde darüber nachdenken.«

»Oh ja, bitte! Ich könnte versuchen, nach dem Abi ein paar Tätowierungen mehr …«

»Schluss jetzt!«, unterbrach Degenhardt sie energisch. »Diesen Gedanken kannst du direkt aus deinem Kopf streichen!« Er blickte auf den zweiten Zettel, den Alexandra ihm gegeben hatte. Er enthielt eine Annonce, die von einer Immobilien-Suchmaschine stammte und eine Wohnung im Hamburger Stadtteil Sankt Georg zur Miete anbot. »Soll die Wohnung für dich sein?«

Sie nahm einen Schluck Bier und nickte. »Bis zu dem Studio *Tinte und Eisen* sind es nur zehn Minuten.«

»Tinte und Eisen?« Degenhardt schob den Zettel beiseite. Damit hatte sie selbst den Grundstein für ein Thema gelegt, das er unbedingt ansprechen wollte. Er wusste, dass es nicht auf ihre Begeisterung stoßen würde, und daher setzte er behutsam an. »Erinnerst du dich an Stefan und Andrea aus Eyendorf?«

Alexandra ging zum Herd und goss die Nudeln in einem

Sieb ab. Ihre Antwort klang einsilbig. »Klar, die beiden haben eine Gärtnerei. Tobias und ich haben dort früher immer in den Blumenbeeten gespielt, wenn Mama und du sie besucht habt.«

Degenhardt nickte. »Ich habe vor einigen Wochen mit Stefan gesprochen. Der Betrieb läuft großartig, und er sucht dringend nach Auszubildenden.«

»Hat er dir auch erzählt, dass Andrea ausgezogen ist?«

»Ich habe davon gehört, aber darüber wollte ich nicht mit dir sprechen.«

Sie stellte die Nudeln auf den Tisch und füllte beiden auf. »Du musst dir keine Sorgen machen, Papa. Ich weiß, dass ich eine gute Tätowiererin bin. Ich bin sicher, dass ich damit meinen Lebensunterhalt bestreiten kann.«

»Das bezweifele ich nicht, aber eine normale Ausbildung wäre eine zusätzliche Sicherheit.«

Sie zögerte mit der Antwort. Es schien, als würde sie sich ihre nächsten Worte sorgfältig überlegen. Schließlich sagte sie: »Ich werde bei Stefan keine Lehre machen!«

»Aber …«

»Nein, Papa! Kein Aber!«

»Beides sind sehr kreative Berufe!«

Alexandra seufzte. Sie stand auf und füllte zwei Gläser mit Jack-Daniels-Cola-Mischungen.

»Die Bierflaschen sind noch halbvoll«, protestierte Degenhardt.

»Egal«, erwiderte sie und stellte die beiden Gläser auf den Tisch. Sie setzte sich und sagte: »Dann ist jetzt wohl der richtige Zeitpunkt gekommen, um mit dir über Mama und Stefan zu sprechen!«

Kapitel 65

DER GEHÄNGTE

Winsen (Luhe),
Wohnung des Gehängten,
Mittwoch, 15. Mai, 23:15 Uhr

Er hatte alles erledigt. Die nächsten Schritte seines Racheplans waren getroffen.

Von Stunde zu Stunde stieg seine Unruhe, denn er war nicht mehr überzeugt, dass diese Wohnung ihm ausreichend Sicherheit bot.

Er hatte keinerlei Zweifel, dass die Kriminalpolizei früher oder später eine Verbindung zwischen Jürgen Großmann, Martin Stelter und Simone Distler herstellen würde. Das galt insbesondere deswegen, weil die Namen Jochen Frey, Klaus Ziegner und Laura Bentfeld sehr bald ebenfalls in den Fokus der Ermittler rücken würden.

Ursprünglich hatte er geplant, die Wohnung am nächsten Morgen endgültig zu verlassen. Mit jedem weiteren Opfer stieg die Wahrscheinlichkeit, dass die Kriminalpolizei auf seinen Namen stieß. Dann war es nur noch eine Frage der Zeit, bis die Beamten hier in Winsen vor seiner Tür standen. Dementsprechend war es seine Absicht gewesen, in den Hamburger Stadtteil Sankt Pauli zu wechseln. Dort konnte man Zimmer in einschlägigen Hotels stundenweise anmieten. Man musste sich nicht ausweisen und zahlte die Rechnung in bar.

Nun jedoch hatte ihn die Auseinandersetzung, die er am späten Nachmittag mit den Jugendlichen gehabt hatte, angetrieben, seinen Wohnort sofort zu verlegen. Also hatte er sämtliche Dinge, die er für die nächsten Tage benötigte, zusammengepackt und in dem BMW verstaut.

Zum Schluss war er auf den Balkon gegangen und hatte ein letztes Mal von dort aus in den Himmel gesehen. Im Gegensatz zu den vergangenen Nächten hatten dichte Wolken den Blick auf die Sterne verhindert.

Dieser Ort will mir den Abschied besonders leicht machen, ging es ihm dabei durch den Kopf.

Erst jetzt fiel ihm auf, dass es draußen vollkommen still war. Seit der Auseinandersetzung waren die Jugendlichen vom Spielplatz wie vom Erdboden verschluckt.

Ohne weiter nachzudenken, verließ er den Balkon und verschloss die Wohnung kurz darauf.

Während er die Treppe hinabeilte, dachte an den kleinen Jungen, den er heute Nachmittag beschützt hatte. Kurz flackerte ein schlechtes Gewissen auf. Es war, als würde er ihn im Stich lassen. Er verbannte diese Empfindung sofort wieder aus seinem Kopf, doch sie ließ sich nicht wegwischen.

Ich habe versprochen, ihm seinen Rucksack zurückzugeben.

Er verließ das Gebäude und beeilte sich, seinen Opel Astra zu erreichen. Im Fußraum lag der schwarze Rucksack, den er dort gemeinsam mit den abgerissenen Rückspiegeln deponiert hatte. Er nahm den Rucksack aus dem Wagen und warf einen Blick hinein: ein Paar Fußballschuhe, ein durchgeschwitztes T-Shirt und eine kurze Trainingshose. Er griff in seine Hosentasche und legte den Plastik-Polizisten dazu. Dann schloss er den Rucksack und machte sich auf den Weg zu dem Wohnblock des Jungen.

»Hey Fotzenfresse!«

Er fuhr herum und nahm einen Baseballschläger wahr, der auf ihn zuraste. Bevor er reagieren konnte, krachte das massive Holz gegen seinen Kopf.

Kapitel 66

DIE ANDEREN

Hamburg,
Unfallkrankenhaus Boberg,
Mittwoch, 15. Mai, 23:15 Uhr

Simone Distler befand sich auf der Intensivstation für Schwerbrandverletzte. Hier war sie sofort nach ihrer Einlieferung in Vollnarkose versetzt worden. Die Schmerzen, die mit der Reinigung ihrer Hände verbunden gewesen wären, hätte sie bei vollem Bewusstsein nicht ertragen können. Das Stationspersonal hatte rund dreißig Minuten gebraucht, bis sämtliche Natronlauge aus dem Gewebe herausgewaschen war.

Anschließend waren ihre Hände mit Verbänden versorgt worden, da alle Hautschichten zerstört waren. Die Schäden reichten bis tief in das darunterliegende Gewebe sowie in die Blutgefäße. Die Verbände hatten nicht nur die Funktion, die Wunden vor einer Bakterieninfektion zu schützen, sondern sie bewahrten Simone Distler auch vor dem Anblick der Zerstörung.

Nachdem sie aus der Narkose erwacht war, hatte sie Besuch von dem Stationsleiter, dem zuständigen plastischen Chirurgen und einem Seelsorger erhalten. Gemeinsam hatten sie ihr erklärt, dass in den nächsten Wochen mehrere Operationen auf sie zukommen würden. So musste das abgestorbene Gewebe zunächst vollständig entfernt werden, um die Hände anschließend durch die Verpflanzung von gesunder Haut wiederaufzubauen.

Aufgrund ihrer labilen psychischen Situation hatten die Mediziner und der Seelsorger sich entschieden, Simone Distler vorerst nichts von den Polizisten zu erzählen, die Fragen an sie hatten.

Der Rettungsdienst hatte die Beamten informiert, denn sie waren von einem Fall häuslicher Gewalt ausgegangen.

Am frühen Abend war ihre Mutter im Krankenhaus eingetroffen. Sie hatte frische Wäsche und Toilettenartikel mitgebracht. Sie war seitdem nicht von dem Krankenbett ihrer Tochter gewichen.

Simone Distler hatte bisher kein einziges Wort gesprochen, sondern bloß an die Decke gestarrt.

Nun kam ihr Vater dazu, der zwei Tage zuvor zu einem Freund ins Ruhrgebiet gefahren war. Er hatte sich sofort in den nächsten Zug gesetzt, nachdem er die grausame Nachricht erhalten hatte.

Er trug eine Mappe unter dem Arm und war offensichtlich völlig aufgelöst. Er begrüßte seine Frau nur beiläufig und sprach mit ihr kurz über nebensächliche Dinge, die für niemanden von echtem Interesse waren. Dann wechselte er zu dem Thema, das ihm unter den Nägeln brannte.

»Simone, Liebling«, flüsterte er und lehnte sich über seine Tochter. »Ich habe schon mit der Versicherung telefoniert, bei der wir deine … also … deine Hände … versichert haben. Du weißt schon, für den Fall, dass du nicht mehr spielen kannst.«

»Lass das!«, herrschte seine Frau ihn an.

»Es ist wichtig!«, erwiderte er eindringlich, und allein das schien ihn schon außer Atem zu bringen.

»Ich habe den Jahresbeitrag wie immer im Januar überwiesen«, fuhr er fort.

»Du sollst es lassen!«, wiederholte seine Frau.

»Nein!«, antwortete er barsch und wandte sich wieder seiner Tochter zu. »Die Dame von der Versicherung hat in der EDV nachgesehen. Demnach hast du die Versicherung Anfang der Woche gekündigt!«

Er nahm einen Zettel aus der Mappe und hielt ihn seiner Tochter hin. »Das ist das Schreiben. Mit Datum von letzter Woche und deiner Unterschrift.«

Nein!, dachte Simone Distler und starrte dabei ins Leere. *Nein!*

Der Atem ihres Vaters stockte. »Warum hast du das getan?«

Nein! Nein! Nein!

Kapitel 67

DER GEHÄNGTE

Winsen (Luhe),
Wohnsiedlung des Gehängten,
Mittwoch, 15. Mai, 23:30 Uhr

Vorsichtig öffnete er die Augen. Er spürte einen vernichtenden Kopfschmerz und einen quälenden Brechreiz. Vor seinen Augen schien alles zu flimmern. Zudem tönte ein penetrantes Pfeifen in seinem linken Ohr.

Er versuchte, sich zu orientieren, was ihm nach wenigen Augenblicken gelang. Er realisierte, dass er hinter seinem Opel Astra auf dem Asphalt lag. Direkt vor seinem Gesicht befand sich der Rucksack, den er dem kleinen Jungen hatte zurückbringen wollen. Unmittelbar dahinter erkannte er eine Silhouette. Er hob den Kopf ein wenig an. Da sein Gegenüber ein Smartphone mit einem hell erleuchteten Display direkt vor dem Gesicht hatte, waren dessen Gesichtszüge klar erkennbar. Ohne Zweifel handelte es sich um den Jugendlichen, mit dem er am Nachmittag aneinandergeraten war.

Als er seinen Blick wieder senkte, entdeckte er in der anderen Hand seines Widersachers einen Baseballschläger. Jetzt erst wusste er wieder, dass er vorhin mit ebendiesem Stück Holz niedergeknüppelt worden war.

Er registrierte, dass das Smartphone mehrmals kurz hintereinander Töne von sich gab, mit dem es den Eingang von Nachrichten signalisierte. Mit flinken Fingern reagierte der Halbstarke darauf, und es war trotz des spärlichen Lichts nicht zu übersehen, dass dabei ein triumphierendes Lächeln in seinem Gesicht stand.

Er schätzte die Entfernung zwischen sich selbst und dem Jugendlichen ab und kam zu dem Ergebnis, dass er dessen Genitalien mit seinem Fuß erreichen konnte. Der Winkel, mit dem er treffen würde, hätte nicht besser sein können. Also zog er sein rechtes Bein an, um damit Schwung zu holen.

»Wieder wach, Fotzenfresse?«

»Sieht so aus«, erwiderte er, dann trat er mit voller Wucht zu. Dabei spannte sich seine Bauchmuskulatur so stark an, dass er dem Brechreiz kaum widerstehen konnte.

Der Halbstarke gab ein Gurgeln von sich, dann fielen der Baseballschläger und das Smartphone zu Boden. Der Jugendliche griff sich mit beiden Händen an die Hoden, ging auf die Knie und krümmte sich, bis sein Kopf auf seinen Knien lag.

Der Gehängte stand auf und hatte aufgrund des Dröhnens seines Kopfes Mühe, das Gleichgewicht zu halten. Schwerfällig bückte er sich und hob den Baseballschläger auf. Dann holte er aus und schlug mit voller Wucht in das Genick seines Kontrahenten.

Dieser kippte auf die Seite, ohne dabei einen weiteren Ton von sich zu geben.

Der Gehängte öffnete den Kofferraum seines Opels und warf den Baseballschläger in eine der Ecken. Anschließend wuchtete er den Jugendlichen hinein und hob den Rucksack auf, den er dem kleinen Jungen eigentlich hätte zurückgeben wollen. Er öffnete ihn, nahm die kurze Trainingshose heraus und stopfte sie dem Jugendlichen als Knebel in den Mund.

Anschließend zog er das durchgeschwitzte T-Shirt aus dem Rucksack und verhüllte den Kopf seines Opfers damit. Dann nahm er das Paar Fußballschuhe aus dem Rucksack und fädelte beide Schnürsenkel aus. Den einen Senkel nutzte er, um die

Hände des Jungen auf dem Rücken zusammenzubinden. Den anderen legte er von hinten um seinen Hals und band die Enden zwischen den Lippen eng zusammen. Somit war es nicht mehr möglich, den Knebel mit der Zunge aus dem Mund zu drücken.

Er warf den Rucksack ebenfalls in den Kofferraum und deckte den reglosen Körper mit einer orangefarbenen Fleece-Decke ab. Schließlich schlug er den Kofferraumdeckel zu.

Er lehnte sich gegen den Kofferraum und schnappte nach Luft. Währenddessen blickte er sich um: In wenigen Fenstern der Wohnblocks brannte noch Licht, doch es war niemand zu sehen. Auch die Grünflächen und der Parkplatz waren menschenleer.

Keine Zeugen!

Er atmete auf und fasste sich an den Kopf. Die Schmerzen waren unerträglich. Mit einem Finger fuhr er sich vorsichtig über die Haut und ertastete eine klaffende Wunde, die sich knapp oberhalb seines linken Ohrs befand. Sie war tief, und sie war lang.

Volltreffer!, dachte er und blickte zu Boden. Dabei fiel sein Blick auf das Smartphone, das ein paar Meter entfernt auf dem Asphalt lag. Das Display leuchtete noch immer.

Er hob es auf, blickte auf den Bildschirm und erkannte, dass es sich noch nicht automatisch gesperrt hatte. Es war eine Chatgruppe geöffnet, die den Namen *Lost Warriors* trug.

Er scrollte durch den Chat und entdeckte Bilder von sich selbst. Sie zeigten ihn bewusstlos aus verschiedenen Perspektiven auf dem Asphalt. Die Fotoserie hatte der Halbstarke mit folgendem Satz eingeleitet: *Habe Fotzenfresse plattgemacht.*

Unterhalb der Aufnahmen hatten mehrere Gruppenmitglieder Kommentare hinterlassen.

Krass Digger

Haaa… Fotzenfresse ist kaputt.

Echt jetz?

Fett Kollege

Wo bist du?

Geiler Scheiß!

Will auch …

Brauchst Hilfe?

Während er andachte, wie seine nächsten Schritte aussehen würden, ignorierte er den quälenden Brechreiz. Einige Male gelang ihm dies, doch letztlich kam er nicht mehr dagegen an. Noch einmal öffnete er den Kofferraum des Opels, übergab sich auf die orangefarbene Fleece-Decke und schlug die Klappe endgültig zu.

Er blickte noch einmal auf das Display des Smartphones.

Brauchst Hilfe?, wiederholte eines der Gruppenmitglieder seine letzte Frage.

Er tippte: *Fotzenfresse dreht nachher bestimmt total durch. Ich haue erst mal ab. Melde mich.*

Als er kurz darauf zu seinem BMW ging, ließ er seinen Blick ein letztes Mal schweifen. Um ihn herum war es ruhig, alles wirkte friedlich.

Gleichzeitig fragte er sich, ob die Antwort, die er in den Chat geschrieben hatte, glaubhaft wirkte. Während er auf den Fahrersitz des BMW glitt, kam die erste Antwort.

Fett. Gehst ficken?

Kapitel 68

DIE ANDEREN

Buchholz in der Nordheide,
Wohnung von Hauptkommissar Rolf Degenhardt,
Mittwoch, 15. Mai, 23:30 Uhr

Das Gespräch, das Rolf Degenhardt und seine Tochter am Abend geführt hatten, war nur von kurzer Dauer gewesen. Alexandra hatte in wenigen Sätzen berichtet, dass sie ihre Mutter und Stefan in einer für alle Beteiligten äußerst beschämenden Situation überrascht hatte. Daraufhin war sie mit beiden in Streit geraten und hatte noch am selben Tag voller Empörung ihre Koffer gepackt.

Degenhardt hatte kein einziges Wort gesagt. Er hatte lediglich den Cola-Whiskey heruntergestürzt und den Teller Spaghetti bolognese geleert. Anschließend hatte er sich in sein Schlafzimmer zurückgezogen und war dort einige Zeit auf dem Balkon auf und ab gegangen. Dabei hatte er versucht zu verstehen, was Alexandra ihm gerade mitgeteilt hatte.

Ulrike und Stefan, war es immer wieder durch seinen Kopf gegangen, und dieser Gedanke hatte ihn fassungslos zurückgelassen.

Ulrike. Die Frau, mit der er seit beinahe zwei Jahrzehnten verheiratet war; die Mutter seiner zwei Kinder; deren Auszug er bis heute nicht nachvollziehen konnte.

Stefan. Der Mann, der mit ihm gemeinsam das Gymnasium in Winsen besucht hatte; der bis heute zu seinen besten Freunden zählte; der einer der Taufpaten seines Sohnes Tobias war.

Als er zu frieren begonnen hatte, war Degenhardt in sein Schlafzimmer zurückgekehrt und hatte dort lange vor dem Bild verharrt, das für bessere Zeiten stand: der Kunstdruck mit der Silhouette von Juist.

»Lange her«, hatte Degenhardt gemurmelt und dabei überlegt, ob Tobias damals überhaupt schon geboren war. Je mehr er an die unbeschwerten Zeiten auf der Nordseeinsel zurückgedacht hatte, desto weniger hatte er den Anblick des Kunstdrucks ertragen können. Schließlich hatte er ihn abgenommen und mit der Rückseite nach vorne gegen die Wand gelehnt. Anschließend hatte er sich auf das Bett gelegt, doch an Schlaf war nicht zu denken gewesen.

Warum tun die beiden mir das an?

Warum ausgerechnet Stefan?

Jetzt, als sein Smartphone sich meldete, empfand er das Vibrieren wie eine Erlösung. Er blickte auf das Display und erkannte anhand der angezeigten Telefonnummer, dass der Anruf aus der Polizeiinspektion Nordheide kam.

»Degenhardt?«, meldete er sich.

»Carola Johannsen hier, ich habe etwas Interessantes gefunden!«

Die Kommissarin gehörte dem Dritten Fachkommissariat an, wo sie sich normalerweise mit Wirtschafts- und Betrugsdelikten beschäftigte. Sie war der Mordkommission zur Unterstützung zugeteilt worden, und Degenhardt hatte ihr den Auftrag gegeben, die abgeschlossenen Fälle im Archiv durchzuarbeiten und nach Verbindungen zwischen Jürgen Großmann und Martin Stelter zu suchen. Es war zwar allgemein bekannt, dass Carola Johannsen die Dinge zumeist eher langsam anging, doch Degenhardt schätzte ihre Gründlichkeit. Das Ergebnis gab ihm recht, denn sie bestätigte, was er längst vermutet hatte: »Es gibt eine Verbindung zwischen den beiden Toten!«

In diesem Augenblick vergaß Degenhardt alles, was sein Hirn in den vergangenen Stunden gemartert hatte.

»Es hat im Jahr 2000 eine Gerichtsverhandlung gegeben«, fuhr die Kommissarin fort. »Dabei ging es um den Mord an einem jungen Mädchen. Martin Stelter war damals Schöffe, und Jürgen Großmann hat als Zeuge über die Ermittlungsarbeit des Ersten Fachkommissariats berichtet.«

»Wie lautet der Name des Angeklagten?«

»Clemens Gerber.«

»Clemens Gerber«, raunte Rolf Degenhardt. »Ich kann mich an den Namen erinnern. Er wurde verurteilt, nicht wahr?«

»Korrekt! Vom Gericht wurde eine lebenslange Freiheitsstrafe mit anschließender Sicherheitsverwahrung verhängt.«

»Ich habe nie wieder etwas von ihm gehört.«

»Das wundert mich nicht«, antwortete die Kommissarin. »Clemens Gerber ist tot.«

Kapitel 69

DIE ANDEREN

Winsen (Luhe),
im Kofferraum des Opel Astra,
Mittwoch, 15. Mai, 23:55 Uhr

Nur ein einziger Gedanke hatte für den Jugendlichen jetzt noch eine Bedeutung.

Luuuuuft!

Vierter Akt

Donnerstag, 16. Mai
01:15 Uhr – 08:00 Uhr

Im Tarot zeigt die Karte *»DER GEHÄNGTE«* einen Mann, der kopfüber an einem Ast hängt. Die Karte steht als Symbol für Blockaden, Passivität und Stagnationen jeglicher Art. Sie deutet damit auf Lebensphasen hin, in denen längere Krankheiten, ernste Beziehungskrisen, stockende berufliche Projekte, Gefängnisaufenthalte und ähnliche Krisen das Leben beherrschen.

DER GEHÄNGTE ist als Mahnung zu verstehen, Kräfte zu schonen und nicht in sinnlosen Aktionismus zu verfallen. Stattdessen ist ein Umdenken gefragt, um die Situation aus einem neuen Blickwinkel zu betrachten. Erst die Einsicht, dass wir etwas falsch gemacht haben, sowie die Bereitschaft, umzudenken und umzulernen, können zu einer Lösung des Problems führen.

DER GEHÄNGTE hat keinen leidenden Gesichtsausdruck, sondern er wirkt fröhlich. Dies ist als Hinweis zu verstehen, dass er tiefere Einsichten genießt, die ihm zu einer völlig neuen Sicht der Dinge verhelfen.

Im internationalen Sprachgebrauch wird *DER GEHÄNGTE* benannt als beispielsweise *LE PENDU* (französisch), *EL COLGADO* (spanisch), *THE HANGED MAN* (englisch), *L'APPESO* (italienisch) oder *O ENFORCADO* (portugiesisch).

Kapitel 70

DER GEHÄNGTE

Hamburg,
Reeperbahn,
Donnerstag, 16. Mai, 01:15 Uhr

Er stellte den BMW in einer Seitenstraße ab und nahm zunächst den Akku aus dem Smartphone des Halbstarken. Dann zerstörte er das Gerät, so dass es nicht mehr geortet werden konnte. Sollte überhaupt jemand nach dem Jugendlichen suchen, würde der Ausgangspunkt dafür die Funkzelle sein, in der das Telefon zum letzten Mal eingeloggt war. Dafür war die Reeperbahn zweifelsohne ein passender Ort.

Auf dem Weg zu dem Hotel, das er bereits während der Vorbereitungsphase ausgesucht hatte, war er an zahlreichen Koberern vorbeigekommen. Sie lockten potenzielle Kunden in Nachtklubs und Bars. Er hatte sie ebenso wie die Prostituierten, die an den Straßenecken standen und Männer ansprachen, die ohne weibliche Begleitung unterwegs waren, ignoriert. Jetzt nahm er sie nicht mal mehr wahr.

Wenig später schloss er die Tür zu dem Zimmer hinter sich ab. Sein Kopf schmerzte so sehr, dass sämtliche Dinge, die er länger ansah, vor seinen Augen verschwammen.

Mühsam legte er seinen Koffer auf das Bett und öffnete ihn. Er suchte das kleine rote Täschchen mit dem Aufdruck *Notfall-Apotheke* heraus und ging damit ins Bad. Kurz darauf führte er sich ein Vomex-Zäpfchen gegen die Übelkeit ein und verabreichte sich in jedes Nasenloch jeweils einen kräftigen Stoß eines Fentanyl-Sprays. Dieser schmerzstillende Wirkstoff hatte eine rund einhundertmal stärkere Wirkung als Morphin, konnte jedoch zu Bewusstseinsstörungen, Atemdepressionen und weiteren, schwerwiegenden Gesundheitsschäden führen. Er hatte das Medikament über das Darknet direkt von einem Händler in der Schweiz bezogen. Er hatte zwar nie die Absicht gehabt, dieses Medikament einzunehmen, doch jetzt war er froh, dass er zu dieser vorbeugenden Maßnahme gegriffen hatte.

Anschließend reinigte er die Platzwunde über seinem linken Ohr mit einem Desinfektionsspray, legte eine sterile Kompresse darauf und fixierte diese mit einigen Lagen Mullbinde. Schließlich zog er sich eine schwarze Strickmütze über den Kopf, so dass es letztlich keinerlei Hinweise mehr auf die Verletzung gab.

Bereits nach wenigen Minuten setzte die betäubende und dämpfende Wirkung des Fentanyls ein.

Er programmierte seinen Wecker. Er zog sich weder die Kleidung aus noch ließ er die Jalousien herunter. Er öffnete lediglich das Fenster und legte sich auf das Bett. Ihn störten nicht die aufgemotzten Sportwagen, die in regelmäßigen Abständen durch die Straßen röhrten, und auch nicht die Leuchtreklame, die den Raum mit schillernden Farben flutete.

Vier Stunden Ruhe, dachte er. Er schloss die Augen und überließ sich seinen Gedanken. Sie führten ihn zurück in die Zeit, die er in der Justizvollzugsanstalt verbracht hatte.

Hinter den Gefängnismauern lag er auf der oberen Matratze des Etagenbetts und hatte die Arme hinter dem Kopf verschränkt. Er blickte an die Decke. Im CD-Radio lief ein Hörbuch, das er sich in den vergangenen Tagen gemeinsam mit Clemens mehrfach angehört hatte. Es ging gerade zu Ende.

Es war verrückt, aber seit er mit Clemens in einer Zelle einsaß, hatte sich sein Leben verändert. Und zwar nur zum Guten! Endlich hatte er einen Menschen gefunden, bei dem er sich geborgen fühlte, der ihn ernst nahm und mit dem er lachen konnte. Und der ihm Dinge zeigte und beibrachte, die völlig neu für ihn waren.

»Ohne dich hätte ich mich nie mit dem Tarot oder Hörspielen beschäftigt«, sagte er.

Clemens, der am Fußende seines Bettes saß, hob verwundert die Augenbrauen, dann begann er zu lächeln. »Sehr gerne. Wir haben hier drinnen einfach zu viel Zeit.«

»Ich habe mir heute in der Anstalts-Bibliothek ein Tarot-Buch angeschaut. Schon krass, dass es seit Jahrhunderten genutzt wird und sich ständig weiterentwickelt.«

»Ja, stimmt, eine uralte Methode, die gerade wir Menschen heute so gut gebrauchen können.«

»Darf ich dich etwas fragen? Ich meine damit … also … etwas Persönliches.«

»Kein Problem. Ich entscheide dann selbst, ob ich antworten möchte.«

»Warum sprichst du von dir selbst immer als *Der Gehängte?*«

Clemens Gerber blickte auf ein Poster, das an der Wand hing. Es zeigte einen aufwändigen Kunstdruck dieser Karte. »Findest du nicht, dass das hervorragend zu meiner Situation passt?«

»Wie meinst du das?«

»Ganz einfach: Ich sitze unschuldig im Gefängnis und kann nichts anderes tun, als das zu akzeptieren. Man hat mich gehängt. So einfach ist das.«

»Mhm«, murmelte er und sah förmlich vor sich, wie Clemens anstatt der Figur auf dem Kunstdruck kopfüber aufgeknüpft war.

Clemens Gerber hatte kein Interesse, das Gespräch zu vertiefen. Daher wechselte er das Thema. »Ich bewundere übrigens deine Ausdauer.«

»Ausdauer?«

»Dein Studium! Du ziehst es einfach so durch! Wie bist du eigentlich auf die Idee gekommen, ausgerechnet hier Informatik zu studieren?«

»Die Fernuniversität Hagen bietet diese Möglichkeit, und die JVA unterstützt mich.«

»So habe ich die Frage nicht gemeint. Warum hast du nicht direkt nach dem Abitur angefangen zu studieren?«

Er spitzte die Lippen und wirkte, als müsste er die folgenden Worte sorgfältig durchdenken. Schließlich erwiderte er: »Mein Vater hatte ein anderes Leben für mich vorgesehen.«

»Und deine Mutter? Hättest du sie nicht auf deine Seite bringen können?«, wollte Clemens wissen.

»Nein, ausgeschlossen.«

»Vielleicht hättet ihr euch zu zweit gegen deinen Vater durchsetzen können.«

»Nein, sicherlich nicht.«

»Hast du mit ihr darüber gesprochen?«

»Sie war genauso wie alle anderen eine Marionette meines Vaters. Sie ist früh gestorben und hat den ganzen Mist nicht mitbekommen, der dann passiert ist.«

Es entstand eine bedrückende Stille, die Clemens schließlich brach: »Wann hast du angefangen, dich für Informatik zu interessieren?«

»Zum dreizehnten Geburtstag habe ich meinen ersten Computer bekommen. Einen Commodore 64. Mit ihm habe ich viel Zeit verbracht.«

»Hast du gezockt?«

»Nein, das war mir zu langweilig. Ich habe einige Menschen damit zur Verzweiflung gebracht.«

»Deinen Vater?«, fragte Clemens Gerber.
»Nein, andere.«
»Andere?«
»Ich meine … also … eher … Firmen.«
»Du hast gehackt?«
Er grinste. »Könnte man so nennen.«

Kapitel 71

DIE ANDEREN

Buchholz in der Nordheide,
Polizeiinspektion Nordheide,
Donnerstag, 16. Mai, 07:00 Uhr

Hauptkommissar Rolf Degenhardt blickte in die Runde der anwesenden Beamten und nahm zur Kenntnis, dass außer Kriminalrat Dirk Kaiser sämtliche Mitglieder der Mordkommission im Besprechungs- und Konferenzbereich des Ersten Fachkommissariats eingetroffen waren. Einige blätterten in ihren Aufzeichnungen, andere starrten auf ihre Kaffeetassen, und manche unterhielten sich.

Degenhardt wollte nicht länger warten. Er klopfte mit seinem Kugelschreiber einige Male fest auf die Tischplatte, dann sagte er: »Heute Nacht hat es zwei Entwicklungen gegeben, die mich zum sofortigen Handeln veranlasst haben.«

Augenblicklich wurde es still.

»Die Obduktion von Jürgen Großmann hat gezeigt, dass er tatsächlich einem Herzinfarkt erlegen ist. Dennoch hatte er so viel Strychnin im Körper, dass er kurz darauf an einer entsprechenden Vergiftung gestorben wäre. Großmann hat also kurz vor seinem Tod ebenso wie Martin Stelter eine tödliche Dosis Strychnin eingenommen. Somit steht für mich außer Frage, dass beide Todesfälle miteinander in Verbindung stehen.«

»Ich frage mich, welche Umstände Großmann und Stelter dazu gebracht haben, Strychnin zu schlucken«, warf Jana Liebisch ein. »Strychnin schmeckt derart bitter, dass es sich meiner Meinung nach in beiden Fällen nicht um ein Versehen handelt. Ich kann mir lediglich vorstellen, dass Großmann und Stelter unter immensem Druck gestanden haben.«

Die übrigen Kollegen nickten zustimmend.

»Das sehe ich genauso«, erwiderte Degenhardt. »Das ist die Frage, die wir schnellstmöglich beantworten müssen. Unabhängig davon hat die Kollegin Carola Johannsen mich vor einigen Stunden darüber informiert, dass sie im Archiv eine Verbindung zwischen Großmann und Stelter entdeckt hat. Sie ist auf einen Fall gestoßen, in dem es um eine Schwurgerichtsverhandlung gegen einen Mann namens Clemens Gerber ging. Der Prozess ist vor neunzehn Jahren mit einem Schuldspruch zu Ende gegangen. Clemens Gerber wurde zu lebenslanger Haft mit anschließender Sicherheitsverwahrung verurteilt. Die Haftstrafe hat er in der Justizvollzugsanstalt in Celle angetreten.«

»Kommt er als Täter in unseren aktuellen Fällen in Frage?«, wollte Petersen wissen.

Degenhardt schüttelte den Kopf. »Leider nein. Clemens Gerber hat sich in der JVA das Leben genommen.«

In diesem Moment öffnete Kriminalrat Dirk Kaiser die Tür, kam herein und grüßte mit einem allgemeinen Kopfnicken in die Runde.

Degenhardt hatte am Kopf des Tisches Platz genommen, wo er in den vergangenen Jahren stets gesessen hatte. Jetzt war nur noch ein Stuhl an einer langen Seite des Tisches frei. Kaiser empfand diesen Platz offensichtlich als unangemessen. Er blieb neben der Tür stehen, kreuzte die Arme vor der Brust und lehnte sich gegen die Glaswand.

»Frau Johannsen ist bereits nach Celle gefahren«, erklärte Degenhardt, nachdem er Kaisers Gruß in gleicher Weise mit einem Nicken erwidert hatte. »Sie hat sich vorhin bei mir gemeldet und trifft sich in den nächsten Minuten mit dem Leiter der JVA. Ich habe ihr den Auftrag gegeben, alles über Clemens Gerber in Erfahrung zu bringen. Abgesehen davon habe ich die vergangenen Stunden genutzt, um Informationen über die damalige Verhandlung gegen Gerber zusammenzutragen.«

Degenhardt rief auf dem Laptop, der neben ihm stand, eine Datei auf. Daraufhin erschien auf dem Whiteboard eine Liste mit Namen, die die anwesenden Beamten aufmerksam studierten.

Martin Stelter †

- Ingenieur (Geologe),
- war im Rahmen des Prozesses einer der beiden Schöffen,
- war in den vergangenen Jahren als Obdachloser in Buchholz stadtbekannt,
- verstorben am vergangenen Montag,
- unnatürliche Todesursache (Strychnin-Vergiftung),
- am Tatort wurde eine spanische Version der Tarotkarte »Der Gehängte« gefunden (EL COLGADO).

Jürgen Großmann †

- Beamter (Polizist),
- war zum Zeitpunkt des Prozesses Leiter des Ersten Fachkommissariats der Polizeiinspektion Nordheide,
- hat als Zeuge über den Ablauf der polizeilichen Ermittlungen gegen Clemens Gerber ausgesagt,
- verstorben am vergangenen Dienstag,
- auf den ersten Blick natürliche Todesursache (Herzinfarkt),
- Strychnin-Vergiftung hätte kurz darauf zu einem unnatürlichen Tod geführt,
- am Tatort wurde eine französische Version der Tarotkarte »Der Gehängte« gefunden (LE PENDU).

Constantin Meissner †

- Beamter (Richter),
- war im Rahmen des Prozesses einer der drei Berufsrichter,
- verstorben 2005,
- natürliche Todesursache,
- vermutlich kein Bezug zu den aktuellen Fällen.

Simone Distler

- Musikerin (Bratschistin),
- war im Rahmen des Prozesses eine der beiden Schöffen,
- heute tätig in Hamburg als Bratschistin im *Hanseatischen Philharmonie-Orchester*,
- gemeldeter Wohnsitz in Hamburg,
- Bezug zu den aktuellen Fällen klären!

Jochen Frey

- Beamter (Richter),
- war im Rahmen des Prozesses einer der drei Berufsrichter,
- dürfte heute aufgrund seines Alters (77 Jahre) Rentner sein,
- gemeldeter Wohnsitz in Senioren-Residenz *Waldesruh*, Hanstedt,
- Bezug zu den aktuellen Fällen klären!

Klaus Ziegner

- Beamter (Richter),
- war im Rahmen des Prozesses einer der drei Berufsrichter und Vorsitzender des Schwurgerichts,
- dürfte heute aufgrund seines Alters (68 Jahre) Rentner sein,
- gemeldeter Wohnsitz in Luhdorf,
- Bezug zu den aktuellen Fällen klären!

»Wie Sie erkennen, sind zwei Beteiligte des Prozesses in den vergangenen Tagen ums Leben gekommen«, sagte Degenhardt, nachdem alle Anwesenden die Aufstellung durchgesehen hatten. »Jochen Frey, Klaus Ziegner und Simone Distler haben an diesem Prozess ebenfalls mitgewirkt.«

Ohne weiteres Zögern wandte Degenhardt sich an Anette Sjut und Roland Petersen: »Sie werden umgehend nach Hamburg fahren und Simone Distler aufsuchen. Wir bleiben in Verbindung und werden das weitere Vorgehen abhängig von Ihren Erkenntnissen flexibel abstimmen.«

Beide nickten.

Anschließend blickte Degenhardt zu Jana Liebisch hinüber: »Sie werden nach Hanstedt zu Jochen Frey fahren. Auch für Sie gilt, dass wir uns entsprechend Ihrer Ergebnisse kurzfristig abstimmen. Ich kann Sie heute leider nicht begleiten, daher werden Sie gemeinsam mit der Kommissarin …«

»Ich werde heute als Partner unserer jungen Kollegin einspringen«, warf Kriminalrat Dirk Kaiser ein.

Degenhardt war erstaunt, kommentierte Kaisers Entscheidung jedoch nicht. Stattdessen erklärte er: »Parallel dazu werde ich eine Polizeistreife nach Luhdorf zu Klaus Ziegner schicken.«

Kapitel 72

DER GEHÄNGTE

Hanstedt,
Senioren-Residenz Waldesruh,
Donnerstag, 16. Mai, 07:00 Uhr

Sein Kopf schmerzte fürchterlich. Er zog einen Stuhl heran und setzte sich gegenüber von Jochen Frey. Es fiel ihm schwer, sich zu konzentrieren.

Jochen Frey saß neben seinem Bett und hatte die Augen weit geöffnet. Sein Blick war ähnlich aufgeweckt und neugierig, wie man es von Säuglingen kannte. Er war gewaschen, rasiert und für den Tag angekleidet.

»Papa!«, sagte er und erwiderte Jochen Freys Blick mit einem gefühlvollen Lächeln. »Jetzt fehlen nur noch deine Medikamente, danach können wir beide in den Tag starten.«

Frey formte seine Hände zu einer kleinen Schale und streckte sie ihm entgegen, denn er war es gewohnt, mehrmals täglich Medikamente mit unterschiedlichsten Wirkstoffen einzunehmen: Bisoprolol zur Senkung des Blutdrucks, Marcumar zur Blutverdünnung, Naproxen gegen rheumatische Beschwerden, Risperidon gegen demenzbedingte Aggressionen und die Wahnvorstellungen, Venlafaxin gegen Depressionen sowie Diazepam gegen Schlafmangel.

Er legte wie üblich fünf Tabletten in Freys Hände.

Frey öffnete den Mund und nahm die Medikamente ein.

Er hielt ihm ein Glas Wasser hin. »Möchtest du nachspülen, Papa?«

Der alte Mann verzog das Gesicht, während er umständlich schluckte, denn heute war der Geschmack ausgesprochen bitter. Frey gab jedoch keinen Laut von sich, sondern griff nach dem Glas und trank es aus. Damit verschwanden die Medikamente endgültig in seinem Magen.

»Ich habe dir noch etwas Schönes mitgebracht«, sagte er und gab ihm eine Tarotkarte mit dem Aufdruck *L'APPESO*. »Eine kleine Erinnerung an mich!«

»Mhm-mhm«, brabbelte der alte Mann und studierte die grell leuchtenden Farben eingehend. »Mhm-mhm.«

»Schön, dass die Karte dir gefällt, Papa! Ich wünsche dir einen schönen Tag! Bis morgen früh! Wie immer!«

Jochen Frey hob die Arme und schwenkte sie aufwendig hin und her.

Er erwiderte den Abschiedsgruß und war erleichtert, dass es weder ein *Bis morgen früh!* noch ein *Wie immer!* geben würde. Er nahm seine Sporttasche und verließ das Zimmer.

Kurz bevor er den Ausgang der Senioren-Residenz erreichte, begegnete ihm eine der Pflegerinnen. Er grüßte sie freundlich und beschleunigte seine Schritte, nachdem er an ihr vorbeigegangen war.

»Entschuldigung?«, rief sie ihm hinterher.

Der Gehängte hatte die Tür Richtung Parkplatz bereits geöffnet. Er wägte für den Bruchteil einer Sekunde ab, ob er die Pflegerin ignorieren sollte. Letztlich entschied er sich dagegen und drehte sich zu ihr um. »Ja?«

Sie kam bereits mit einem Papiertaschentuch auf ihn zu. »Sie bluten aus der Nase!«

Er fürchtete, dass die Kopfverletzung sie mittlerweile derart durchtränkt hatte, dass das Blut von dort stammte. Also strich er zuerst über die schwarze Strickmütze und betrachtete anschließend seine Finger. Sie waren trocken. Dann fuhr er mit seinen Fingerspitzen unterhalb der Nase über die Haut und spürte einen feuchten Film.

»Mist«, entfuhr es ihm. Er fühlte sich benommen und hatte nicht einmal bemerkt, dass seine Nase zu bluten begonnen hatte.

»Keine Bange«, sagte die Pflegerin. »So schlimm ist es nicht!«

»Vielen Dank für Ihre Aufmerksamkeit«, erwiderte er und nahm das Taschentuch entgegen. Er presste es gegen seine Nase und inspizierte seine Kleidung. Erleichtert stellte er fest, dass sich darauf keine Blutflecke befanden.

»Ich habe mit meinen Kolleginnen schon häufig über Sie gesprochen«, sagte die Pflegerin. »Wir sind sehr dankbar, dass es Menschen wie Sie gibt.«

»Vielen Dank für die netten Worte«, erwiderte er und dachte dabei an die unzähligen Stunden, die er damit zugebracht hatte, Jochen Frey morgens aus dem Bett zu holen, die Morgentoilette zu erledigen und ihn auf den Tag vorzubereiten. Damit hatte er dem Personal der Senioren-Residenz viel Arbeit abgenommen.

»Wenn die Demenz unserer Bewohner so weit vorangeschritten ist, dass sie nicht mal mehr ihre nächsten Angehörigen erkennen, werden die Besuche selten. Sie sind einer der wenigen Angehörigen, der einen Teil der Pflegearbeit übernimmt.«

»Das kann ich mir sehr gut vorstellen«, erwiderte er.

»Ich arbeite seit zwei Jahren hier, und in dieser Zeit hat Herr Frey überhaupt keinen Besuch bekommen. Schön, dass Sie sich jetzt die Zeit für Ihren Vater nehmen.«

»Ohne ihn wäre ich nicht zu dem Menschen geworden, der ich heute bin«, antwortete er. »Das gebe ich ihm jetzt gerne zurück.«

Über beide Gesichter ging ein unverfälschtes Lächeln – er war erleichtert, dass der vierte Akt seines Racheplans vollkommen reibungslos verlaufen war, und sie war glücklich, dass sie endlich den Mut gefasst hatte, ihn anzusprechen.

SCHULD! SEID! IHR!, dachte er.

Welch' toller Mann, dachte sie.

Er ging zu dem BMW, stieg ein und warf einen letzten kurzen Blick auf das Fenster, das zu dem Zimmer von Jochen Frey gehörte.

Von einem Moment auf den anderen nahm er wahr, wie der Schmerz in seinem Kopf wütete. Er hämmerte wie mit Fäusten gegen seinen Schädel. Hastig öffnete er das Handschuhfach und nahm das Fentanyl-Spray heraus. Ein, zwei weitere Sprühstöße würden ihm helfen. Doch er wusste nicht, wie viel sein Körper von dem Zeug vertrug.

Sollte er eine Überdosierung riskieren?

Weniger Schmerzen wären eine Erleichterung!

Aber was, wenn er die Kontrolle über sich selbst verlor?

Einige Augenblicke konnte er sich gegen den Drang wehren, das Medikament zu nutzen, doch schließlich warf er seine Zweifel über den Haufen. Er verabreichte sich einen Sprühstoß und legte den Kopf nach hinten gegen die Kopfstütze. Er konzentrierte sich auf jeden einzelnen Atemzug, und tatsächlich ließ der Schmerz etwas nach.

Clemens?

Plötzlich tauchte ein Bild vor seinem inneren Auge auf, das er seit Jahren zu verdrängen versuchte. Es war ein Bild, das sich wie glühende Kohlen in sein Gedächtnis eingebrannt hatte.

Clemens?

Es war ein Bild des wichtigsten Menschen seines bisherigen Lebens. In diesem Bild hing Clemens in der gemeinsamen

Gefängniszelle an einem Strick, den er sich selbst aus einem Bettlaken geflochten hatte. Der Strick war um seinen Hals gelegt und oben an die Gitterstäbe des Fensters geknüpft. Die Füße baumelten zwanzig Zentimeter über dem Boden. Der Kopf war seltsam verschränkt, und die Zunge quoll aus seinem Mund. Die Augen standen offen, und die Gesichtszüge waren erstarrt.

Clemens!

Er schreckte auf und brauchte etwas, bis er wieder einen klaren Gedanken fassen konnte – Clemens war tot, und neben den Kopfschmerzen fühlte er sich, als würde ihm nun auch noch das Herz aus dem Leib gerissen.

Tränen begannen über seine Wangen zu rinnen, doch es blieb keine Zeit zu trauern. Er legte das Medikament zurück in das Handschuhfach.

Direkt daneben war bereits eine 9-Millimeter-SIG-Sauer mit einem voll munitionierten Magazin deponiert.

Kapitel 73

DIE ANDEREN

Lüneburg,
Landgericht,
19 Jahre zuvor

Die Richter Jochen Frey und Constantin Meissner betraten das Beratungszimmer, das direkt an den Schwurgerichtssaal angrenzte. Ihnen folgte der Richter Klaus Ziegner, der in dieser Verhandlung den Vorsitz führte. Zuletzt betraten die beiden Schöffen Martin Stelter und Simone Distler das Beratungszimmer.

In den vergangenen Stunden hatten die fünf Mitglieder des Schwurgerichts den Kriminalhauptkommissar Jürgen Großmann als Zeugen angehört.

Der hatte berichtet, unter welch qualvollen Umständen das Mädchen zu Tode gekommen war. Zahlreiche Fotografien und Videoaufnahmen waren Teil der Zeugenaussage gewesen. Daher hatte das Gericht entschieden, die Öffentlichkeit von dem heutigen Verhandlungstag auszuschließen.

»Wie geht es Ihnen?«, fragte Jochen Frey und sah dabei zu Martin Stelter und Simone Distler hinüber. Ihm war bewusst, dass die Dinge, die die Mitglieder des Schwurgerichts heute gehört hatten, nur schwer zu verkraften waren. Das galt insbesondere für die beiden Schöffen, die in ihrem Alltag normalerweise nicht mit derart brutalen Gewaltdarstellungen zu tun hatten. »Kaum vorstellbar, dass ein Mensch zu einer solchen Tat fähig ist, nicht wahr?«

Martin Stelter und Simone Distler nickten stumm.

»Als kleinen Trost möchte ich Ihnen mit auf den Weg geben, dass unser Urteil das letzte bisschen Gerechtigkeit sein wird, das wir dem Opfer jetzt noch geben können.« Nach diesen Worten lehnte sich Jochen Frey zurück und richtete seinen Blick auf den Vorsitzenden Klaus Ziegner. Er hätte sich von seinem Berufskollegen einen ähnlich aufbauenden Zuspruch gegenüber den beiden Schöffen gewünscht.

Ziegner ging nicht auf Freys Vorlage ein. Stattdessen wählte er den harschen und kühlen Tonfall, für den er berüchtigt war: »Haben Sie noch Fragen zu dem Vortrag von Kriminalhauptkommissar Jürgen Großmann?«

»Nein«, erwiderte Martin Stelter, womit die volle Aufmerksamkeit nun auf Simone Distler lag. Im Gegensatz zu Martin Stelter schwieg sie und schien intensiv nachzudenken.

»Frau Distler?«, fragte Klaus Ziegner kurz darauf. Er gab sich keinerlei Mühe, seine Ungeduld zu verbergen.

Sie rieb sich die Stirn und sagte: »Mir ist aufgefallen, dass Clemens Gerber während der gesamten Hauptverhandlung kein einziges Wort gesprochen hat.«

»Das ist nicht ungewöhnlich«, erwiderte Ziegner. Seiner Stimme war zu entnehmen, dass er nicht beabsichtigte, auf ihre Äußerung einzugehen. »Haben Sie ein Problem damit?«

»Eigentlich nicht, aber können Sie mir erklären, warum Clemens Gerber sich erbrochen hat? Ich meine damit die Situation, als der Hauptkommissar uns die Fotos von der Leiche gezeigt hat.«

Klaus Ziegner zuckte mit den Schultern. »Clemens Gerber hat heute zum ersten Mal die Tragweite seiner Tat erfasst. Heute hat er begriffen, welches Leid er damit über die Angehörigen und Freunde des Opfers gebracht hat.« Die Schöffin runzelte die Stirn.

»Das kann ich nicht nachvollziehen«, erwiderte Simone Distler.

»Was meinen Sie damit?«

Sie nahm sich wiederum Zeit für ihre Antwort. Sie schien ihre Worte noch einmal zu überdenken. Letztlich nickte sie so, als wolle sie sich damit den notwendigen Mut zusprechen, um ihre Meinung zu formulieren. »Ich glaube nicht, dass Clemens Gerber schuldig ist.«

Augenblicklich verfinsterte sich Ziegners Miene. »Sie glauben ernsthaft an seine Unschuld?«

Richter Jochen Frey hatte die Unterhaltung zwischen dem Vorsitzenden und der Schöffin mit Spannung verfolgt. Er hatte es noch nie erlebt, dass ein Schöffe sich so deutlich gegen die Meinung aller anderen wandte. Ihm gefiel das. Er hatte das Gefühl, dass Simone Distler jetzt seine Unterstützung brauchte. »Frau Distler, Sie haben den Eid abgelegt, dass Sie nach bestem Wissen und Gewissen ohne Ansehen der Person urteilen und dass Sie nur der Wahrheit und Gerechtigkeit dienen. Dieses Gericht akzeptiert Ihre Auffassung in vollem Maße. Das gilt natürlich auch für den Fall, dass Sie mit Ihrer Meinung allein dastehen.«

»Was bedeutet das für Clemens Gerber?«, fragte Simone Distler.

»Für jede Entscheidung, die wir gegen den Angeklagten treffen, ist eine Mehrheit von zwei Dritteln unserer Stimmen erforderlich. Als Voraussetzung für eine Verurteilung müssen also vier Mitglieder dieses Gerichts die Schuldfrage bejahen.«

»Und wenn es am Ende nur drei Jastimmen gibt?«

»Wenn einem Gericht die sichere Überzeugung fehlt, dass sich der Angeklagte schuldig gemacht hat, muss es ihn zwangsläufig freisprechen.«

»Es reicht«, fuhr der Vorsitzende Klaus Ziegner dazwischen

und richtete seinen Zeigefinger auf Simone Distler: »Ich denke, dass Sie ganz gehörig auf dem Holzweg sind! Ich nehme mir gerne die Zeit, Ihnen die Indizien unter vier Augen noch einmal eingehend zu erläutern!«

Kapitel 74

DIE ANDEREN

Buchholz in der Nordheide,
Polizeiinspektion Nordheide,
Donnerstag, 16. Mai, 07:30 Uhr

Nach der Dienstbesprechung war Rolf Degenhardt in sein Büro zurückgekehrt und hatte einen Blick in sein E-Mail-Postfach geworfen. Wie üblich war ein großer Teil der Eingänge für ihn nicht von Belang. Er hatte lediglich eine Nachfrage der *Harburger Kreiszeitung* zu dem Stand der Ermittlungen an den Pressesprecher der Polizeiinspektion weitergeleitet, den Obduktionsbericht ausgedruckt, den Doktor Ahrens ihm nach der rechtsmedizinischen Untersuchung von Jürgen Großmanns Leiche zugeschickt hatte, und die Nachricht des Psychologen Henning Kraushahn geöffnet.

Sehr geehrter Herr Degenhardt,

vielen Dank für Ihre Anfrage. Als Termin biete ich Ihnen gerne Freitag, 31. Mai um 08:00 Uhr an.

Bitte lassen Sie mich in den nächsten Tagen wissen, ob Sie diesen Termin wahrnehmen können.

Herzliche Grüße aus Hamburg, Henning Kraushahn

Degenhardt hatte seinen Kalender geöffnet und den Termin eingetragen.

Sehr geehrter Herr Kraushahn,

vielen Dank, ich habe den Termin notiert.

Beste Grüße, Rolf Degenhardt

Jetzt, nachdem er seine Antwort versendet hatte, stand Degenhardt auf, um den Obduktionsbericht aus dem Drucker zu holen. Dabei sah er durch die Glaswand seines Büros, dass Jana Liebisch vorbeiging. Sie schien es nicht eilig zu haben.

Er stürmte zur Tür, riss sie auf und rief: »Frau Liebisch! Sie sollten längst auf dem Weg nach Hanstedt sein!«

Jana Liebisch wandte sich zu ihm um. »Das weiß ich«, sagte sie sichtlich genervt.

»Ihre Erklärung?«, erwiderte Degenhardt barsch.

»Mein neuer Partner ist noch nicht bereit zur Abfahrt.«

»Kaiser?«

Sie nickte. »Der Kriminalrat ist in einem Gespräch mit dem Polizeidirektor Meislahn.«

Kapitel 75

DIE ANDEREN

Lüneburg,
Landgericht,
19 Jahre zuvor

»Meine Damen und Herren«, sagte der Vorsitzende Klaus Ziegner und eröffnete damit das Gespräch im Beratungszimmer. »Wir haben die Schlussplädoyers der Staatsanwaltschaft und des Verteidigers von Clemens Gerber hinter uns. Außerdem haben Sie heute erlebt, wie der Angeklagte sein Recht auf das letzte Wort genutzt hat. Damit kommen wir jetzt also zu der Beratung und Abstimmung über die Schuldfrage. Zunächst möchte ich jetzt von Ihnen wissen, ob jemand von Ihnen Gesprächsbedarf hat.«

Die beiden Richter Jochen Frey und Constantin Meissner verneinten dies ebenso wie der Schöffe Martin Stelter.

»Frau Distler?«, fragte Klaus Ziegner.

»Sie haben gerade angesprochen, dass Clemens Gerber sein Recht auf das letzte Wort genutzt hat. Ich denke, dass wir das nicht einfach so übergehen können. Schließlich ist es das Einzige, was er in der Hauptverhandlung überhaupt von sich gegeben hat.«

Im Beratungszimmer herrschte Stille.

Simone Distler blickte jeden der vier Männer für einen kurzen Augenblick an, doch sie erhielt keine Reaktion. Also fuhr sie fort: »Clemens Gerber hat gesagt: *Wenn Sie mich verurteilen, bleibt der wahre Mörder auf freiem Fuß.*«

Wiederum Stille.

»Ich weiß nicht, wie es Ihnen geht, aber ich habe überhaupt keine Zweifel, dass Clemens Gerber die Wahrheit gesprochen hat.«

»Das ist Ihr gutes Recht«, erwiderte Klaus Ziegner, »und damit kommen wir zur Abstimmung: Bitte heben Sie die Hand, wenn Sie von Clemens Gerbers Schuld überzeugt sind.«

Zuerst streckte Klaus Ziegner seinen Arm in die Höhe, dann folgten Constantin Meissner, Jochen Frey und Martin Stelter.

Ungläubig schüttelte Simone Distler den Kopf.

»Damit kommt das Schwurgericht mit einer Zweidrittelmehrheit zu der sicheren Überzeugung, dass der Angeklagte Clemens Gerber sich des Mordes schuldig gemacht hat.«

Es folgten in den nächsten Minuten zwei weitere Abstimmungen. In der ersten wurde in Bezug auf Clemens Gerber eine lebenslange Freiheitsstrafe festgelegt, in der zweiten wurde die anschließende Sicherheitsverwahrung angeordnet.

Auch diese Ergebnisse kamen ohne die Stimme von Simone Distler zustande. Sie war nicht nur überzeugt, dass dieses Urteil einem unschuldigen Menschen die Freiheit entzog, sondern sie war ebenso entsetzt, dass die übrigen Mitglieder des Schwurgerichts die Augen davor verschlossen.

Kapitel 76

DIE ANDEREN

Buchholz in der Nordheide,
Polizeiinspektion Nordheide,
Donnerstag, 16. Mai, 07:55 Uhr

Der erste Kollege, der nach Ende der Dienstbesprechung Verbindung mit Rolf Degenhardt aufnahm, war Oberkommissar Roland Petersen: »Wir sind in Hamburg angekommen und haben bereits die Zeugenaussage einer Nachbarin von Simone Distler aufgenommen«, berichtete er. »Demnach hat Frau Distler sich gestern die Hände mit einer Natronlauge verletzt. Sie wird derzeit auf der Intensivbehandlungsstation für Schwerbrandverletzte im Unfallkrankenhaus Boberg behandelt.«

»Haben die Hamburger Kollegen Ermittlungen zu der Ursache dieser Verletzungen aufgenommen?«, wollte Degenhardt wissen.

»Ja, haben sie«, bestätigte Roland Petersen. »Frau Distler hat bisher noch keine Aussage gemacht, daher gibt es derzeit keine konkreten Anhaltspunkte für ein Fremdverschulden. Die Kollegen haben einen Seifenspender sichergestellt, der mit Natronlauge gefüllt war. Fremde Fingerabdrücke waren nicht vorhanden. Daher sind die Kollegen von einer Selbstverstümmelung ausgegangen.«

Degenhardt stutzte. »Aus welchem Grund?«

»Sie haben Unterlagen sichergestellt, wonach Simone Distler ihre Hände mit einer hohen Geldsumme versichert hat.«

»Ich denke eher, dass die Verletzungen mit unseren aktuellen Fällen zusammenhängen. Frau Distler benötigt Personenschutz!«

»Das haben wir bereits organisiert«, erwiderte Roland Petersen. »Die Hamburger Kollegen müssten schon vor Ort sein. Wir fahren später selbst ins Unfallkrankenhaus. Vielleicht können wir dann schon mit ihr sprechen.«

»Einverstanden«, sagte Degenhardt. »Die Kollegen von der Tatortgruppe …«

»Brauchen wir hier nicht«, unterbrach Petersen ihn. »Die Hamburger Kollegen schicken ihre eigenen Kriminaltechniker, um uns zu unterstützen.«

»Sehr gut«, erwiderte Degenhardt. »Sagen Sie den Kollegen bitte, dass sie in der Wohnung nach einer Tarotkarte suchen sollen.«

Kapitel 77

DIE ANDEREN

Hanstedt,
Senioren-Residenz Waldesruh,
Donnerstag, 16. Mai, 08:00 Uhr

»Verdammter Mist!«, fluchte Jana Liebisch und wählte die Telefonnummer von Rolf Degenhardt. Während sie darauf wartete, dass er das Gespräch annahm, sah sie zum Eingang der Senioren-Residenz hinüber. Der Notarzt und die Besatzung des Rettungswagens verließen just in diesem Moment das Gebäude. Die Trage, die sie dabeihatten, war leer.

»Ich hoffe, dass Sie gute Nachrichten für mich haben«, meldete sich Degenhardt kurz darauf.

»Leider nein«, erwiderte Jana Liebisch. »Jochen Frey ist tot. Als wir hier angekommen sind, musste der Notarzt seine Reanimationsversuche leider einstellen.«

Die Kommissarin hörte Degenhardt am anderen Ende der Leitung stöhnen.

»Wir haben in Jochen Freys Zimmer eine Tarotkarte gefunden«, erklärte Jana Liebisch weiter.

»Der Gehängte?«

»Ja, dieses Mal die italienische Variante der Karte: *L'APPESO.*«

»Ich schicke die Kollegen der Tatortgruppe umgehend zu Ihnen nach Hanstedt. Außerdem werde ich die Rechtsmedizin informieren.«

»Laut Aussage einer Pflegerin ist ein Mann kurz vor Jochen

Freys Tod bei ihm gewesen. Er hat sich als dessen Sohn ausgegeben. Ich habe der Pflegerin das Phantombild gezeigt, das wir mithilfe der Jugendlichen aus dem *Nachtcafé* in Buchholz angefertigt haben. Demnach ist der Typ, der sie mit dem fingierten Fahrrad-Diebstahl auf Martin Stelter gehetzt hat, identisch mit dem Mann, der sich heute als Sohn von Jochen Frey ausgegeben hat.«

»Und dieses Lügenmärchen hat niemand bemerkt?«

»Richtig, anscheinend hat er über eine längere Zeit ein Vertrauensverhältnis zu Jochen Frey und dem Pflegeteam der Senioren-Residenz aufgebaut. Jochen Frey hat ansonsten keinen Besuch bekommen. Die Finanzen hat ein rechtlicher Betreuer geregelt. Es ist schlichtweg nicht aufgefallen.«

»Können Sie mir einen Namen nennen?«

»Leider nein.«

»Haben Sie Hinweise auf eine Strychnin-Vergiftung gefunden?«

»Bisher nicht.«

»Was macht der Kriminalrat gerade?«

»Keine Ahnung. Er ist irgendwo im Gebäude unterwegs. Jedenfalls macht er einen sehr wichtigen Eindruck.«

Nach dem Ende des Telefonats ging Jana Liebisch zum Notarzt hinüber und stellte ihm eine Frage, die ihr unter den Nägeln brannte: »Als ich Sie vorhin nach der Todesursache befragt habe, konnten Sie eine Vergiftung nicht ausschließen. Habe ich das so richtig verstanden?«

»Er ist an einem Herz-Kreislauf-Versagen gestorben, gegen das wir leider machtlos waren«, erwiderte der Notarzt. »Die Ursache dafür kann ich Ihnen leider nicht nennen, das muss ein Rechtsmediziner klären. Daher kann ich eine Vergiftung zum jetzigen Zeitpunkt nicht ausschließen.«

»Hatte er Krämpfe?«

»Ja, vor dem Herzstillstand.«

»Falls Ihnen bekannt gewesen wäre, um welchen Wirkstoff es sich handelt, hätten Sie dann etwas für ihn tun können?«

Der Notarzt blickte sie fragend an. »Denken Sie an einen bestimmten Wirkstoff?«

»Ja, Strychnin.«

»Strychnin ist mir bisher noch nicht begegnet, einen Moment bitte!« Der Notarzt führte ein Telefonat mit dem Giftnotruf in Göttingen. Nach kaum mehr als zwei Minuten konnte er die gewünschte Antwort geben: »Soweit Ihnen die ungefähre Strychnin-Menge bekannt gewesen wäre, hätte ich ihm hier vor Ort eine entsprechende Dosis Diazepam verabreicht. In der Klinik hätten wir dann eine Magenspülung und eine Dekontamination mit Aktivkohle vorgenommen. Diese Information hätte ich allerdings früher benötigt.«

»Wie viel früher?«

»Schwer zu sagen. Eine halbe Stunde vielleicht.«

Kapitel 78

DIE ANDEREN

Celle,
Justizvollzugsanstalt,
Donnerstag, 16. Mai, 08:00 Uhr

Die Eisentore hatten sich gerade hinter der Kommissarin Carola Johannsen geschlossen, schon hielt sie ihr Smartphone ans Ohr.

Besetzt.

Sie versuchte es noch einmal.

Besetzt.

Und ein dritter Versuch.

Besetzt.

Carola Johannsen wusste, dass die Informationen, die sie von dem Leiter der JVA erhalten hatte, von größter Wichtigkeit waren. Also begann sie, eine Sprachnachricht zu verfassen. In diesem Moment rief Rolf Degenhardt sie zurück.

»Der Leiter der JVA beschreibt Clemens Gerber als einen völlig friedfertigen Menschen«, erklärte sie ihm kurz darauf. »Außerdem hatte er eine große Leidenschaft für das Tarot. Er hat über sich selbst immer als *Der Gehängte* gesprochen. Er hat das Motiv der entsprechenden Tarotkarte sogar als Poster an seiner Wand gehabt. Offensichtlich war dies ein Symbol für die ausweglose Situation, in der er sich gesehen hat. Der Leiter der JVA hat weiter berichtet, dass Clemens Gerber stets seine Unschuld beteuert hat. Deswegen hat er jegliche Form der Therapie verweigert. Daher gab es für ihn keine Aussicht auf eine Entlassung.«

»Stimmt die Information, dass er sich das Leben genommen hat?«, fragte Degenhardt.

»Ja, Gerber hat sich in seiner Zelle erhängt. Obwohl er in einer der wenigen Zweierzellen untergebracht war.«

»Haben Sie gemeinsam mit dem Leiter der JVA irgendeinen Anhaltspunkt finden können, wie Gerber mit unseren aktuellen Fällen zusammenhängen könnte?«

»Wir sollten wohl dringend nach dem Mann suchen, der mit ihm die Zelle geteilt hat«, erwiderte Carola Johannsen. »Die beiden hatten wohl eine Beziehung. Jedenfalls Gerber war offenkundig homosexuell.«

»Wie ist der Name des anderen Insassen?«

»Vincent van Berg.«

»Nie gehört«, murmelte Degenhardt.

»Vincent von Berg hat seinen Vater erschlagen und wurde wegen Totschlags zu lebenslanger Haft verurteilt. Laut Beschreibung des Leiters der JVA ist er hochintelligent und zielstrebig. Unter anderem hat er während seiner Haftzeit ein Informatikstudium an einer Fernuniversität absolviert. Ganz im Gegensatz dazu stand anfangs seine Therapierbarkeit. Er hatte sich nach Haftantritt geweigert, sich mit seiner Tat auseinanderzusetzen. Damit bestand ebenso wie bei seinem Partner Clemens Gerber keine Aussicht auf eine Haftentlassung.«

»Und jetzt befindet sich Vincent van Berg auf freiem Fuß?«

»Korrekt.«

»Dann muss er seine Einstellung zu der Tat im Laufe der Zeit geändert haben.«

»Richtig«, bestätigte Carola Johannsen. »Nach dem Suizid von Clemens Gerber hat er sich vollkommen gewandelt und war plötzlich auch für eine Therapie offen. Das scheint eine Taktik gewesen zu sein, um so schnell wie möglich aus der Haft entlassen zu werden. Ich habe dem Leiter der JVA das

Bild ausgehändigt, das der Phantombildzeichner gemeinsam mit den Jugendlichen aus dem *Nachtcafé* in Buchholz erstellt hat. Er hat keinen Zweifel, dass es sich dabei um Vincent van Berg handelt.«

Fünfter Akt

Donnerstag, 16. Mai
08:00 Uhr – 08:20 Uhr

Auszug aus einem Gutachten
des Psychologischen Fachdienstes Niedersachsen,
36 Monate zuvor

Herr Vincent van Berg wurde zuletzt vor fünf Jahren zur Frage der prognostischen Einschätzung begutachtet. Damals konnte keine Empfehlung gegeben werden, die lebenslange Haftstrafe nach Ablauf von fünfzehn Jahren zur Bewährung auszusetzen.

Aktuell ist er im Kontakt zu den hiesigen Beamten angepasst und freundlich zugewandt. Hierzu hat auch das konstruktive Arbeitsbündnis mit seinem Psychologen beigetragen. Er ist nun in der Lage, Konflikte differenzierter zu betrachten und einige Aspekte zu beleuchten. Die früher noch bestehende Tendenz, seine Tat zu verleugnen und sich als Opfer externer Umstände zu inszenieren, ist in den letzten Jahren nicht mehr aufgetreten. Stattdessen konnte Herr van Berg die damaligen Umstände, welche zu dem Delikt führten, analysieren und emotional adäquater bearbeiten. Seine Reue wirkt authentisch und wird auch durch eine niedergestimmte, trauernde Nachdenklichkeit getragen.

Seine inzwischen gewährten Ausgänge verliefen komplikationslos. Die bisher durchgeführten Urinkontrollen nach seinen Ausgängen belegen durchweg seine Abstinenz.

Fasst man die prognostisch günstigen wie ungünstigen Faktoren in einer Gesamtschau zusammen, so lässt sich feststellen, dass Herr van Berg nach einer langjährigen Verweigerungshaltung eine deutliche Verbesserung der Selbstreflexion und der Verantwortungsübernahme aufweist. Insbesondere die im Alltag aufgetretenen interaktionellen Schwierigkeiten konnte er bearbeiten und reduzieren. Seine Problemlösekompetenzen konnte er zunehmend ausbauen. Er zeigte sich aufgeschlossen gegenüber den therapeutischen Gesprächen und kümmerte sich kollegial um Neuzugänge in der Haft. Extern bestehen unterstützende soziale Kontakte, welche ihm bereits Mithilfe bei der Wohnungssuche in Aussicht gestellt haben.

Aus hiesiger Sicht ist es zur Erhaltung des Therapieerfolges zwingend erforderlich, dass Herr van Berg sich während der Bewährungszeit in eine nachsorgende psychotherapeutische Behandlung begibt (rückfallvermeidende Therapie).

Dr. Leidenberger, Psychologischer Fachdienst

Kapitel 79

DIE ANDEREN

Luhdorf,
Wohnhaus von Klaus Ziegner,
Donnerstag, 16. Mai, 08:00 Uhr

Die beiden Streifenbeamten, die von der Einsatzleitstelle der Polizeiinspektion Nordheide zur Adresse von Klaus Ziegner geschickt worden waren, standen vor einer verschlossenen Tür. Sie klingelten mehrmals, doch es reagierte niemand.

»Suchen Sie Herrn Ziegner?«, rief eine ältere Dame vom Nachbargrundstück zu ihnen herüber.

»Können Sie uns sagen, wo wir ihn finden können?«

»Vermutlich auf dem Golfplatz.«

»Hier in Winsen?«

Sie nickte. »Er ist Präsident des Golfclubs.«

Die beiden Beamten verabschiedeten sich und gingen zurück zu ihrem Streifenwagen. Sie gaben das Ergebnis des Gesprächs an die Einsatzleitstelle weiter und machten sich unverzüglich auf den Weg.

Kapitel 80

DER GEHÄNGTE

Winsen (Luhe),
Golfklub Radbrucher Höhe,
Donnerstag, 16. Mai, 08:00 Uhr

Vincent van Berg, der sich selbst seit dem Tod seines Freundes Clemens als »Der Gehängte« bezeichnete, erkannte Klaus Ziegners Wagen auf dem Parkplatz des Golfklubs und parkte seinen BMW daneben. Er kontrollierte im Rückspiegel, ob die schwarze Strickmütze die Kopfwunde noch immer zuverlässig verbarg. Nachdem er sich davon überzeugt hatte, ließ er sich wieder zurück in den Ledersitz fallen und presste die Augenlider aufeinander. Er stöhnte, denn die Kopfschmerzen waren kaum zu ertragen.

Er dachte kurz nach, ob er sich vielleicht doch noch einen Stoß des Fentanyl-Sprays verabreichen sollte. Doch er wollte auf keinen Fall riskieren, sein Hirn damit auch lahmzulegen, denn der fünfte Akt stand unmittelbar bevor. Er benötigte seine volle Konzentration. Dieser Teil seines Racheplans war seiner Meinung nach der unberechenbarste Abschnitt. Das Medikament hätte seine Sinne zu sehr gedämpft.

SCHULD! SEID! IHR!, sprach er sich in Gedanken Kraft zu und spürte, dass ein euphorisches Kribbeln die Kopfschmerzen überlagerte. Es konnte losgehen! Er öffnete die Fahrertür, stieg aus und nahm die Golftasche mitsamt Trolley aus dem Kofferraum.

Als Vincent van Berg das Klubhaus der *Radbrucher Höhe*

betrat, wurde er am Empfang von einem gutgekleideten Herrn begrüßt. »Herr Ziegner lässt Ihnen ausrichten, dass er bereits auf den Platz gegangen ist und dort am ersten Abschlag auf Sie wartet.«

»Vielen Dank«, antwortete Vincent van Berg. Er verließ das Klubhaus wieder und ging über die gepflegte Rasenfläche zu einem erhöht liegenden Plateau. Von dort winkte Klaus Ziegner ihm bereits zu.

Nachdem Vincent van Berg den ehemaligen Vorsitzenden des Lüneburger Schwurgerichts begrüßt hatte, warf er einen Blick über das Gelände. Die Spielbahn zog sich vom Abschlag über ein leicht rechts geschwungenes Fairway hinweg bis zum nächsten Green. Dort markierte eine Fahne die Lage des Lochs. Laut Informationstafel handelte es sich um ein Par-4-Loch, das 325 Meter von ihnen entfernt war.

Vincent van Berg nahm zur Kenntnis, dass sich nur wenige Spieler auf dem Platz befanden. Ihnen am nächsten arbeitete eine Greenkeeperin, die den Sand in einem der Bunker harkte. Sie befand sich deutlich außerhalb der Hörweite.

Klaus Ziegner nahm einen Plastik-Tee aus seiner Golftasche, steckte das kleine Stück Kunststoff in den Rasen und positionierte einen Golfball darauf. Danach zog er verschiedene Golfschläger aus der Tasche, steckte sie jedoch allesamt wieder zurück. »Ich nehme heute den Holz-7-Schläger«, murmelte er schließlich und wirkte, als sei er mit dieser Entscheidung sehr zufrieden.

»Ein Holz-7-Schläger setzt die Reihe Ihrer Fehlentscheidungen nahtlos fort«, kommentierte Vincent van Berg dies in einem provokanten Tonfall.

Ziegner fuhr herum. »Was haben Sie gerade gesagt?«

»Ihr Gesichtsausdruck verrät mir, dass Sie mich sehr gut verstanden haben.«

Ziegner starrte seinen Golfpartner unverhohlen an. Er war es gewohnt, dass seine Gesprächspartner seinem Blick nicht standhielten. Dementsprechend irritiert war er, dass diese Technik heute keinen Erfolg zu haben schien. Schließlich wandte Ziegner sich ab und blickte hinunter zu dem Golfball. Dabei schüttelte er den Kopf voller Missbilligung. »Niemand hat das Recht, mich derart unverschämt anzureden. Als Sie vor einem halben Jahr hier aufgetaucht sind, habe ich Sie für einen Mann mit Niveau gehalten. Anscheinend habe ich mich getäuscht.«

»Ich habe mich akribisch auf Sie vorbereitet – und natürlich auf unseren gemeinsamen Weg.«

Ziegners Erstaunen war offensichtlich. »Sie haben sich … auf mich … vorbereitet? Auf unseren … gemeinsamen Weg?« Kaum hatte er dies ausgesprochen, schon winkte er ab. »Hauen Sie ab! Ich spiele meine Runde allein zu Ende!«

»Ich bin heute nicht gekommen, um mit Ihnen Golf zu spielen.«

»Haben Sie Angst, wieder gegen mich zu verlieren?«

»Erstens beweisen Sie mit dieser Aussage, dass Sie den Sinn des Golfspiels nicht verstanden haben«, erwiderte Vincent van Berg, »und zweitens müssen wir uns dringend über die Gerichtsverhandlung unterhalten, die Sie gegen Clemens Gerber geführt haben.«

Ziegner stutzte. »Clemens Gerber?« Er spitzte die Lippen und fixierte sein Gegenüber. Er schien abzuwägen, wie er jetzt reagieren sollte. Schließlich rümpfte er die Nase und erklärte verächtlich: »Ich muss gar nichts!« Demonstrativ zog er den Holz-7-Schläger aus seiner Golftasche und machte sich bereit für den ersten Abschlag.

»Doch, wir *müssen*, denn uns läuft die Zeit davon. Sie waren damals der Vorsitzende Richter des Schwurgerichts!«

Ziegner straffte seinen Körper, nahm die Abschlag-Position ein und schwang den Schläger zur Probe einige Male hin und her.

»Clemens Gerber hat sich in der Justizvollzugsanstalt in Celle das Leben genommen!«

Ziegner reagierte nicht, sondern machte zwei winzige Schritte nach vorne. Dann prüfte er mithilfe eines weiteren Probeschwungs, ob er jetzt besser stand. »Sehr schön«, murmelte er schließlich und pendelte mit seinem Oberkörper einige Male nach links und rechts. Dabei bewegte er die Füße nicht von ihrem Platz. »Damit hat Clemens Gerber wohl eine der besten Entscheidungen seines verkorksten Lebens getroffen.«

Vincent van Berg konnte es kaum glauben. »Ist das tatsächlich Ihre Meinung dazu?«

Ziegner warf Vincent van Berg einen kurzen Blick zu und begann zu schmunzeln. »Ihr Gesichtsausdruck verrät mir, dass Sie mich sehr gut verstanden haben.«

»Sein Tod war vollkommen sinnlos!«

»Jeder Haftplatz ist teuer. Sein Suizid hat dem Steuerzahler viel Geld gespart!«

Vincent van Berg schnürte das Gehörte fast die Kehle zu. Ein kaum zu beherrschender Zorn stieg in ihm auf. Mit fast übermenschlicher Anstrengung zwang er sich zur Ruhe. Jede unkontrollierte Handlung stellte eine Gefahr für diesen fünften Akt dar. Ohne erkennbare Emotionen sagte er: »Clemens Gerber hätte nicht einen einzigen Tag in der JVA verbringen dürfen!«

Klaus Ziegner fixierte wiederum den Golfball. »Machen Sie Ihre Probleme bitte nicht zu meinen.«

Mittlerweile war Vincent van Bergs Herzfrequenz derart in die Höhe geschnellt, dass er sich fühlte, als würde sein Kopf durch den damit verbundenen Druck kurz vor dem Bersten stehen. Die Konturen von Klaus Ziegner verschwammen. Er hatte Mühe, die nächsten Worte zu formulieren. »Sie haben ... haben Clemens Gerber zu Unrecht ... ver... verurteilt!«

»Was wollen Sie überhaupt von mir? Sind Sie ein Verwandter von Gerber?«

Wie durch einen Schleier nahm Vincent van Berg wahr, dass eine Hand mit einem weißen Tuch auf ihn zukam. Intuitiv versuchte er auszuweichen. »Nehmen Sie das Taschentuch«, hörte er Ziegner sagen. »Sie bluten wie ein Schwein.«

Vincent van Berg nahm das Taschentuch und presste es gegen seine Nase. Es herrschte Stille, und langsam klärte sich der Nebel vor seinen Augen wieder.

»Geht's?«, fragte Ziegner schließlich und wartete ab, bis Vincent van Berg die Frage mit einem Nicken bejaht hatte. »Dann nehmen Sie bitte zur Kenntnis, dass ein Schwurgericht aus drei Richtern und zwei Schöffen besteht. Wir haben die Entscheidung damals gemeinsam getroffen. Sämtliche Indizien haben gegen Clemens Gerber gesprochen.«

»Damit unterschlagen Sie einen Teil der Wahrheit!«

»Ich verstehe nicht, was Sie meinen.«

»Vielleicht waren Sie bei der Verkündung wirklich der Meinung, dass Sie recht hatten. Aber Sie haben es ein paar Jahre später schwarz auf weiß gehabt, dass das Urteil falsch war. Sie haben Ihren Fehler aber nicht eingestanden, sondern ihn vertuscht.«

»Sie sind wirklich ein sonderlicher Spinner«, erwiderte Klaus Ziegner und holte mit dem Golfschläger weit aus.

»Der Name Laura Bentfeld dürfte Ihnen in diesem Zusammenhang sicherlich geläufig sein!«

In dem Moment, als der Name Laura Bentfeld fiel, traf der Holz-7-Schläger mit großer Kraft auf den Golfball. Gleichzeitig zuckte ein Schreck durch Klaus Ziegners Körper. Die Flugkurve des Balls folgte zunächst zwar dem rechtsgeschwungenen Fairway in Richtung des nächsten Greens, doch dann drehte er plötzlich scharf nach links ab.

»Fore!«, schrie Vincent van Berg. »Achtung!«

Die Greenkeeperin blickte erschrocken auf und sprang gerade noch rechtzeitig zur Seite.

Kapitel 81

DIE ANDEREN

Winsen (Luhe),
Vincent van Bergs Wohnsiedlung,
Donnerstag, 16. Mai, 08:10 Uhr

Nach Rücksprache mit Hauptkommissar Rolf Degenhardt hatte die Einsatzleitstelle einen weiteren Streifenwagen zu dem Wohnsitz beordert, an dem Vincent van Berg laut Datensatz des polizeiinternen IT-Systems »NIVADIS« gemeldet war.

Darüber hinaus hatte die Einsatzleitstelle die Besatzung des Streifenwagens darüber informiert, dass ein achtzehn Jahre alter silberfarbener Opel Astra auf Vincent van Berg zugelassen war.

Als die Beamten dort ankamen, stiegen sie aus und erkannten den Wagen auf Anhieb. Sie zogen sich Handschuhe an, gingen zu dem Opel und kontrollierten, ob der Wagen abgeschlossen war. Sie zogen am Griff der Fahrertür, woraufhin ihnen ein Gestank von Erbrochenem, Kot und Urin entgegenkam.

Nach einem Augenblick des Zögerns setzten sie ihre Fahrzeugkontrolle fort und öffneten in deren Verlauf auch den Kofferraum. Sie hoben die orangefarbene Fleece-Decke an.

»Wir brauchen die Kollegen der Tatortgruppe hier vor Ort«, meldeten sie der Einsatzleitstelle. »Und schickt uns bitte einen Bestatter.«

Kapitel 82

DIE ANDEREN

Celle,
Justizvollzugsanstalt,
Donnerstag, 16. Mai, 08:10 Uhr

Kommissarin Carola Johannsen hatte sich in einer Bäckerei in der Nähe einen Milchkaffee und ein Croissant gekauft. Damit war sie auf den Parkplatz der JVA zurückgekehrt und hatte sich in ihren Dienstwagen gesetzt. Da sie seit fast vierundzwanzig Stunden durchgearbeitet hatte, war es jetzt höchste Zeit für eine Pause.

Gerade als sie in das Croissant beißen wollte, kam einer der Vollzugsbeamten im Laufschritt auf den Wagen zu.

Carola Johannsen erkannte ihn sofort, denn er hatte ihre Personalien vorhin an der Außenpforte überprüft und ihre Dienstwaffe für die Dauer des Aufenthaltes in der JVA verwahrt.

»Gut, dass Sie noch da sind«, keuchte er, als er am Wagen ankam. »Der Leiter der JVA hat versucht, Sie anzurufen. Er hat Sie nicht erreicht und mich hinterhergeschickt.«

»Er hat mir die Bäckerei am Ende der Straße empfohlen«, antwortete sie. »Ein wirklich sehr guter Tipp!«

»Er hat mir mit auf den Weg gegeben, dass er noch eine wichtige Information für Sie hat.«

Kapitel 83

DIE ANDEREN

Luhdorf,
Wohnhaus von Klaus Ziegner,
8 Jahre zuvor

Seit mehreren Tagen überarbeitete Klaus Ziegner den Inhalt der Vorlesung, die er in der kommenden Woche an der Universität in Hamburg halten wollte. In jedem Semester führte er an der Universität eine doppelstündige Veranstaltung durch, in der er im Kreis junger Studenten über seine Erfahrungen aus seiner Zeit am Landgericht in Lüneburg dozierte. Seine Vortragsweise war legendär und der Vorlesungssaal regelmäßig bis auf den letzten Platz gefüllt.

Nun riss ihn das Klingeln der Türglocke aus seinen Gedanken. Die Unterbrechung kam ihm sehr gelegen. Es war ohnehin Zeit für eine Denkpause und eine Tasse Tee. Als er die Haustür öffnete, blickte er in das Gesicht einer jungen Frau. Er schätzte ihr Alter auf höchstens fünfundzwanzig Jahre.

»Guten Tag, Herr Ziegner«, begann sie das Gespräch schüchtern. »Mein Name ist Laura Bentfeld. Ich habe im vergangenen Jahr das Erste Juristische Staatsexamen abgelegt und promoviere derzeit an der Universität Hamburg.«

»Aha, eine angehende Berufskollegin«, erwiderte Klaus Ziegner erfreut. »Was führt Sie zu mir?«

»Im Zusammenhang mit meiner Promotion bin ich auf etwas gestoßen, das ich mit Ihnen besprechen möchte.«

»Woher haben Sie meine Adresse?«

»Intensive Recherche.«

Er hob die Augenbrauen. »Das spricht eindeutig für Sie. Ich helfe natürlich gerne, sofern meine Fachexpertise dafür ausreicht. Mit welchem Thema beschäftigen Sie sich im Rahmen Ihrer Promotion?«

»Ich analysiere die Beweggründe von Strafgefangenen, die sich einer psychologischen Therapie verweigern und dadurch ihre Chancen verwirken, jemals aus der Haft entlassen zu werden. In Zusammenhang damit habe ich mich mit Clemens Gerber unterhalten.«

»Clemens Gerber … ja, ich erinnere mich an ihn«, antwortete Klaus Ziegner. »Möchten Sie Ihre Frage hier an der Tür klären, oder darf ich Sie auf eine Tasse Tee einladen?«

»Es könnte schon etwas Zeit erfordern …«

»Dann kommen Sie doch bitte herein«, sagte er freundlich und führte Laura Bentfeld in das Wohnzimmer. Nachdem sie Platz genommen hatte, bereitete er den Tee zu.

»Ich kenne Ihre Vorlesung und habe sie sehr geschätzt«, begann Laura Bentfeld das Gespräch erneut, als er mit einer aufwändig verzierten Kanne und zwei dazu passenden Tassen zurückkehrte.

»Das freut mich sehr«, erwiderte er und war offensichtlich geschmeichelt. Er schenkte den Tee ein. Anschließend tauschten sie sich angeregt über Professoren aus, die an der juristischen Fakultät in Hamburg lehrten und ihnen beiden bekannt waren.

Als der Gesprächsfluss nachließ, leitete Klaus Ziegner zu dem Thema über, das Laura Bentfeld zu ihm geführt hatte: »Sie haben sich also mit Clemens Gerber in der JVA in Celle getroffen? Ich erinnere mich sehr gut an ihn, denn die Wogen sind damals während der Gerichtsverhandlung sehr hochgeschlagen.«

»Ich habe mich bereits mehrmals mit ihm getroffen, und ich habe Grund zur Annahme, dass er damals zu Unrecht verurteilt worden ist.«

Ziegner hob die Augenbrauen und setzte seine Teetasse ab. »Wie kommen Sie zu dieser Vermutung?«

»Es gibt Beweise, dass Herr Gerber zur Tatzeit nicht am Tatort gewesen sein kann.«

»Ich staune«, erwiderte Ziegner und hob das Kinn. »Diese Beweise hat es zum Zeitpunkt des Prozesses nicht gegeben.«

»Doch, aber sie sind nicht berücksichtigt worden.«

Ziegner rieb sich lange die Stirn und schien nachzudenken. Schließlich sagte er: »Ich biete Ihnen gerne an, diese Beweise zu prüfen. Sollte sich etwas daraus ergeben, werde ich das Notwendige in die Wege leiten. Sie müssen sich um nichts Weiteres kümmern.«

»Vielen Dank, aber das ist nicht notwendig. Ich habe bereits mit allen Beteiligten darüber gesprochen und das nötige Vorgehen mit ihnen abgestimmt.«

Seine Miene verfinsterte sich. »Alle Beteiligten? Wie darf ich das verstehen?«

Laura Bentfeld faltete einen Zettel auf und warf einen Blick auf die Notizen, die sie angefertigt hatte. Dann erklärte sie: »Zuerst habe ich mich mit Clemens Gerber selbst unterhalten. Ursprünglich ging es dabei nur um seine Weigerung, eine Therapie zu beginnen. Er hat dabei immer wieder betont, dass er unschuldig ist. Ich habe dann eigene Nachforschungen angestellt. Als ich sicher war, dass er zur Tatzeit nicht am Tatort gewesen sein kann, habe ich mich mit den Personen unterhalten, die damals an dem Prozess beteiligt waren.«

»Ich kann Ihnen nicht folgen. Von wem sprechen Sie?«

Laura Bentfeld blickte wieder auf den Zettel, dann las sie vor: »Das waren Kriminalhauptkommissar Jürgen Großmann, die Schöffen Martin Stelter und Simone Distler und Richter Jochen Frey. Ich hätte mich auch gerne mit Richter Constantin Meissner getroffen, aber der ist mittlerweile verstorben.«

Ziegner stand auf und ging durch den Raum. Er blieb am Fenster stehen und blickte hinaus. Zunächst schwieg er, dann drehte er sich um und blickte Laura Bentfeld an. Seine Stimme hatte plötzlich etwas Beängstigendes. »Es wäre gut gewesen, wenn Sie als Erstes zu mir gekommen wären.«

»Dafür war ich tatsächlich schon einmal hier, aber Sie waren nicht da. Ihre Nachbarin erzählte mir, dass Sie zum Golfspielen nach Mallorca gereist seien. Daher habe ich die Liste rückwärts abgearbeitet.«

»Was haben die anderen gesagt?«

»Sie haben vorgeschlagen, dass wir uns zusammensetzen und die nächsten Schritte gemeinsam abstimmen sollten. Wir sind uns einig, dass Clemens Gerber so schnell wie möglich freikommen muss. Sie können sich gar nicht vorstellen, wie glücklich Herr Gerber ist, dass wir seine Unschuld nun endlich beweisen können.«

Was bildet sich diese Göre ein, dachte Klaus Ziegner und ärgerte sich maßlos. Aufgrund von Laura Bentfelds Ernsthaftigkeit hütete er sich aber, dies zu zeigen. »Darf ich fragen, um welche Art von Beweis es sich handelt?«

»Ich habe einen Zeugen ausfindig gemacht.«

Klaus Ziegner runzelte die Stirn. »Wir haben damals alle Zeugen vernommen. Wer soll denn der neue Zeuge sein?«

»Dazu möchte ich jetzt noch nichts sagen.«

Ziegner konnte seinen Ärger kaum zurückhalten. »Ich will mich selbst mit Ihrem Zeugen unterhalten!«

»Kein Problem«, erwiderte Laura Bentfeld.

Kapitel 84

DER GEHÄNGTE

Winsen (Luhe),
Golfplatz Radbrucher Höhe,
Donnerstag, 16. Mai, 08:10 Uhr

»Den Ball haben Sie eindeutig verschlagen!«, sagte Vincent van Berg. Er fühlte sich wieder besser und steckte das blutverschmierte Taschentuch in seine Hose. »Sie hätten die Greenkeeperin beinahe getroffen. Vielleicht sollten Sie noch etwas auf der Driving Range üben.«

»Ich gebe Ihnen einen guten Rat«, zischte Klaus Ziegner. »Sie sollten diesen Ort jetzt augenblicklich verlassen und aus meinem Leben verschwinden. Falls Sie das nicht tun, werde ich Ihnen das Leben zukünftig sehr ungemütlich machen!«

»Damit kommen wir jetzt also zum interessanteren Teil des Gesprächs.« Vincent van Berg nahm ein Glasröhrchen aus seiner Golftasche und hielt es in die Höhe. »Laura Bentfeld hat Ihnen einen Zeugen präsentiert. Es gab nicht den geringsten Zweifel an Clemens Gerbers Unschuld. Sie sind einfach darüber hinweggegangen und haben sämtliche Hoffnungen auf eine Haftentlassung zerstört!«

Ziegner winkte ab. »Verschwinden Sie!«

»Sie haben mit Ihrer Überheblichkeit ein Menschenleben vernichtet!«

»Sie sollen verschwinden, habe ich gesagt!« Ziegner erhob die Stimme.

Vincent van Berg zeigte auf das Röhrchen. »Die Tablette

enthält ein Gramm Strychnin. Das ist das Zehnfache der tödlichen Dosis.«

Ziegner stotterte entgeistert. »Si... sind Sie jetzt völlig übergeschnappt?«

»Sie haben die Wahl. Entweder Sie entscheiden sich für die Tablette, oder ich nehme Ihnen das Liebste.«

»Und was soll mein Liebstes sein?«

»Ursprünglich hatte ich eine E-Mail vorbereitet, die ich an die Polizei und an die Presse versenden wollte. In der E-Mail waren zahlreiche Anhänge enthalten, die Ihren guten Ruf vernichtet hätten.«

Ziegner kratzte sich am Hinterkopf. »Über welche Art von Anhängen sprechen Sie?«

»Bilder und Videos, die Sie beim Geschlechtsverkehr zeigen. Ich denke, dass Sie selbst am allerbesten wissen, welche Straftatbestände Sie mit diesen ... nennen wir sie ... Handlungen ... erfüllen.«

»Sie sprechen von ...«

»Sie wissen, was ich meine!«

Klaus Ziegner rang nach Luft. Er schloss die Augen für einen kurzen Moment, dann fragte er: »Was wollen Sie wirklich von mir?«

»Die Daten würden wohl nicht ausreichen, um Sie hinter Gitter zu bringen, aber sie hätten Ihren guten Ruf zerstört. Ich habe erst spät begriffen, dass ich Ihnen damit aber nicht das Liebste nehmen würde.«

Klaus Ziegner rang nach Luft. »Ich denke, wir sollten dieses Thema nicht emotional angehen. Mir stehen ausreichende Mittel zur Verfügung, um mich mit Ihnen zu einigen. Verstehen Sie, was ich meine?«

Vincent van Berg hielt das Röhrchen noch immer in die Höhe. Er ließ es zwischen Zeigefinger und Daumen hin und her pendeln. »Das ist das einzige Mittel, über das wir uns einigen müssen.«

Ziegner schüttelte den Kopf. »Sie haben mich nicht verstanden! Sie glauben doch nicht im Ernst, dass ich mich selbst vergifte!«

»Das ist Ihre Entscheidung!«

Ziegner streckte seine Hand aus und machte einen Schritt auf Vincent van Berg zu. Er nahm das Glasröhrchen entgegen und musterte die darin enthaltene Tablette eingehend. Anschließend warf Klaus Ziegner das Röhrchen über seine Schulter nach hinten weg, so dass es durch die Luft wirbelte und einige Meter entfernt im Gras landete. »Das vergessen wir jetzt einfach und unterhalten uns wie echte Männer.«

Wieder verschwammen sämtliche Konturen vor Vincent van Bergs Augen. Er blickte auf seine Uhr und versuchte, die Uhrzeit abzulesen. »Ich gebe Ihnen fünf Minuten. Und vergessen Sie nicht: Es geht um Ihr Liebstes!«

Dann nahm er den Trolley mit seiner Golftasche und ging.

Kapitel 85

DIE ANDEREN

Luhdorf,
Wohnhaus von Klaus Ziegner,
8 Jahre zuvor

Laura Bentfeld schenkte jedem der Anwesenden ein freundliches Nicken: dem Zeugen, der extra aus Köln angereist war, und weiterhin Jürgen Großmann, Martin Stelter, Simone Distler, Jochen Frey und Klaus Ziegner.

Es war Laura Bentfeld tatsächlich gelungen, sämtliche Beteiligte an einen Tisch zu bringen. Genauer gesagt, an den Wohnzimmertisch von Klaus Ziegner.

Bei dem Zeugen handelte es sich um einen Mann mittleren Alters. Er hatte ein südländisches Aussehen. Er sprach ein fehlerfreies Deutsch, hatte allerdings einen deutlichen Akzent. Es war ihm sichtlich unangenehm, hier zu sein. Bereits im Vorfeld hatte er darauf bestanden, seinen Namen in dieser Runde nicht nennen zu müssen.

Als das anfängliche Geplauder erstarb, lenkte Laura Bentfeld das Gespräch auf das Thema, das sie alle hier zusammengeführt hatte.

Der Zeuge öffnete die Aktentasche, die neben seinem Sessel stand. Er nahm zahlreiche Fotos heraus und breitete sie auf dem Tisch aus. Dann blickte er in die Gesichter der Anwesenden. Sie offenbarten höchst unterschiedliche Reaktionen: Sie reichten von Interesse über Verwunderung bis hin zu Ekel.

»Ich bin homosexuell und war zum Tatzeitpunkt mit Clemens Gerber befreundet. Wir hatten keine feste Beziehung, sondern einen losen sexuellen Kontakt. An dem Tag, als das Mädchen ermordet wurde, sind diese Aufnahmen in einem Kölner Hotel entstanden. Das können Sie anhand der digitalen Zeitstempel nachvollziehen. Außerdem kann ich die Quittung des Hotels vorlegen.«

Klaus Ziegner griff sich eines der Fotos und sah es sich genau an. Anschließend fragte er: »Hatten Sie Sex gegen Geld?«

Der Zeuge presste die Augenlider aufeinander und senkte den Blick. Schließlich nickte er zaghaft.

»Habe ich mir gedacht«, erwiderte Ziegner. »Ein paar Sexfotos und eine Hotelquittung einer männlichen Nutte reichen mir jedenfalls nicht aus, um die Unschuld von Clemens Gerber zu beweisen. Es wäre keine Kunst, das zu fälschen.«

»Das können wir in einem Labor ja sicher überprüfen lassen«, sagte Laura Bentfeld mit Blick auf Jürgen Großmann, der aber nur nachdenklich die Augenbrauen hob.

Ziegner verzog das Gesicht eindeutig. Er dachte mitnichten an die Sexszenen, die er sich unter anderen Umständen in schillernden Farben ausgemalt hätte. Stattdessen hatte er seine Reputation im Kopf. Bis zum heutigen Tag hatte er als Aushängeschild vor sich hergetragen, dass keines seiner Urteile von einer höheren Instanz aufgehoben werden konnte.

Ziegner hatte nicht das geringste Interesse, dass sein Name zukünftig mit einem Fehlurteil in Verbindung gebracht würde, das einem offenbar Unschuldigen mittlerweile mehr als zehn Jahre Haft eingebracht hatte.

»Wenn das wirklich so sein sollte, dann sehe ich gute Chancen für Clemens Gerber«, sagte Jochen Frey.

»Ich würde mich so sehr für ihn freuen«, sagte Laura Bentfeld.

»Warum haben Sie sich damals nicht als Zeuge gemeldet?«, fragte Martin Stelter.

»Ich hatte damals keine Aufenthaltsgenehmigung.«

»Sie waren illegal hier?«

»Ja, geflohen aus dem Kosovo. Clemens hatte mich damals gebeten, als Zeuge auszusagen und seine Unschuld zu beweisen. Ich hatte damals aber wahnsinnige Angst, dass man mich wieder in den Kosovo abschiebt. Daher bin ich untergetaucht.«

»Und warum wollen Sie jetzt aussagen?«

»Ich kann den Gedanken nicht mehr ertragen, dass Clemens unschuldig hinter Gittern sitzt.«

»Und Sie fürchten keine Abschiebung mehr?«

»Ich bin mit einem deutschen Mann verheiratet und darf bleiben.«

Nach dieser Antwort herrschte Schweigen.

Klaus Ziegner brach es nach einigen Augenblicken. »Ich schlage vor, dass wir jetzt entsprechend den Regeln vorgehen, die damals auch für die Schwurgerichtsverhandlung gegolten haben. Demnach brauchen wir eine Zweidrittelmehrheit der Anwesenden, um eine Wiederaufnahme des Prozesses in die Wege zu leiten. Wer stimmt dafür?«

»Warum sollen wir darüber abstimmen?«, fragte Laura Bentfeld.

»Ganz einfach«, erklärte Klaus Ziegner. »Ich denke nicht, dass die Beweise ausreichen, um die Unschuld von Clemens Gerber zu beweisen. Ich werde mich nur dann für ihn einsetzen, wenn die von mir vorgeschlagene Abstimmung zugunsten von Clemens Gerber ausgeht. In diesem Fall beuge ich mich der Mehrheit.«

Ziegner lenkte seinen Blick durch die Runde. »Sollte jemand von Ihnen diese Abstimmung nicht befürworten, werde ich Sie alle nun schlichtweg auffordern, mein Haus zu verlassen.«

Niemand sagte etwas.

Ziegner wirkte zufrieden. »Das bedeutet also, dass wir fünf Stimmen benötigen, die sich für Clemens Gerber aussprechen. Dann stelle ich jetzt die entscheidende Frage: Wer ist der Meinung, dass wir auf Grundlage der neuen Beweise versuchen sollten, die Unschuld von Clemens Gerber zu beweisen?«

Unverzüglich hoben sich die Arme von Laura Bentfeld, Simone Distler, Martin Stelter und Jochen Frey.

Nicht nur Klaus Ziegner, sondern auch Jürgen Großmann legte die Hände auf die Tischplatte. Anders als Ziegler hatte er es zögerlich getan, begleitet von einem Kopfschütteln.

Damit verfügte der Zeuge nun über die entscheidende Stimme. Sämtliche Blicke ruhten auf ihm. Im Wohnzimmer herrschte absolute Stille.

»Sollte es zu einer neuen Verhandlung kommen, müssten Sie natürlich öffentlich aussagen«, sagte Klaus Ziegner.

Der Zeuge kreuzte die Arme vor seiner Brust. Er war sichtlich irritiert.

»Ich denke, dass Sie in der Öffentlichkeit dann einen sehr schweren Stand haben werden«, sagte Ziegner weiter. »Ich meine damit nicht, weil Sie schwul sind. Falls Clemens Gerber freigesprochen werden sollte, werden Sie es sein, der die entscheidenden Beweise jahrelang zurückgehalten hat.«

Niemand der Anwesenden widersprach Klaus Ziegner. Lediglich Laura Bentfeld reagierte empört: »Ich bitte Sie, den Zeugen nicht zu beeinflussen!«

Klaus Ziegner fuhr unbeirrt fort: »Weiß Ihr Mann von Ihren … ich nenne sie mal … Eskapaden?«

Der Zeuge hielt die Augenlider wieder fest geschlossen und schien einen inneren Kampf mit sich selbst auszufechten. Schließlich schüttelte er den Kopf und öffnete die Augen. »Nein. Ich habe Frau Bentfeld vorher auch schon gesagt, dass ich anonym bleiben möchte. Mein Mann soll nichts erfahren. Sollten Sie das nicht gewährleisten können, kann ich leider nicht aussagen.«

Klaus Ziegner stützte sich mit seinen Ellenbogen demonstrativ auf dem Tisch ab und grinste breit: »Ich verspreche Ihnen, dass Sie die Titelseiten sämtlicher Zeitungen und Schmierblätter zieren werden!«

Ein Raunen ging durch den Raum. Laura Bentfeld haute voller Wut auf den Tisch und sprang auf. »Das können Sie doch nicht machen!«

Der Zeuge hatte verstanden. Er raffte die Fotografien zusammen, verstaute sie in seiner Aktentasche und erhob sich.

»Es wird wie bei der ersten Verhandlung einen riesigen Medienrummel geben«, erklärte Klaus Ziegner. »Glauben Sie ernsthaft, dass es gelingen würde, die Identität eines Entlastungszeugen geheim zu halten?«

Die Anwesenden stimmten Ziegners Ausführungen durch ihr Nicken zu. Nur Laura Bentfeld protestierte. »Das ... das können Sie doch nicht machen!«

»Und wissen Sie was?«, fuhr Klaus Ziegner fort und hob die Arme, als wolle er um Entschuldigung bitten. »Selbst mit größten Anstrengungen könnten wir nicht verhindern, dass es undichte Stellen gibt. Sozusagen ein kleines Leck, das Ihre schmutzigen Geheimnisse an Ihren Mann ausplaudert.«

Laura Bentfelds Blick pendelte fassungslos zwischen Klaus Ziegner und dem Zeugen hin und her. »Was passiert jetzt mit Clemens Gerber?«

Klaus Ziegner griff in seine Hosentasche und holte einige Münzen hervor. Dann suchte er ein Zweieurostück heraus und legte es vor Laura Bentfeld auf den Tisch: »Wenn Sie Clemens Gerber nächstes Mal besuchen, laden Sie ihn bitte auf einen Kaffee ein.«

Kapitel 86

DER GEHÄNGTE

Winsen (Luhe),
Golfplatz Radbrucher Höhe,
Donnerstag, 16. Mai, 08:15 Uhr

Vincent van Berg hatte das Klubhaus fast erreicht. Er wankte und musste immer wieder Ausfallschritte machen, um das Gleichgewicht nicht zu verlieren. Höllische Schmerzen malträtierten seinen Kopf. Er schaffte es kaum mehr, seine Gedanken zu ordnen.

»Bleiben Sie stehen!«, schrie Klaus Ziegner hinter ihm her.

Weiter!, dachte Vincent van Berg. Obwohl der Parkplatz und der BMW bereits in Sichtweite waren, verschwammen die Umrisse zunehmend vor seinen Augen. Er fuhr mit der Zungenspitze über seine Lippen und schmeckte das Blut, das aus seiner Nase rann. Er holte den Autoschlüssel aus der Hosentasche und drückte auf einen der Knöpfe. Die Türen des Wagens entriegelten sich mit einem Aufleuchten der Blinker.

»Bleiben Sie stehen!«, schrie Klaus Ziegner nochmals.

Vincent van Berg überkam eine heftige Übelkeit. Er blieb stehen, und im nächsten Moment ergoss sich sein Mageninhalt in einem Schwall vor seinen Füßen. Er stöhnte kurz auf und blickte sich um. Er sah, dass Ziegner sich im Laufschritt dem Parkplatz näherte.

Weiter!, dachte Vincent van Berg und ließ den Trolley mit der Golftasche fallen. Er setzte seinen Weg fort und konzentrierte sich auf jeden einzelnen Schritt. Er schmeckte wieder

Blut, sein Magen zog sich abermals zusammen. Es kam ihm vor wie eine Ewigkeit, bis er den BMW endlich erreichte.

»Was ist mit den E-Mails und den Anhängen?«, schrie Klaus Ziegner, der immer näher herankam.

Weiter! Weiter!, dachte Vincent van Berg. Er öffnete die Fahrertür des Wagens und nahm die Tarotkarte vom Fahrersitz. Dort hatte er sie bereits bei seiner Ankunft bereitgelegt. Dann wankte er zu Klaus Ziegners Geländewagen und klemmte die Karte unter einen der Scheibenwischer. Vincent van Berg schaffte es gerade noch rechtzeitig, zu seinem BMW zurückzukehren. Rasch verriegelte er die Türen.

»Machen Sie die Tür auf, Sie verdammter Idiot!«, schrie Klaus Ziegner wenige Sekunden später und rüttelte am Türgriff. Er ballte die Fäuste und trommelte gegen die Scheibe der Fahrertür. »Ich verlange, dass Sie diese verdammten E-Mails löschen!«

Vincent van Berg nahm sein iPad und schaltete es ein. Dann öffnete er die App, die er für diesen fünften Akt programmiert hatte. Damit stellte er eine Funkverbindung zu dem Herzschrittmacher von Klaus Ziegner her. Diese Funktion war nicht ungewöhnlich und gehörte zum medizinischen Standard. Sie gab den behandelnden Ärzten die Möglichkeit, die Einstellungen der Geräte flexibel an Änderungen des Gesundheitszustands des Patienten anzupassen oder Geräte-Updates aufzuspielen.

Vincent van Berg blickte auf und sah, dass Klaus Ziegner zurück zum Klubhaus eilte.

Vincent van Berg fixierte die rote Kachel, die sich am Rand des Displays befand. Er drückte sie, und der Defibrillator, der in Ziegners Herzschrittmacher integriert war, jagte fünf Elektroschocks im Sekundentakt durch Ziegners Körper.

Kapitel 87

DIE ANDEREN

Buchholz in der Nordheide,
Polizeiinspektion Nordheide,
Donnerstag, 16. Mai, 08:15 Uhr

Hauptkommissar Rolf Degenhardt hatte in den vergangenen Minuten eine Fülle von Informationen erhalten.

Zum einen hatten Oberkommissar Roland Petersen und Kommissarin Anette Sjut ihn in Kenntnis gesetzt, dass sie gemeinsam mit den Hamburger Kriminaltechnikern eine Tarotkarte in Simone Distlers Briefkasten sichergestellt hatten. Per Smartphone hatte Anette Sjut ein Bild dieser Karte an Rolf Degenhardt gesendet. Die Karte war mit dem Aufdruck »THE HANGED MAN« versehen und stellte damit die englische Ausführung der Tarotkarte »Der Gehängte« dar.

Für Rolf Degenhardt stand damit zweifelsfrei fest, dass auch Simone Distler zu der aktuellen Serie gehörte. Daher hatte er Anette Sjut und Roland Petersen direkt in das Unfallkrankenhaus Boberg beordert, wo sie in Erfahrung bringen sollten, ob Simone Distler inzwischen vernehmungsfähig war.

Zum anderen hatte Kommissarin Carola Johannsen ihn ein zweites Mal angerufen. Sie berichtete, dass der Leiter der Justizvollzugsanstalt Celle eine weitere Person ins Spiel gebracht habe. Demnach hatte Clemens Gerber kurz vor seinem Tod mehrmals Besuch von einer jungen Frau erhalten, die im Rahmen ihrer Promotion mehrere Gespräche mit ihm geführt hatte.

Der Leiter der JVA hatte die Besuchsprotokolle noch einmal durchgesehen und die Besucherin schließlich als Laura Bentfeld benannt.

Daraufhin hatte Degenhardt in dem NIVADIS-System nach Laura Bentfeld gesucht und herausgefunden, dass sie in Lüneburg lebte. Ohne Zeit zu verschwenden, hatte er die Einsatzleitstelle angewiesen, einen Streifenwagen auch zu dieser Adresse zu schicken.

Des Weiteren hatte er Jana Liebisch angerufen und sie beauftragt, gemeinsam mit Dirk Kaiser schnellstens nach Lüneburg zu fahren. Sie sollten Laura Bentfeld abholen und zur Polizeiinspektion nach Buchholz bringen.

Kapitel 88

DIE ANDEREN

Winsen (Luhe),
Golfklub Radbrucher Höhe,
Donnerstag, 16. Mai, 08:20 Uhr

Ein Polizeiwagen kam mit hektisch zuckendem Blaulicht auf den Parkplatz gefahren.

»Sie müssen uns helfen!«, brüllte die Greenkeeperin des Klubs und zeigte auf den am Boden liegenden Klaus Ziegner.

Einige Mitarbeiter und Golfspieler versuchten ihn wiederzubeleben. Sie unterstützten sich gegenseitig bei den Herzdruckmassagen und den Atemspenden.

Die Beamten stiegen eilig aus. »Was ist passiert?«

Die Greenkeeperin zuckte mit den Schultern. »Einer meiner Kollegen hat gesehen, wie er zusammengebrochen ist. Er hat einige Male gezuckt, und dann war Schluss.«

»Haben Sie den Notarzt und den Rettungswagen alarmiert?«

»Die sollten jeden Moment hier sein.«

Vincent van Berg beobachtete von seinem Wagen aus, was auf dem Parkplatz des Golfklubs vor sich ging. Zuerst befürchtete er, dass jemand auf ihn und den angemieteten BMW aufmerksam werden könnte, aber dies bewahrheitete sich nicht.

Vincent van Berg wusste, dass Klaus Ziegner seine Gesundheit als sein wertvollstes Gut ansah. Ziegners schlimmste Vorstellung war, im Alter zu einem Pflegefall zu werden. Auf ebendiese Gesundheit hatte Vincent van Berg es abgesehen. Er blickte auf die Stoppuhr. Es waren exakt zehn Minuten vergangen, seitdem er Ziegners Herzstillstand provoziert und den Schrittmacher ausgeschaltet hatte.

Nun aktivierte er das Gerät wieder, so dass es seinen regulären Betrieb wieder aufnehmen konnte. Sollten die Wiederbelebungsversuche erfolgreich verlaufen – und davon ging Vincent van Berg aus –, dann würde Klaus Ziegner zu einem Pflegefall werden. Zehn Minuten ohne Sauerstoff schädigten jedes Gehirn irreparabel.

Er legte das iPad auf den Beifahrersitz und startete den Wagen.

Niemand nahm Notiz von dem BMW, der langsam vom Parkplatz rollte.

Sechster Akt

Donnerstag, 16. Mai
08:30 Uhr – 09:40 Uhr

Auszug aus einem Beschluss des Landgerichts Lüneburg, 24 Monate zuvor

»In der Strafvollstreckungssache gegen Vincent van Berg, zurzeit Justizvollzugsanstalt Celle, hat die Strafvollstreckungskammer durch den Vorsitzenden Richter Christian Lechner nach mündlicher Anhörung beschlossen:

1. *Die weitere Vollstreckung aus dem Urteil des Schwurgerichts gegen Vincent van Berg wird mit Wirkung zum Ablauf des nächsten Monats zur Bewährung ausgesetzt.*
2. *Die Dauer der Bewährungszeit beträgt 5 Jahre.*
3. *Dem Verurteilten wird folgende Auflage erteilt: eine Geldbuße in Höhe von 2.400,– €, zahlbar in monatlichen Raten zu 50,– € an die Hilfsorganisation für Kriminalitätsopfer »Weißer Ring e.V.« Die Zahlungen sind der Bewährungshilfe monatlich nachzuweisen.*
4. *Weiterhin werden dem Verurteilten folgende Weisungen erteilt:*
   a) *Er hat sich in eine nachsorgende Behandlung zu begeben. Die Kosten werden durch das Ministerium der Justiz übernommen.*

b) Er hat während der Bewährungszeit jeden Wechsel der Wohnung oder des Aufenthalts dem Gericht sowie der Bewährungshilfe unter Angabe des Aktenzeichens unverzüglich und unaufgefordert schriftlich anzuzeigen.

c) Er wird der Aufsicht und Leitung der für seinen Wohnort jeweils zuständigen hauptamtlichen Bewährungshilfe unterstellt.

d) Er hat sich unmittelbar nach seiner Entlassung, danach für sechs Monate jeweils in der ersten Sprechstunde des Monats persönlich bei seinem Bewährungshelfer/seiner Bewährungshelferin zu melden.

e) Vorladungen der Bewährungshilfe hat der Verurteilte pünktlich zu befolgen.

f) Im Falle der Erwerbslosigkeit hat sich der Verurteilte bei der zuständigen Agentur für Arbeit oder einer anderen zur Arbeitsvermittlung zugelassenen Stelle arbeitslos zu melden.

g) Die Erteilung von weiteren Auflagen und Weisungen bleibt vorbehalten.

h) Der Verurteilte wird darauf hingewiesen, dass er den Widerruf der Strafaussetzung zu erwarten hat, wenn er innerhalb der Bewährungszeit eine Straftat begeht oder den Wohnsitzwechsel nicht anzeigt bzw. den weiteren oben erteilten Auflagen und Weisungen nicht nachkommt.

i) Die Belehrung über die Bedeutung der Bewährungsaussetzung wird dem Leiter der Justizvollzugsanstalt in Celle übertragen.«

Kapitel 89

DIE ANDEREN

Lüneburg,
Innenstadt,
Donnerstag, 16. Mai, 08:30 Uhr

»Du sollst nicht so schnell fahren!«, schimpfte Laura Bentfeld. Sie bemühte sich, mit ihrem Bruder Schritt zu halten.

»Wir sind gleich da«, antwortete Cord Bentfeld mit monotoner Stimme. »Hundertfünfzig Meter musst du noch durchhalten.« Dann drückte er den Joystick mit dem Kinn nach vorne und beschleunigte den Elektro-Rollstuhl auf die Höchstgeschwindigkeit von zehn Stundenkilometern.

Laura Bentfeld wusste, wie sehr ihr Bruder dieses Gefühl von Freiheit genoss, dennoch wollte sie es nicht zulassen. Sie bezweifelte, dass er die Situation überblickte. Jederzeit könnte er einen Fußgänger übersehen und mit ihm kollidieren. Im nächsten Augenblick könnte er durch ein Schlagloch fahren, ein falsches Signal an den Joystick geben und auf den Asphalt stürzen. Von einer Sekunde auf die andere könnte er von einer Spastik überrascht werden, die Kontrolle über den Rollstuhl verlieren und gegen eine Wand prallen.

Nichts davon passierte.

Stattdessen stoppte Cord Bentfeld vor einem Reisebüro und richtete den Rollstuhl mithilfe der Kinnsteuerung so aus, dass er sich die Aushänge in dem Schaufenster ansehen konnte. »Amerika wäre cool«, sagte er, als seine Schwester endlich neben ihm stand. »Ein halbes Jahr lang mit dem Motorrad über die Route 66. Und am Ende würde ich mir dort ein Tattoo stechen lassen.«

»Du bist ein Idiot«, antwortete sie und rang nach Atem.

»Die Südsee wäre auch geil. Den ganzen Tag am Strand liegen, Cocktails trinken und abends eine heiße Braut aufreißen.«

»Du weißt ganz genau, was passieren kann, wenn du so schnell fährst!«

»Guck mal, da oben. Drei Wochen Fallschirmspringen in Südafrika. Und am Ende hätte ich sogar die AFF-Lizenz.«

»Nächstes Mal begleite ich dich nicht in die Stadt! Dann musst du selbst sehen, wie du klarkommst!« Laura Bentfeld blickte auf ihren Bruder hinab. Natürlich konnte er nicht allein in die Stadt fahren, denn er war wegen seiner hohen Querschnittslähmung rund um die Uhr auf Intensivpflege angewiesen. Eigens dafür war ein zwölfköpfiges Team in Acht-Stunden-Schichten organisiert. Selbstverständlich würde sie ihn wieder begleiten, wenn er eine seiner Ausfahrten unternehmen wollte. »Was ist eine AFF-Lizenz?«, fragte sie ihn schließlich.

»Keine Ahnung, aber es klingt gut. Kannst du mir die Kataloge besorgen?«

»Natürlich«, antwortete sie und gab sich dabei große Mühe, ihrer Stimme einen ungezwungenen Klang zu geben. »Kein Problem.«

Cord Bentfeld drückte sein Kinn seitlich gegen den Joystick und drehte den Rollstuhl zu ihr. »Was ist los mit dir?«

»Nichts«, erwiderte sie und strich ihm über die Wangen. Sein Kopf war der einzige Teil seines Körpers, der für Berührungen sensibel war. »Ich bin müde, das ist alles.«

Er schaute an ihr vorbei auf die Turmspitze der St. Johanniskirche. Er bezweifelte nicht, dass seine Schwester erschöpft war, denn in den vergangenen fünf Jahren hatten lediglich zwei

Dinge ihr Leben bestimmt: ihr Beruf als Rechtsanwältin in einer Lüneburger Kanzlei und seine Rund-um-die-Uhr-Pflege. Cord Bentfeld konnte sich nicht erinnern, wann seine Schwester zum letzten Mal in den Urlaub gefahren war oder sich wenigstens eine kurze Auszeit genommen hatte.

»Laura«, sagte er schließlich. »Ich verbringe gerne Zeit mit dir und freue mich immer wahnsinnig, wenn du da bist, aber denk doch auch mal an dich. Was hältst du davon, wenn *du* im Sommer über die Route 66 fährst? Sobald du wieder da bist, kannst du mir dann die Fotos zeigen.«

Es entstand eine längere Pause, in der nur das Beatmungsgerät zu hören war. Chirurgen hatten unterhalb seines Kehlkopfes einen stabilen Zugang zu seiner Luftröhre geschaffen, um dort eine Trachealkanüle einführen zu können. Transparente Schläuche verbanden diese Kanüle mit einem Beatmungsgerät, das an der Rückenlehne des Rollstuhls montiert war. Im stetigen Wechsel baute das Gerät einen Überdruck auf, der seine Lungen mit einem speziellen Atemgas versorgte. Zwischen der Trachealkanüle und den Beatmungsschläuchen war ein Sprechventil eingesetzt, das das Gas beim Ausströmen über den Kehlkopf und die Stimmlippe lenkte. Somit war er trotz der künstlichen Beatmung in der Lage, sich zu artikulieren.

Sie seufzte. »Südafrika könnte ich mir durchaus vorstellen. Darüber können wir irgendwann einmal nachdenken. Aber nicht jetzt, ich muss etwas Dringendes mit dir besprechen.«

»Das passt gut. Ich auch mit dir.«

Sie fuhr mit dem Zeigefinger über seinen rechten Handrücken. »Ich habe die Möglichkeit, die Kanzlei auf einem Kongress in Lissabon zu vertreten.«

»Das ist eine große Chance für dich, nicht wahr?«

Sie nickte. »Ja, das ist es, aber ich möchte die Entscheidung gemeinsam mit dir treffen.«

»Wie lange bist du dann weg?«

»Fünf Tage.«

»Und wann findet der Kongress statt?«

»In drei Wochen. Ich fliege am Dienstag und komme am Sonntag zurück.«

»Okay«, erwiderte er. »Ich bin einverstanden. Ich wünsche dir eine erfolgreiche Zeit in Portugal!«

Sie drückte ihm einen Kuss auf die Wange. »Danke, du bist ein Schatz. Und jetzt bist du dran. Worüber möchtest du mit mir reden?«

»Über Fabian«, antwortete er. Fabian Hausschild hatte sich erst vor Kurzem auf eine Annonce gemeldet, mit der Laura Bentfeld eine qualifizierte Fachkraft für das Pflegeteam ihres Bruders gesucht hatte. Laut seiner Bewerbungsunterlagen hatte er eine Ausbildung zum Gesundheits- und Krankenpfleger absolviert und verfügte über die Zusatzausbildung für Intensivpflege und Anästhesie. Laura Bentfeld und ihr Bruder hatten das Vorstellungsgespräch gemeinsam geführt. Sie hatten sich geeinigt, einen Versuch zu wagen. In der vergangenen Woche hatte Fabian Hausschild einen Tag lang zur Probe gearbeitet. Dabei war er der erfahrenen Pflegekraft Marie Ziebarth zur Hand gegangen.«

Laura Bentfeld stutzte. »Was ist mit ihm?«

»Ich kann es nicht genau sagen. Es ist nur ein Gefühl. Ich vertraue ihm nicht.«

»Cord! Du kennst ihn doch noch gar nicht!«

»Er hat nur nach Maries Anweisungen gearbeitet. Ich habe überhaupt nicht erkannt, dass er von Medizin und Pflege irgendeine Ahnung hat.«

»Du weißt ganz genau, wie schwer es ist, jemanden mit seinen Qualifikationen zu finden. Das ist mir jetzt erst einmal wichtiger als dein Gefühl.«

»Aber …«

»Wir haben keine Alternativen, Cord! Ich kann in dieser Situation kein *Aber* akzeptieren!«

Cord antwortete nicht.

Sie ergänzte: »Willst du ansonsten noch etwas mit mir besprechen?«

Er rollte mit den Augen, was seine spezielle Art war, um seinen Missmut auszudrücken. Schließlich sagte er: »Ich habe im Internet zwei Karten für ein Rammstein-Konzert gekauft.« Obwohl seine Stimme wegen der künstlichen Beatmung über kaum Sprachmelodie verfügte, konnte sie seine Anspannung spüren. »Kannst du dir vorstellen, mich zu begleiten?«

»Rammstein?« Sie sah ihn verblüfft an. »Wann und wo?«

»Im September in Hamburg.«

Laura Bentfeld drehte einige Augenblicke an ihrem Ohrring. Sie überlegte, ob nicht Marie Ziebarth gemeinsam mit Cord zu dem Konzert fahren könnte.

Bevor Marie zu einem Teil von Cords Pflegeteam geworden war, hatte sie zwölf Jahre lang als Rettungsassistentin für die Bundeswehr gearbeitet. Während dieser Zeit war sie mit Situationen konfrontiert worden, die sich tief in ihr Gedächtnis eingebrannt hatten: Massengräber im Kosovo, Minenunfälle in Mazedonien und Herzegowina sowie unzählige Verkehrsunfälle mit Toten und Schwerstverletzten.

Für die Zeit nach der Bundeswehr hatte sie sich gewünscht, eine Ausbildung als Gesundheits- und Krankenpflegerin zu absolvieren und anschließend in einem Krankenhaus zu arbeiten. Sie wollte einen geregelten Tagesablauf haben und endlich zur Ruhe zu kommen. Sie hatte sich im Lüneburger Klinikum erfolgreich um einen Ausbildungsplatz beworben, allerdings hatten zwischen dem Ende der Bundeswehrzeit und dem Beginn der Ausbildung sechs Monate gelegen. Sie hatte nach einer Möglichkeit gesucht, die Wartezeit sinnvoll zu nutzen, und sie war im Internet auf eine Annonce gestoßen: Cord Bentfeld suchte nach einer Pflegekraft.

Das Vorstellungsgespräch hatte nur wenige Minuten gedauert. Die Chemie zwischen ihnen stimmte, und nach dem Ende der Bundeswehrzeit hatte Marie Ziebarth begonnen, für Cord zu arbeiten. Aus den sechs Monaten, die sie hierfür eingeplant hatte, waren mittlerweile mehr als zweieinhalb Jahre geworden. Marie hatte nicht vor, irgendetwas zu ändern, wie sich Laura Bentfeld sicher war.

Für Cord war Marie die Pflegekraft, die er am liebsten mochte. Sie liebte Rockmusik und Heavy Metal ebenso sehr wie er.

»Willst du nicht mit Marie zu dem *Rammstein*-Konzert fahren?«, fragte sie ihren Bruder.

»Ich wollte zuerst mit dir darüber reden.« Cords Augen blitzten vergnügt.

»Ich verzichte gerne«, erwidert Laura und strich Cord mit einem Lachen übers Haar.

Kapitel 90

DER GEHÄNGTE

Winsen (Luhe),
Waldstück in der Nähe des Golfplatzes Radbrucher Höhe,
Donnerstag, 16. Mai, 08:30 Uhr

Weiter! Weiter! Weiter!, dachte Vincent van Berg, nachdem er den Parkplatz verlassen hatte.

Nachdem er die ersten fünfhundert Meter hinter sich gelassen hatte, trat er abrupt auf die Bremsen. Ihm war speiübel. Der Wagen war knapp zum Stehen gekommen, da übergab er sich bereits in seinen Schoß.

Als er wieder aufblickte, konnte er kaum klar sehen. Wie durch einen Schleier nahm er wahr, dass ihm ein Rettungswagen und ein Notarztwagen entgegenkamen.

Vincent van Berg achtete nicht auf sie – er fuhr weiter.

Nach einem knappen Kilometer näherte er sich einer langgestreckten Linkskurve. Er blinzelte angestrengt und versuchte, den BMW auf der Fahrbahn zu halten. Es gelang ihm nicht. Der Wagen kam von der Straße ab und geriet auf den Seitenstreifen. Er lenkte gegen, und der Wagen begann zu schleudern. Er trat fest auf die Bremen und schaffte es nur knapp, das Auto wieder einzufangen und zurück auf den Asphalt zu steuern.

In diesem Moment realisierte Vincent van Berg, dass er seine Zieladresse in Lüneburg so nicht erreichen konnte. Er musste sich für seinen finalen sechsten Akt etwas Neues einfallen lassen.

Er zögerte kurz, dann bog er rechts in einen gut ausgebauten Schotterweg ab. Diesem folgte er einige hundert Meter, bis er an eine T-Kreuzung kam. Dort bog er wiederum rechts ab und fuhr so lange geradeaus, bis der Schotterweg in einen schmalen Grasweg überging. Auch dieser endete bald.

Schließlich steuerte Vincent van Berg den BMW direkt in den Wald. Dort wich er einigen Bäumen und Sträuchern aus, bis die Reifen endgültig im weichen Boden feststeckten.

Kapitel 91

DIE ANDEREN

Justizvollzugsanstalt Celle,
Besuchsraum
8 Jahre zuvor

Als Laura Bentfeld in den Besuchsraum der JVA eintrat, war ihr der Anblick sehr vertraut: Die Wände waren in einem unaufdringlichen Gelbton gehalten. Links hingen Bilder, die Kinder während ihres Besuches gemalt hatten. Zwischen den Bildern stand ein Regal mit Papier, Buntstiften und verschiedenem Spielzeug. Rechts befanden sich zwei Fenster, deren Stoffvorhänge eine angenehmere Atmosphäre erzeugten, als sie es für ein Gefängnis erwartet hätte. Zwischen den Fenstern stand ein Automat, aus dem sich Besucher Getränke und Schokoladenriegel ziehen konnten.

Dennoch war unverkennbar, dass der Besuchsraum inmitten einer Justizvollzugsanstalt lag: Vor den Fenstern waren Gitterstäbe angebracht, an der Decke hingen Videokameras, und ein Vollzugsbeamter saß in einer Ecke des Raumes. Er beobachtete aufmerksam, was vor sich ging.

Während der Besuche existierte keinerlei Privatsphäre, denn auf beiden Seiten des Raumes waren jeweils vier Tische aus hellem Kiefernholz platziert. An den vorderen zwei Tischen unterhielten sich Häftlinge allem Anschein nach mit ihren Anwälten, an drei weiteren Tischen saßen Inhaftierte, die offensichtlich Besuch von ihren Familien hatten. Sie ließ ihren Blick zum letzten Tisch wandern.

Dort saß Clemens Gerber. Er kehrte dem übrigen Geschehen den Rücken zu und starrte an die Wand.

Laura Bentfeld atmete tief ein, streckte sich und ging zum Automaten. Sie warf mehrere Münzen in den Schlitz und kaufte Schokoladenriegel.

»Ich habe leider eine sehr schlechte Nachricht!«, sagte sie geradeheraus, nachdem sie an Clemens Gerbers Tisch Platz genommen hatte und die Süßigkeiten vor ihm hingelegt hatte.

Vor seinen Händen lag eine Tarotkarte mit einem bunten Motiv. Die Karte trug den Aufdruck *DER GEHÄNGTE*. Er schob die Karte zu ihr hinüber.

Sie blickte ihn fragend an.

»Die Karte steht für eine Zeit der Krise«, erklärte er. »Wir sind einer Situation hilflos ausgeliefert und fühlen uns wie gelähmt. Wir haben keine Chance, irgendetwas zu unternehmen. Es ist absolut sinnlos, dass wir uns gegen unser Schicksal auflehnen. In solchen Lebenslagen ist es völlig normal, dass wir von dunklen Gedanken und von Ängsten gequält werden.«

»Ich verstehe nicht …«

»Lassen Sie mich raten«, fuhr Clemens Gerber fort. »Es wird keine Wiederaufnahme des Verfahrens geben?«

Laura Bentfeld schaffte es nicht, seinem Blick standzuhalten. »Unser Entlastungszeuge ist eingeknickt, es tut mir unendlich leid.«

Clemens Gerber saß still da, seine Haut erschien auf einmal totenblass, alles Blut schien aus seinem Körper zu weichen.

Kapitel 92

DIE ANDEREN

Lüneburg,
Wohnhaus von Laura und Cord Bentfeld
Donnerstag, 16. Mai, 08:50 Uhr

Gleich nachdem Laura und Cord Bentfeld nach Hause gekommen waren, hatten sie mit Cords täglicher Körperpflege begonnen. Wie üblich ging Marie Ziebarth ihnen zur Hand. Die beiden Frauen hoben den bewegungsunfähigen Mann mithilfe eines Deckenlifters auf einen Pflegetisch, der mit blauem Vinyl weich ausgepolstert war. Sie entkleideten ihn, wuschen ihn, cremten ihn ein und zogen ihn wieder an. Dabei gaben sie besonders darauf acht, die künstliche Beatmung zu keinem Zeitpunkt zu unterbrechen.

Für den gelähmten Mann bedeutete diese Art von Körperpflege, dass er mehrere Minuten lang vollkommen entblößt auf dem Pflegetisch lag, ohne sein Intimstes schützen zu können. Im Laufe der Zeit hatte sich zwischen seiner Schwester und seinem Pflegeteam eine Routine entwickelt, die die Situation für sie alle erträglich machte. Sie arbeiteten Hand in Hand, ohne ein Wort zu verlieren. Cord hatte dadurch ein Gefühl von Würde, und dafür war er ihnen sehr dankbar.

Nun lehnte Marie sich über ihn und strich über sein Haar. »Weißt du eigentlich, dass wir im September Jahrestag haben?«

»Um Himmels willen«, antwortete er, während das Sprechventil das Atemgas über seinen Kehlkopf und seine Stimmlippen lenkte. »Bedeutet das, dass ich es dann schon ein ganzes Jahr mit dir aushalte?«

»Du bist unmöglich!«, schimpfte Marie. »Im September arbeite ich schon drei Jahre für dich!«

»O Gott, das wird ja immer schlimmer!«

»Wenn du dich nicht zusammenreißt, schicke ich doch noch eine Bewerbung ins Krankenhaus!«

Laura bemühte sich, ein Lächeln zu unterdrücken. »Ihr Männer seid doch alle gleich! Uns würde schon ein einfaches Dankeschön reichen. Ich denke, das haben wir absolut verdient. Nicht wahr, Marie?«

»Zu viel Lob geht auf Kosten der Motivation«, erwiderte Cord.

Die Frauen schauten sich an. »Bevor Marie ins Krankenhaus wechselt, werde ich zusammen mit ihr einen Sommer lang auf dem Jakobsweg wandern«, sagte Laura. »Achthundert Kilometer von Saint Jean Pied de Port bis nach Santiago de Compostela. Sobald wir unterwegs sind, wirst du schon sehen, was du an uns hast.«

Marie hob die Augenbrauen. »Du kennst die Namen von Start- und Zielort? Hast du dich näher mit dem Jakobsweg beschäftigt?«

»Das war nur ein Spaß«, antwortete Laura und lachte. Zuerst möchte Cord mich zum Fallschirmspringen nach Südafrika schicken!«

»Solange ihr mich nicht mit Fabian Hausschild allein lasst, dürft ihr gerne eure Rucksäcke packen«, warf Cord ein.

Die Miene seiner Schwester verfinsterte sich schlagartig. »Das ist nicht okay«, erwiderte sie scharf. »Ich habe dir vorhin schon erklärt, dass Fabian für mich kein Thema ist! Es ist unfair, dass du jetzt wieder damit anfängst!«

Es herrschte einen Augenblick Stille, dann seufzte sie und

wandte sich an Marie. »Bist du so weit, Cord zurück in den Rollstuhl zu heben?«

»Einen kleinen Moment noch.« Marie löste die Bremsen des Rollgestells, an dem das Beatmungsgerät befestigt war. Dann nahm sie die Beatmungsschläuche in die Hand und hielt sie so, dass die Trachealkanüle beim Umlagern nicht aus der Luftröhre rutschen konnte. »Okay, ich bin fertig«, sagte sie schließlich. »Du kannst ihn jetzt anheben.«

Laura betätigte die Fernbedienung. Mit einem Surren spannte der Deckenlifter das Hebetuch, das unter Cord ausgebreitet war. So hoben sie ihn sanft vom Pflegetisch.

»Ich möchte dir etwas zu unserem Jahrestag schenken«, sagte er, während der Lifter ihn über ein an der Decke montiertes Schienensystem zum Rollstuhl fuhr.

»Meinst du mich?«, fragte Marie. »Du hast doch nicht einmal an den Jahrestag gedacht!«

»Wenn ich ehrlich sein soll, habe ich Laura zuerst gefragt. Aber sie hat vorgeschlagen, dass wir beide zusammen nach Hamburg zu *Rammstein* fahren.«

»Rammstein?«, kreischte Marie.

»Ich habe zwei Karten für das Konzert im Stadtpark gekauft. Falls du Zeit hast, würde ich dich gerne einladen.«

»Du bist ja total … total verrückt!«, stammelte sie, während sie über das ganze Gesicht strahlte.

»Ich habe im Stadtpark einen Rollstuhlfahrerplatz plus Begleitperson reserviert. Den DRK-Fahrdienst habe ich auch schon gebucht.«

»Ich weiß gar nicht, was ich sagen soll!«

»Ein einfaches *Ja* genügt mir.«

»Ja! Jaa! Jaaa!«, jubelte sie. »Ich kann noch gar nicht glauben, dass wir zu *Rammstein* fahren!«

»Ich weiß natürlich nicht, ob du überhaupt auf die Bühne

schauen kannst«, sagte Cord Bentfeld. Er ärgerte sie zu gerne mit ihrer geringen Körpergröße. »Wenn du möchtest, frage ich beim Veranstalter nach, ob wir eine Trittleiter mit in den Stadtpark nehmen dürfen.«

Normalerweise wurde Marie im Handumdrehen wütend, wenn er sich über sie lustig machte, jetzt aber begann sie herzhaft zu lachen. »Kein Problem, dann setze ich dir einen schalldichten Gehörschutz auf, drehe dich mit dem Rücken zur Bühne und schalte die Kinnsteuerung für deinen Rollstuhl aus.«

In dem Moment, als Cord direkt über seinem Rollstuhl schwebte und seine Schwester den Deckenlifter stoppte, läutete die Glocke an der Haustür.

»Erwarten wir Besuch?«, fragte Cord.

Laura schüttelte den Kopf, während sie ihren Bruder absenkte und Marie ihn so bugsierte, dass er direkt in seinem Rollstuhl zum Sitzen kam.

Es klingelte erneut.

»Kann ich euch kurz allein lassen?«, fragte Laura.

»Kein Problem.«

Marie wartete, bis sie den Raum verlassen hatte, dann fragte sie: »Sag mal, was war das gerade mit Fabian Hausschild? Hast du tatsächlich ein Problem mit ihm?«

Cords Blick folgte einem der Buntbarsche, bis dieser hinter einem Stein verschwand. Dann wendete er den Rollstuhl und sah Marie an. »Ich habe kein gutes Gefühl.«

»Warum nicht?«

»Keine Ahnung. Ich kann es nicht wirklich beschreiben.«

»Ich kann verstehen, dass Laura auf diese Aussage gereizt reagiert hat. Als Fabian letzte Woche einen Tag mit mir gemeinsam zur Probe gearbeitet hat, war alles okay. Außerdem finde ich ihn sehr sympathisch.«

»Er hat sich nur um das Aquarium gekümmert und überhaupt nicht gezeigt, was er medizinisch kann.«

»Das hat an der Erledigungsliste gelegen, die du ihm in die Hand gedrückt hast. Du hast ihm überhaupt keine Chance gegeben. Außerdem solltest du nicht vergessen, wie gut er sich mit technischen Dingen auskennt. Er könnte sehr nützlich sein, falls es Probleme mit deinem Beatmungsgerät geben sollte.«

Kapitel 93

DER GEHÄNGTE

Winsen (Luhe),
Waldstück in der Nähe des Golfplatzes Radbrucher Höhe,
Donnerstag, 16. Mai, 08:50 Uhr

Vincent van Berg öffnete die Augen und versuchte sich zu orientieren.

Wo war er?

Und wie lange war er bewusstlos gewesen?

Es dauerte nicht lange, bis er wieder bei klarem Verstand war. Er durfte keine einzige Sekunde mehr verlieren, wenn er das Finale seines Rachewerks nicht in Gefahr bringen wollte! Er holte sein iPad aus seiner Sporttasche, schaltete das Gerät ein und stellte eine Internetverbindung her. Anschließend loggte er sich in den WLAN-Router ein, der im Wohnzimmer von Laura und Cord Bentfeld montiert war. Kurz darauf sah er auf dem Display das Bild, das die winzige Videokamera erzeugte, die er in dem Unterschrank von Cord Bentfelds Aquarium installiert hatte.

Zudem öffnete er die von ihm programmierte App, die ihm einen Zugriff auf das Beatmungsgerät des gelähmten Mannes ermöglichte.

Er musste kurz innehalten, denn die vernichtenden Kopfschmerzen raubten ihm kurz den Atem. Er lehnte sich nach vorne, legte die Stirn gegen das Lenkrad und schloss die Augen.

Warum konnte es nicht so sein wie früher?

»Darf ich dich etwas fragen?«, hörte er Clemens' Stimme, während der Haftraum vor seinem inneren Auge erschien. Der Mond schien durch das Oberlicht und erhellte die Gesichter der beiden Männer.

»Natürlich.«

»Was ist für dich das Wichtigste auf der Welt?«

Die Antwort folgte prompt. »Du!«

»Ehrlich?«

»Ja, und ich hätte selbst nicht gedacht, dass ich so etwas irgendwann zu einem anderen Menschen sagen würde.«

Ein Geräusch riss Vincent von Berg jäh aus diesem Tagtraum. Er sah hoch und meinte, zwischen den Bäumen würde sich etwas bewegen.

Er musste jetzt unbedingt handeln!

Er nahm sein Smartphone in die Hand und suchte im Speicher nach den Verbindungsdaten von Laura Bentfeld.

In dem Moment, als er ihre Telefonnummer wählen wollte, brach er den Vorgang ab. Er folgte einem plötzlichen Impuls und öffnete die Bildergalerie. Dort suchte er nach einem Foto, das ihm seit vielen Jahren ein treuer Begleiter war.

Als er die Aufnahme gefunden hatte, öffnete er sie, so dass sie das gesamte Display ausfüllte. Das Bild zeigte Clemens mit dem Lächeln, das für ihn so typisch gewesen war.

Vincent van Berg traten Tränen in die Augen, aber er sammelte auch seine Kräfte für den letzten Akt. Für Clemens!

Kapitel 94

DIE ANDEREN

Bundesstraße B 4,
zwischen Uelzen und Lüneburg,
8 Jahre zuvor

»Danke, dass du mich von der Arbeit abgeholt hast«, sagte Cord Bentfeld zu seiner Schwester. Sie fuhr, und er saß auf dem Beifahrersitz. »Die Kollegen decken das Dach heute noch zu Ende. Sie fahren erst später zurück nach Lüneburg.«

»Ein schöner Zufall, dass mein Rückweg aus Celle und dein Feierabend zusammenfallen«, erwiderte Laura Bentfeld einsilbig. »Können deine Kollegen dich denn entbehren?«

»Kein Problem. Ich bin heute nur als Ersatz für einen kranken Kollegen eingesprungen. Eigentlich war ich für eine andere Baustelle eingeteilt.«

Laura blieb stumm, was in einem völligen Gegensatz zu der Euphorie stand, die sie in den vergangenen Wochen empfunden hatte.

Ihrem Bruder blieb das nicht verborgen. Er versuchte, den Grund für ihre Niedergeschlagenheit herauszufinden. »Warst du heute wieder wegen deiner Promotion in der JVA?«

Sie nickte.

»Lass mich raten: Dieser Termin ist nicht so gelaufen, wie du es dir gewünscht hast?«

Sie schüttelte den Kopf.

»Ich weiß, dass du mir keine Details erzählen möchtest, aber hast du nicht noch vor ein paar Tagen erzählt, dass du mit deiner Recherche dafür sorgen kannst, dass ein zu Unrecht Verurteilter wieder auf freien Fuß kommt?«

Laura nickte und wischte sich dabei Tränen von den Wangen.

»Achtung!«, brüllte ihr Bruder Sekundenbruchteile vor dem Aufprall.

Kapitel 95

DIE ANDEREN

Lüneburg,
Wohnhaus von Laura und Cord Bentfeld
Donnerstag, 16. Mai, 09:10 Uhr

Laura Bentfeld öffnete die Tür. Dort standen zwei Beamte in Zivilkleidung. Sie stellten sich vor als Kriminalrat Dirk Kaiser und Kommissarin Jana Liebisch.

Ihr stockte der Atem. »O Gott, ist etwas passiert?«

»Wir haben ein paar Fragen zu einem aktuellen Fall«, antwortete Dirk Kaiser. »Dürfen wir kurz reinkommen?«

Laura Bentfeld führte Dirk Kaiser und Jana Liebisch in die Küche. Ihren Bruder Cord schickte sie währenddessen gemeinsam mit seiner Pflegekraft Marie Ziebarth ins Wohnzimmer.

»Hier können wir ungestört sprechen«, sagte Laura Bentfeld, während sie die Tür hinter sich schloss. Sie bot an, Kaffee zu kochen, doch Kaiser und Liebisch lehnten ab.

»Warum sind Sie hier?«, wollte Laura Bentfeld wissen.

»Ich gehe davon aus, dass Ihnen der Name *Clemens Gerber* geläufig ist«, erwiderte Kaiser.

Sie verzog das Gesicht, als würde sie plötzlich einen starken Schmerz empfinden. Es dauerte eine ganze Weile, dann murmelte sie: »Ich habe geahnt, dass mich diese Geschichte irgendwann einholen wird.«

Kaiser fuhr fort: »In Zusammenhang mit seinem Namen ermitteln wir in verschiedenen Tötungsdelikten und schweren

Körperverletzungen. Sagen Ihnen die Namen Jürgen Großmann, Martin Stelter, Simone Distler, Jochen Frey und Klaus Ziegner etwas?«

Laura Bentfeld schnappte nach Luft. Ihr Gesicht zeigte bloßes Entsetzen. »Tötungsdelikte und schwere Körperverletzungen?«

Kaiser nickte. »Ist Ihnen der Name *Vincent van Berg* ebenfalls geläufig?«

Sie schüttelte den Kopf. »Nein, nie gehört.«

»Ich würde Ihnen gerne ein Fahndungsfoto von ihm zeigen.«

»Sehr gerne«, erwiderte Laura Bentfeld.

In diesem Moment begann ihr Handy in der Gesäßtasche zu vibrieren. Sie nahm es heraus und blickte auf das Display. Es zeigte *Fabian Hausschild* als Anrufer. »Entschuldigen Sie bitte«, sagte sie zu Kaiser und Liebisch, »Es ist einer der Pfleger meines Bruders. Ich muss kurz rangehen, es ist wichtig.«

»Kein Problem«, erwiderte Kaiser.

»Hallo?«, meldete sie sich.

Dirk Kaiser und Jana Liebisch beobachteten, dass Laura Bentfeld den Kopf schüttelte und erklärte: »Das passt im Moment leider gar nicht, Fabian. Ich habe wichtigen Besuch im Haus.«

Während sie das Gespräch fortführte, deutete sie den beiden Beamten per Mimik und Handzeichen, dass sie den Raum kurz verlassen würde.

Dirk Kaiser signalisierte seine Zustimmung mit einem Nicken, und Laura Bentfeld verließ die Küche.

Kapitel 96

DIE ANDEREN

Bundesstraße B 4,
Unfallstelle zwischen Uelzen und Lüneburg,
8 Jahre zuvor

»Hallo?«, hörte Laura Bentfeld eine fremde Stimme rufen, als sie wieder zu sich kam.

Blut, dachte sie und versuchte, die Augen zu öffnen. Es fühlte sich an, als würden unter ihren Lidern unzählige Steinchen haften, die wie Schmirgelpapier über das empfindliche Gewebe rieben. Sie wollte die Fremdkörper auswischen, doch ihre Arme gehorchten nicht.

»Hallo?«, hörte sie die fremde Stimme noch einmal rufen.

Blut, dachte Laura Bentfeld wieder und öffnete die Lippen, um zu antworten. Ein harter Gegenstand drückte tief in ihre rechte Körperhälfte und machte die geringste Bewegung zur Qual. Sie bekam kaum Luft und musste sich auf jeden Atemzug konzentrieren. Arme, Beine, Brustkorb und Rippenbögen – keiner dieser Körperteile schien unverletzt zu sein. Schließlich schloss sie den Mund wieder, ohne dass sie einen Laut von sich gegeben hatte.

Blut?

Trotz der Fremdkörper in ihren Augen schaffte sie es, die Lider einen Spalt weit zu öffnen. Sie versuchte, die Umgebung zu erfassen. Die Bilder, die sie sah, ergaben keinen Sinn:

Das Armaturenbrett tauchte das Innere des Wagens in einen unwirklichen Schein.

Grasbüschel drangen durch die geborstenen Seitenscheiben in den Innenraum ein.

Feuchte Erde begrub ihren linken Arm unter sich.

Glassplitter lagen im Armaturenbrett.

Eine Hand hing vor ihrem Gesicht herab.

»Ist da jemand?«, hörte sie die fremde Stimme von draußen.

Wirklich Blut?

Der süße, metallische Geschmack ergab zusammen mit den Benzindämpfen und der feuchten Erde ein kaum erträgliches Durcheinander.

»Mein Gott!«, hörte sie die fremde Stimme von draußen. Die Fassungslosigkeit, die darin mitschwang, machte ihr Angst. »Ich bin gleich zurück, okay? Ich hole Hilfe!«

Für einen kurzen Moment gelang es ihr, die Hand zu fixieren, die vor ihrem Gesicht baumelte. Sie konnte nicht erkennen, ob Blut oder Erde an ihr klebte. Langsam wanderte ihr Blick am Arm entlang aufwärts. Als sie das Gesicht im fahlen Schein des Armaturenbretts wahrnehmen konnte, erkannte sie ihren Bruder Cord. Er hing direkt über ihr. Der Sicherheitsgurt hielt ihn in seinem Sitz, sein Körper war seltsam verrenkt.

Blut rann aus seiner Nase und prallte schwer wie Beton auf ihre Stirn.

Kapitel 97

DER GEHÄNGTE

Winsen (Luhe),
Waldstück in der Nähe des Golfplatzes Radbrucher Höhe,
Donnerstag, 16. Mai, 09:15 Uhr

Im Lautsprecher von Vincent van Bergs Smartphone ertönte Laura Bentfelds Stimme mit einem freundlichen »Hallo?«.

»Hier spricht Fabian Hausschild«, erwiderte er. »Meine Zeit ist knapp. Daher muss ich dich auffordern, meine Anweisungen unverzüglich umzusetzen.«

»Das passt im Moment leider gar nicht, Fabian. Ich habe wichtigen Besuch im Haus«, hörte er Laura Bentfeld.

War die Polizei wohl schon da?, fragte er sich.

»Du musst sofort zu deinem Bruder gehen und mir Bescheid geben, sobald du bei ihm bist. Ich kann dir nur so viel sagen, dass die nächsten Minuten über Leben und Tod entscheiden werden!«

»Fabian! Was ist los? Was willst du von mir?«

»Geh jetzt zu deinem Bruder! Rede mit niemandem. Du darfst nicht noch mehr Zeit verlieren!«

Normalerweise hätte Laura sich nicht auf solche Art und Weise durchs Haus dirigieren lassen. Jetzt war sie jedoch verunsichert und entschied sich, den Anweisungen zu folgen. »Ja … ist okay.«

Vincent van Berg nahm wahr, dass eine Tür geöffnet und wieder geschlossen wurde. Kurz darauf hörte er Laura sagen: »Marie, gehst du bitte nach oben und legst die Wäsche zusammen?« Es folgte eine kurze Pause, dann sagte Laura: »Ich stehe jetzt im Wohnzimmer direkt vor Cord.«

»Laura, was ist los?«, klang Cords monotone Stimme im Hintergrund.

»Dann schau jetzt auf den Monitor des Beatmungsgeräts.«

»Das tue ich.«

»Siehst du, dass ich die Hintergrundbeleuchtung jetzt ausschalte?«

Ihre Antwort kam mit deutlicher Verzögerung. »Ja … habe ich … o Gott … wie kann es sein, dass du …«

»Laura«, war Cord zu hören. »Was ist denn?«

»Ich schalte die Hintergrundbeleuchtung wieder ein«, sagte Fabian. »Siehst du das?«

»Ja … du machst mir Angst.«

»Geh jetzt zum Aquarium, und öffne die linke Tür des Unterschranks.«

Es dauerte nur wenige Augenblicke, dann wurde es auf Vincent van Bergs iPad hell. Lauras Gesicht erschien vor der Linse der Kamera, die er dort im Verborgenen angebracht hatte. »Hinter der Dose mit dem Fischfutter findest du ein Glasröhrchen. Es enthält eine Tablette mit einem Gramm Strychnin. Siehst du das?«

»Ja. Was genau ist Strychnin? Und was soll das alles? Ich verstehe überhaupt nichts! Fabian?«

»Erinnerst du dich an Clemens Gerber?«

Laura atmete tief ein und aus. »Die Frage hat die Polizei mir vor ein paar Minuten auch gestellt.«

»Solltest du die Bullen zu Hilfe rufen, schalte ich Cords Beatmungsgerät sofort ab. Hast du mich verstanden?«

»Ja.«

»Laura, mit wem sprichst du da?«, fragte Cord.

»Also noch einmal: Du erinnerst dich an Clemens Gerber?«

»Ja«, wiederholte Laura Bentfeld hilflos, während sie auf ihren Bruder schaute.

»Du hast Schuld an seinem Tod.«

Sie rang nach Luft. »Ich war nicht allein. Ich habe alles versucht. Es tut mir ... tut mir so unendlich leid! Ehrlich!«

»Er war der wichtigste Mensch für mich. Du hast mir alles genommen.«

Laura stöhnte. »Aber ich habe doch wirklich versucht ... Ich kann nur sagen, dass es ... ich weiß gar nicht ... wenn ich das bloß ungeschehen machen könnte.«

»Das kannst du nicht! Das kann keiner von euch!«

»Vielleicht kann ich ...«

Er ließ sie nicht ausreden. »Nein, ganz bestimmt nicht! Dafür ist es jetzt zu spät! Ich gebe dir sechzig Sekunden Zeit, um eine Entscheidung zu treffen: Entweder du nimmst das Strychnin, oder ich nehme dir das Liebste.«

»Das Strychnin werde ich nicht überleben, richtig?«

»So ist es.«

»Und mein Liebstes ist ... ist Cord?«

»Du hast die Wahl! 50, 49, 48 ...«

Laura blickte hilfesuchend zur Seite.

Cord hatte seinen Rollstuhl mit der Kinnsteuerung neben das Aquarium bugsiert. »Laura, mit wem sprichst du da?«

Vincent van Berg reagierte darauf sofort. »Versuche es gar nicht erst! Denke nicht einmal daran, etwas anderes zu tun! Keine Polizei! Ich schaue dir durch die Kamera zu. Sobald du dich wegbewegst oder jemanden zu Hilfe rufst, schalte ich das Beatmungsgerät ab! 40, 39, 38 ...«

Kapitel 98

DER GEHÄNGTE

Lüneburg,
Wohnhaus von Laura und Cord Bentfeld,
eine Woche zuvor

Vincent van Berg, der sich für diesen sechsten Akt den Namen *Fabian Hausschild* gegeben hatte, stand neben dem Aquarium. Er hatte einen transparenten Plastikschlauch und einen Eimer in den Händen.

Cord Bentfeld saß nicht weit entfernt und blickte auf einen Bildschirm. Er sah Könige, Damen, Türme, Springer, Läufer und Bauern, konnte sie aber nicht miteinander in einen Zusammenhang bringen.

Normalerweise war Cord ein brillanter Stratege. Heute quälte ihn jedoch eine eigenartige Unruhe, die er selbst mit größter Konzentration nicht überwinden konnte. Seine Gedanken waren blockiert, und es war ihm nicht möglich, die Spielfiguren mit einer cleveren Taktik über das Schachbrett zu lenken.

Fabian spuckte in diesem Moment einen Schwall Wasser in den Plastikeimer, der neben ihm stand. »Meine Güte, ist das eklig!«, fluchte er.

Cord nahm seinen Blick von dem schwarzen Läufer, den er als Nächstes über das Schachbrett ziehen wollte. Er drückte das Kinn gegen den Joystick. Der Rollstuhl drehte sich, und das Rückenteil stieß mit einem lauten Scheppern gegen die Schreibtischkante.

Fabian kniete vor dem Aquarium. Er hatte die linke Hand

nach oben gestreckt und drückte das Ende eines durchsichtigen Plastikschlauchs in das Wasser. In der rechten Hand hielt er das andere Ende des Schlauches und fuchtelte damit in der Luft umher. Voller Ekel hatte er das Gesicht verzogen und spuckte mehrmals in den Eimer. »Ich habe den Schlauch nicht schnell genug aus dem Mund gezogen.«

»Hauptsache, meinen Fischen passiert nichts!«

»Es muss doch andere Möglichkeiten geben, um das Wasser im Aquarium auszutauschen«, schimpfte Fabian.

Bevor Cord antworten konnte, knarrte die Holzdecke über ihnen. Sie hörten, dass eine Tür im ersten Stockwerk geöffnet wurde, dann schallte die Stimme von Laura zu ihnen herunter: »Ist bei euch alles in Ordnung?«

»Scheiß Aquarium!«, rief Fabian.

Cord schloss die Augen. Er hörte, dass seine Schwester die Tür ins Schloss warf, dann knarrten die Treppenstufen.

»Gibt es ein Problem?«, fragte Laura, als sie unten angekommen war.

»Nein«, erwiderte Fabian und schüttelte den Kopf. »Ich mache heute zum ersten Mal ein Aquarium sauber und habe das Schlauchende nach dem Ansaugen nicht rechtzeitig aus dem Mund genommen. Beim nächsten Mal bin ich schneller.«

Sie nickte.

»Es gibt sehr wohl ein Problem«, protestierte Cord. »Ich habe Fabian eine Erledigungsliste in die Hand gedrückt, und schon der erste Auftrag ist in die Hose gegangen.«

»Wo ist die Liste?«, fragte sie.

Fabian zog ein Blatt Papier aus der Hosentasche. Er faltete es auf und drückte es Laura in die Hand.

Wasserwechsel Aquarium,

Bücher ausräumen und abstauben,

Regalfächer auswischen und nach Vorgabe von Cord wieder einräumen,

Erdgeschoss fegen und feudeln,

dann weiter nach Cords Anweisungen.

»Ich sehe dein Problem nicht«, sagte Laura und sah ihren Bruder an.

Fabian zuckte mit den Achseln und drückte eines der Schlauchenden tiefer in das Wasser des Aquariums. Er schloss die Lippen um das andere Schlauchende, saugte das Wasser an und verfolgte, wie die Wassersäule sich durch den transparenten Schlauch bewegte. Kurz bevor das Wasser seinen Mund erreichte, nahm er das Schlauchende aus dem Mund und hielt es in den Eimer. Ein satter Strahl schoss heraus, und Fabian blickte auf. »Wie gesagt, es gibt keine Probleme.«

»Dann haben wir das geklärt«, erwiderte Laura. Bevor sie ging, hielt sie eine Zeitschrift in die Höhe, die sie mitgebracht hatte. »Cord, ich war heute im Reisebüro und habe dir einen Prospekt über das Fallschirmspringen in Südafrika besorgt. Die Bedingungen für AFF-Lizenz und alle Kosten sind auf der letzten Seite abgedruckt. Ich lege es auf den Küchentisch, damit Fabian es mit dir anschauen kann, sobald er Zeit dafür hat, okay?«

Nachdem Laura gegangen war, wandte Cord sich wieder dem Bildschirm seines Computers zu. Er traf die Entscheidung, seinen Springer von F5 nach D4 zu setzen. Vor dem Monitor war ein Gestell montiert, das einen feinen Lippensensor vor seinem Mund positionierte. Mit diesem Sensor bediente er die Computermaus, um den Zug auszuführen.

Kapitel 99

DIE ANDEREN

Lüneburg,
Wohnhaus von Laura und Cord Bentfeld
Donnerstag, 16. Mai, 09:17 Uhr

Laura Bentfeld kniete vor dem Unterschrank des Aquariums und blickte in die Kamera. Sie hatte das Röhrchen mit der Tablette in der Hand. In ihrem Kopf herrschte absolute Klarheit.

Cord stand neben ihr in seinem Rollstuhl und verstand überhaupt nicht, was hier vor sich ging. »Laura?«

Sie hatte zwar versucht, Clemens Gerber zu helfen, doch sie hatte es nicht geschafft, die Wahrheit an die Öffentlichkeit zu bringen. Sie fühlte sich dafür verantwortlich, dass er sich das Leben genommen hatte. Außerdem trug sie die Schuld daran, dass ihr Bruder im Rollstuhl saß. Allein das war mehr, als sie auf ihren Schultern tragen konnte.

Sie würde nicht damit leben können, wenn Cord durch ihr Fehlverhalten noch einmal zu Schaden kommen sollte. Auf gar keinen Fall durfte Cord sterben. Doch welche Alternativen hatte sie?

Die Frist verstreichen lassen und abwarten, was passiert? – Nein!

Die Polizeibeamten um Hilfe rufen und abwarten, was passiert? – Nein!

Die WLAN-Verbindung trennen und abwarten, was passiert? – Nein!

Fabian Hausschild würde nicht aufgeben, das spürte sie.

Sie öffnete das Röhrchen, schüttete die Tablette in ihre Hand und nahm sie in den Mund. Sie kaute, und der Geschmack war derart bitter, dass sie es anschließend kaum schaffte, den Brei herunterzuschlucken.

Kapitel 100

DER GEHÄNGTE

Winsen (Luhe),
Waldstück in der Nähe des Golfplatzes Radbrucher Höhe,
Donnerstag, 16. Mai, 09:20 Uhr

Vincent van Berg schaltete das Smartphone und das iPad aus. Beide Geräte legte er auf den Beifahrersitz.

»Sie hat es geschluckt!«, sagte er zu sich selbst. Er konnte noch nicht fassen, dass er sein Theaterstück tatsächlich bis zum Ende erfolgreich auf die Bühne gebracht hatte.

SCHULD! SEID! IHR!

Und dann endlich fühlte er ihn – den Triumph, auf den er schon so lange wartete. Gemeinsam mit tiefer Dankbarkeit und grenzenloser Erleichterung steigerte er sich zu einem Gefühl, das er am liebsten für die Ewigkeit gehalten hätte.

Kapitel 101

DIE ANDEREN

Lüneburg,
Wohnhaus von Laura und Cord Bentfeld
Donnerstag, 16. Mai, 09:20 Uhr

Jana Liebisch fragte sich, was der Inhalt des Telefonats gewesen sein könnte, denn Laura Bentfeld wirkte verändert, als sie in die Küche zurückkehrte.

»Also, wie bereits gesagt«, sagte Kaiser und setzte das Gespräch fort, als sie sich wieder zu ihnen gesetzt hatte. »Im Zusammenhang mit einigen Tötungs- und Körperverletzungsdelikten suchen wir nach einem Mann namens Vincent van Berg. Wir haben ein Fahndungsfoto mitgebracht.«

Laura Bentfeld nickte.

Kaiser schob das Bild zu ihr hinüber. »Kennen Sie ihn?«

Sie nickte und stützte sich auf der Tischplatte ab. Auf ihrer Stirn bildeten sich feine Schweißperlen.

»Frau Bentfeld, ist alles in Ordnung?«, fragte Jana Liebisch. »Möchten Sie vielleicht etwas trinken?«

Kaiser warf der Kommissarin einen bösen Blick zu und setzte die Befragung unbeirrt fort. »Können Sie uns sagen, wo wir ihn finden?«

»Frau Bentfeld?« Kaiser tippte mit dem Zeigefinger auf das Fahndungsfoto. »Wo sollen wir nach Vincent van Berg suchen?«

Laura Bentfelds Gesicht war kreidebleich. Sie wirkte fahrig und schien überhaupt nicht mehr zuzuhören. »Brauchen

Sie eine Pause?«, fragte Jana Liebisch. »Wollen wir gemeinsam nach draußen an die frische Luft gehen?«

»Sie halten jetzt den Mund!«, warf Kaiser barsch ein und hielt das Fahndungsfoto hoch. »Erkennen Sie den Mann, Frau Bentfeld?«

Laura Bentfeld öffnete den Mund und stammelte: »Wenn ich tot bin, muss sich jemand um Cord kümmern. Er vertraut Marie. Sie heißt Marie Ziebarth. Reden Sie mit ihr? Bitte!«

Jana Liebisch ignorierte den Kriminalrat. Sie konzentrierte sich auf Laura Bentfeld, deren Atem zunehmend flacher wurde. Sie griff nach ihrer Hand und folgte ihrer Intuition: »Hat jemand Sie gezwungen, Strychnin einzunehmen?«

Laura Bentfeld riss die Augen auf.

»Ich untersage Ihnen, sich mit diesem Schwachsinn in mein Gespräch einzumischen!«, brüllte Kaiser. »Sie gefährden den Ermittlungserfolg!«

Jana Liebisch sprang auf und spurtete durch den Flur. Sie riss die Haustür auf und lief zu dem Dienstwagen, mit dem sie gekommen waren. Über Funk informierte sie die Einsatzleitstelle: »Wir brauchen einen Rettungswagen und einen Notarzt! Frau Bentfeld hat Strychnin geschluckt! Sie braucht schnellstmöglich Diazepam, eine Magenspülung und eine Dekontamination mit Aktivkohle!«

»Nein, das dürfen Sie nicht!«, schrie Laura Bentfeld. Sie war Jana Liebisch hinterhergelaufen, packte sie am Arm und riss sie herum. »Bitte nicht! Kein Arzt! Mein Bruder stirbt sonst!«

Auch Kaiser kam dazu. Er baute sich vor Jana Liebisch auf und brüllte: »Ich werde Sie wegen Inkompetenz ablösen lassen! Sie dämliches Dorftrampel! Ich werde dafür sorgen, dass Sie in Zukunft nur noch die Scheißhäuser der Polizeiinspektion putzen!«

Jana Liebisch ließ sich davon nicht beeindrucken, sondern

wählte die Telefonnummer von Rolf Degenhardt. Er meldete sich sofort.

»Laura Bentfeld hat Strychnin eingenommen. Ich muss die Dosis wissen. Können Sie mir aus dem Obduktionsbericht von Martin Stelter sagen, wie viel Strychnin er im Körper hatte?«

»Ein Gramm«, erwiderte Rolf Degenhardt.

Kapitel 102

DIE ANDEREN

Winsen (Luhe),
Waldstück in der Nähe des Golfplatzes Radbrucher Höhe,
Donnerstag, 16. Mai, 09:25 Uhr

»Guten Tag, Sie sind mit der Einsatzleitstelle verbunden, was kann ich für Sie tun?«

»Ich bin mit meinem Hund in der Nähe des Golfplatzes unterwegs. Ich habe hier gerade einen nagelneuen BMW entdeckt, der sich festgefahren hat.«

»Ist der Fahrer vor Ort?«

»Ja, er sitzt hinter dem Lenkrad. Ich wollte ihm helfen, aber als ich näher kam, hat er eine Pistole gegen das Seitenfenster gedrückt.«

»Ist es zur Schussabgabe gekommen?«

»Bisher nicht, ich habe mich in Sicherheit gebracht.«

»Können Sie mir bitte eine Wegbeschreibung geben?«

»Sie fahren einfach zum Golfklub an der *Radbrucher Höhe*. Kurz vor dem Parkplatz zweigt ein Schotterweg ab. Dort warte ich und erkläre den Weg.«

Kapitel 103

DIE ANDEREN

Winsen (Luhe),
Waldstück in der Nähe des Golfplatzes Radbrucher Höhe,
Donnerstag, 16. Mai, 09:25 Uhr

In direkter Nähe zu dem Waldstück – auf dem Parkplatz des Golfplatzes – war die Tatortarbeit in vollem Gange. Daher dauerte es nach dem Anruf des Zeugen nur wenige Minuten, bis die ersten Beamten eintrafen.

Sie näherten sich zunächst nur so weit an den BMW an, dass sie ausreichend Sicherheitsabstand zu dem Wagen hatten. Dennoch war er durch die Bäume hindurch deutlich erkennbar.

Der Einsatzleiter las mit einem Fernglas das Kennzeichen des BMW ab. Kurz darauf bestätigte die Leitstelle, dass es sich um einen Mietwagen handelte.

Zeitgleich versuchte der Einsatzleiter, das Gesicht des Fahrers mit dem Fernglas zu erfassen und mit dem Fahndungsfoto abzugleichen. Schließlich meldete er der Leitstelle: »Ich bin sicher, dass sich Vincent van Berg in dem Wagen befindet. Das Gesicht des Fahrers und das Fahndungsfoto sind nahezu identisch.«

Der Einsatzleiter entschied sich, das Spezialeinsatzkommando aus Hannover anzufordern. Er wies die Kollegen entsprechend ein.

Allen Beamten war klar, dass es mindestens sechzig Minuten dauern würde, bis die Kollegen aus Hannover hier eintrafen.

Das angespannte Warten hatte gerade begonnen, als die Fahrertür des BMW aufschwang. Vincent van Berg stieg aus. Sämtliche Aufmerksamkeit lag nun bei ihm.

»Er hat eine Waffe!«, kam es von der Seite.

Kapitel 104

DER GEHÄNGTE

Winsen (Luhe),
Waldstück in der Nähe des Golfplatzes Radbrucher Höhe,
Donnerstag, 16. Mai, 09:40 Uhr

Vincent van Berg war in den letzten zwanzig Minuten kaum mehr Herr seiner Sinne gewesen. Mehrere Male hatte er das Bewusstsein verloren und war kurz darauf wieder aufgeschreckt. In diesen lichten Momenten hatte er zuerst das Gesicht von Clemens Gerber vor Augen, und er empfand ein grenzenloses Glück. Es war, als hätte er seinen inneren Frieden endlich wiedergefunden.

Und jetzt? Wie sollte es weitergehen?

Die Antwort war klar: Der Triumph ließ sich nicht konservieren. Stattdessen würde man ihn in einem Gefängniskrankenhaus gesund pflegen und anschließend hinter Gittern verwesen lassen. Es gab seiner Ansicht nach nur eine einzige Alternative, um diesem Schicksal zu entgehen – und genau die wählte er.

Wie in Zeitlupe fuhr seine Hand zum Türgriff. Voller Mühe zog er daran, bis die Tür des Wagens ein Stück aufsprang. Langsam stieg er aus und stützte sich am Autodach ab, bis er sein Gleichgewicht gefunden hatte. Seine Beine würden ihn hoffentlich tragen – zumindest ein paar Meter weit.

»Er hat eine Waffe!«, hörte Vincent van Berg durch den Wald schallen. Langsam drehte er sich vom Auto weg und begann, auf die Beamten zuzulaufen.

»Bleiben Sie stehen, und legen Sie die Waffe weg!«

Er ignorierte die Rufe und lief weiter.

Ein Warnschuss peitschte durch den Wald. »Stehen bleiben! Waffe weg!«

Vincent van Berg blieb tatsächlich stehen. Er umfasste den Griff der Pistole fest mit beiden Händen und riss die Arme hoch. Auf seinem Gesicht lag ein befreites Lächeln.

Prompt peitschten drei tödliche Schüsse durch den Wald. Zwei trafen ihn in die Brust, und einer durchschlug seinen Schädel.

Zwei Wochen später

Kapitel 105

Buchholz in der Nordheide,
Polizeiinspektion Nordheide,
Freitag, 31. Mai, 08:00 Uhr

Polizeidirektor Achim Meislahn hatte den Polizeirat Dirk Kaiser und die Kommissarin Jana Liebisch zu sich zitiert.

»Es gibt ein Problem, das wir drei gemeinsam lösen müssen«, sagte er, nachdem Dirk Kaiser und Jana Liebisch Platz genommen hatten.

»Das sehe ich genauso«, erwiderte der Kriminalrat postwendend. »Ich denke, dass wir Hauptkommissar Degenhardt auch in dieses Gespräch einbeziehen sollten. Schließlich hat er es uns eingebrockt, dass Frau Liebisch ihren Dienst bei uns im Ersten Fachkommissariat leistet.«

Jana Liebisch blickte stumm zu Boden.

»Herr Degenhardt ist nicht über den Inhalt dieses Gesprächs informiert«, erwiderte Meislahn. »Seine Anwesenheit ist nicht erforderlich.«

»Das ist Ihre Bewertung der Lage«, erwiderte Kaiser und demonstrierte sein Unverständnis mit einem Kopfschütteln.

»Frau Liebisch, Sie haben Laura Bentfeld durch Ihr entschlossenes Handeln das Leben gerettet. Ich bin stolz auf Sie!«

Während die Kommissarin erstaunt aufblickte, schüttelte Kaiser weiterhin den Kopf.

»Deswegen habe ich Sie aber nicht zu mir gerufen«, erklärte Meislahn und holte ein Tonbandgerät aus einer seiner Schreibtischschubladen. »Das Problem, das ich vorhin erwähnte, hängt mit Ihrem Notruf zusammen. Frau Liebisch, Sie haben ihn vor dem Wohnhaus der Familie Bentfeld abgesetzt.«

Kaiser hob eine Augenbraue. »Ich erinnere mich.«

»Die Einsatzleitstelle hat mir einen Mitschnitt dieses Gesprächs zukommen lassen.«

Meislahn nahm das Tonbandgerät und startete es. Zunächst war zu hören, dass Jana Liebisch sämtliche Daten durchgab, die dazu geführt hatten, dass Laura Bentfeld letztlich gerettet werden konnte.

Dann schallte plötzlich Kaisers Stimme aus dem Lautsprecher und übertönte alles andere: »Ich werde Sie wegen Inkompetenz ablösen lassen! Sie dämliches Dorftrampel! Ich werde dafür sorgen, dass Sie in Zukunft nur noch die Scheißhäuser der Polizeiinspektion putzen!«

Achim Meislahn stoppte die Aufnahme und sah Kaiser an. »Sie haben das Wort!«

Kapitel 106

Hamburg-Uhlenhorst,
Praxis von Henning Kraushahn,
Freitag, 31. Mai, 08:00 Uhr

Hauptkommissar Rolf Degenhardt kam pünktlich zu dem Termin, den er vor zwei Wochen vereinbart hatte. Er legte den Finger auf den Klingelknopf unter dem Messingschild.

Henning Kraushahn.

Diplom-Psychologe.

Termine nach Vereinbarung.

Er zögerte. Noch hatte er die Möglichkeit, seine Entscheidung rückgängig zu machen. Er könnte wieder zurück nach Buchholz fahren und sich in sein Büro setzen. Dort könnte er dann darüber nachdenken, wie er sein Leben weiterhin ohne professionelle Hilfe zurück in geregelte Bahnen lenken wollte. Letztlich holte er tief Luft und drückte auf den Klingelknopf.

»Ja?«

»Rolf Degenhardt, ich habe einen Termin.«

»Ich schicke den Fahrstuhl zu Ihnen hinunter. Bitte kommen Sie in den fünften Stock.«

Als Degenhardt den Aufzug wenig später verließ, erwartete Henning Kraushahn ihn bereits. Das Bild, das der Hauptkommissar aufgrund seiner Internetrecherche von dem Psychologen hatte, entsprach der Realität. Henning Kraushahn war ein Endfünfziger mit vollen grauen Haaren und einem sauber gestutzten Vollbart. Links und rechts rahmten ausgeprägte Lachfalten das schmale Gesicht.

Henning Kraushahn bat Degenhardt mit einer einladenden

Armbewegung hinein. »Sie können die Jacke vorne rechts an die Garderobe hängen, mein Büro ist direkt gegenüber. Darf ich Ihnen Kaffee oder Tee anbieten?«

»Kaffee, bitte.«

Während Kraushahn in der Küche verschwand, nahm Degenhardt einen Briefumschlag aus seiner Wachsjacke und hängte sie neben einem Cord-Sakko auf.

»Nehmen Sie Milch und Zucker?«

»Nein, schwarz.«

Degenhardt ging in das Büro und setzte sich in einen bequemen Ledersessel. Der passte perfekt zu der modernen Altbauwohnung mit ihren sandfarbenen Holzfußböden und den hohen weißen Stuckdecken. Während Degenhardt den Briefumschlag auf einem Beistelltisch ablegte, streifte sein Blick zunächst eine prall gefüllte Bücherwand. Dann zogen zwei futuristische Lautsprecher mit der Aufschrift *Bang & Olufsen* seine Aufmerksamkeit auf sich.

Als Kraushahn das Büro mit einem Porzellanbecher betrat, nickte er Degenhardt zu und stellte den Kaffee neben dem Briefumschlag auf dem Beistelltisch ab. Anschließend ging er zu seinem Schreibtisch, setzte sich auf einen Drehstuhl und wandte sich Degenhardt zu. »Die Lautsprecher gefallen Ihnen?«

»Ja, wie viel Leistung haben sie?«

»Achttausendzweihundert Watt pro Lautsprecher. Zwei Tontechniker haben den optimalen Standort für die Boxen akustisch ausgemessen.« Ohne ein weiteres Wort zu verlieren, nahm Kraushahn sein Smartphone in die Hand. Kurz darauf schallten die ersten Töne eines Livekonzerts durch den Raum.

Augenblicklich lief Degenhardt eine Gänsehaut über die Arme. In dem Moment, als Bruce Springsteen begann, die Mundharmonika zu spielen, murmelte er: »The River. Das ist die Aufnahme von 1980 in Tempe/Arizona.«

»Ein legendäres Konzert«, ergänzte Kraushahn, »und ein exzellentes Beispiel für die Qualität der Boxen.«

Gemeinsam hörten sie sich das Lied bis zum Ende an. Degenhardt hielt die Augen währenddessen geschlossen. Als der Schlussakkord nach rund sieben Minuten verklungen war, öffnete er sie wieder und sagte zu Kraushahn: »War das ein Zufall, oder haben Sie sich vor dem Termin über mich informiert?«

»Wie soll ich diese Frage verstehen?«

Degenhardt schmunzelte. »Im Kollegenkreis werde ich gelegentlich als der *Boss* bezeichnet. Eine Anspielung auf meine Leidenschaft für die Musik von Bruce Springsteen.«

Kraushahn lächelte. »Ich habe mich von meinem Bauchgefühl leiten lassen.«

Degenhardt hob eine Augenbraue. »Aha.«

»Ich gehe davon aus, dass Sie nicht wegen unseres gemeinsamen Musik-Geschmacks zu mir gekommen sind. Was kann ich also für Sie tun?«

»Wenn ich ehrlich bin, weiß ich gar nicht, wo ich anfangen soll.«

Kraushahn zeigte auf den Briefumschlag. »Ich sehe, dass Sie etwas mitgebracht haben. Damit könnten wir anfangen.«

»In dem Umschlag sind Fotos. Sie sind teilweise sehr ... ich meine damit ... sie können verstörend wirken.«

»Verstehe ich richtig, dass das, was auf den Aufnahmen zu sehen ist, Sie zu mir geführt hat?«

Degenhardt nickte. »So könnte man das sagen.«

»Sie haben mir in Ihrer E-Mail geschrieben, dass Sie bei der Kriminalpolizei arbeiten. Kann ich davon ausgehen, dass die Fotografien Situationen aus Ihrem Berufsalltag zeigen?«

Degenhardts Gesichtszüge wurden härter. Dann nickte er.

»Sie können mir die Aufnahmen gerne zeigen. Ich entscheide dann selbst, ob wir damit arbeiten oder nicht.«

Degenhardt nahm den Briefumschlag, öffnete ihn und zog vier Bilder heraus. Ohne einen Blick darauf zu werfen, reichte er sie zu Kraushahn hinüber. Anschließend starrte er auf seine Hände, die er im Schoß ineinandergefaltet hatte.

Kraushahn studierte die Fotos: Drei der Aufnahmen zeigten die Leichen verschiedener Männer. Zwei der Toten schätzte er auf Mitte zwanzig, den dritten auf Ende dreißig. Die erste Leiche lag auf grauen Pflastersteinen, die zweite auf einem sandigen Feldweg und die dritte auf einem weißen Laminatboden. Die Kleidung der Männer war zwar sehr unterschiedlich, dennoch hatten die drei Toten eine verblüffende Ähnlichkeit.

Bei der vierten Aufnahme handelte es sich um ein Familienfoto, das eine Kirche im Hintergrund zeigte. Kraushahn erkannte das Gebäude sofort. »Sind das Ihre Frau und Ihre Kinder?«

»Ja, meine Frau, meine Tochter und mein Sohn.«

»Wenn ich mich nicht täusche, ist im Hintergrund die Sankt-Stephanus-Kirche in Egestorf zu sehen.«

Der Hauptkommissar konnte seine Überraschung nicht verbergen. »Meine Frau und ich sind in Egestorf aufgewachsen. Mein Sohn Tobias ist dort im vergangenen Jahr konfirmiert worden. Sie kennen die Kirche?«

»Meine Kinder spielen Geige. Unser Geigenbauer lebt und arbeitet dort. Wir besuchen ihn häufig.«

Degenhardt nickte. »Ich kenne ihn ganz gut.«

»Auf dem Foto hat Ihre Frau die Arme um Ihre Tochter und Ihren Sohn gelegt. Sie selbst stehen etwas abseits. Ist das so beabsichtigt?«

Degenhardt seufzte. »Ulrike ist vor zwei Jahren ausgezogen und hat eine Wohnung in Egestorf gemietet. Die Kinder hat sie mitgenommen. Meine Tochter Alexandra wohnt jetzt zwar wieder bei mir, aber das ist nur vorübergehend. An der eigentlichen Situation hat sich nichts geändert.«

Ohne dies weiter zu kommentieren, legte Kraushahn das Bild hinter sich auf den Schreibtisch. »Was verbindet Sie mit den Leichen auf den übrigen Fotos?«

»Ein Kollege und zwei Tote, mit denen ich im Rahmen der Fallbearbeitung zu tun hatte.«

Kraushahn nahm die erste Aufnahme. Sie war bereits vergilbt und zeigte das offensichtlich am längsten zurückliegende Tötungsdelikt. Er reichte das Bild an Degenhardt weiter. »Damit würde ich gerne anfangen.«

Wie schon unzählige Male zuvor blickte Degenhardt auf die Aufnahme. Zuerst zeigte er keinerlei Regung, dann begann er mit seinen beiden Daumen über die Oberfläche des Fotos zu streichen. Schließlich verzog er das Gesicht, als würde ein Schmerz durch seinen Körper fahren. »Das Bild ist fünfunddreißig Jahre alt.«

»Sie beide kannten sich gut?«

»Ich bin als junger Beamter im Streifendienst groß geworden. Wohnungseinbrüche, häusliche Gewalt, Verkehrsunfälle und vieles mehr waren für uns normaler Alltag. Mit *uns* meine ich meinen Kollegen Bernd Köhnke und mich.«

Degenhardt nahm das Foto fest in beide Hände. »Bernd war ein Haudegen, während man mich wohl eher als *Fels in der Brandung* bezeichnen konnte.« Es entstand ein längeres Schweigen, schließlich seufzte er: »Das war eine verdammt intensive Zeit damals.«

»Gibt es in Bezug auf Herrn Köhnke etwas, an das Sie sich besonders gerne erinnern?«

Degenhardt überlegte kurz, dann begann er herzhaft zu lachen. »Einmal hat er eine Wette gegen mich verloren. Der Wetteinsatz war eine Runde Walzer auf einer Straßenkreuzung. Also haben wir mit dem Dienstwagen an einer Kreuzung angehalten, eine passende Kassette in das Radio eingelegt und die Musik über den Außenlautsprecher laufen lassen. Bernd hat eine Frau, die an der Ampel wartete, zum Tanzen aufgefordert, und ich habe den Verkehr währenddessen angehalten.«

Kraushahn hob die Augenbrauen. »Waren Sie beide in Uniform?«

»Ja, natürlich!«

»Und die Dame war Ihnen bekannt?«

»Nein, das war sie nicht. Sie war genauso spontan wie wir, und sie konnte hervorragend tanzen.«

Kraushahn stimmte in Degenhardts Lachen ein. »Sie waren beide ganz schön verrückt!«

»Das ist fünfunddreißig Jahre her. Damals gab es keine Smartphones und kein Internet. Es bestand keine Gefahr, dadurch zum YouTube-Star zu werden oder einen Shitstorm über sich ergehen lassen zu müssen. Der Straßenverkehr war nicht so dicht wie heute, und die Menschen waren entspannter.«

»Wie lange waren Sie und Herr Köhnke gemeinsam als Partner im Einsatz?«

Degenhardts Heiterkeit erstarb. Er gab das Foto an Kraushahn zurück. »Bis zu der Nacht, als dieses Foto aufgenommen wurde.«

»Möchten Sie mir erzählen, wie Herr Köhnke ums Leben gekommen ist?

Degenhardt rieb sich die Stirn, dann fing er an zu erzählen: »Mitten in der Nacht hatte eine Frau den Notruf gewählt, weil sie Opfer von häuslicher Gewalt geworden war. Wir dachten an einen Routineeinsatz. Als wir am Einsatzort ankamen, waren wir irritiert. Das Haus lag vollkommen im Dunkeln. Wir klingelten an der Haustür, doch niemand reagierte. Wir gingen um das Haus herum und leuchteten mit unseren Taschenlampen in jedes Fenster. Dabei war nichts zu erkennen, was uns in irgendeiner Weise alarmiert hätte. Wir gingen wieder zurück zu der

Haustür und klingelten noch einmal. Das war genauso erfolglos wie beim ersten Mal. Ich drückte die Klinke und wunderte mich darüber, dass die Tür nicht abgeschlossen war. Also stieß ich sie auf und leuchtete mit meiner Taschenlampe in den Flur. Bernd stand neben mir. Im nächsten Moment entdeckten wir im Lichtstrahl die Leiche einer Frau. Sie lag inmitten einer Blutlache. Dann ging alles sehr schnell: Zuerst fielen Schüsse, dann sackte Bernd neben mir zusammen. Ich habe noch versucht, ihn wiederzubeleben, aber es war sinnlos. Zwei Projektile hatten seine Lunge und sein Herz getroffen. Er war sofort tot.«

Degenhardt hielt inne. Er hatte während seiner Erzählungen kaum geatmet. Jetzt schnappte er nach Luft und fuhr sich mit der Hand über den Hals, so als könne er die Sauerstoffzufuhr damit erhöhen.

»Sie selbst sind unverletzt geblieben?«

»Ich bin zweimal getroffen worden. Die erste Kugel hat meinen linken Oberarm durchschlagen, die zweite hat mein Gesicht gestreift. Beides blieb ohne ernsthafte Folgeschäden.« Er hob die Hand und fuhr mit dem Zeigefinger an der Narbe entlang, die sich von seinem linken Mundwinkel bis fast zum linken Ohrläppchen zog. »Ich habe damals wahnsinniges Glück gehabt.«

Der Psychologe nickte. »Körperlich kann man das auf jeden Fall so sagen, ja. Haben Sie und Herr Köhnke damals auch privat Zeit miteinander verbracht?«

»Ich war Bernds Trauzeuge, als er Pia geheiratet hat. Kurz vor seinem Tod hat er mich noch gefragt, ob ich der Taufpate seines Sohnes Lennart werden wollte. Reicht Ihnen das als Antwort?«

Kraushahn nickte und machte sich Notizen. Dann fragte er: »Sind Sie damals dann tatsächlich Lennarts Taufpate geworden?«

Degenhardt schüttelte den Kopf.

»Warum nicht?«

»Weil …« Seine Stimme brach. Er blickte zur Decke.

»Hat der Kontakt zu Pia und Lennart nach dem Tod Ihres Partners Bestand gehabt?«

Degenhardt atmete tief ein und aus. Er dauerte einige Augenblicke, bis er sich wieder gefangen hatte. »Die Ärzte haben mir damals verboten, an Bernds Beerdigung teilzunehmen. Ich war einfach zu schwer verletzt. Ich bin einige Wochen nach meiner Entlassung aus dem Krankenhaus zu Pia gefahren. Ich habe es nicht geschafft, an die Haustür zu klopfen. Was hätte ich denn sagen sollen? Dass es mir leidtut? Dass ich mich schäme? Dass ich besser an seiner Stelle gestorben wäre?«

»Warum meinen Sie, dass es besser gewesen wäre, wenn Sie an Herrn Köhnkes Stelle gestorben wären?«

Degenhardt brachte keinen Ton heraus.

»Hatten Sie damals eine Möglichkeit, mit jemandem über Ihre Erlebnisse in jener Nacht und die damit verbundenen emotionalen Herausforderungen zu reden?«

Degenhardt stöhnte. »Für mich ist es bis heute am wichtigsten, mit Kollegen über die gemeinsam erlebten Einsätze zu reden. Dadurch hat man Gesprächspartner, die die konkrete Situation nachvollziehen können. Ich hätte gerne mit jemandem über die besagte Nacht gesprochen, aber ich kannte damals keinen Kollegen, der eine ähnliche Situation erlebt hat. Ich hatte damals nicht das Gefühl, dass ich mich jemandem hätte anvertrauen können. Seit einigen Jahren haben wir speziell geschulte Polizeipsychologen, die nach belastenden Situationen für Gespräche und Supervisionen zur Verfügung stehen. Das empfehle ich jedem Kollegen, der von solchen Ereignissen betroffen ist.«

»Und Sie selbst haben das noch nicht genutzt?«

»Nein.«

Kraushahn nahm die beiden Fotografien, die die beiden anderen Toten zeigten. »Wie alt sind diese Aufnahmen?«

»Die linke ist fünf Jahre alt, die rechte stammt aus dem vergangenen Jahr.«

»Ich kann mir sehr gut vorstellen, dass die beiden Fälle Ihre Erinnerungen an den Tod Ihres Partners wieder angesprochen haben.«

Er nickte.

Eine Stunde später saß Rolf Degenhardt in einem Café und dachte über das Therapiegespräch nach. Noch war er nicht sicher, ob er diesen Weg wirklich gehen wollte.

Während er das Für und Wider gegeneinander abwog, unterbrach sein Smartphone seine Gedankengänge mit einem durchdringenden Signalton. Er öffnete die Nachricht, die seine Tochter Alexandra ihm gerade zugeschickt hatte.

Sie schickte ihm ein Foto, auf dem Degenhardts alter Mercedes neben einem 68er Ford Mustang Cabriolet abgebildet war. Zweifellos handelte es sich um den Wagen, der im Internet zum Verkauf angeboten wurde. Er beobachtete das rote Schmuckstück nun schon seit Wochen!

Zwischen den beiden Autos posierten Alexandra und ihre Freundin Mandy, die er bisher nur von dem Tattoo-Termin in seiner Küche kannte. Unter dem Bild stand: *Küsschen aus Bremen. Die Probefahrt war der Hammer! Der Mustang ist bis Anfang nächster Woche für dich reserviert! Unser neues Familienmitglied?*

Degenhardt antwortete sofort: *Klingt gut!*

Alexandra schrieb: *Damit kannst du zwar keinen Pferdeanhänger ziehen, aber deine Charlotte kannst du damit beeindrucken!*

Degenhardt tippte: *Vorsicht, Fräulein!*

Eigentlich gefiel ihm die Idee ganz gut – aber das ging seine Tochter nichts an!

Nachbemerkungen

Dies Buch widme ich meinen Eltern. Sie haben größten Wert darauf gelegt, uns Kindern die bestmögliche Ausbildung mit auf den Weg zu geben. Als Schüler konnte ich den Wert von »Bildung« noch nicht wertschätzen, heute tue ich dies umso mehr. Danke, dass ich dieses Privileg genießen darf!

Ein großes Dankeschön auch an meine Testleser Steffi Hornbostel, Nicola Lienhöft, Nicole Kochskämper, Nicole Jedamski, Claudius Mach, Heike Birkholz, Stephan Matzath, Friderike Bostelmann, Regina Carstens und Joana Timman. Ihr habt mich mit euren Fragen und Hinweisen unterstützt, das Manuskript auf Herz und Nieren zu prüfen.

Fachlich haben mir Axel Seibert, Jan-Peter Ohla, Björn Drewes, Nicola Lienhöft, Bernd Lienhöft, Jasper Olbrich, Ingrid Suhr, Claudia Barckhan, Andreas Walenzyk, Mounira Jabat, Stephan Matzath, Sonja Funkenweh, Jan Schröder und Thorsten Spreckelsen ihr Expertenwissen zur Verfügung gestellt. Ihr habt mich damit sehr weitergebracht! Ganz besonders ist mir der Nachmittag mit Dennis in Erinnerung geblieben. Er hat mir das Leben eines halsabwärts gelähmten Menschen aus seiner persönlichen Perspektive beschrieben. Wir haben in Cottbus zwar nur wenige Stunden miteinander verbracht, doch dieses Treffen bewegt mich noch heute.

Ein Teil dieses Thrillers ist im Rahmen des Stipendiums »Tatort Töwerland« auf der Insel Juist entstanden. Danke für die inspirierende Zeit an die Sponsoren (Haus Brunke, Haus Maike, Restaurant Kompass, Hotel Atlantic) und ganz besonders an den »Kopf« des Stipendiums: Thomas Koch.

Von der Abgabe des Manuskripts bis zum gedruckten Buch war es ein langer Weg, den Lars Schultze-Kossack (Literarische Agentur Kossack) sowie meine Lektorinnen Sylvia Gredig und Karin Schmidt gemeinsam mit mir gegangen sind. Danke für eure unendliche Mühe und die unerschöpfliche Energie, die ihr in dieses Buch investiert habt.

Und nun zu dem wohl wichtigsten Menschen: meine Frau Annika. Egal, ob ich stundenlang vor einem leeren Blatt Papier sitze und prokrastiniere oder ob ich in einer kreativen Phase bin und die Welt um mich herum vergesse. Egal, ob ich über einen Plot nachdenke und tagelang den Garten umgrabe oder ob ein Abgabetermin näher rückt und ich die Nächte durcharbeite – ohne deine Liebe und deine Unterstützung wäre das alles nicht möglich.